KB087833

PEST

페스트

페스트

알베르 카뮈

BOOK PLAZA

# CONTENTS

PEST

01

한 종류의 감옥살이를 다른 종류의 감옥살이로 표현해보는 것은 실제로 존재하는 것을 존재하지 않는 것으로 표현해보는 것만큼이나 합당한 일이다.

다니엘 디포

이 기록물에서 다루고 있는 기이한 사건들은 194×년 오랑 시 (市)에서 발생했다. 일반적인 견해에 따르면 이곳은 다소 이례적이었던 이 사건들이 발생할 법한 장소는 아니었다. 사실 오랑은 언뜻 보아도 평범한 도시로, 알제리 해안에 있는 프랑스의 한 도청 소재지에 불과하기 때문이다.

솔직히 말해 오랑 시 자체는 언뜻 보기에 흉하다. 겉으로는 평온한 모습을 하고 있지만, 이 도시가 세계 각지에 있는 수많은 상업 도시들과 무엇이 다른지 알아차리려면 시간이 조금 걸린다. 예를 들어 비둘기나 나무, 공원이 없어서 새들의 날갯짓도, 나뭇잎의 바스락거리는 소리도 들리지 않는 이 밋밋한 도시를 어떻게 설명하면 상상할 수 있을까?

이곳에서는 계절의 변화도 하늘을 보아야만 간신히 읽을 수 있다. 봄이 오고 있다는 것도 오직 바람결이나 어린 장사꾼들이 교외에서 가져오는 꽃바구니를 통해서만 가까스로 알게 되는 것이다. 말하자면 시장에서 사고파는 물건을 통해 봄을 느끼게 되는 셈이다. 여름이면 태양은 바짝 말라붙은 집에 불을 지르듯 내리쬐고, 모든 것이 타버려 뿌연 재가 벽을 뒤덮는다. 그래서 덧문을 닫고 그늘에서 지낼 수밖에 없다. 반면 가을에는 비가 잦아 온통 진흙탕이다. 맑은 날은 겨울에야 비로소 찾아온다.

어떤 도시를 이해하기 위한 가장 쉬운 방법은 그곳에서 사람들이 어떻게 일하고, 어떻게 사랑하고, 어떻게 죽어가는지를 살펴보는 것일지도 모른다. 우리의 이 작은 도시에서는 기후 때문인지 모르겠지만, 모든 일이 열정적이면서도 동시에 무심한 태도로 이루어진다. 말하자면 이곳 사람들은 삶에 권태를 쉽게 느껴 어떤 습관이라도 하나 가져 보려고 애쓰고 있다. 또한, 이곳 시민들은 일을 열심히 하는데, 모두들 하나같이 부자가 되고 싶어 하기 때문이다. 그들은 무엇보다도 장사에 관심이 많고, 삶의 주된 목적이 소위 말해 '사업을 하는 것'이다. 물론 단순한 즐거움에 대한 흥미도 없지 않아서, 여자와 영화, 해수욕을 좋아한다. 그러나 매우 합리적인 사람들이어서 이런 쾌락들은 토요일 저녁이나 일요일을 위해 아껴두고, 주중의 다른 요일에는 돈을 많이 벌기 위해 노력한다. 저녁에 퇴근하면 정해진 시간에 카페에 모이거나, 길을 산책하거나, 아니면 각자 집에 가서 발코니에 앉아 있는다. 이곳 젊은이들의 욕망은 격렬하고 순간적이다. 한편, 이곳에서 나이 든 사람들의 취미 생활은 공 굴리기 모임이나 회식 같은 친목회, 포커 게임 동호회 정도이다.

물론 이런 삶의 모습은 분명 우리 도시에서만 볼 수 있는 일은 아니다. 즉 이 시대를 살아가는 동시대인 모두가 경험하고 있는 일이다. 확실히 오늘날에는 어느 도시에서나 아침부터 저녁까지 일하고, 일이 끝나면 이어서 카드놀이를 하고, 카페에서 잡담을 하면서 여가를 보내는 것이 보편적 일상으로 자리잡았다. 그러나 때때로 뭔가 새로운 것이 없을까 하는 예감이 들게 만드는 도시나 나라가 있다. 물론 그런 예감이 들었다고 해서 곧바로 삶에 변화가 생기는 것은 아니다. 그러나 그저 예감뿐이지만, 그것만으로도 변화를 위한 시발점이 될 수 있다.

오랑은 그와는 정반대이다. 오랑은 분명 아무런 변화를 예감할 수 없는 도시, 말하자면 완전히 기계적이고 현대적인 도시이다. 그러므로 이 도시에서는 사람들이 사랑하는 법에 대해 구태여 설명할 필요가 없다. 남자들과 여자들은 이른바 성행위를 하면서 서로를 빠르게 소모해 버리거나, 아니면 두 사람만의 긴 교제를 시작한다. 양극단 사이에서 중간이라는 것을 찾아보기 어렵다. 이것 역시 독특한 일은 아니다. 다른 곳과 마찬가지로 오랑에서도 시간이 없고 생각할 여유가 없어서 사람들은 사랑이 무엇인지 알지도 못한 채 사랑할 수밖에 없다.

우리 도시에 독특한 점이 있다면, 그것은 사람이 죽을 때 어려움을 겪을 수 있다는 것이다. 사실 어려움이라는 단어보다는, 불편함이라고 표현하는 것이 더 정확할 것이다. 병을 앓는다는 것이 결코 기분 좋은 일은 아니지만, 병들었을 때 사람들을 지지해 주고 사람들이 의지할 수 있는 도시와 나라가 있다. 그런 곳에서는 사람들이 자신의 몸을 맡길 수 있다. 병든 사람은 관심이 필요하고 무언가에 의지하고 싶어 한다. 그것은 아주 자연스러운 일이다. 그러나 오랑의 경우는 다르다. 작열하는 열대 기후, 상교역(商交易) 규모, 무미건조한 도시 환경, 순식간에 사라져버리는 석양, 향락적 분위기 등 여러 특성을 고려해볼 때, 오랑에 사는 사람들은 반드시 스스로 건강을 지켜야 한다. 이곳에서 병든 사람은 몹시 외롭다. 모든 주민이 전화로 혹은 카페에 앉아 어음과 선하증권의 할인에 대해 이야기하는 동안 더위로 지글거리는 벽에 갇혀 죽어가는 누군가를 생각해보라. 이처럼 메마른 장소에서 고독하게 죽음을 맞이한다면, 그것이 아무리 현대적일지라도 거기에는 뭔가 불편한 점이 있으리란 것을 이해할 수 있을 것이다.

이와 같은 몇 가지 지적만으로도 우리 도시에 대해 충분히 파악할 수 있을 것이다. 그렇다고 해서 과장은 금물이다. 다시금 강조하고 싶은 것은 그래도 이 도시와 이곳의 일상생활이 평범하다는 사실이다. 사람이란 일단 익숙해지고 나면 하루하루를 어려움 없이 보내게 된다. 우리 도시가 익숙해지기 쉬운 곳인 만큼, 모든 것이 최상이라고 할 수 있다. 이런 측면에서 보면 이곳의 삶이 별로 흥미롭지 않은 것은 분명하다. 그러나 최소한 이곳에서는 무질서라는 것을 모르고 지낼 수 있다. 솔직하고 친절하고 활동적인 우리 도시의 주민들은 여행객들로부터 항상 합리적이라는 평을 받아왔다. 다채롭지도 않고, 식물도 영혼도 없는 이 도시에서 여행객들의 마음은 푸근하게 누그러지고, 결국 쉽게 잠을 청할 수 있게 된다.

이 도시는 헐벗은 언덕 한가운데서, 완벽하게 선을 그어놓은 듯한 만(灣)과 마주하면서 빛나는 언덕들에 둘러싸여 있어서, 더할 나위 없이 아름다운 풍경과 접해 있다는 사실도 덧붙여 지적해두고 싶다. 다만 이곳은 만을 등지고 세워져 있어서 바다가 보이지 않기 때문에, 바다를 보려면 일부러 찾아가야만 한다는 점이 아쉽다.

이 정도 설명이면 이곳 시민들이 그해 봄에 일어난 사건의 발생을 전혀 예상할 수 없었으리라는 점을 납득할 수 있을 것이다. 이 기록물의 서술자가 나중에서야 깨닫게 된 사소한 일들까지 여기에 기록해 둔 것은 그것들이 일련의 중대한 사건들을 예고하는 첫 신호 같은 것이었기 때문이다. 어떤 사람들에게는 이런 사실들이 아주 당연하게 여겨질 것이고, 또 어떤 사람들에게는 터무니없게 여겨질 것이다. 그러나 서술자가 그러한 각자의 사정을 다 고려할 수는 없는 노릇이다. 다만 그런 일이 실제로 일어났으며,

그것이 민중 전체의 삶에 큰 영향을 미쳤다는 것, 따라서 서술자가 기록하는 사건이 명백한 진실이라는 것을 인정해줄 수 있는 수천 명의 증인들이 있었다는 점은 단언할 수 있다. 결국 서술자가 맡은 임무는 "이런 일이 있었다"라고 서술하는 것뿐이다.

게다가 이야기가 진행되면서 때가 되면 알게 되겠지만, 이 기록물의 서술자는 우연히 상당수의 진술을 직접 수집할 수 있는 입장이 되어버렸다. 그리고 어쩌다 보니 상세히 서술하고자 하는 이 모든 일에 개입할 수밖에 없는 입장도 되어 버렸다. 그렇지 않았다면 서술자는 이런 일을 시도할 자격을 결코 갖추지 못했을 것이다. 이런 이유로 서술자는 역사가로서의 소임을 행할 권리를 갖게 되었다. 비록 아마추어라고 해도 역사가는 자료를 갖고 있기 마련이다. 이 이야기의 서술자도 자료를 갖고 있다. 우선 그 자신이 증언할 수 있는 내용이 있고, 다음으로는 타인들의 증언이 있다. 임무를 수행하는 과정에서 이 기록에 등장하는 인물들의 사적인 이야기를 전부 들을 수 있었다. 마지막으로 그가 소유하게 된 기록들도 있다. 필요한 경우 그는 그것들을 참고하고 마음 내키는 대로 이용할 생각이다. 또한 그의 계획은….

그러나 아마도 서론은 이 정도로 마치고 본론으로 들어가야 할 때가 된 것 같다. 처음 며칠 동안 일어난 일들은 좀 더 상세한 설명이 필요하다.

★

4월 16일 아침, 의사 베르나르 리외는 진료실을 나오다가 계단참 한가운데에서 죽은 쥐 한 마리를 밟았다. 그때는 별다른 생각

없이 그 쥐를 옆으로 치우고 계단을 내려왔다. 그러나 거리에 나와서 생각해보니 그곳이 쥐가 나올 곳이 아니라는 생각이 들어서 수위에게 알려주기 위해 발길을 돌렸다. 병원 수위인 미셸 씨의 반응을 보니 그는 자신이 본 것이 얼마나 놀라운 일인지 한층 더 실감할 수 있었다. 죽은 쥐가 거기에 있다는 사실이 그에게는 그저 이상해 보였을 뿐이었지만, 수위에게는 그것이 큰 소동거리였다. 수위의 입장은 단호했다. 이 건물에는 쥐가 없다는 것이다. 2층 계단에 분명 죽은 것처럼 보이는 쥐가 한 마리 있었다고 아무리 말해도 소용이 없었다. 미셸 영감은 확신에 차 있었다. 건물에는 쥐가 없기 때문에, 외부에서 누군가 쥐를 가져다 놓은 것이 틀림없다고 했다. 간단히 말해 누군가의 장난이라는 것이었다.

그날 저녁, 베르나르 리외는 집으로 올라가려고 건물 복도에서 열쇠를 찾고 있다가, 어두운 복도 구석에서 털이 젖은 큰 쥐 한 마리가 불쑥 튀어나오는 것을 보았다. 그 짐승은 잘 걷지를 못하다가 멈춰 서서 균형을 잡는 듯하더니 리외 쪽으로 달려오다가 다시 멈춰 섰다. 그러더니 다시 한번 멈춰 서서 작은 소리를 지르며 제자리를 맴돌다가 살짝 벌어진 주둥이로 피를 토하면서 쓰러지고 말았다. 리외는 그 쥐를 잠시 바라보다가 집으로 올라갔다.

리외가 잠시 쥐를 바라본 것은 단순히 쥐 때문이 아니었다. 쥐가 피를 토하는 모습을 보자 자신이 하루 종일 걱정했던 것이 떠올랐기 때문이다.

다음 날은 1년째 병을 앓고 있는 그의 아내가 산에 있는 요양원으로 떠나기로 되어 있었다. 아내는 그가 시킨 대로 방에 누워 있었다. 이동하면서 피곤해질 것에 대비해 쉬고 있었던 것이다.

그녀가 미소를 지으며 말했다.

"기분이 아주 좋아요."

리외는 침대 머리맡의 불빛을 받으며 자기 쪽을 향하고 있는 아내의 얼굴을 바라보았다. 서른 살이라는 나이와 완연한 병색에도 불구하고 리외는 그녀가 늘 젊은 시절의 얼굴로 보였다. 다른 모든 생각들을 말끔히 씻어주는 미소 덕분인지도 몰랐다.

"가능하면 잠을 좀 자둬요." 그가 말했다. "11시에 간병인이 오면 12시 기차를 탈 수 있도록 데려다 줄게요."

그는 약간 땀에 젖은 이마에 입을 맞췄다. 그녀의 미소가 방문까지 그를 배웅했다.

그 이튿날인 4월 17일 아침 8시에 수위는 지나가는 리외를 붙들고 어떤 나쁜 놈이 복도 한가운데에 죽은 쥐 세 마리를 갖다 놓았다고 푸념을 늘어놓았다. 쥐들이 피투성이인 걸 보면 누군가가 큰 덫으로 잡은 게 틀림없다고 했다. 수위는 쥐들의 다리를 잡아서 들고 문턱에 서서 혹시 범인들이 자신의 모습을 비웃으며 나타나지 않을까 하고 잠시 기다리고 서 있었다. 그러나 아무도 나타나지 않았다.

"아! 나쁜 놈들, 꼭 잡고야 말 테다." 미셸이 말했다.

리외는 불안한 생각이 들어서 자기 환자 중 가장 가난한 사람들이 사는 변두리 지역부터 왕진을 시작하기로 했다. 그곳에서는 쓰레기가 훨씬 늦게 수거되기 때문에, 자동차를 타고 먼지로 뒤덮인 길을 계속 가다 보면 보도 가장자리에 놓인 쓰레기통들을 스치곤 했다. 그렇게 길을 따라가면서 세어보니 음식물 쓰레기 더미와 더러운 걸레 위에 던져져 있는 죽은 쥐 열두 마리 정도를 볼 수 있었다.

그가 제일 먼저 찾아간 환자는 도로 쪽으로 창이 나 있는 침실 겸 식당인 방 침대에 누워 있었다. 얼굴이 깡마르고 움푹 패인 스페인 노인이었다. 그 앞에 깔아놓은 이불 위에는 완두콩이 가득 담긴 냄비 두 개가 놓여 있었다. 리외가 들어갔을 때 침대에서 반쯤 몸을 일으켜 앉아 있던 노인은 거친 숨을 몰아쉬며 호흡을 진정시키기 위해 목을 뒤로 젖히고 있었다. 그의 아내가 대야를 가져왔다.

"그런데 선생님." 그가 주사를 맞으며 말했다. "그것들이 나왔던데 보셨나요?" 노인이 말했다.

"쥐 얘기를 하는 거예요. 옆집에서는 세 마리나 봤다고 해요." 아내가 거들었다.

"그것들이 죄다 나오고 있어요. 쓰레기통마다 보이지 않는 데가 없어요. 배가 고파서 그런 거예요!"

곧 리외는 온 동네가 쥐 이야기를 하고 있다는 사실을 어렵지 않게 확인할 수 있었다. 왕진을 마치고 그는 집으로 돌아왔다.

"전보 온 게 있어서 위에 갖다 놓았습니다." 수위인 미셸이 말했다. 리외는 그에게 혹시 또 쥐를 보았느냐고 물었다.

"아뇨, 없었습니다. 제가 잘 감시하고 있습니다. 이제 그 못된 놈들이 감히 그런 짓은 못할 겁니다." 그가 말했다.

전보는 그의 어머니가 이튿날 리외의 집에 도착한다는 내용이었다. 며느리가 병으로 집을 비우는 동안 아들의 집안일을 돌보러 오시는 것이었다. 리외가 집에 들어왔을 때 간병인이 벌써 와 있었다. 리외는 화장을 하고 정장 차림으로 서 있는 아내를 보고 미소를 지으며 말했다.

"좋아요, 아주 좋아요."

잠시 후 역에 도착한 그는 침대칸에 아내를 태웠다. 그녀는 객실을 둘러보았다.

"우리 형편에 너무 비싼 거 아니에요?"

"쓸 때는 써야죠." 리외가 대답했다.

"쥐 이야기는 대체 뭐예요?"

"나도 모르겠어요. 이상한 일이긴 하지만 곧 잠잠해지겠죠."

그러고 나서 그는 그녀를 돌보는 일에 너무 소홀했다고 말하며 빠르게 용서를 구했다. 아내는 그만하라는 듯 고개를 저었다. 그러나 그는 이렇게 덧붙였다.

"당신이 돌아오면 모든 게 다 잘 될 거예요. 새 출발을 하기로 해요."

"그래요." 그녀는 눈을 반짝이며 말했다. "새 출발을 할 수 있을 거예요."

잠시 후 그녀는 남편에게서 등을 돌리고 창밖을 내다보았다. 승강장에서는 사람들이 서두르다가 서로 부딪히곤 했다. 기차가 증기를 내뿜는 소리가 그들에게까지 들려왔다. 리외는 아내의 이름을 불렀다. 돌아보는 그녀의 얼굴이 눈물에 젖어 있었다.

"울지 말아요." 그가 부드럽게 말했다.

눈물 젖은 아내의 얼굴에 약간 경직된 것 같은 미소가 되살아났다. 그녀는 심호흡을 했다.

"자, 이제 어서 가요! 다 괜찮을 거예요."

그는 아내를 꼭 껴안아 주었다. 이제 승강장으로 내려온 그는 유리창 너머 그녀의 미소 외에는 이 무것도 보이지 않았다.

"제발 몸조심해요." 그가 말했다.

그러나 그녀에게는 들리지 않았다.

출구 근처 승강장에서 리외는 지방법원에서 판사로 일하는 오 통 씨와 마주쳤다. 그는 어린 아들의 손을 잡고 있었다. 리외는 그에게 여행을 떠나느냐고 물었다. 오통 씨는 키가 크고 머리카락이 검은 사람으로, 반쯤은 늙은 사교계 인물 같았고, 반쯤은 장의사 같은 인상이었다. 그는 예의 바르지만 무뚝뚝하게 대답했다.

"시댁에 인사차 다녀오는 아내를 기다리는 중입니다."

기관차가 기적을 울렸다.

"쥐들이…" 판사가 말했다.

기차 쪽으로 움직이던 리외가 출구를 향해 돌아서며 대답했다.

"아, 네. 별일 아닐 겁니다."

리외가 그 순간에 대해 기억하는 것이라곤 역무원이 죽은 쥐들로 가득 찬 궤짝 하나를 겨드랑이에 끼고 지나갔다는 것뿐이었다.

그날 오후에 진찰이 시작될 무렵, 한 젊은 남자가 리외를 방문했다. 그는 신문기자이며 이미 아침에 한 번 리외의 병원을 다녀갔었다고 했다. 그의 이름은 레몽 랑베르였다. 키가 작고 어깨가 딱 벌어졌으며 얼굴은 결의에 차 보였고, 눈은 맑고 총명해 보였으며, 스포티한 옷차림을 하고 있었다. 그는 단도직입적으로 용건을 말했다. 그는 파리에 있는 큰 신문사 기자로 아랍인의 생활 여건을 취재하고 있는데, 그들의 보건 상태에 대한 정보를 얻고 싶다고 했다. 리외는 그들의 보건 상태가 좋지 않다고 대답했다. 그러나 더 얘기를 나누기 전에 리외는 그에게 언제나 진실을 말할 수 있느냐고 물었다.

"물론입니다." 그는 대답했다.

"내 말은, 현재 상태에 대해 철저하게 고발할 수 있느냐는 겁니다."

"철저하게는 못한다고 말씀드려야겠지요. 하지만 그렇게 심각한 상태일 것 같지는 않은데요?"

"그렇습니다. 그렇게 심각한 상태는 아닙니다." 리외가 조용히 대답했다.

그는 랑베르가 데스크의 제약 없이 취재할 수 있는지 알고 싶어서 질문했을 뿐이라고 덧붙였다.

"나는 진실을 은폐하는 것은 따를 수 없어요. 그러니 당신의 취재도 도와드릴 수 없을 것 같군요."

"그야말로 생쥐스트(Louis Antoine Léon de Saint Just: 프랑스 혁명 말기에 활동한 로베스 피에르 파. 공포 정치의 대가로 유명하다. - 옮긴이 주)식 발언이군요." 기자가 웃으며 말했다.

리외는 언성을 높이지 않은 채, 자신은 생쥐스트식 언어에 대해서는 전혀 모른다고 말했다. 자신의 언어는 그저 자기가 살고 있는 세계에 대한 혐오감을 표출한 것일 뿐, 여전히 인간에 대한 애정은 간직하고 있다고 했다. 또한, 나름대로 불의와 타협을 거부하기로 결심한 한 남자의 발언일 뿐이라고 말했다.

랑베르는 어깨를 움츠리고 의사를 바라보았다.

"무슨 말씀이신지 이제 이해가 됩니다." 그는 의자에서 일어서며 말했다.

리외는 그를 문까지 배웅하며 말했다. "그렇게 이해해주시니 감사합니다."

랑베르는 짜증이 난 듯했다.

"네, 그럼요. 이해하고말고요. 폐를 끼쳐 미안합니다." 그가 말했다.

리외는 그와 악수를 하며 최근 시내에서 발견되고 있는 수많은 죽은 쥐들에 대해 취재해보면 흥미로운 기사를 쓸 수 있을 것이라고 말했다.

"아! 그거 흥미로운데요." 랑베르가 감탄하며 말했다.

리외는 오후 5시에 다시 왕진을 나가면서 계단에서 체구가 육중하고 얼굴은 큼직하며 눈썹이 짙은 젊은 남자와 마주쳤다. 그 건물 꼭대기 층에 사는 스페인 무용수들의 집에서 가끔 마주친 적이 있는 사람이었다. 장 타루는 계단 위에서 담배를 물고 자기 발치에서 경련을 일으키며 죽어가고 있는 쥐의 모습을 보고 있었다. 그는 고개를 들고 회색 눈동자로 리외를 잠시 바라보다가 인사를 하고는 이렇게 많은 쥐들이 구멍에서 나와서 죽어가고 있다는 것이 참 이상한 일이라고 말했다.

"정말 이상한 일입니다." 리외도 동의했다. "아주 골치 아픈 일이죠."

"그렇게 볼 수도 있죠, 선생님. 견해에 따라서는요. 이런 건 한 번도 본 적이 없으니까요. 하지만 전 아주 흥미롭다고 생각합니다. 그래요, 아주 흥미로워요."

타루는 손으로 머리를 쓸어 넘기더니, 이제 움직이지 않는 쥐를 내려다보았다. 그는 리외를 향해 미소를 지었다.

"그런데 선생님, 이건 결국 수위가 걱정할 일이지요."

때마침 수위 미셸이 아파트 출입구 벽에 등을 기대고 서 있는 것이 리외의 눈에 띄었다. 혈기 왕성하던 평소 얼굴과 달리, 피로한 기색이 역력했다.

쥐가 또 나타났다고 알려주자 미셸이 리외에게 말했다. "네, 알고 있습니다. 이제 두세 마리씩 한꺼번에 나타나고 있습니다. 다른 집들도 마찬가지예요."

그는 낙담하고 있는 것 같았고, 근심이 가득해 보였다. 그는 무의식적으로 목을 벅벅 문질렀다.

리외는 그에게 몸은 괜찮은지 물었다. 물론 수위는 몸이 안 좋다고 말할 수 없었다. 다만 마음이 편치 않았다. 기분 탓인 것 같았다. 수위는 리외에게 쥐 때문에 큰 충격을 받았다고 했다. 쥐들이 길거리에 나와서 죽는 일이 멈춰야 모든 것이 나아질 것 같다고.

그러나 다음 날인 4월 18일 아침, 리외가 역에서 어머니를 모시고 돌아오다가 보니 미셸의 얼굴이 더 초췌해져 있었다. 지하실에서 다락까지 쥐 십여 마리가 계단에 널려 있었다. 이웃집 쓰레기통들도 쥐로 가득했다. 리외의 어머니는 그 소식에도 침착하게 반응했다.

"가끔 그럴 수도 있지." 그녀가 말했다. 그녀는 은발에 검고 부드러운 눈을 가진 체구가 작은 여인이었다. "널 다시 보니 너무 좋구나, 리외. 쥐 몇 마리쯤이 대수겠니." 그녀가 덧붙였다.

그는 고개를 끄덕였다. 실제로 어머니와 함께 있으면 모든 게 더 쉬워 보였다. 그래도 그는 시청의 쥐소탕과에 전화를 걸었다. 그는 담당 과장을 알고 있었다. 그는 수많은 쥐가 떼를 지어 밖으로 나와서 죽고 있다는 사실을 알고 있는지 물었다. 메르시에 과장은 잘 알고 있으며, 부둣가에서 멀지 않은 자기 사무실에서도 쥐 오십여 마리를 발견했다고 말했다. 그러면서도 그는 그 원인이 무엇인지 판단하지 못하고 있었다. 그는 리외에게 그것이 심각한 일이라 생각하는지 물었다. 리외는 단정할 수는 없지만 그래도 쥐 소탕과에서 나서야 할 문제 같다고 말했다.

메르시에도 동의했다. "자네가 정말 그렇게 해야 한다고 생각하면 지시를 내려야겠지."

"뭔가 조치가 필요할 것 같아." 리외가 답했다.

리외의 가정부는 조금 전 자신의 남편이 일하는 큰 공장에서 죽은 쥐 수백 마리를 수거했다고 그에게 알려 주었다. 이 무렵부터 시민들이 불안해하기 시작했다.

그때부터 공장과 창고에서 죽은 쥐가 수백 마리씩 쏟아져 나왔기 때문이었다. 때로는 쥐들이 너무 고통스러워 보여서 사람이 대신 안락사시켜줘야 할 때도 있었다. 외곽 지역에서 도심까지 리외가 지나가는 곳곳마다, 특히 사람들이 모여 있는 곳마다, 쥐들이 쓰레기통 속에서 무더기로, 혹은 도랑 속에서 줄을 지어 죽어있는 판이었다. 그날 석간신문에서 이 문제를 집중적으로 다루면서, 시 당국은 과연 행동을 개시할 용의가 있는 것인지, 구역질 나는 쥐들의 유해 환경으로부터 시민들을 보호하기 위해 어떤 긴급 대책을 검토하고 있는지를 물었다. 시 당국은 아무 조치도 마련한 것이 없었고 아무 대책도 세운 것이 없었지만, 이 사태를 논의하기 위한 대책 회의를 열기로 했다. 그 결과, 매일 아침 죽은 쥐들을 수거하라는 지시가 쥐소탕과에 시달되었다. 쥐들을 수거해놓으면 작업반 차량 두 대가 그것들을 소각장에 가져가서 태우기로 했다.

그러나 며칠 사이 사태가 더욱 악화되었다. 죽은 쥐들의 수가 날로 늘어났고, 수거되는 양은 매일 아침 더 많아졌다. 나흘째 되는 날부터 쥐들이 떼를 지어서 거리에 나와 죽기 시작했다. 지하실, 창고, 하수구에서 쥐들이 떼를 지어 비틀거리며 올라와 햇빛을 받고 휘청거리며 제자리를 맴돌다가 사람들 근처에서 죽어버렸다. 밤이면 복도나 골목길에서 쥐들이 찍찍거리며 죽어가는 소리가 작지만 분명히 들려왔고, 아침이면 변두리 지역의 개천 바닥에 쥐들이 뾰족한 주둥이에 작은 꽃 같은 피를 묻힌 채 죽어있었다. 어떤 놈은 퉁퉁 불어서 썩어가고, 또 어떤 놈은 몸이 뻣뻣하게 굳은 채 아직도 수염이 꼿꼿하게 서 있었다. 시내의 계단이나 안마당에서도 쥐들이 작은 무더기를 이루며 쌓여 있었다. 관공서의 대기실에서, 학교 체육관에서, 혹은 카페의 테라스에서는 한 마리씩 따로 죽어있기도 했다. 심지어 아름 광장이나 대로들, 프롱 드 메르 산책로 같은 시내에서 가장 번화한 장소에서도 죽은 쥐들이 나타나 사람들이 질색하곤 했다. 새벽에 쥐들을 말끔히 치워놓아도, 낮 동안 죽은 쥐들의 사체가 점점 늘어갔다. 밤에 보도 위를 산책하다가 죽은 지 얼마 안 된 물컹한 사체 덩어리를 밟게 되는 일도 자주 일어났다. 그 광경은 마치 집들이 세워져 있는 땅이 그 속에 있던 분비물을 배출하고, 안에서 곪고 있던 종기와 고름을 표면으로 내뿜고 있는 것만 같았다. 건강했던 사람의 피가 갑자기 역류하기 시작하는 것처럼, 여태까지 평온하다가 불과 며칠 사이에 발칵 뒤집혀버린 이 작은 도시가 얼마나 놀라웠을지 상상해 보라!

사태가 더욱 악화되었다. 랑스도크(모든 주제에 대한 정보와 자료를 수집한다는 뜻이다) 통신은 무료 제공하는 라디오 방송을 통해 4월 25일 단 하루 만에 6,231마리의 쥐가 수거, 소각되었다고 보도했을 정도였다. 매일같이 직접 목격하고 있는 장면이 무엇을 의미하는지 말해 주는 이 숫자는 시민들을 더욱 혼란스럽게 했다. 지금까지만 해도 사람들은 그저 약간 불쾌한 사건이라고 불평하는 정도였다. 그러나 이제는 아직 규모를 확정할 수도, 원인을 알 수도 없는 이 현상에 무언가 위협적인 면이 있다는 것을 깨닫게 되었다. 천식 환자인 스페인 영감만이 양손을 여전히 비비면서 "나온다, 나와." 하고 늙은이 특유의 유쾌한 말투로 되풀이해 말하고 있었다.

4월 28일에 랑스도크 통신이 약 8천 마리의 쥐를 수거했다고 보도하자 시민들의 불안은 절정에 달했다. 사람들은 근본적인 대책을 요구하며 당국의 느린 대처를 비난했고, 바닷가에 집이 있는 사람들 일부는 아직 때는 이르지만 그곳으로 피난 갈 생각을 하고 있었다. 그러나 다음 날 랑스도크 통신은 그 현상이 갑자기 멎었으며 쥐소탕과에서 수거한 죽은 쥐의 수가 무시해도 좋을 정도라고 보도했다. 사람들은 안도의 한숨을 내쉬었다.

그런데 바로 그날 정오에 의사 리외가 자기 집 건물 앞에서 차를 세우는데, 길 저쪽 끝에서 수위가 고개를 푹 숙인 채 팔다리를 벌리고 허수아비처럼 어색한 자세로 힘겹게 걸어오는 모습이 보였다. 그는 어느 신부의 팔에 몸을 기댄 채 걸어왔다. 리외도 몇 번 만난 적이 있는 파늘루 신부였다. 그는 박식하고 열정적인 예수회 신부로, 종교에 관심 없는 사람들 사이에서도 존경받는 인물이었다. 리외는 두 사람이 다가오기를 기다렸다. 미셸의 눈은 번들거렸고 숨소리가 거칠었다. 몸이 별로 좋지 않아서 바람을 쐬러 나왔다고 했다. 그러나 목과 겨드랑이, 사타구니에 통증이 어찌나 심한지, 돌아오다가 파늘루 신부에게 도움을 청할 수밖에 없었다고 했다.

"좀 부었을 뿐입니다." 그가 말했다. "어디서 접질렸나 봅니다."

리외는 차창 밖으로 팔을 내밀어 미셸의 목 아래쪽을 손가락으로 만져보았다. 나무의 마디같이 단단한 덩어리가 만져졌다.

"어서 가서 누우세요. 그리고 체온도 재보고요. 오후에 가서 봐 드릴게요."

수위가 떠나자 리외는 파늘루 신부에게 이 기묘한 쥐 사건에 대해 어떻게 생각하는지 물었다.

"오, 이건 전염병일 겁니다." 신부는 그렇게 말하며 둥근 안경 너머로 눈웃음을 보냈다.

점심 식사 후 아내가 잘 도착했다는 소식을 알리는 요양원의 전보를 다시 읽고 있는데 전화벨이 울렸다. 예전 환자 중 한 명인 시청 직원에게서 온 전화였다. 그는 오랫동안 대동맥 협착증으로 고생했는데, 가난해서 리외가 무료로 치료해준 적이 있었다.

"저를 기억해주셔서 고맙습니다, 선생님. 그런데 이번엔 다른 사람 때문에 전화를 드렸습니다. 빨리 좀 와주십시오. 옆집 남자에게 일이 생겼습니다." 숨이 가쁜 목소리였다.

리외는 재빨리 생각을 정리했다. 수위는 이 일을 처리한 후에 봐주기로 마음먹었다. 몇 분 후, 그는 한 변두리 지역인 페데르브 거리에 있는 나지막한 건물에 들어섰다. 서늘하고 고약한 냄새가 나는 계단 중간에서 그를 마중하러 내려온 시청 직원 조제프 그랑을 만났다. 그는 노란 콧수염을 기르고 있었고, 큰 키에 자세가 구부정하고 어깨가 좁으며, 팔다리가 야윈 50대 남자였다.

"이제 좀 나아졌습니다." 그는 리외에게 다가오며 말했다. "아까는 정말 죽는 줄만 알았습니다."

그는 코를 세차게 풀었다.

리외는 맨 위층인 3층 왼쪽 문에 빨간색 분필로 '들어오세요. 나는 목을 매고 죽었습니다.'라고 적혀 있는 글자를 보았다.

그들은 안으로 들어갔다. 엎어진 의자 위로 밧줄이 천장에서부터 늘어뜨려져 있었고, 테이블은 구석으로 밀쳐져 있었다. 그러나 밧줄에는 아무것도 매달려 있지 않았다.

"제가 마침 제때 풀어줬어요. 막 외출하려던 참이었는데 소리가 들렸어요. 문에 써놓은 글을 봤을 땐, 뭐랄까, 장난인 줄 알았어요. 그런데 저 사람이 이상한, 아니 음산한 신음을 내는 거예요." 그랑이 말했다. 간단한 문장이었지만 그는 적절한 표현을 찾으려고 애쓰는 것 같았다.

그는 머리를 긁적였다. "그렇게 죽는 건 아주 고통스러울 것 같았어요. 그래서 본능적으로 안으로 들어가 봤죠."

그랑이 문을 열었고, 그들은 밝지만 초라한 가구가 놓인 방 문턱에 섰다. 얼굴이 둥글고 땅딸막한 남자가 철제 침대에 누워 있었다. 그는 숨을 가쁘게 쉬며 충혈된 눈으로 그들을 바라보았다. 리외는 그 자리에 멈춰 섰다. 남자가 숨을 쉬는 사이사이로 쥐들이 찍찍거리는 소리가 들리는 것 같았다. 그러나 방구석에서 움직이는 것은 아무것도 없었다. 리외는 침대 쪽으로 다가갔다. 척추가 멀쩡한 것을 보니 그는 아주 높은 곳에서 떨어지거나 갑자기 떨어진 것도 아니었다. 물론 약간의 질식 증상은 있었다. 엑스레이를 찍어볼 필요가 있을 것 같았다. 리외는 신경안정제 주사를 한 대 놓아주고 나서 며칠 후면 회복될 것이라고 말했다.

"고맙습니다, 선생님." 그가 목이 잠긴 채 말했다.

리외가 그랑에게 경찰서에 신고했느냐고 묻자 그는 당황하며 고개를 저었다.

"아뇨, 안 했어요. 그것보다 선생님께 연락하는 게 급하다고 생각해서…"

"그랬겠죠." 리외가 말을 막았다. "그럼 내가 신고를 하죠."

그 순간 환자가 안절부절못하더니 침대에서 몸을 일으키고는, 자기는 괜찮으니 그럴 필요가 없다고 말했다.

"진정하세요." 리외가 말했다. "그냥 절차일 뿐입니다. 어쨌든 경찰에 신고는 해야 합니다."

"오!" 사내가 외치더니 침대에 누워 흐느끼기 시작했다.

리외와 환자가 이야기하는 동안 콧수염을 만지작거리던 그랑이 침대 곁으로 다가갔다.

"이봐요, 코타르 씨." 그는 말했다. "생각 좀 해보세요. 당신이 혹시나 다시 그런 시도를 하는 경우엔 사람들이 의사 선생님께 책임을 물을 수 있어요."

코타르는 눈물 어린 목소리로 다시는 그런 짓을 하지 않을 것이고, 순간적으로 정신이 나가서 그랬던 것뿐이니 자기를 그냥 가만히 내버려 두면 좋겠다고 말했다. 리외는 처방전을 썼다.

"알겠습니다." 리외가 말했다. "이 일은 그냥 덮어 두기로 하죠. 2, 3일 후에 다시 오겠습니다. 그러니 어리석은 짓은 하지 마세요."

계단참에서 그는 그랑에게 자기는 신고를 할 수밖에 없지만, 형사에게 이틀 후에나 조사해달라고 부탁할 생각이라고 말했다.

"하지만 오늘 밤에 누군가 저 사람을 좀 지켜봐야 합니다. 가족은 있나요?"

"제가 알기로는 없어요. 하지만 제가 지켜볼 수 있습니다. 그를 잘 아는 건 아니지만, 이웃은 서로 도와야죠."

계단을 내려가면서 리외는 무의식적으로 구석 쪽을 바라보며 이 동네에서는 쥐들이 완전히 사라졌느냐고 그랑에게 물었다. 그랑은 전혀 모른다고 말했다. 쥐에 대한 이야기를 들은 적은 있지만, 그런 동네 소문에는 별로 관심이 없다는 것이었다.

"신경 쓸 일이 많아서요." 그가 덧붙였다.

리외는 서둘러 그랑과 악수를 했다. 아내에게 편지를 쓰기 전에 수위를 봐야 한다는 생각에 마음이 바빴다.

석간 신문 판매원들이 쥐들의 습격이 중단되었다고 외치고 있었다. 그러나 리외가 도착해 보니 수위는 한 손으로 배를 움켜쥐고 다른 손은 목덜미에 댄 채, 상반신을 침대 밖으로 내놓고 몹시 괴로워하며 불그스름한 담즙을 오물통에 게워내고 있었다. 그는 한동안 애를 쓰더니 숨을 헐떡이며 다시 자리에 누웠다. 체온이 39.5도였다. 목의 림프절과 사지가 부어올랐고, 옆구리에는 거무스름한 반점 두 개가 커지고 있었다. 이제 그는 배가 아프다고 신음을 했다.

"불에 타는 것 같아요." 그가 호소했다. "이 망할 쥐들 때문에 몸이 타들어 가는 것 같아요."

열 때문에 건조하게 갈라진 입술 사이로 간신히 말을 내뱉은 수위는 불거진 두 눈을 의사 쪽으로 돌렸다. 두통 때문에 눈물이 글썽글썽했다. 그의 아내는 아무 말이 없는 리외를 불안한 표정으로 바라봤다.

"선생님, 도대체 어떻게 된 건가요?" 그녀가 말했다.

"여러 가지로 볼 수 있습니다. 하지만 확실한 건 아무것도 없어요. 먹을 것은 가볍게만 주시고, 물을 충분히 마시게 하세요."

수위는 극심한 갈증을 호소하고 있었다. 집에 돌아온 리외는 시내에서 가장 권위 있는 동료 의사 리샤르에게 전화를 걸었다.

"아뇨." 리샤르가 말했다. "특이한 점은 전혀 없었습니다."

"국부 염증을 동반한 발열 같은 것도 없었나요?"

"아! 그리고 보니 림프절에 염증이 심한 환자가 두 명 있습니다."

"비정상적이다 싶을 정도였나요?"

"글쎄요, 그건 정상을 어떻게 정의하느냐에 따라 다를 것 같은데요."

어쨌든 그날 밤 수위는 열이 40도까지 오르는 가운데 '그놈의 쥐'들에 대해 계속 헛소리를 했다. 리외는 고정농양 치료를 시도해 보았다. 테레빈이 들어가자 그는 살이 타는 듯한 통증 때문에 고함을 질렀다.

"이 망할 것들!"

림프절은 전보다 더 부어올랐고 손으로 만져보니 딱딱한 심이 살에 박힌 것처럼 느껴졌다. 수위의 아내는 제정신이 아니었다.

"밤새 잘 지켜보세요." 의사는 말했다. "무슨 일이 생기거든 전화하세요."

그 다음날인 4월 30일, 푸르고 약간 눅눅한 하늘에는 벌써 훈훈한 봄바람이 불고 있었다. 먼 교외 쪽에서 꽃향기가 미풍에 실려 왔다. 거리에서 들려오는 아침의 소음이 보통 때보다 더 활기차고 유쾌하게 느껴졌다. 일주일 동안 겪었던 막연한 걱정에서 벗어나 홀가분해진 이 작은 도시의 사람들에게 그날은 새로운 시작처럼 느껴졌다. 리외도 아내에게 편지를 받고 한결 가벼운 마음으로 수위의 방으로 내려갔다.

그날 아침에는 열이 38도로 내려가 있었다. 여전히 쇠약해 보였지만, 그는 미소를 짓고 있었다.

"좀 나은 것 같아요. 그렇죠, 선생님?" 그의 아내가 말했다.

"좀 더 두고 봅시다."

정오가 되자 열이 갑자기 40도까지 올랐다. 수위는 계속 헛소리를 했고, 다시 토하기 시작했다. 목의 림프절은 건드리기만 해도 아파서 가능한 한 목을 몸에서 멀리 두고 싶어 하는 것 같았다. 그의 아내는 침대 발치에 앉아 두 손을 이불 위에 올려놓고 환자의 두 발을 잡고 있었다. 그녀는 간절한 표정으로 리외를 바라보았다.

"잘 들으세요. 환자를 병원으로 이송해서 특수 치료를 해야겠습니다. 제가 구급차를 부르죠."

두 시간 후, 의사와 아내는 구급차에서 환자를 살펴보고 있었다. 궤양으로 뒤덮인 미셸의 입은 살짝 벌어져 있었고 알 수 없는 말을 쏟아냈다. 그는 계속 "쥐들! 망할 놈의 쥐들!"이라고 말했다. 그의 얼굴은 푸르스름해졌고, 입술에는 핏기가 없었다. 호흡도 불

규칙했다. 림프절 때문에 팔다리를 불편하게 뻗친 채, 마치 침대에 파묻히고 싶다는 듯, 혹은 땅속 깊은 곳에서 무엇인가가 그를 끊임없이 불러대기라도 하는 듯, 수위는 어떤 보이지 않는 무게에 짓눌려 숨막혀하는 것 같았다. 그의 아내는 울고 있었다.

"더 이상 가망이 없는 건가요, 선생님?"

"사망하셨습니다." 리외가 말했다.

★

수위의 죽음과 더불어 영문 모를 징조들만 난무하던 시기가 끝났고, 상대적으로 더 어려운 시기가 다시 시작되었다. 초기의 놀라움은 점차 공황으로 변해갔다. 초기 사건들을 돌이켜보던 시민들은 이 작은 도시가 쥐들이 햇빛 비치는 곳으로 기어 나와 죽고, 수위가 이상한 병으로 목숨을 잃는 곳이 될 것이라고는 꿈에도 생각해 본 적이 없었다. 시민들은 잘못 생각하고 있었고, 이제는 당연히 생각을 고쳐야 했다. 만약 모든 것이 거기에서 그쳤다면 아마도 초기 일들은 기억 속에 묻히고 말았을 것이다. 그러나 수위나 빈민이 아니었던 다른 시민들마저 수위가 간 길을 따라가게 되자, 그때부터 공포와 더불어 반성이 시작되었다.

그러나 이 새로운 시기에 대해 자세히 말하기 전에 서술자로서 지금까지 설명한 시기에 대한 다른 사람의 견해를 제시하는 것이 필요할 것이라고 생각한다. 이 이야기의 초반에 만나본 인물인 장 타루는 몇 주일 전부터 오랑에 정착한 후, 시내 중심가에 있는 대형 호텔에서 지내고 있었다. 그는 직업이 없는 듯했지만, 형편은 넉넉한 듯했다. 사람들은 점점 그에게 익숙해졌지만, 그가 어디서

왔고 왜 오랑에 왔는지 아는 사람은 없었다. 그는 공공장소에 사주 모습을 드러냈고, 봄이 되면서부터 바닷가에서 거의 매일 모습을 볼 수 있었다. 그는 수영을 꽤나 즐기는 모습이었다. 호탕한 성격에 늘 웃는 낯인 그는 일상적인 오락거리들을 다 좋아하면서도 그것의 노예가 되지는 않았다. 사실 사람들이 알고 있는 그의 유일한 습관은 우리 도시에 있는 많은 스페인 무용수들이나 음악가들을 꾸준히 만난다는 것 정도였다.

어쨌든 그의 수첩들은 우리가 견뎌야 했던 이 힘든 시기에 대한 일종의 체험수기라고 할 수 있다. 그러나 문제는 그것이 별 의미도 없는 자질구레한 일들만 기록하기로 작정한 것처럼 아주 특이한 체험수기라는 것이다. 언뜻 보기에는 타루가 사람이나 사물을 초연한 태도로 바라보려고 애썼다는 느낌을 받을 수 있었다. 그는 그 혼란스러운 시기에 아무 이야깃거리도 되지 못하는 것을 기록하는 역사가가 되려고 노력했다. 분명 사람들은 그의 이런 선택을 유감스럽게 여기고, 그의 마음이 메말라서 그런 것이 아닐까 하는 의혹을 품을 수 있을 것이다. 그러나 그 수첩들이 그 시대에 대한 체험수기로서 나름 중요한 세부사항을 전달하고 있으며, 그것이 나름의 중요성을 지니고 있다는 것도 부인할 수 없는 사실이다. 그리고 바로 그 기묘한 특성 때문에 이 흥미로운 인물에 대해 성급한 판단을 내리지 못하는 것도 분명한 사실이다.

장 타루가 남긴 초기의 기록들은 오랑에 도착한 날로 거슬러 올라간다. 그 기록들은 그가 이렇게 추한 도시에 살게 된 것을 이상할 정도로 처음부터 만족스러워했다는 것을 보여준다. 그는 시청을 장식하고 있는 두 마리의 청동 사자상을 자세히 묘사하고 있으며, 시내에 나무가 부족한 사실이나 볼품없는 집들과 합리적이지 못한 도시계획에 대해서도 호의적으로 평가했다. 타루는 전차나 거리에서 들은 대화도 가감 없이 기록해놓았다. 다만 캉이라는 사람에 대해 두 전차 차장이 주고받은 대화 내용에 대해서는 예외적으로 자신의 의견을 달아 놓았다.

"자네도 캉을 잘 알지?" 그중 한 명이 물었다.

"캉? 그 키 크고 검은 콧수염을 기른 사람 말이야?"

"맞아. 선로 변경을 담당했었지."

"그래, 맞아. 이제 기억나."

"글쎄, 그 사람이 죽었어."

"저런! 언제?"

"쥐 때문에 난리가 난 다음에."

"거참! 대체 뭣 때문에 그랬대?"

"잘 모르겠어. 열병 때문이었나 봐. 그 친구가 몸이 건강하진 않았잖아. 겨드랑이에 종기가 났는데, 그걸 견디지 못한 거지."

"그래도 보기엔 남들이랑 별 차이 없어 보였는데."

"아니야, 폐가 약했어. 그래도 관악대에서 트롬본을 불었지. 트롬본을 계속 불면 폐에 무리가 가잖아."

"그래, 폐가 약하면 그런 큰 악기를 불면 안 되지."

이런 내용을 기록한 후, 타루는 건강에 좋지 않을 것이 분명한데 캉이 왜 관악대에 들어갔는지, 또 일요일 시가행진을 하려고 목숨을 걸게 된 본질적인 이유가 무엇이었는지에 대해 의문을 던졌다.

이어서 타루는 그의 방 맞은편 발코니에서 종종 벌어지는 어떤 광경에 흥미를 느낀 듯했나. ⌐의 호텔 방은 작은 뒷골목으로 이어져 있었는데, 고양이들이 그곳 담벼락 그늘에서 낮잠을 자곤 했다. 그런데 매일 점심 식사 후 도시 전체가 더위 속에서 졸고 있을 때면 길 건너편 발코니에 키 작은 노인 한 명이 모습을 드러냈다. 흰머리를 단정하게 빗고 군복처럼 재단한 옷을 입은 그 노인은 꼿꼿하고 근엄해 보였는데, 약간 거리감이 있으면서도 부드러운 목소리로 "나비야, 나비야." 하고 고양이들을 불렀다. 고양이들은 몸은 움직이지 않은 채, 졸음에 겨워 흐릿한 눈을 쳐들었다. 노인이 고양이들의 머리 위로 종이를 잘게 찢어 거리에 뿌리면, 고양이들은 나비처럼 휘날리는 흰 종잇조각에 이끌려 길 한가운데로 나와 마지막으로 떨어지는 종잇조각을 향해 머뭇거리며 한쪽 발을 내밀었다. 그러면 노인은 고양이를 향해 힘차게 그리고 정확하게 가래침을 탁 뱉는 것이었다. 그 가래침 중 하나가 목표물에 맞으면 그는 신이 나서 웃었다.

마지막으로 타루는 도시의 풍경과 활기, 심지어 유흥과 향락까지도 상거래의 필요성에 의해 조종되는 것 같은 이 도시의 상업적 성격에 완전히 매혹된 것 같았다. 그는 이런 특이성(수첩에서 사용된 표현이다)을 높이 평가했다. 그의 칭찬 중에는 '드디어!'라는 감탄사로 끝맺는 것도 있었다.

이것들이 이 시기에 그의 기록에서 개인적인 성품이 드러나는 유일한 대목들이다. 다만 그 말이 의미하는 바가 무엇인지, 얼마나 진지한 것인지 판단하기는 어렵다. 예를 들어 죽은 쥐 한 마리를 발견한 호텔 경리가 계산 실수를 범하게 된 이야기를 자세히 기록한 다음, 타루는 평소보다 불분명한 필체로 다음과 같이 덧붙이고 있었다. '질문: 시간을 허비하지 않으려면 어떻게 해야 하는가? 답: 시간의 길이를 몸소 체험해 볼 것. 그 구체적인 방법: 치과 대기실의 불편한 의자에 앉아 여러 날을 보내 볼 것. 일요일 오후를 자기 집 발코니에서 보내 볼 것. 이해하지 못하는 외국어로 하는 강연을 들어볼 것. 가장 길고 가장 불편한 철도 노선을 골라 입석으로 여행해 볼 것. 공연장 매표소에 줄을 서고 표는 사지 말 것 등등.'

이런 엉뚱한 이야기와 생각에 이어 수첩에는 도시에서 볼 수 있는 전차, 그것의 조각배 같은 모양, 그 어정쩡한 색깔, 일관된 더러움 등에 대한 상세한 묘사가 등장한다. 그리고 '굉장하다'라는 애매한 표현으로 관찰을 끝맺고 있었다.

어쨌든 쥐 사건에 대해 타루가 기술해 놓은 것은 다음과 같다.

오늘은 맞은편에 사는 키 작은 노인이 난감해하고 있다. 고양이가 한 마리도 없기 때문이다. 길거리에서 수없이 발견되는 죽은 쥐들 때문에 살아있는 쥐들에 대한 사냥 본능이 자극을 받았는지 길거리에서는 고양이들이 사라져버렸다. 내 생각에 고양이들이 죽은 쥐를 먹는다는 것은 말도 안 되는 일이다. 내가 키웠던 고양이들은 죽은 쥐라면 질색하던 기억이 난다. 아마도 고양이들은 지하실에서 사냥을 하느라 뛰어다니고 있을 것이고, 노인은 난처해하고 있다. 머리도 전처럼 빗지 않았고 풀이 죽어 보인다. 그는 불안해하고 있는 것이 분명하다. 잠시 후 그는 허공에다 가래침을 탁 뱉고는 안으로 들어가 버렸다.

오늘 시내에서 죽은 쥐가 전차 내에서 발견되는 바람에 전차가 멈취 섰다. 여자 두세 명이 선차에서 내렸다. 쥐는 밖으로 던져졌다. 전차는 다시 출발했다.

호텔의 야간 경비원은 믿을 만한 사람인데, 이 수많은 쥐 때문에 불행한 일이 생길 것 같은 예감이 든다고 내게 말했다. '쥐들이 배를 떠나면⋯'. 나는 배에서라면 그럴 수도 있겠지만 도시에서도 그런 일이 일어난다는 증거가 전혀 없었다고 대답했다. 그러나 그는 확신하고 있었다. 나는 그에게 어떤 불행이 다가올 것 같은지 물었다. 그는 불행은 예상할 수 없기 때문에 대답할 수 없다고 했다. 그러나 그것이 지진이라 할지라도 놀라지 않을 것 같다고 했다. 내가 그럴 수도 있겠다고 동조했더니 그는 그것 때문에 걱정되지 않느냐고 물었다.

'내가 관심 있는 건 딱 한 가지인데, 그건 바로 마음의 평화를 얻는 것이랍니다.' 내가 그에게 대답했다.

그는 무슨 말인지 잘 알겠다고 했다.

호텔 식당에는 아주 흥미로운 가족이 있다. 아버지는 키가 크고 말랐고 늘 깃이 빳빳한 검은 양복 차림이다. 머리 가운데가 벗겨지고 오른쪽과 왼쪽에는 잿빛 머리카락이 한 움큼씩 남아 있다. 작고 둥근 눈, 좁은 코, 일자로 다물고 있는 입은 잘 훈련받은 올빼미 같은 인상이다. 그는 늘 가장 먼저 식당 문 앞에 도착해 옆으로 비켜서서 까만 생쥐같이 생긴 자그마한 아내를 들여보내고, 그다음에는 훈련받은 푸들처럼 차려입은 아들과 딸을 뒤따라 들여보냈다. 식탁에 이르면 그는 아내가 자리에 앉기를 기다렸다가 자리에 앉는다. 그러고 나면 두 강아지도 비로소 자기들의 자리에 앉을 수 있다. 그는 아내와 아이들에게 존댓말을 쓴다. 아내에게는 예의바르지만 가시 돋친 말을 하고, 자식들에게는 단호하게 쏘아붙인다.

'니콜, 아주 불쾌하게 행동하는군요.'

그러면 딸아이는 곧 울상이 된다. 마땅히 그래야 하는 것처럼.

오늘 아침에는 아들이 쥐 사건으로 몹시 흥분해 있었고, 그 이야기를 하기 시작했다.

'필리프, 식탁에서는 쥐 이야기를 하는 게 아니에요. 앞으로 그런 얘기는 금지하겠어요.'

'아버지 말씀이 옳아.' 까만 생쥐가 말했다.

두 강아지는 밥그릇에 코를 박았고, 올빼미는 짧게 고갯짓을 하며 고맙다고 표현했다.

이런 좋은 예도 있었지만, 시내는 온통 쥐 이야기로 떠들썩했다. 신문도 거기에 한몫 거들었다. 평소에는 다양한 내용으로 꾸며지던 지역 신문 기사도 이제 지면 전체가 시 당국에 대한 반대 캠페인으로 가득 차 있었다. '우리 시 당국자들은 쥐들의 사체가 썩으면 큰 위험을 초래할 수 있다는 사실을 알고 있는가?' 호텔 지배인은 입만 열면 그 이야기였다. 화가 나서 그러는 것이기도 했다. 죽은 쥐가 품격 있는 호텔 승강기에서 발견된다는 것은 상상조차 할 수 없었던 일이었다. 나는 그를 위로하려고 이렇게 말했다. '다들 같은 상황이에요.'

'맞습니다.' 그가 대답했다. '이제 우린 남들과 똑같은 수준이 된 겁니다.'

사람들이 걱정하기 시작한 그 열병의 사례들을 나에게 처음 말해준 것이 바로 그 지배인이었다. 호텔의 하녀 한 명이 열병에 걸렸던 것이었다.

'물론 전염성은 아닙니다.' 그가 황급히 말했다.

나는 그런 것은 상관없다고 말했다.

'아, 알겠습니다. 손님도 저처럼 운명론자이시군요.'

나는 그런 말을 한 적이 없었고, 게다가 운명론자도 아니다. 나는 그에게 그렇게 말해 주었다.

여기서부터 타루는 시민들이 걱정하던 그 원인 불명의 열병을 수첩에 좀 더 상세하게 기록하기 시작했다. 쥐들이 자취를 감추자 고양이들이 다시 나타났고, 키 작은 노인이 끈질기게 가래침 사격을 하고 있다는 사실을 기록하면서, 타루는 열병에 걸린 환자의 수가 이미 10여 명이며, 대부분 치명적이었다고 덧붙였다.

마지막으로 참고 자료가 될 수도 있으니 타루가 묘사한 의사 리외의 모습을 옮겨보겠다. 서술자의 판단으로는 상당히 충실한 묘사로 보인다.

나이는 약 서른다섯 살. 중간 키. 딱 벌어진 어깨. 거의 직사각형에 가까운 얼굴. 짙고 정직해 보이는 눈. 튀어나온 턱. 크고 반듯한 코. 아주 짧게 깎은 검은 머리. 활처럼 둥근 입. 도톰하고 거의 늘 다물어져 있는 입술. 햇볕에 그을린 피부와 팔과 손에 있는 검은 털, 늘 입고 다니는 짙은 색 양복 때문에 시칠리아 섬의 농부 같은 인상을 줌. 걸음이 빠름. 길을 건널 때는 걷던 속도 그대로 보도에서 내려감. 세 번 중에 두 번은 반대편 보도에 올라설 때 가볍게 뛰어 올라감. 운전 중에 방심하는 편이라 모퉁이를 돈 후에도 방향등을 안 끄고 그냥 갈 때가 많음. 모자는 늘 쓰지 않음. 지식이 많아 보임.

★

타루가 기록한 수치는 정확했다. 리외도 상황이 심각해지고 있다는 사실을 잘 알고 있었다. 수위의 시신을 격리한 다음, 리외는 사타구니에 생기는 열병에 대해 물어보기 위해 동료 의사 리샤르에게 다시 전화를 걸었다.

"전혀 모르겠습니다." 리샤르가 말했다. "사망자가 둘인데, 하나는 48시간 만에 죽었고, 다른 사람은 3일 만에 죽었습니다. 두 번째 사람은 둘째 날 갔을 때 보니 회복 중인 것 같았습니다."

"다른 사례가 생기거든 알려주세요." 리외가 말했다.

그는 다른 의사들에게도 전화를 걸었다. 이런 식으로 조사해 본 결과, 유사한 사례가 며칠 사이에 약 20건 정도 발생했다. 거의 대부분 치명적이었다. 그래서 리외는 오랑의 의사 협회 회장이기도 한 리샤르에게 새로 발병하는 환자들을 격리해 달라고 요청했다.

"죄송합니다만 저도 어쩔 수가 없습니다." 리샤르가 말했다. "도청에서 조치를 취해야 할 겁니다. 그런데 전염될 위험이 있다는 근거가 있나요?"

"확실한 건 없습니다. 하지만 분명 증상들은 걱정스럽습니다."

그러나 리샤르는 '자기에게는 권한이 없다'는 말만 반복했다. 그가 할 수 있는 일이라고는 도지사에게 이야기해보는 정도였다.

대화가 오가는 동안 날씨가 악화되었다. 수위가 죽은 다음 날, 짙은 안개가 하늘을 뒤덮었고 억수 같은 소나기가 퍼부었다. 갑작스러운 소나기에 이어 푹푹 찌는 더위가 계속되었다. 바다는 짙은 푸른빛을 잃고, 안개 낀 하늘 아래에서 은빛으로 혹은 무쇠빛으로 눈이 아플 만큼 번뜩거렸다. 봄 더위에 습도까지 높아서 차라리 한여름의 뜨거운 열기가 더 나아 보였다. 높은 언덕에 달팽이 모양으로 건설되는 바람에 바다와는 거의 등지고 있는 이 도시를 우울한 무력감이 짓누르고 있었다. 초벽칠이 된 긴 벽들 사이에서, 먼지가 자욱이 내려앉은 진열장들이 늘어선 거리에서, 더러워서 누렇게 된 전차 안에서, 사람들은 하늘 아래 감금당한 죄수가 된 기분이었다. 리외가 돌보고 있는 늙은 스페인 출신 환자만이 이 날씨를 즐기고 있었다.

"푹푹 찌네요. 천식에는 아주 좋은 날씨예요." 그가 말했다.

실제로 푹푹 찌는 날씨였다. 열병도 마찬가지였다. 도시 전체가 열병을 앓고 있었다.

어쨌든 리외는 코타르의 자살 시도에 대한 조사에 입회하기 위해 페데르브 거리로 가던 날 아침, 그의 머리를 떠나지 않고 따라다니던 느낌을 애써 외면했다. 그는 그런 터무니없는 느낌을 신경 과민과 걱정거리 탓으로 돌렸다. 그는 먼저 머릿속부터 정리해야겠다는 생각이 들었다.

목적지에 도착했을 때 형사는 아직 와 있지 않았다. 그랑이 계단참에서 기다리고 있었다. 그들은 우선 그랑의 집에 들어가서 문을 열어놓고 기다리기로 했다. 시청 직원인 그는 방 두 개짜리 집에 살고 있었는데, 가구가 아주 단출했다. 눈에 띄는 것이라고는 두어 권의 사전이 꽂혀 있는 흰색 나무 선반과 작은 칠판 하나뿐이었다. 거기에는 반쯤 지워졌지만 '꽃이 만발한 오솔길들'이라는 글씨를 알아볼 수 있었다.

그랑에 의하면 코타르가 지난밤 잠을 잘 잤다고 했다. 그러나 아침에 일어나서는 두통이 있고 기분이 몹시 처진다는 것이다. 그랑도 피곤하고 신경이 곤두서 보였다. 그는 탁자 위에 놓은 두툼한 서류철을 열었다 닫았다 하며 방 안을 이리저리 서성였다.

그러면서 리외에게 자기는 코타르를 잘 모르지만 재산이 좀 있는 것 같다고 말했다. 코타르는 좀 묘한 사람이었다. 둘의 관계는 오랫동안 기껏해야 계단에서 마주치면 인사나 하는 사이에 불과했다.

"전 그 사람이랑 딱 두 번 이야기를 해봤어요. 며칠 전에 분필 상자 한 통을 집에서 가져 나오다가 계단에서 쏟았어요. 빨간색과 파란색 분필이었죠. 그때 마침 코타르가 나오더니 줍는 것을 도와주었어요. 그는 이렇게 여러 가지 색깔의 분필을 어디에 쓰냐고 물었어요."

그랑은 라틴어를 다시 공부해볼까 한다고 코타르에게 설명했다. 고등학교를 마친 후로 실력이 점점 줄어들었던 것이다.

"라틴어가 프랑스어 단어의 의미를 이해하는 데 도움이 된다고 들은 적이 있거든요." 그랑이 리외에게 말했다.

그래서 그는 칠판에 라틴어 단어들을 써 놓았었다. 파란색 분필로는 어미 변화와 동사 변화에 따라 변하는 부분을, 빨간색 분필로는 변하지 않는 부분을 적어 두곤 했다.

"코타르가 내 말을 제대로 이해했는지는 잘 모르겠어요. 하지만 흥미가 생겼는지 빨간색 분필을 달라고 했어요. 약간 놀라긴 했지만 어쨌든… 그 분필이 그런 계획에 사용되리라고는 물론 전혀 짐작하지 못했어요."

리외는 그들의 다음 대화 내용이 무엇이었는지 물었다.

그런데 그때 형사가 부하와 함께 도착해서 먼저 그랑의 진술을 듣고 싶다고 했다. 리외는 그랑이 코타르 이야기를 할 때마다 항상 그를 '절망에 빠진 사람'이라고 부른다는 점을 알게 되었다. 심지어 한번은 '숙명적 결단'이라는 표현을 사용하기도 했다. 그들은 자살 시도 동기에 대해 의견을 나누었고, 그랑은 어휘 선택에 신중을 기했다. 그리고 마침내 '내적 비애'라는 단어를 찾아냈다. 형사가 그랑에게 코타르의 태도 중에서 중대한 결심을 했는지 짐작하게 해 주는 것이 없었느냐고 물었다.

"그 사람이 어제 내 방문을 두드리더니 성냥을 좀 빌려달라고 했어요. 그래서 통째로 줬더니, 이웃 사이에 어쩌고 하면서 미안하다고 하더군요. 그러고는 곧 돌려주겠다고 했는데, 저는 그냥 가지라고 했어요." 그랑이 말했다.

형사는 그랑에게 코타르에게서 이상한 점을 느끼지 못했는지 물었다.

"이상했던 건 그가 자꾸 말을 걸고 싶어 하는 눈치였다는 거예요. 제가 바쁘다는 건 눈치채지 못했나 봐요." 그랑은 리외 쪽으로 고개를 돌리면서 슬그머니 덧붙였다. "전 그때 개인적인 일을 하고 있었거든요."

형사는 환자를 만나보겠다고 했다. 그러나 리외는 먼저 코타르에게 마음의 준비를 하도록 전하는 것이 낫겠다고 판단했다. 방에 들어가 보니, 코타르가 연한 회색 플란넬 잠옷만 입은 채 침대에 앉아 있다가 불안한 표정으로 문 쪽을 바라보았다.

"경찰이죠, 그렇죠?"

"네, 하지만 염려할 것 없어요. 형식적인 조사 두세 가지만 하면 끝날 거예요." 리외가 말했다.

코타르는 그런 것은 전부 소용없는 짓이고, 자신은 경찰을 좋아하지 않는다고 답했다. 리외는 언짢아졌다.

"나도 경찰을 좋아하지 않아요. 하지만 한 번에 일을 끝내려면 경찰의 질문에 빠르고 정확하게 대답해야 합니다."

코타르는 아무 말도 하지 않았고, 리외는 문을 향해 돌아섰다. 그러자 코타르가 서둘러 리외를 불렀다. 그가 침대 가까이 오자 두 손을 잡으면서 말했다.

"아픈 사람을, 목을 매달았던 사람을 건드리지는 않겠죠. 그렇죠, 선생님?"

리외는 한동안 그를 물끄러미 바라보다가, 그런 걱정은 할 필요가 없으며, 환자를 보호하기 위해 자기가 여기에 있는 것이니 안심하라고 말했다. 코타르가 긴장이 풀어지는 것을 보고 리외는 형사를 들어오게 했다.

형사는 코타르에게 그랑의 증언을 읽어준 뒤, 자살 동기를 밝힐 수 있느냐고 물었다. 그는 형사를 보지 않은 채 "내적 비애, 바로 그겁니다."라고만 답했다. 형사는 또 그런 짓을 할 건지 대답하라고 다그쳤다. 그러자 코타르는 흥분한 채 그럴 생각은 없으니 제발 자기를 내버려 두라고 대답했다.

형사가 짜증이 난 어조로 말했다. "분명히 말해두지만, 지금 다른 사람들에게 폐를 끼치는 건 바로 당신이야."

그러나 리외의 만류로 조사는 그쯤에서 마무리되었다.

밖으로 나오면서 형사가 한숨을 쉬며 말했다. "아시겠지만 열병이 발생한 이후로 우리가 신경 써야 할 일이 한두 가지가 아닙니다…."

형사는 상황이 심각하냐고 물었고, 리외는 모르겠다고 대답했다.

"날씨 때문입니다. 분명히 그것 때문일 거예요." 형사가 결론을 내리듯 말했다.

어쩌면 날씨 때문인지도 모를 일이었다. 시간이 지날수록 모든 것이 손에 끈적거리며 달라붙었고, 리외는 왕진을 다닐수록 더 불안해졌다. 그날 저녁, 교외에 사는 늙은 환자의 이웃 하나가 사타구니를 쥐고 헛소리를 하더니 열이 오르고 구토를 했다. 림프절의 멍울들은 수위의 것보다 더 컸다. 그중 하나는 곪기 시작했고 곧 썩은 과일처럼 갈라졌다. 리외는 집으로 돌아와 도청의 의약품 관리소에 전화를 걸었다. 하지만 그날 그의 임상 일지에는 '부정적인 대답'이라고 적혀 있었다. 비슷한 증세를 보이는 환자들이 다른 곳에서도 리외에게 왕진을 청하고 있었다. 멍울을 째야만 했다. 그건 분명했다. 메스를 이용해 십자 모양으로 열어보니 멍울에서 피고름이 쏟아져 나왔다. 환자들은 피를 흘리고 사지를 뒤틀었다. 배와 다리에서는 반점이 돋아나면서 어떤 멍울들은 더 이상 곪지 않게 되었다가 또다시 부어올랐다. 대부분의 경우 환자들은 끔찍한 악취를 풍기며 죽었다. 쥐 사건에 대해 그렇게 시끄럽게 떠들던 신문이 이제는 아무 말이 없었다. 쥐들은 눈에 띄는 거리에 나와 죽은 반면, 사람들은 방 안에서 죽었기 때문이었다.

반면, 정부와 시청에서는 의문을 품기 시작했다. 의사들이 각자 기껏해야 두세 사례밖에 겪지 않았을 때는 그 누구도 사례들을 모아볼 생각을 안 했지만, 정부와 시청은 달랐다. 그들이 사례들을 모아볼 생각을 해본 것만으로도 충분했다. 사례를 전부 더해 합계를 내자 결과는 참담했다. 불과 며칠 동안에 사망자 수는 몇 배나 불어났고, 이 기이한 병에 주목하던 사람들은 이제 그것이 진짜 전염병이라는 사실을 명백히 깨달았다. 바로 그 무렵, 동료 의사이자 리외보다 나이가 훨씬 많은 카스텔이 리외를 찾아왔다.

"당연히 자넨 이게 뭔지 알겠지?" 그가 리외에게 말했다.

"부검 결과를 기다리는 중입니다."

"난 그 결과를 알고 있네. 부검할 필요도 없어. 난 한동안 중국에서 의사 생활을 했고, 20년 전에 파리에서도 그런 사례를 몇 번본 적이 있다네. 그 당시에는 아무도 감히 그것에 병명을 붙일 엄두를 못 냈었네. 여론이란 무서운 것이니까, 섣불리 행동해서는 안된다는 거였지. 그렇지만 그때 한 의사가 내게 말했네. '이건 있을수 없는 일이다. 서양에서는 그것이 자취를 감췄다는 것쯤은 누구나 다 알고 있다.'고 말이지. 그렇네, 다들 알고 있었지, 죽은 사람만 빼고는. 자, 리외. 자네도 이게 무슨 병인지 잘 알고 있잖아."

리외는 잠시 생각에 잠겼다. 그는 진료실 창문 너머, 멀리 만(灣) 절벽의 바위 등성이를 바라보고 있었다. 해가 저물면서 하늘은 아직 푸른색이긴 했지만, 점점 광채가 부드러워지고 있었다.

"그래요, 카스텔." 그가 대답했다. "믿어지지 않지만, 페스트가 확실한 것 같습니다."

카스텔은 일어나서 문 쪽으로 걸어갔다.

"사람들이 우리에게 뭐라고 반론할지 알고 있겠지? 그건 온대지방에서는 이미 수년 전에 없어졌다고 말할 걸세."

"없어졌다고요? 그게 무슨 뜻일까요?" 리외는 어깨를 으쓱하며 대답했다.

"그렇다네. 잊지 말게. 파리에서도 페스트가 소멸한 건 고작 20년 정도밖에 안 된 일이라는 것 말일세."

"알겠습니다. 그때보다 심하지 않기를 바라야겠군요. 그렇지만 정말 믿을 수가 없는 일입니다."

'페스트'라는 단어가 처음으로 언급되었다. 이 대목에서 베르나르 리외가 자기 진료실 창문 앞에서 주저하고 놀란 듯한 태도를 보인 것에 대해 서술자로서 설명하고자 하니 허락해주기 바란다. 왜냐하면 약간의 차이는 있지만, 시민들도 대부분 그와 비슷한 반응을 보였기 때문이다. 사실 재앙이란 모두가 다 겪는 일이지만, 그것이 막상 자기에게 들이닥치면 사람들은 여간해서는 믿지 못하는 법이다. 이 세상에는 전쟁만큼이나 페스트도 많이 발생했었다. 그러면서도 페스트나 전쟁이 발생하면 사람들은 언제나 속수무책이었다. 리외도 다른 시민들과 마찬가지로 아무 대책이 없었다. 그의 망설임은 그렇게 이해해야 할 것이다. 전쟁이 일어나면 사람들은 '오래 가지는 않을 거야. 너무 어리석은 짓이니까.'라고 말한다. 전쟁이 어리석다는 것은 분명한 사실이지만, 그렇다고 해서 전쟁이 금방 끝나는 것은 아니다. 어리석음은 늘 끈질긴 법이다. 만약 사람들이 항상 자기 생각만 하고 있지 않다면 전쟁이 금방 끝나지 않는다는 사실을 깨달을 수 있었을지도 모른다.

그런 점에서 우리 시민들은 다른 모든 사람과 마찬가지로 자기네들 생각만 하고 있었다. 다시 말해 그들은 휴머니스트들이었다. 즉 그들은 재앙을 믿지 않았다. 재앙이란 인간의 척도로 측정할 수 없는 것이기에, 인간들은 재앙을 비현실적인 것, 곧 지나가버릴 악몽에 불과한 것으로 여긴다. 재앙은 지나가버릴 때도 있지만 늘 그런 것은 아니다. 반복되는 악몽 속에서 사라지게 되는 것은 바로 사람들이다. 특히 그 선두에 휴머니스트들이 서 있다. 왜냐하면 그들은 미리 대비하지 않기 때문이다.

우리 시민들이 다른 사람들보다 더 잘못한 것도 아니었다. 그들은 겸손할 줄 몰랐을 뿐이다. 그들은 아직 모든 것이 다 가능하다고 믿고 있었고, 그 생각은 재앙이란 있을 수 없다는 것을 전제로 하고 있었다. 그들은 사업을 계속했고, 여행을 떠날 준비를 했고, 각자 나름의 의견이 있었다. 미래와 여행, 토론 같은 것을 앗아가 버리는 페스트를 그들이 상상이나 할 수 있었겠는가? 그들은 자신들이 자유롭다고 믿고 있었지만, 재앙이 존재하는 한 그 누구도 결코 자유로울 수 없는 것이다.

환자들이 소리 없이 여기저기서 발생하고 페스트로 죽었다는 사실을 인정한 후에도, 리외는 그 위험을 현실로 받아들일 수 없었다. 의사라는 직업을 가진 사람은 고통에 대해 나름대로의 생각을 해서 조금 더 풍부한 상상력을 갖게 되는 법이다. 아무것도 변하지 않은 창밖의 도시를 내다보면서 리외는 이른바 불안이라는 미래 앞에서 가슴속에 가벼운 구토증, 막연한 불안감이 생기는 것을 얼핏 느꼈다.

그는 그 병에 대해 알고 있는 것들을 머릿속에 모아 보려고 노력했다. 숫자들이 그의 기억 속을 떠다녔다. 역사에 기록될 정도로 규모가 컸던 30여 차례의 대규모 페스트로 인해 1억 명에 가까운 사망자가 발생했다는 사실이 떠올랐다. 그러나 1억 명의 사망자가 과연 무슨 의미일까? 전쟁이 발생하게 되면 죽은 사람의 수는 큰 의미가 없게 된다. 게다가 죽음도 죽는 모습을 목격한 경우에만 실감하는 법이다. 따라서 오랜 역사에 걸쳐 여기저기 흩어져 있는 1억 명의 죽음이란 그저 상상 속에 피어나는 한 줄기 연기에 불과할 뿐이다. 하루 사이 만 명의 희생자가 발생했다고 프로코피우스가 전한 바 있는 콘스탄티노플의 페스트가 기억났다. 사망자 만 명이라면 대형 극장에 입장한 관객의 다섯 배에 해당하는 수치이다. 이렇게 생각해보면 될 것이다. 극장 다섯 곳에서 나오는 사람들을 시내의 큰 광장으로 데려가서 무더기로 죽인 후 쌓아놓는 것을 말이다. 그러면 이 수치가 좀 더 분명하게 보일 것이다. 그렇게 하면 적어도 이름 모를 시체 더미 위에 아는 얼굴들을 올려놓을 수 있을 것이다. 물론 이것은 실현 불가능한 일이고, 또 누가 만 명씩이나 남의 얼굴을 알고 있단 말인가? 더구나 프로코피우스 같은 옛날 역사가들이 수를 셀 줄 모른다는 건 널리 알려진 사실이다. 70년 전 중국 광둥에서는 주민들이 재앙에 관심 갖기 전에 이미 4만 마리의 쥐가 페스트로 죽었다. 그러나 1871년에는 쥐의 수를 셀 수 있는 방법이 없었다. 그들은 어림짐작으로 대강 계산했고 오차가 생길 가능성이 매우 컸다.

"쥐 한 마리의 길이를 30센티미터라고 할 때 4만 마리를 이어 놓으면…" 리외는 혼자 중얼거렸다.

그는 초조해졌다. 지금까지는 방관하고 있었지만, 이제 그래서는 안 되었다. 몇 가지 사례만 보고 전염병이라고 할 수는 없는 것이므로 예방책을 잘 세우면 충분할 것이다. 마비와 탈진 증세, 눈의 충혈, 구내염, 두통, 사타구니의 멍울, 극심한 갈증, 정신착란, 전신에 돋는 반점, 체내 파열, 그리고 마침내는… 이런 것들에 이어 리외의 기억 속에 어떤 문장이 떠올랐다. 의학 서적에서 그런 증세들을 열거한 다음에 결론을 내리는 한 문장이었다. '맥박이 실낱같이 약해지고 미동하다가 숨이 끊어진다.' 그렇다, 그 같은 증세들이 나타난 후에 환자는 한낱 실오라기에 매달린 형국이 되고, 네 명 중 세 명은 견디지 못하고 죽음을 재촉하고 마는 것이다.

리외는 여전히 창밖을 내다보고 있었다. 유리창의 저편에는 선선한 봄 하늘이 있었고, 이쪽 방 안에는 '페스트'라는 단어가 아직도 울리고 있었다. 그 단어에는 과학적 지식뿐만 아니라 일련의 수많은 이미지들도 포함되어 있었다. 그 이미지들은 이 시간이면 적당히 활기를 띠면서 시끄럽지 않게 웅성대는 이 도시와는 어울리지 않았다. 만약 인간이 행복하면서 동시에 침울할 수 있다면 행복하다고 할 수도 있을 이 누런 잿빛 도시와는 더욱 어울리지 않았다. 이 도시가 보여주는 이토록 무심하고 평온한 모습으로 인해 오랫동안 전해 내려오던 재앙의 이미지들은 손쉽게 지워져 버렸다. 페스트에 휩쓸려 새 한 마리 볼 수 없게 된 아테네, 침묵 속에 죽어가는 사람들로 가득했던 중국의 도시들, 썩은 물이 뚝뚝 떨어지는 시체들로 구덩이를 채우던 마르세유의 부역자들, 페스트의 광풍을 막기 위해 건설한 프로방스의 거대한 성벽, 야파 시와 그곳의 끔찍한 거지들, 콘스탄티노플 병원의 흙바닥에 깔린 축축하고 썩은 침대들, 환자들을 갈고리로 찍어서 질질 끌어내던 모습, 마스크를 쓴 의사들의 행렬, 밀라노의 공동묘지에서 벌어진

산 사람들의 성교, 공포에 질린 런던 시외 시체 운반 수레들, 그리고 언제 어디에서나 끊이지 않던 인간들의 비명으로 가득했던 낮과 밤. 아니, 이 모든 이미지도 이 한나절의 평화로움을 없애버리기에는 충분하지 못했다. 보이지는 않았지만, 유리창 저편에서 갑자기 전차의 경적이 울리면서 그 잔혹함과 고통을 순식간에 부인했다. 흐릿한 바둑판처럼 펼쳐진 집들의 저 끝에서 오직 바다만이 이 세상 속에 자리 잡은 불안한 그 무언가를 보여주고 있었다. 그때 리외는 만을 바라보며 루크레티우스가 말한 바 있는 화장터의 장작더미를 떠올렸다. 페스트가 휩쓸자 아테네 사람들은 바다 앞에 장작더미를 높이 세워놓고 밤중에 그곳에 시체를 갖다 놓았는데, 자리가 모자랄 정도였다. 산 자들은 소중했던 사람들의 시체를 그곳에 안치하기 위해 횃불을 휘두르며 서로 싸웠다. 시체를 포기하기보다는 피 터지는 싸움을 택했던 것이다. 어둡고 고요한 바다 앞에서 벌겋게 타오르는 장작, 탁탁 소리를 내며 타오르는 불꽃, 가만히 굽어보는 하늘을 향해 솟아오르는 짙고 독한 연기, 그 가운데 벌어지는 한밤중의 횃불 싸움이 떠올랐다. 그리고 더욱 두려운 것은….

그러나 이런 현기증 나는 상상에만 빠져 있을 수 없었다. '페스트'라는 단어가 언급된 것도, 지금 이 순간에도 그 재앙 때문에 한두 명의 희생자가 발생하고 있는 것도 모두 엄연한 사실이었다. 어쨌거나 페스트는 멈출 것이다, 아니 멈춰질 것이다. 우리가 해야 할 일은 인정해야 할 것을 확실하게 인정하고, 쓸데없는 환영을 쫓아버린 다음 적절한 대책을 세우는 것이다. 그렇게 하면 느닷없이 찾아온 페스트가 소리 소문 없이 다시 사라지면서 결국 멈출 것이다. 만약 페스트가 멈춘다면, 그것이 가장 가능성 있는 일이지만, 모든 게 잘 풀릴 것이다. 그 반대의 경우라면, 우리는 페스트가 어떤 것인지, 그리고 그것을 극복할 방법이 있는지를 알게 될 것이다.

창문을 열자 도시의 소음이 커졌다. 근처 공장으로부터 짧고 반복되는 날카로운 기계톱 소리가 들려왔다. 리외는 정신을 가다듬었다. 저 매일 매일의 노동, 바로 거기에 확신이 담겨 있었다. 나머지는 무의미한 파편들, 무의미한 몸짓들이었다. 그것에 시간을 낭비할 수는 없었다. 중요한 것은 자기 본분을 충실히 수행하는 것이었다.

의사 리외가 이런 생각을 하던 중, 조제프 그랑이 찾아왔다는 연락이 왔다. 시청 직원인 그는 다양한 업무를 맡고 있었지만, 정기적으로 통계과와 호적과에서 일을 했다. 그래서 그는 사망자 수집계를 맡게 되었고, 천성적으로 친절한 사람인 그는 집계 결과를 기록한 서류 사본을 직접 리외에게 갖다주기로 약속했었다.

리외는 그랑이 자기 이웃인 코타르와 함께 들어오는 것을 보았다. 그랑이 서류 한 장을 흔들며 내밀었다.

"숫자가 늘어나고 있어요, 선생님. 48시간 동안 사망자가 11명이에요." 그가 말했다.

리외는 코타르와 악수를 하고 몸은 어떤지 물었다. 그랑은 코타르가 의사 선생님께 감사드리고 폐를 끼친 점을 사과하려고 함께 왔다고 설명했다. 그러나 리외는 통계표만 들여다보고 있었다.

"자, 이제 이 병에 정확한 이름을 붙여 줘야 할 것 같군요. 지금까지 우리는 제자리걸음만 했습니다. 함께 연구소로 가시죠." 리외가 말했다.

"네, 맞습니다." 그랑이 리외의 뒤를 따라 계단을 내려가면서 말했다. "뭐든지 정확한 이름으로 불러야 합니다. 그런데 병명이 대체 뭔가요?"

"그건 말해 줄 수 없어요. 안다고 하더라도 두 분에게 도움이 되지 않을 겁니다."

"역시 사람의 병을 고치는 건 그렇게 쉬운 일은 아니에요." 그랑이 미소를 지었다.

그들은 아름 광장 쪽으로 향했다. 코타르는 여전히 말이 없었다. 거리에는 사람들이 붐비기 시작했다. 이 고장의 짧은 황혼은 벌써 어둠에 밀려나고, 아직은 선명한 지평선에 첫 저녁별이 뜨고 있었다. 잠시 후 거리의 가로등이 켜지며 하늘을 가렸고, 사람들의 말소리도 한 음정 높아진 것 같았다.

"죄송합니다." 아름 광장의 모퉁이에 이르자 그랑이 말했다. "저는 전차를 타야겠어요. 저녁에 꼭 해야 할 일이 있어서요. 우리 고향 속담 중에는 '오늘 일을 내일로 미루지 말라'는 게 있거든요."

리외는 이미 그랑의 이상한 버릇에 주목한 바 있었다. 몽텔리마르 출생인 그는 자기 고향의 경구들을 인용하여 '꿈같은 시절'이라든가 '환상적인 조명' 같은 출처가 불분명한 진부한 문구들을 덧붙이는 버릇이 있었다.

"아! 맞아요. 저녁만 먹었다 하면 아무도 저 사람을 집 밖으로 불러낼 수가 없어요." 코타르가 말했다.

리외는 그랑에게 밤에도 시청 일을 집으로 가져와서 하는 것인지 물었다. 그랑은 그게 아니라 개인적인 일이라고 대답했다.

"그래요?" 리외는 계속 대화를 이어가기 위해 말했다. "잘되어가나요?"

"여러 해 전부터 하고 있으니까 아무래도 그렇죠. 그렇지만 어떤 면에서 본다면 별로 진전이 없다고 할 수도 있어요."

"도대체 어떤 일을 하는데요?" 리외가 걸음을 멈추고 물었다.

그랑은 둥근 모자를 커다란 귀 위로 눌러쓰면서 얼버무렸다. 리외는 어렴풋하게나마 그것이 자기계발을 위한 어떤 것이라는 점을 알아차릴 수 있었다. 그러나 그랑은 벌써 그들과 헤어져 빠른 걸음으로 마른Marne 거리의 무화과나무 밑을 거슬러 올라가고 있었다.

검역소 입구에서 코타르는 나중에 리외에게 다시 찾아뵙고 조언을 듣고 싶다고 말했다. 리외는 호주머니에 있는 통계표를 만지작거리면서 진찰 시간에 오라고 하려다가 곧 생각을 바꿔서, 내일 그 동네로 가는 길에 오후 늦게 들르겠다고 말했다.

코타르와 헤어지자 리외는 자신이 그랑을 생각하고 있다는 것을 깨달았다. 그랑이 별로 심각하지 않은 이곳의 페스트가 아니라, 역사적인 대규모 페스트의 한복판에 있는 모습을 상상해 보았다. '그는 거기서도 살아남을 사람이다.' 그는 페스트가 허약한 사람은 살려주고 특히 건강한 사람은 죽인다는 내용을 책에서 읽은 기억이 났다. 계속 이런 생각을 하다 보니 그랑에게서 조금 신비로운 분위기가 느껴졌다.

얼핏 보기에 조제프 그랑은 시청의 하급 지원에 불과했다. 외모도 그랬다. 옷은 커야 오래 입을 수 있다는 자기 나름의 철학 때문에 언제나 지나치게 큰 옷만 고르다 보니 키 크고 마른 몸이 옷 속에서 떠다니는 것 같았다. 아래쪽 잇몸에는 이가 아직 대부분 그대로 남아 있었지만, 위쪽 잇몸에는 이가 하나도 없었다. 그래서 웃을 때 윗입술이 유난히 위로 말려 올라가 마치 유령의 입 같은 인상을 주었다. 이런 얼굴에 신학교 학생 같은 몸가짐이며 벽에 바짝 붙어가다 문 안으로 미끄러지듯 들어가는 재주, 그의 몸에서 나는 담배 연기와 지하실 냄새, 온갖 무의미한 표정들을 덧붙이면, 그를 공중목욕탕 요금을 검토한다든가 신규 쓰레기 수거세에 관련된 자료들을 수집하는 일에 열중하면서 사무실 책상에 쭈그리고 앉아 있는 모습으로밖에 상상할 수 없었다. 선입견 없이 보더라도 그는 일당 62프랑 30상팀을 받는 시청의 임시직 보조서기라는, 화려하지는 않지만 없어서는 안 될 업무를 수행하기 위해 세상에 태어난 사람처럼 보였다.

이것이 실제로 그랑이 고용계약서의 '근로조건'란에 명시해 달라고 부탁한 사항이었다. 그는 22년 전 대학을 졸업한 후 돈이 없어 더 이상 공부를 할 수 없어서 그 직책을 맡기로 했는데, 사람들은 빠른 시일 내에 '정식 발령'을 받을 수 있을 것이라고 했다. 임시 직책은 도시의 미묘한 행정 관련 사안들을 처리할 능력이 있다는 것을 보여주기 위한 과정에 불과했다. 따라서 임시 직책을 맡은 다음에는 넉넉한 생활을 할 수 있는 문서 기안직으로 올라갈 수 있으리라 확언했었다.

조제프 그랑은 야심 때문에 움직이는 사람은 아니었다. 그는 우울한 미소를 지으며 본인은 그런 사람이 아닌 것이 확실하다고 단언했다. 그러나 공무원이 되면 정직한 방법으로 살면서도 물질적인 생계가 보장될 수 있고, 하고 싶은 일을 후회 없이 마음껏 해볼 수 있다는 점이 좋았다. 그가 그 직책을 수락한 것은 그런 명예로운 이유와, 이를테면 이상(理想)에 대한 믿음 때문이었다.

하지만 한동안 이런 임시직 상태가 계속되었다. 물가는 턱없이 올랐지만 그랑의 급여는 몇 차례의 인상 조치에도 불구하고 여전히 보잘것없는 수준이었다. 그는 리외에게 그것을 하소연했다. 그러나 알아주는 사람이 아무도 없는 것 같았다. 그랑의 특이한 점, 혹은 그의 특징 중 하나가 바로 그것이었다. 실제로 그랑은 떳떳하게 권리를 내세우지는 못하더라도 최소한 자기가 약속받은 조건을 주장할 수는 있었을 것이다. 그러나 그를 채용했던 상관이 오래전에 죽은 데다, 그 자신도 어떤 조건을 보장받았었는지 정확하게 기억하지 못했다. 게다가 조제프 그랑은 자신의 입장을 표현할 적절한 단어를 사용할 줄 몰랐다.

리외가 주목했듯, 이것이 바로 보통 시민 그랑을 가장 잘 보여주는 특징이었다. 이런 특징 때문에 그는 청원서를 쓴다든가, 상황에 따라 신청서를 제출한다든가 하는 일을 늘 주저했다. 그의 말에 따르면, 그에게는 확신하기 어려운 '권리 보장'이라는 단어나, 자기의 몫을 요구하고 그렇게 함으로써 자기가 맡은 보잘것없는 직책을 타파할 '약속 이행'이라는 단어를 몹시 불편하게 느껴졌다.

한편, 그는 '호의', '청원', '감사' 같은 단어들도 자존심상 사용하지 못했다. 이렇듯 적절한 용어가 생각나지 않은 까닭에, 우리의 시민 그랑은 나이가 제법 들어서까지 그 보잘것없는 직책을 계속 맡았다. 게다가 그가 리외에게 한 말에 의하면, 어쨌든 생활비는 수입에 맞추면 되기 때문에 비교적 안정된 생활을 보장받을 수 있다는 것을 깨달았다고 했다. 그리하여 그는 우리 시의 시장이 즐겨 쓰는 단어 중 하나가 적절하다는 사실을 인정하게 되었다. 우리 시에서 큰 사업을 하는 시장은 결국(그는 자기 추론의 모든 무게가 실려 있는 이 '결국'이라는 단어를 강조했다), 그러니까 결국 한 번도 실제로 굶어 죽는 사람은 본 적이 없다는 것을 강조하곤 했다. 어쨌든 조제프 그랑은 거의 고행에 가까운 생활을 함으로써 물질에 대한 근심으로부터 해방될 수 있었다. 그러나 그는 여전히 적절한 권리 행세를 하지 못하고 주저했다.

어떤 의미에서 보면 그의 생활은 모범적이라고 할 수 있었다. 그는 다른 곳에서와 마찬가지로 우리 시에서도 드문 경우지만, 선한 용기를 간직하고 있는 사람 중 하나였다. 그리 많지는 않지만, 그가 자기 자신에 대해 털어놓은 내용을 보면 실제로 요즘 사람에게서는 잘 찾아볼 수 없는 가족에 대한 애착이 엿보였다. 그는 자신에게 남은 유일한 혈육인 조카들과 누이를 2년에 한 번씩 프랑스로 가 만난다는 사실을 부끄럼 없이 인정했다. 그는 자기가 아직 젊었을 때 돌아가신 부모님을 생각하면 슬퍼진다는 사실도 인정했다. 또 오후 5시쯤이면 부드럽게 울리는 동네의 종소리를 듣는 것이 무엇보다도 좋다는 사실을 부인하지 않았다. 그러나 이러한 단순한 감정을 표현하기 위해 사소한 단어 하나를 선택하는 것도 그에게는 무척이나 힘든 일이었다. 결국 이런 어려움이 그의 가장 큰 걱정거리였다. "오, 선생님. 내 마음을 시원하게 표현하는 방법을 배웠으면 좋겠습니다." 그는 리외를 만날 때마다 이렇게 말하곤 했다.

그날 저녁, 의사는 그랑이 가는 모습을 보다가, 문득 그가 무슨 말을 하고 싶었던 것인지 깨닫게 되었다. 그는 아마도 책이나, 그와 비슷한 뭔가를 쓰고 있었던 것이다.

검사실에 도착해서까지 리외는 그랑 같은 공무원이 있다는 사실에 안도감을 느꼈다. 하지만 그는 자신의 이런 안도감이 터무니없다는 것도 알고 있었다. 이처럼 명예로운 괴벽에 열중하는 소박한 공무원들이 존재하는 이 도시에 정말로 페스트가 퍼질 수 있다는 것이 믿기지 않았다. 더 정확히 말하자면, 리외는 페스트가 기승을 부리는 가운데서도 그런 괴벽을 부릴 여지가 있다는 것을 상상할 수 없었다. 그래서 리외는 현실적으로 페스트가 오래 지속되지 않을 것이라고 판단했다.

★

다음날, 무례하다는 말을 들을 정도로 고집을 부린 끝에 리외는 도청으로부터 보건위원회 소집 허가를 받아냈다.

"시민들이 불안해하고 있는 건 사실입니다." 리샤르가 인정했다.

"게다가 온갖 소문들이 퍼지고 있습니다. 도지사가 나에게 '보건위원회 소집을 그렇게 원한다면 서두릅시다. 하지만 쓸데없는 말이 새어나가지 않았으면 좋겠습니다.'라고 하더군요. 어쨌든 도지사는 이 모든 게 근거 없이 법석을 떠는 거라고 믿고 있어요."

리외는 도청으로 가면서 카스텔을 차에 태웠다.

"도내에 혈청이 하나도 없다는 건 알고 있나?" 카스텔이 물었

다,

"알고 있습니다. 의약품 보관소에 전화했습니다. 소장이 깜짝 놀라더군요. 파리에서 가져오도록 조치해야겠습니다."

"오래 걸리지 않으면 좋겠군"

"전보는 어제 쳐놓았습니다." 리외가 대답했다.

도청에 도착해서 만난 도지사는 친절하긴 했지만, 신경이 날카로워져 있었다.

"자, 여러분, 그럼 시작합시다." 그가 말했다. "사태를 요약해서 말씀드릴 필요가 있을까요?"

리샤르는 그럴 필요가 없다고 생각했다. 의사들은 이미 상황을 잘 알고 있었다. 다만 어떤 조치를 취하는 것이 적절한지 알아내는 것이 관건이었다.

"문제는, 이 병이 페스트냐 아니냐를 알아내는 것입니다." 늙은 의사 카스텔이 단도직입적으로 말했다.

의사 두세 명이 놀라움을 감추지 못했다. 다른 사람들은 감정을 드러내는 것을 망설이는 듯했다.

도지사는 소스라치게 놀랐고, 이 어처구니없는 단어가 복도에 새어나가지 않도록 문이 잘 닫혀 있는지 확인하려는 듯 반사적으로 문 쪽을 향해 몸을 돌렸다.

리샤르는 카르텔과 달리, 근거 없는 불안에 휩쓸려서는 안 된다는 견해를 밝혔다. 현재로서는 사타구니 부위의 합병증을 동반한 열병이라는 것이 우리가 알고 있는 전부이며, 과학에서나 실생활에서나 추측이란 것은 늘 위험한 것이라고 했다.

노란 콧수염을 지긋이 깨물고 있던 카스텔이 맑고 푸른 눈으로 리외를 바라보았다. 그러고는 정다운 눈길로 참석자들을 둘러보면서 말했다. 사실 자신은 최근 환자들의 증상이 페스트 증상과 일치한다는 사실을 잘 알고 있으나, 이 사실을 공식적으로 인정하게 되면 무턱대고 무자비한 조치를 취할 수밖에 없을 것이라는 점을 지적했다. 그는 동료 의사들이 주저하는 것도 사실은 그것 때문이므로, 그들이 안심할 수 있도록 페스트가 아니라고 하고 싶은 마음도 있다고 했다.

도지사는 안절부절못하더니, 어쨌든 카스텔의 논리는 올바른 논리가 아니라고 말했다.

"중요한 건 이런 식의 논리가 옳은지 아닌지가 아니라, 그것으로 인해 우리가 깊이 고민하고 생각하게 된다는 겁니다." 카스텔이 말했다.

리외가 아무 말도 하지 않고 가만히 있자, 사람들이 그의 견해를 물었다.

"이것은 장티푸스와 같은 성격의 열병이지만, 림프절 멍울과 구토증을 동반하고 있습니다. 저는 멍울 부위를 절개하고 분석을 의뢰했습니다. 그 결과 연구소에서는 페스트 간상균을 확인했습니다. 하지만 엄밀하게 말씀드리자면 균의 특수한 변화 양상이 페스트의 전형적인 양상과 일치하지 않는다는 점을 지적해야 할 필요가 있습니다." 리외가 말했다.

리샤르는 바로 그 점 때문에 판단을 보류하고 있으며, 며칠 전에 일련의 실험을 시작했으니 결과가 나올 때까지 기다릴 필요가 있다고 말했다.

"세균으로 인해 비장의 크기가 사흘 만에 네 배로 커지고, 장

간막의 멍울이 오렌지만큼 커져서 죽처럼 물렁물렁해지면, 그건 당연히 빠른 판단을 내려야 하는 사태입니다. 병이 퍼지는 추세를 보아서는, 이 상태가 멈추지 않는다면 2개월 안에 시민 절반의 목숨을 앗아갈 위험이 있습니다. 따라서 여러분이 이것을 페스트라고 부르건 열병이라고 부르건 그건 별로 중요한 게 아닙니다. 다만 이 병이 시민 절반의 목숨을 앗아가는 것을 막는 것이 중요합니다." 리외가 말했다.

하지만 리샤르는 사태를 지나치게 비관적으로 봐서는 안 되고, 어쨌든 자기 환자들의 가족이 아직 무사한 것을 보면 아직 전염성이 증명된 것은 아니라고 판단하고 있었다.

"하지만 다른 사람들은 죽었습니다." 리외가 지적했다. "그리고 전염성이란 무조건 전염된다는 뜻이 아닙니다. 그렇지 않다면 사망자 수가 이미 기하급수적으로 증가했을 겁니다. 사태를 비관적으로 생각하자는 게 아니라, 예방책을 강구하자는 겁니다."

그러나 리샤르는 병이 저절로 멈추지 않을 경우, 이 병을 멈추기 위해 법률에 규정된 대로 엄격한 예방 조치를 취해야 하고, 그러기 위해서는 이 병이 페스트라는 것을 공식적으로 인정해야 하는데, 이 점을 절대적으로 확신하지 못하는 이상 심사숙고할 필요가 있다는 점을 지적하며 상황을 정리하려고 했다.

리외가 주장했다. "문제는 법률에 규정된 조치가 엄격하냐 아니냐가 아니라, 시민 절반이 목숨을 잃는 것을 막기 위해 그 조치가 필요한가 하는 것입니다. 나머지는 행정적인 문제인데, 바로 그런 문제를 해결하기 위해 도지사가 존재하는 것입니다."

"그럴지도 모릅니다." 도지사가 말했다. "그러나 제가 어떤 조치를 취하려면 우선 여러분이 공식적으로 이 병이 페스트라는 전염병이라고 인정해주실 필요가 있습니다."

"저희가 그것을 인정하지 않는다고 해도, 이 병으로 시민의 절반이 사망할 위험이 있습니다." 리외가 말했다.

리샤르가 약간 신경질적인 태도로 끼어들었다.

"증상을 묘사한 것에서도 알 수 있듯이, 사실 우리의 동료 리외 씨는 이미 이 병이 페스트라고 전제하고 있습니다."

리외는 증상을 묘사한 것이 아니라 직접 눈으로 본 것을 말한 것뿐이라고 대답했다. 그가 눈으로 본 것은 멍울과 반점, 헛소리, 그리고 48시간 이내에 사망할 정도의 치명적인 고열이었다.

그렇다면 리외는 엄격한 예방 조치가 있어야만 이 전염병이 종식될 것이라 단언하는 것인지 리샤르가 물었다.

"솔직한 의견을 말씀해 주시죠. 이 병이 페스트라고 단언할 수 있나요?"

그러고는 리외를 빤히 쳐다봤다.

"질문부터가 잘못되었습니다. 이건 어휘 선택의 문제가 아니라 시간의 문제입니다." 리외가 말했다.

"그러니까 선생님의 생각은 결국 이것이 페스트가 아닐지도 모르지만, 페스트 발생시와 동일한 예방 조치를 적용해야 한다는 것이군요." 도지사가 말했다.

"네, 제 의견이 꼭 필요하시다면, 그것이 바로 제 의견입니다." 리외가 말했다.

의사들은 서로 의견을 주고받았고, 마침내 리샤르가 말했다.

"그러면 우리는 이 병이 페스트인 것처럼 대응하는 데 대한 책임을 져야 합니다."

모두 그 표현에 열렬히 동의했다.

"표현은 아무래도 상관없습니다." 리외가 말했다. "다만 시민의 절반이 사망할 위험이 없는 것처럼 행동해서는 안 된다는 것을 말씀드리고 싶습니다. 머지않아 실제로 그렇게 될 테니까요."

모두가 인상을 찌푸리고 있는 가운데 리외는 자리를 떴다. 잠시 후 튀김 냄새와 지린내가 풍기는 변두리 길을 운전해서 가고 있던 그를 향해 사타구니가 피투성이가 된 채 고통에 몸부림치는 한 여인이 도와달라며 차 안으로 팔을 뻗었다.

★

보건회의가 소집된 다음 날, 열병은 더욱 확산되었다. 신문들이 열병에 대해 보도하기는 했지만, 몇 가지 사항을 암시하는 데 그친 가벼운 논조였다. 어쨌든 이틀 뒤 리외는 잘 눈에 띄지도 않는 으슥한 골목에 도청 사람들이 신속하게 붙여놓은 흰색의 작은 벽보들을 몇 장 볼 수 있었다. 벽보에서 당국이 사태를 직시하고 있다는 증거를 찾아보기는 어려웠다. 엄격한 조치가 취해지지 않은 것으로 보아, 여론의 동요를 우려하고 있는 것이 분명했다. 실제로 벽보의 머리말은 다음과 같은 내용을 담고 있었다.

아직까지 전염성 여부를 명확히 판단할 수 없는 몇 건의 악성 열병 사례가 오랑 시에 발생했으나, 이 사례들은 현실적으로 아직 우려할 만큼 증상이 뚜렷하지 않으니 시민들은 침착함을 유지하리라 믿어 의심치 않는다. 그러나 신중을 기하기 위해 도지사는 몇 가지 예방적 조치를 취하기로 했다. 시민들이 이해하고 협조해 준다면 전염병의 위협을 철저히 저지할 수 있을 것이다. 따라서 도지사는 이러한 노력에 시민들이 적극 협조해주리라는 것을 믿어 의심치 않는다.

　이어서 벽보에는 전반적인 대책들이 적혀 있었는데, 그중에는 하수구에 독가스를 주입하는 화학적 쥐잡기, 수돗물의 위생 상태에 대한 철저한 관리 등과 같은 조항들이 있었다. 시민들에게는 극도의 청결을 권장했고, 몸에 벼룩이 있는 사람들은 시립 보건소에 출두할 것을 권장했다. 또한 의사의 진단이 내려진 경우, 그 가족들은 의무적으로 당국에 신고하고 환자를 병원의 특별 병실에 격리하는 데 동의해야 했다. 그 병실은 환자가 최단기간에 최선의 완치 기회를 가질 수 있도록 설비를 갖추고 있다는 것이었다. 몇 가지 부가조항에는 환자의 방과 운반 차량에 대한 의무 소독이 포함되어 있었다. 나머지는 환자와 접촉한 주변 사람들에게 위생 보호 관찰에 응할 것을 권장하는 내용이었다.

　의사 리외는 벽보를 보다가 몸을 불쑥 돌려 진료실 쪽으로 걸어갔다. 그를 기다리던 조제프 그랑이 그를 발견하고 두 팔을 번쩍 들었다.

　"그래요. 알고 있어요. 수치가 늘어나고 있지요." 리외가 말했다.

　전날 밤에 시내에서 10여 명의 환자가 죽었다.

　리외는 그랑에게 자기가 코타르를 찾아갈 생각이니 어쩌면 저녁때 볼 수 있을 것 같다고 말했다.

　"좋은 생각이네요." 그랑이 말했다. "선생님이 가시면 그 사람이 좋아할 거예요. 제가 보기엔 그 사람은 많이 변했기든요."

"어떻게 변했는데요?"

"공손해졌어요."

"전엔 안 그랬나요?"

그랑은 망설였다. 코타르가 공손하지 않았다고 말할 수는 없었다. 그런 표현은 적절하지 않을 테니 말이다. 그러나 코타르는 조용히 틀어박혀 지내는, 어딘가 멧돼지 같은 사람이었다. 자기 방과 부엌을 오가다가 몹시 비밀스럽게 외출하는 것, 그것이 코타르의 생활의 전부였다. 표면적으로 그는 포도주를 비롯한 주류 대리 판매원이었다. 저녁이면 이따금 집 맞은편에 있는 극장에 갔다. 시청 직원 그랑은 코타르가 범죄 영화를 좋아한다는 것까지 알게 되었다. 그러나 이 대리 판매원은 늘 혼자였고 의심이 많았다.

그런데 그랑에 의하면, 그의 모든 것이 많이 변했다는 것이다.

"뭐라고 말해야 할지 잘 모르겠지만, 뭐랄까 사람들과 잘 지내려고 애를 쓰고 전부 자기편으로 만들고 싶어 한다는 인상을 받았어요. 요즘엔 저에게 말도 자주 걸고 같이 외출하자고 제안하는데, 매번 거절할 수는 없더군요. 더군다나 저도 그 사람에게 관심이 있고요. 어쨌든 제가 그 사람의 목숨을 구했잖아요."

그때의 자살미수 사건 이후로 아무도 코타르를 찾아오는 사람이 없었다. 그는 이제 거리에서나 거래처에서 기회가 되는대로 남들의 호감을 사려고 했다. 식료품 가게 주인들과 이야기를 할 때도 그렇게 상냥할 수가 없었고, 담배 가게 여주인의 이야기를 그만큼 경청해주는 이도 없었다.

"그 담배 가게 여자는 그야말로 독사예요. 코타르에게 말해줬지만, 그는 내가 잘못 봤다면서 그 여자에게도 좋은 면이 있고 그걸 알아줘야 한다고 하더군요." 그랑이 말했다.

코타르는 그랑을 시내의 호화로운 식당과 카페에 두세 번 정도 데리고 갔다. 그는 최근 그런 곳들을 자주 드나들고 있었다.

"여기 오면 기분이 좋아요. 게다가 손님들도 품위 있죠." 그가 말하곤 했다.

그랑은 종업원들이 코타르에게 특별 대접을 한다는 것을 주목했는데, 그가 과도한 팁을 주는 것을 보고 그 이유를 알게 되었다. 코타르는 종업원들이 팁을 받고 친절하게 대해주는 것에 아주 민감한 것 같았다. 어느 날 지배인이 그를 배웅하면서 외투 입는 것을 도와주자 코타르는 지배인을 가리키며 그랑에게 말했다.

"괜찮은 친구예요. 증언해줄 수도 있고요."

"뭘 증언하는데요?"

코타르가 주저하며 대답했다. "그러니까 내가 나쁜 사람이 아니라는 걸 말이에요."

한편 코타르는 변덕이 심했다. 어느 날 식료품 가게 주인이 평소보다 덜 친절하게 굴자 그는 크게 화를 내며 집으로 돌아왔다.

"딴 놈들하고 한패가 되다니, 그 망할 자식이." 몇 번씩이나 그렇게 말했다.

"누구하고 말이에요?"

"딴 놈들 모두요."

그랑은 담배 가게에서 이상한 장면을 목격한 적도 있었다. 한참 이야기를 주고받다가 여주인이 알제에서 떠들썩하던 어떤 체포사건에 대해 말했다. 해변에서 아랍인을 살해한 어느 젊은 직장인의 이야기였다.

"그런 건달들을 전부 감옥에 처넣어야 보통 사람들이 숨 쉬고 살 수 있을 거예요." 여주인이 말했다.

그녀는 코타르가 실례한다는 말 한마디 없이 갑자기 가게에서 나가버리자 몹시 놀라서 말을 멈췄다. 그랑과 여주인은 그가 사라지는 모습을 멍하니 바라볼 수밖에 없었다.

코타르는 늘 자유로운 의견을 가지고 있었다. 그가 즐겨 쓰는 '작은놈은 항상 큰놈에게 먹히게 마련이다'라는 말이 그것을 잘 증명해 주었다. 그러나 얼마 전부터 그는 오랑의 온건파 신문만 구입했다. 게다가 그것을 공공장소에서 읽는 것에 대해 약간 우쭐하는 것이 분명했다. 또한, 회복된 지 며칠 후 그는 우체국에 가던 그랑에게 먼 곳에 사는 누이에게 매달 보내던 우편환 100프랑을 대신 부쳐달라고 부탁한 적이 있었다. 그러나 그랑이 출발하려던 순간 그가 이렇게 부탁했다.

"200프랑을 보내줘요. 누이가 꽤 놀라겠죠. 내가 자기 생각을 전혀 안 한다고 믿고 있거든요. 하지만 사실 나는 누이를 많이 사랑해요."

마지막으로 그는 그랑과 이상한 대화를 나눈 적이 있었다. 그랑은 저녁마다 무슨 일을 그렇게 열심히 하는지 궁금해하는 코타르의 질문에 답을 안 할 수가 없었다.

"알았어요." 코타르가 말했다. "책을 쓰는군요."

"그렇다고 할 수도 있겠지만, 그보다 더 복잡해요."

"아!" 코타르가 한숨을 내쉬었다. "나도 글을 쓰는 재능이 있었으면 좋겠어요."

그랑이 놀란 표정을 짓자, 코타르는 작가가 되면 여러 가지 문제들이 해결될 것이라고 더듬더듬 말했다.

"왜요?" 그랑이 물었다.

"그거야, 작가가 다른 사람들보다 권리가 많기 때문이죠. 그건 다들 알아요. 사람들은 작가들의 사정을 더 많이 봐주니까요."

"쥐 사건 때문에 코타르도 다른 사람들처럼 머리가 이상해진 모양이군요. 그런 거겠죠, 뭐. 아니면 그 사람도 열병에 걸릴까 봐 두려워서 그렇든가요." 벽보가 붙은 날 아침에 리외가 그랑에게 말했다.

"그런 것 같진 않아요, 선생님. 제 생각에는…."

그가 말을 멈췄다. 쥐 청소차가 요란한 소리를 내면서 창문 아래로 지나갔기 때문이다. 리외는 목소리가 들릴 때까지 잠자코 있다가, 그랑에게 무슨 생각을 하고 있는지 계속해서 말해보라고 했다.

"그 사람은 뭔가 양심의 가책을 느끼고 있는 것 같아요." 그랑이 심각한 표정으로 말했다.

리외는 어깨를 으쓱했다. 형사 말마따나 그런 것 말고도 신경 쓸 일이 한두 가지가 아니었다.

그날 오후 리외는 카스텔과 다시 이야기를 나누었다. 혈청이 아직 도착하지 않았던 것이다.

"그런데 혈청이 도움이 되긴 할까요? 이 세균은 좀 이상해서요." 리외가 말했다.

"오, 내 생각은 좀 다르다네. 그놈들은 항상 뭔가 달라 보이지만, 근본적으로는 같거든."

"그렇게 생각하시는군요. 사실 우린 그것에 대해 전혀 아는 게 없어요."

"물론 어디까지나 내 짐작일 뿐일세. 하지만 다른 사람들도 잘 모르는 건 마찬가지지."

그날 하루 종일 리외는 페스트에 대해 생각할 때마다 가벼운 현기증이 느껴지더니 점점 더 심해지는 것 같았다. 그는 결국 자신이 겁먹고 있다는 것을 인정했다. 그는 사람들로 가득 찬 카페에 두 번이나 들어갔다. 코타르처럼 사람들의 온기가 그리웠던 것이다. 그것이 어리석은 생각이라는 것을 잘 알고 있었다. 그러나 그 덕분에 코타르를 방문하기로 약속했던 것을 기억할 수 있었다.

저녁에 리외가 찾아갔을 때 코타르는 식탁 앞에 앉아 있었다. 식탁 위에는 탐정소설 한 권이 펼쳐져 있었다. 그러나 저녁이 되어 어둠이 깔리고 있어서 책을 읽는 것은 어려웠을 것이다. 코타르는 책을 읽기보다는 조금 전까지 희미한 저녁노을 속에 앉아서 생각에 잠겨 있었을 것이다. 리외는 그에게 몸 상태를 물었다. 그러자 그는 자리에 앉으면서 몸은 괜찮고, 남들이 자기에게 신경을 쓰지 않으면 더 좋아질 것 같다고 투덜댔다. 리외는 사람은 항상 혼자 지낼 수는 없다고 알려 주었다.

"오! 그런 게 아니라, 괜히 참견하면서 귀찮게 구는 사람들 이야기예요."

리외는 잠자코 있었고, 그는 계속 이야기를 했다.

"분명히 말씀드리지만 제 얘기가 아니라 요즘 읽고 있는 이 소설 이야기예요. 어느 날 아침에 갑자기 체포되는 어떤 불쌍한 남자에 대한 이야기예요. 그는 사람들이 자기한테 관심이 있었다는 사실을 전혀 알 수 없었어요. 하지만 사무실 사람들도 그에 대해 수근거렸고, 심지어 범죄자 명단에도 그의 이름이 올라 있었어요. 그게 옳다고 생각하세요? 한 사람에 대해 남들이 그런 짓을 할 권리가 있다고 생각하세요?"

"글쎄요. 그건 경우에 따라 다르겠죠." 리외가 말했다. "어떤 의미에서는 사실 그릴 권리가 전혀 없어요. 하지만 그런 건 사소한 문제예요. 지금 당신에게 중요한 건 외출을 좀 하는 거예요. 너무 오랫동안 집 안에 틀어박혀 있는 건 좋지 않아요."

코타르는 기분이 상한 것 같았다. 자기는 외출밖에 하는 게 없으며, 필요하다면 온 동네 사람들이 증언해줄 수 있을 거라고 말했다. 심지어 동네 사람들 말고도 아는 사람이 꽤 많다고 했다.

"리고 씨라는 건축가를 아세요? 그 사람도 제 친구입니다."

방 안에 어둠이 짙어졌다. 변두리 지역의 거리는 활기를 띠었고, 가로등에 불이 켜지는 순간 밖에서는 나직하지만 안도감이 섞인 탄성이 들려왔다. 리외가 발코니로 나갔고, 코타르도 따라 나왔다.

도시에서는 저녁마다 인근 동네로부터 사람들의 웅성대는 소리와 고기 굽는 냄새, 유쾌하고도 향기로운 자유의 소음이 가벼운 미풍에 실려왔다. 떠들썩한 젊은이들로 점령된 거리에서 그 소음은 점점 더 커졌다. 어둠, 보이지 않는 선박들의 요란한 아우성, 바다의 파도소리와 지나가는 군중들로부터 올라오는 웅성거리는 소리, 리외가 잘 알고 있으며 전에는 무척이나 좋아한 이 시간…, 오늘은 이 모든 것들이 평소와 달리 마음을 무겁게 짓누르는 것 같았다. 그가 지금 마주한 일련의 일들 때문에.

"불을 켤까요?" 방에 다시 들어와서 리외가 코타르에게 물었다.

불이 켜지자 그 작은 사내는 눈을 깜박이며 그를 바라보았다.

"선생님, 제가 만약 병이 나면 선생님 병원에서 치료해주실 수 있나요?"

"물론이죠."

그러자 코타르는 진료소나 병원에 입원한 환자를 경찰이 체포하는 일이 있었는지 물었다. 리외는 그런 일이 있기는 하지만 그것은 환자의 상태에 달려 있다고 대답했다.

"전 선생님을 믿어요." 코타르가 말했다. 그러고 나서 그는 리외에게 시내까지 차로 태워다줄 수 있느냐고 물었다.

도심에 나오자 길에 지나다니는 사람들이 거의 없었고, 벌써 불도 많이 꺼져 있었다. 아이들은 아직도 문 앞에서 놀고 있었다. 코타르가 세워달라고 부탁하자, 리외는 무리 지어 놀고 있는 아이들 앞에 차를 세웠다. 아이들은 소리를 지르면서 돌차기 놀이를 하고 있었다. 그중 검은 머리를 착 붙이고 가르마를 반듯하게 탔지만 얼굴에 때가 묻은 한 소년이 밝고 대담한 눈길로 리외를 쳐다보았다. 리외는 소년의 눈길을 외면했다. 코타르가 인도에 서서 리외의 손을 잡고, 쉰 목소리로 힘겹게 말을 이어갔다. 그는 두세 번 뒤를 돌아보며 말했다.

"사람들이 전염병 이야기를 하던데, 그게 사실인가요, 선생님?"

"사람들은 늘 이야기를 하죠. 그게 당연하기도 하고요." 리외가 말했다.

"맞아요. 열 명 정도만 죽어도 세상이 끝난 것처럼 굴지요. 우리에게 필요한 건 그런 게 아닌데 말이에요."

자동차 엔진이 벌써 털털댔다. 리외는 기어 손잡이를 잡고 있었다. 그러다가 다시 그 소년을 바라보았다. 소년은 눈길을 떼지 않고 계속 심각하면서도 침착한 표정으로 그를 쳐다보더니, 갑자기 치아를 드러내면서 그에게 활짝 미소를 지었다.

"그럼 우리에게 필요한 건 뭘까요?" 리외는 소년에게 미소를 지으며 물었다.

코타르는 갑자기 자동차 문 손잡이를 꽉 잡더니 눈물과 분노로 가득 찬 목소리로 외치고는 달아났다.

"지진이요. 진짜 지진 말이에요!"

그러나 지진은 일어나지 않았고, 다음날 리외는 환자 가족들과 이야기하고, 환자들과 옥신각신하느라 시내 곳곳을 쫓아다니며 하루를 보냈다. 리외는 자기 직업이 그렇게 괴롭게 느껴졌던 적이 지금까지 한 번도 없었다. 그전까지는 환자들이 그를 믿고 몸을 맡겨서 수월하게 일할 수 있었다. 그런데 처음으로 환자들이 어딘가 자신을 꺼리는 눈치를 보이면서 뭔가를 감추며 경계하는 느낌을 받았다. 그로서는 아직 익숙하지 않은 싸움이었다. 그날 밤 10시쯤 마지막으로 들른 늙은 천식 환자의 집 앞에 차를 세웠다. 하지만 좌석에서 몸을 일으키기가 무척 힘들었다. 리외는 어두운 거리와 캄캄한 밤하늘에 나타났다 사라졌다 하는 별들을 바라보며 시간을 끌었다.

늙은 천식 환자는 침대에 일어나 앉아 있었다. 늘 하던 대로 콩을 이 냄비에서 저 냄비로 옮겨 담으며 세고 있었다. 그는 반가운 표정을 지으며 리외를 맞이했다.

"그래, 선생님, 콜레라인가요?"

"그런 소식은 어디서 들으셨어요?"

"신문에서 읽었어요. 라디오에서도 그러던데요."

"아닙니다. 콜레라가 아니에요."

"하여튼 기자들은 해도 해도 너무한다니까. 잘난 척하는 작자들 같으니라고!" 노인이 몹시 흥분해서 말했다.

"그런 건 절대 믿지 마세요." 리외가 말했다.

노인을 진찰하고 나서 리외는 초라한 부엌 한가운데 앉아 있었다. 그렇다. 그는 두려웠다. 이 변두리 지역에서도 이튿날 아침이면 10명 정도의 환자들이 몸에 난 멍울 때문에 허리를 구부정하게 구부린 채 자기를 기다리고 있으리란 것을 알고 있었기 때문이다. 멍울을 절개해서 효과를 본 경우는 두세 건밖에 없었다. 대부분은 입원하게 될 텐데, 가난한 사람들에게 입원이 무엇을 의미하는지 그는 잘 알고 있었다. '의사들의 실험 대상이 되는 건 싫어요'라고 한 환자의 아내가 있었다. 환자는 실험 대상으로 이용되는 것이 아니라 죽게 될 것이다. 그뿐이다. 시행된 조치들이 충분하지 않다는 것은 분명했다. 벽보에서 말하는 '특수 시설을 갖춘 병실'이란 것도 다른 입원 환자들을 서둘러 대피시킨 다음 창문을 밀폐하고 방역선을 쳐놓은 병동 두 개에 불과하다는 것을 리외는 잘 알고 있었다. 전염병이 저절로 멈추지 않는 한, 행정 당국이 고안한 조치로는 이겨낼 수 없을 것 같았다.

그런데도 저녁때 나온 공식 발표에 따르면 상황은 여전히 낙관적이었다. 이튿날 랑스도크 통신은 도청의 조치들이 차분하게 수행 중이고, 벌써 30명 정도의 환자들이 자진 신고를 했다고 보도했다. 카스텔이 리외에게 전화를 걸어왔다.

"분관 병동에는 병상이 몇 개인가?"

"80개입니다."

"시내 환자가 확실히 30명은 넘겠지?"

"겁이 나서 신고를 하지 않은 사람들도 있겠고, 그럴 겨를이 없는 사람들도 있을 겁니다."

"그렇군. 시신 매장은 감독하고 있나?"

"아니요. 제가 리샤르에게 전화를 해서 말만 할 게 아니라 완벽한 조치가 필요하다고 했습니다. 전염병을 완벽히 차단할 수 있는 방법이 아니면 소용이 없을 거라고 했습니다."

"그랬더니 뭐라고 하던가?"

"자기는 권한이 없다고 하더군요. 제 생각에는 상황이 악화될 것 같습니다."

과연 사흘 만에 두 개의 병동이 가득 차버렸다. 리샤르는 학교를 보조 병원으로 개조하는 것을 검토 중이라고 했다.

리외는 백신이 도착하기를 기다리면서 멍울 수술을 계속했다. 카스텔은 옛날에 보던 의학 서적을 다시 꺼내 펼쳐보기도 했고, 도서관에 가서 오랫동안 정보를 찾아보기도 했다.

"쥐들은 페스트나 그와 아주 흡사한 무언가로 인해 죽었어요." 카스텔이 결론을 내렸다. "쥐들이 벼룩을 수만 마리나 감염시켜 놓았기 때문에, 제때 막지 못하면 그 벼룩들이 기하급수적으로 병을 전염시킬 겁니다."

리외는 아무 말도 하지 않았다.

그 무렵에는 날씨가 일정해지는 듯했다. 태양은 지난번 소나기 때문에 생긴 웅덩이들의 물을 모조리 빨아올렸다. 매일 아침 고요한 파란 하늘에는 황금빛 햇살이 넘쳐흘렀고, 더위기 시작된 가운데 부르릉거리며 날아가는 비행기들이 평온한 분위기를 자아냈다. 그러나 열병은 나흘 동안 네 단계나 상승했다. 사망자가 16명에서 24명, 28명, 32명으로 불어났다. 나흘째 되던 날, 한 유치원에 보조 병원이 개설되었다는 보도가 나왔다. 지금까지 농담하며 불안감을 숨겨 왔던 시민들은 한층 더 낙담한 표정으로 말없이 거리를 오갔다.

리외는 도지사에게 전화를 하기로 결심했다.

"이번 조치로는 불충분합니다."

"숫자를 보고받았는데 실제로 우려할 만한 상황이더군요." 도지사가 말했다.

"우려할 정도가 아니라 의심의 여지가 없습니다."

"중앙정부에 지시를 요청하겠습니다."

리외는 카스텔이 지켜보는 앞에서 전화를 끊었다.

"지시를 기다리다니! 급할 땐 지시 없이도 조치를 내릴 융통성이 있어야지 원."

"혈청은 어떻게 되었나요?"

"이번 주에 도착할 걸세."

도청에서는 리샤르를 통해 리외에게 식민지 수도에 보낼 보고서를 작성해 줄 것을 의뢰했다. 리외는 거기에 임상적인 설명과 수치를 기재했다. 같은 날, 사망자 수는 약 40명에 이르렀다. 도지사는 그제야 자기 책임 하에 당장 다음 날부터 이미 공표한 조치를 강화하기로 했다. 의무적 신고와 격리가 계속 이루어졌다. 환자가 발생한 집은 폐쇄하고 소독했으며, 가족들은 격리 조치에 따라야 했다. 매장은 추후 결정될 조건에 따라 시 당국이 맡기로 했다. 다음날 혈청이 비행기 편으로 도착했다. 현재 치료 중인 환자들에게는 충분한 양이었지만, 전염병이 확산된다면 부족한 양이었다. 리외가 보낸 전보에 대해서는 구급용 재고가 떨어져서 새로 제조를 시작했다는 답변이 왔다.

그러는 사이 오랑에도 주변 교외 지역들로부터 봄기운이 도착했다. 수천 송이의 장미꽃이 인도를 따라 늘어선 꽃장수들의 바구니 속에서 시들어가면서도 달콤한 향기가 온 시내를 감돌고 있었다. 겉으로는 아무것도 변한 것이 없었다. 러시아워 때 전차는 여전히 만원이었다가 낮에는 텅 비고 더러웠다.

장 타루는 키 작은 노인을 지속적으로 관찰했고, 그 노인은 고양이들에게 가래침을 뱉어댔다. 그랑은 수수께끼 같은 작업을 하기 위해 저녁마다 집으로 돌아갔다. 코타르는 쳇바퀴 돌듯 맴돌고 있었고, 판사 오통 씨는 여전히 자신의 동물원을 이끌고 다녔다. 늙은 천식 환자는 콩을 옮겨 담고 있었고, 신문기자 랑베르는 태연하면서도 호기심 많은 표정이었다. 저녁때면 거리는 어김없이 인파로 가득 찼고, 극장 앞에는 사람들이 길게 줄을 섰다. 게다가 전염병이 수그러드는 듯했다. 며칠 동안 사망자 수는 10여 명밖에 되지 않았다. 그러더니 갑자기 그 수가 급격히 증가했다. 사망자 수가 다시 30명으로 늘어난 날, 리외는 '이제야 사람들이 겁을 먹었군요.'라고 말하며 도지사가 내미는 공식 전보를 받아 읽어보았다. 전보에는 다음과 같이 적혀 있었다.

'페스트 사태를 공표하고 도시를 폐쇄하라.'

PEST

02

그때부터 페스트는 우리 모두의 문제가 되었다고 말할 수 있다. 그때까지는 기이한 사건들 때문에 놀라고 불안해하기는 했지만, 시민들은 보통 자기 직분을 지키며 맡은 일을 계속하고 있었다. 아니, 아마도 계속 그렇게 했을 것이다. 그러나 시의 출입문이 폐쇄되자 서술자를 포함한 모든 시민들은 독 안에 든 쥐가 되었으며, 새로운 상황에 적응해야 한다는 것을 깨달았다. 그래서 예를 들어 사랑하는 사람과의 이별 같은 지극히 개인적인 감정도 갑자기 모든 사람이 공유하는 감정이 되어버렸고, 공포심과 더불어 오랜 유배 기간 동안 사람들을 고통스럽게 하는 주된 감정이 되었다.

시의 출입문 폐쇄에 따라 가장 주목할 사실은 사람들이 아무런 마음의 준비 없이 이별을 맞이하게 되었다는 점이었다. 어머니와 자식들, 부부들, 애인들은 며칠 전 역 승강장에서 잠시 헤어지는 것이라고 생각하고 몇 가지 일상적 당부를 하며 키스를 주고받았었다. 인간이라면 으레 가지는 어리석은 믿음에 사로잡혀 며칠 혹은 몇 주일 후에 다시 보게 될 것이라고 확신했기 때문에, 작별하면서도 이별의 심각성을 깨닫지 못한 채 일상의 근심을 완전히 내려놓지 못했던 것이다. 그러다가 단번에, 어떻게 해볼 도리 없이 다시 만나지도 못하고 소식을 주고받을 수도 없는 상태로 헤어지게 되었다. 도청의 결정사항이 공표되기 몇 시간 전에 이미 도시가 폐쇄되었고, 따라서 개인 사정을 참작하는 것이 불가능했기 때문이었다. 이 질병의 기습으로 인한 첫 번째 결과로 시민들은 마치 감정이 없는 사람처럼 행동할 것을 강요받은 것이다.

포고령이 발효되고 처음 몇 시간 동안 도청은 전화로 혹은 공무원들을 찾아와서 시정을 호소하는 민원인들 때문에 골치를 앓았다. 그들은 하나같이 절실하고 또 하나같이 거절 불가능한 사정들을 호소했다. 사실 타협의 여지가 없는 상황이었기 때문에 '타협', '특혜', '예외' 같은 단어들이 더 이상 아무 의미도 없음을 깨닫기까지 여러 날이 걸렸다.

시민들은 편지를 쓰는 사소한 기쁨조차 누릴 수 없었다. 즉, 정상적인 통신수단으로 다른 지역과 더 이상 연락을 취할 수 없게 되었는데, 이는 편지가 감염의 매개체가 되는 것을 피하기 위해 서신 교환을 전면 금지하는 새로운 포고령이 내려졌기 때문이었다. 초기에는 몇몇 특권층이 도시 입구를 지키는 보초병들과 흥정하여 편지를 외부에 전할 수 있었다. 그때는 전염병이 초기였기 때문에 보초병들이 동정심을 느끼는 게 당연했다. 그러나 얼마 지나지 않아 보초병들마저 사태의 심각성을 깨닫고, 파장을 예측할 수도 없는 그런 행동에 대해 책임지려고 하지 않았다. 초기에는 시외전화가 허용되었지만, 사람들이 공중전화 부스로 몰려들고 회선에 과부하가 걸리자 며칠 동안 그마저 완전히 중단되었다. 그러다가, 나중에는 사망이나 출산, 결혼 같은 급한 용건이 있는 경우로 시외전화 사용이 엄격하게 제한되었다. 그래서 전보만이 우리의 유일한 통신수단이 되었다.

우정, 애정, 혹은 육체로 맺어졌던 사람들이 이제는 열 단어 정도의 대문자로 된 전문(電文)을 통해 공감의 표시를 찾아야 했다. 실제로 전보에서 쓸 수 있는 문구들은 제한적이기 때문에 오랫동안 함께해온 삶이나 고통스럽고 열렬했던 사랑도 '난 잘 있어. 당신을 생각해. 사랑해.'처럼 상투적인 문구를 주기적으로 교환하는 것으로 제한될 수밖에 없었다.

그럼에도 불구하고 몇몇은 그래도 외부와 연락을 취하려고 고집스럽게 편지를 쓰며 여러 가지 수단을 끊임없이 고안해냈지만, 그런 수단들도 결국 부질없는 것으로 끝나고 말았다. 설령 편지를 보내는 것까지 성공했다 하더라도 답장을 받지 못하니 우리는 아무런 외부 소식도 알 수 없었다. 몇 주 동안 똑같은 편지를 끊임없이 다시 쓰고, 똑같은 호소의 말을 다시 베껴 쓸 수밖에 없었다. 어느 정도 시간이 지나자 처음에는 우리 심장에서 솟은 피처럼 뜨겁게 흐르던 말들이 무뎌지고 말았다. 그래도 우리는 기계적으로 그 말들을 베껴 썼고, 우리의 고달픈 삶을 알리기 위해 노력했다. 그럼에도 마침내 깨달은 사실은, 상투적인 전보 문구가 아무 보람도 없이 고집스럽게 내뱉는 독백이나 벽에 대고 말하는 무미건조한 대화보다는 낫다는 사실이었다.

며칠이 지나 아무도 이 도시를 벗어날 수 없음이 확실해지자, 사람들은 전염병이 발생하기 전에 도시를 벗어난 사람들의 귀가가 허용될 수 있는지 알아보자는 생각을 하게 되었다. 며칠간 검토한 끝에 도청에서는 가능하다고 답변했다. 다만 귀환한 사람은 어떤 경우에도 다시 도시 밖으로 나갈 수 없으며, 들어오는 것은 자유지만 다시 나가지는 못한다는 점을 분명히 했다. 드물기는 했지만 몇몇 가정에서는 이 사태를 대수롭지 않게 생각한 나머지, 이 기회를 이용하라고 도시 외부에 있는 가족들에게 권하기도 했다. 신중함보다 가족을 다시 보고 싶다는 욕망이 앞섰던 것이다. 페스트 때문에 발이 묶인 사람들은 자칫하면 가족을 위험에 빠뜨리게 된다는 사실을 곧 깨닫고, 이별을 감내하기로 했다.

병이 한창 기승을 부릴 때 고문에 가까운 죽음의 공포보다 인간적인 감정이 더 강했던 사례는 단 한 건뿐이었다. 그것은 흔히 우리가 기대하듯 고통을 초월하고 서로에게 사랑을 약속한 애인들의 경우가 아니라, 아주 오랫동안 결혼생활을 해온 늙은 의사 카스텔과 그 부인의 경우였다. 전염병이 시작하기 며칠 전, 카스텔 부인이 이웃 도시에 간 것이다. 그 부부는 사실 세상 사람들에게 모범적인 행복의 예를 보여주는 가정도 아니었다. 서술자의 입장에서 말하자면, 그 부부는 지금까지의 결혼생활이 만족스러웠는지 확신조차 없이 살아왔다고 할 수 있다. 그러나 갑작스럽게 시작된 별거 생활이 길어지면서 그들은 서로 헤어져서 살 수 없으며, 갑자기 드러난 그 진실에 비하면 페스트 같은 것은 하찮은 것임을 확신했던 것이었다.

그러나 이것은 예외적인 경우였다. 대부분의 경우, 별거 상태는 전염병이 완전히 사라져야 끝날 것임이 분명했다. 그래서 우리는 우리의 삶을 이루고 있던 감정, 더구나 우리가 잘 알고 있다고 생각했던 감정(오랑 시민들은 이미 말했듯이 대단히 단순한 열정의 소유자들이다)에서 전에는 몰랐던 새로운 면모를 발견했다. 평소 배우자를 전적으로 믿었던 남편들이나 연인들은 그들과 떨어지자 그들을 의심하게 되는가 하면, 평소 사랑을 가볍게 여기던 남자들은 다시 가정에 충실해졌다. 어머니와 함께 살면서도 어머니에게 무관심했던 아들들은 기억 속에서 자꾸 떠오르는 어머니 얼굴의 주름살 하나에도 염려하고 후회했다. 급작스럽고 언제 끝날지 예견할 수도 없는 그 이별에 망연자실한 채 우리는 그토록 가까우면서도 그토록 멀어진 존재, 그리고 지금은 우리의 하루하루의 삶을 다 차지해버린 그 존재에 대한 추억에 저항할 수 없게 되었다. 사실 우리는 이중의 고통을 겪고 있었다. 우리 자신의 고통과 곁에 없는 사람들의 고통, 그러니까 자식, 아내 또는 연인이 겪고 있는 고통을 상상 속에서 함께 겪고 있었다.

다른 상황이었다면 우리 시민들은 야외 활동을 하는 등 조금 더 활동적으로 움직이면서 탈출구를 모색했을지도 모른다. 그러나 페스트 때문에 아무것도 할 수 없게 된 그들은 침울한 도시를 맴돌면서 매일매일 부질없이 추억만 곱씹으며 지낼 수밖에 없었다. 맹목적으로 매일 같은 길을 산책하곤 했는데, 도시가 작다 보니 그들이 산책하는 길은 대부분 지금은 곁에 없는 사람들과 과거에 함께 다녔던 바로 그 길이었기 때문이었다.

이처럼 페스트로 인해 우리 시민들이 가장 먼저 경험한 것은 유배(流配)였다. 서술자가 느꼈던 것은 곧 수많은 우리 시민들이 느꼈던 것이기에, 모든 사람의 이름으로 여기에 기록해도 무방하다고 확신하고 있다. 그렇다. 그때 우리가 마음속에 지녔던 휑한 느낌, 과거로 돌아가거나 반대로 시간의 흐름을 재촉하고만 싶은 터무니없는 욕망, 불화살 같던 기억, 그것이 바로 유배의 감정이었다. 이따금 우리는 상상 속에서 생이별한 가족이 집에 돌아와 누르는 초인종 소리라든가 계단을 올라오는 익숙한 발소리를 즐겁게 기다려보았다. 때로는 기차가 운행되지 않는다는 사실을 잊어버리기 위해 애쓰기도 했으며, 야간 급행열차를 타고 온 여행자가 동네에 도착할 시간 즈음에는 막연한 기대감에 집에 남아 있기도 했다. 그러나 그런 유희가 오래 갈 리는 없었다. 기차가 오지 않는다는 사실을 명확히 깨닫는 순간은 반드시 오게 마련이었다.

그래서 우리는 우리의 이별이 앞으로도 계속될 수밖에 없으며, 시간과 타협해야 한다는 것을 깨달았다. 그때부터는 결국 마치 감옥에 갇힌 수감자가 되어 과거만을 추억하며 지내는 수밖에 없었다. 우리 중 몇몇은 밝은 미래를 다시금 꿈꾸었다가도, 그런 상상을 믿었다가는 상처받고 말 것임을 깨닫고 가능한 한 빨리 그런 마음을 포기했다.

특히 모든 시민이 유배의 기간이 얼마나 될지 헤아려보는 습관이 생겼는데, 그 습관마저 빠르게, 심지어 공공연히 포기하고 말았다. 그 까닭은 무엇이었을까? 예를 들어 가장 비관적인 사람들이 그 기간을 6개월로 정하고, 앞으로 다가올 6개월 동안 겪게 될 모든 고초를 미리 다 맛볼 대로 맛보기로 했다고 치자. 그리하여 가까스로 그 시련에 맞서도록 용기를 키운 다음 그 오랜 세월을 안간힘을 다해 버티고 있었다고 해보자. 그러다가 우연히 친구를 만나거나, 신문에 실린 의견을 읽거나, 근거 없는 의혹이 생기거나, 불현듯 어떤 통찰력이 생겨서 그 병이 6개월 이상, 어쩌면 1년 이상 갈지도 모른다는 생각을 하게 되는 순간이 온다면?

그들의 용기와 의지, 인내심은 급격히 허물어지고 말았다. 그들은 이제 영원히 그 수렁에서 빠져나올 수 없을 것 같은 느낌이 들었다. 그래서 그들은 해방의 날에 대해서는 결코 생각하지 않고, 더 이상 미래도 바라보지 않은 채 항상 두 눈을 떨구고 지내려고 노력했다.

반대로, 당연한 얘기지만, 고통을 숨기고 방어 자세를 취하면서 현실과 맞서 싸우기를 거부하는 소극적 방법도 별다른 효과가 없었다. 어떤 대가를 치르더라도 피하고 싶었던 마음의 붕괴는 피할 수 있었지만, 그와 동시에 앞으로 있을 재회를 꿈꾸며 페스트를 잊을 수 있는 수많은 순간도 사실상 포기하게 되었다.

결국 시민들은 그 수렁과 절정의 중간에 좌초되기보다는, 차라리 매일같이 메마른 추억 속에서 버림받은 채 정처 없이 헤매며, 고통의 대지 속에 뿌리박지 않고는 힘을 얻을 수 없는 방랑자처럼 살았다.

이처럼 그들은 아무 소용도 없는 기억을 간직하고 살아가는 죄수나 망명자들이 맛보는 깊은 고통을 겪고 있었다. 그들이 끊임없이 곱씹어 보는 과거조차도 후회의 쓴맛밖에는 없었다. 사실 그들은 지금 기다리고 있는 그 사람과 아직 뭔가를 할 수 있었을 때 하지 않은 것을 후회하며, 과거로 돌아가 그 모든 것을 해보고 싶었을 것이다. 또한, 감옥이나 다름없는 자신들의 삶에, 상대적으로 보면 행복하다고 할 수 있는 곁에 있지 않은 사람들을 결부시켜 생각하고 있었다. 그래서 현재의 상태에 만족할 수도 없었다.

현재는 견딜 수 없고, 과거는 혐오스러우며, 미래마저 박탈당한 우리는, 마치 정의감이나 증오심 때문에 감옥에 갇힌 신세가 되어버린 사람들과 똑같았다. 결국, 그 견딜 수 없는 감옥에서 벗어날 수 있는 유일한 방법은 상상 속에서 기차를 다시 달리게 하고 울리지 않는 초인종을 연거푸 누름으로써 시간을 메워 가는 것뿐이었다.

유배라고는 했지만, 대부분은 그래도 자기 집에서 겪는 유배였다. 서술자가 경험한 유배도 보통 사람들이 겪은 그런 유배에 불과했다. 그러나 신문기자 랑베르 같은 사람들처럼, 여행차 오랑에

왔다가 페스트 때문에 예기치 않게 억류되어 사랑하는 사람들과 이별하고 고향에서 멀리 떨어져 있게 됨으로써 이별의 고통을 배로 느끼는 사람들도 있었다. 우리는 이들을 잊어서는 안 된다. 도시에 있는 모두가 유배에 처해졌다고 쳐도, 그들이 가장 비참하게 유배된 사람들이었다. 왜냐하면 그들은 모든 이들과 마찬가지로 시간이 야기하는 고통에 시달리고 있으면서도, 공간에도 얽매여 있어서 페스트에 감염된 객지와 잃어버린 고향을 갈라놓는 벽에 끊임없이 부딪치고 있었기 때문이다. 그들만이 아는 저녁과 고향의 아침을 소리 없이 외쳐 부르며 먼지로 뒤덮인 시가지를 온종일 헤매고 다니는 사람들이 아마 그런 사람들이었을 것이다. 제비 떼가 나는 모습, 해질녘의 이슬방울, 또는 인적 없는 거리에 때때로 태양이 뿌려놓는 그 기이한 햇살 같은 무의미한 징조와 당혹스러운 계시들로 그들의 고뇌는 점점 커가고 있었다. 그들은 구원의 세계에는 눈을 감은 채 생생하게 느껴지는 자신의 꿈만을 어루만졌다. 그리고 광선 같은 햇살과 어릴 적 뛰놀던 야산, 좋아하던 나무와 여자들의 얼굴을 떠올리며, 그 무엇으로도 대체될 수 없는 고향의 모습을 마음속으로 좇았다.

마지막으로 가장 흥미롭기도 하고, 아마도 서술자가 이야기하기에 가장 적절한 입장에 있는 연인들에 대해 좀 더 구체적으로 이야기하고자 한다. 그들은 여러 가지 다른 고민거리 때문에 괴로워했는데, 그중 하나로 후회의 감정에 주목하지 않을 수 없다. 실제로 그런 상황에 놓이자 그들은 자신의 감정을 열광적이고 객관적으로 고찰할 수 있었다. 대개의 경우 그 과정에서 자신의 실수들이 뚜렷하게 드러났다. 그중에서도 지금 자기와 떨어져 있는 사람의 행적을 정확하게 상상할 수 없다는 사실이 실수를 깨닫는 가장 좋은 계기가 되었다. 그들은 사랑하는 사람이 시간을 어떻게 보내는지 모른다는 사실을 몹시 슬퍼했다. 그것을 알려고 하기는커녕 사랑하는 사람이 시간을 어떻게 보내는지 아는 것이 모든 기쁨의 원천이 아닌 것처럼 행동했던 경솔함을 스스로 책망했다. 그 순간부터 사랑의 역사를 거슬러 올라가서, 자신의 사랑이 불완전했던 점을 검토하는 것은 쉬운 일이었다. 평상시 의식적이든 아니든 우리는 사랑이 더 나아질 수 있다는 것을 알면서도 우리의 사랑이 보잘것없다는 것도 담담하게 인정하고 있었다.

그러나 추억이란 더 까다로운 것이다. 외부로부터 밀려 들어와 도시를 강타했던 그 불행은 분노할 수밖에 없는 부당한 고통을 가져오는 것으로 그치지 않았다. 그 불행은 우리로 하여금 스스로 괴로워하도록, 그리하여 우리 스스로 고통을 당연시하게 했다. 그것이 바로 우리의 관심을 다른 데로 돌리고 사태를 은폐하기 위해 이 질병이 사용하는 상투적인 방법 중 하나였다.

이처럼 우리는 각자 하늘을 보며 고독하게 하루하루를 살아갈 수밖에 없었다. 이 전반적인 포기 상태는 결국 사람들의 인격 수양에 도움이 될 수도 있었지만, 처음에는 오히려 경박스러워졌다. 예를 들어서 몇몇 시민들은 해가 뜨고 비가 오는 것에 따라 마음이 시시각각 변하는 등, 또 다른 노예 상태에 빠졌다. 그들의 표정을 보면 생전 처음으로 날씨의 영향을 크게 받는 것 같았다. 그들은 황금빛 햇살이 비치기만 해도 얼굴이 밝아졌고, 비가 오는 날이면 표정과 생각에 어두운 베일이 드리웠다. 몇 주 전만 해도 그렇게 허약하지도 않았고, 어처구니없는 노예 상태에 놓여 있지도 않았다. 고독하게 세계와 대면해 있는 것도 아니었다. 어쩌면 그때는 그들과 함께 사는 사람이 그들의 우주 앞에 자리 잡고 있었기 때문이었는지도 모른다. 그러나 이제는 그와는 정반대로 하늘의 변덕에 좌우되는 형편이 되어버리고 말았다. 즉, 그들은 까닭 없이 괴로워하거나 까닭 없이 희망을 품었다.

이런 극도의 고독 속에서 결국 아무도 이웃의 도움을 기대할 수 없었고, 저마다 홀로 자신의 걱정에 잠겨 있었다. 만약 우리 중 누군가가 우연히 속내를 털어놓거나 자신의 감정을 토로해도, 그 사람이 들을 수 있는 대답은 대부분 마음에 상처가 되는 것뿐이었다. 그러면 그 사람은 상대방과 자기가 서로 엇나갔다는 사실을 깨닫게 되었다. 사실 먼저 이야기를 꺼낸 사람은 오랫동안 마음속으로 곱씹으며 괴로워하던 끝에 자신의 심정을 표현한 것이었으며, 그가 전달하고자 한 이미지는 기대와 열정의 불 속에서 오랫동안 익혀온 것이었다. 그러나 상대방은 그것을 시장에 가면 살 수 있는 괴로움이나 연속극에서 볼 수 있는 우울증 같은 상투적인 감정으로 치부해 버렸다. 호의적이든 적대적이든 그 대답은 늘 빗나가는 것이어서 단념하는 수밖에 없었다. 그렇지 않으면 침묵을 더 이상 견딜 수 없는 사람들의 경우, 남들이 정말 마음에서 우러나오는 말을 할 줄 모르게 된 이상 자신도 의례적이고 상투적인 말로 답변해버리고 마는 것이었다. 가장 절절한 고통이 흔히 일상 대화에서 쓰는 상투적인 표현으로 전락해버리기 일쑤였다. 페스트의 포로가 된 사람들은 그런 대가를 치르고 나서야 비로소 아파트 수위로부터 동정을 얻고, 옆 사람들의 관심을 끌 수 있었다.

그러나, 이것이 가장 중요한 점인데, 아무리 불안하고 고통스러워도, 텅 빈 마음을 견디기가 아무리 어려워도, 초기에는 그래도 상황이 나았다는 사실이었다. 시민들이 냉정을 잃기 시작하자, 이제 그들의 마음은 자기들이 기다리는 사람에게로 완전히 떠나 있었다. 모두가 하나같이 낙담하는 가운데서도 사랑의 이기적인 속성 때문에 그나마 자신을 보호할 수 있었다. 페스트에 대해 생각하긴 했지만, 그것은 단지 자기들의 이별이 끝없이 계속될까봐 걱정하는 차원에서였다. 이처럼 그들은 전염병이 한창 기승을 부리자, 이제는 자칫 자신이 냉정하다고 착각할 정도로 건전한 여유 같은 것을 누리고 있었다. 그들은 절망감 때문에 도리어 공포심을 느끼지 않게 되었으니, 불행에도 장점은 있었다. 예를 들어 그들 중 누군가 병으로 목숨을 잃는다고 해도 대개의 경우 본인은 그것을 깨달을 여유조차 없었다. 유령 같은 존재와 나누던 기나긴 마음속 대화에서 빠져나오는 즉시 가장 무거운 침묵 속에 내던져지는 것이다. 그에게는 뭔가를 생각할 시간적 여유가 전혀 없었다.

★

　시민들이 갑작스러운 유배 생활에 적응해보려고 애쓰는 동안, 페스트 때문에 시의 경계에는 보초병들이 경비를 서고 오랑을 향해 오던 선박들도 뱃머리를 돌렸다. 도시가 폐쇄된 이후 시내로 새로 들어온 차량은 한 대도 없었다. 그날부터 자동차들은 시내에서만 맴돌고 있는 듯한 느낌이 들었다. 대로의 높은 곳에서 내려다보면 항구도 이상하게 보였다. 연안에서 가장 번화한 항구 중 하나였던 그곳에서 갑자기 활기가 사라졌다. 항구에서 검역 중인 선박이 여전히 여러 척 눈에 띄었다. 그러나 부두에 일손을 놓고 서 있는 커다란 기중기들, 뒤집힌 소화물 운반차, 한적하게 쌓여 있는 술통과 부대 자루들이 페스트 때문에 무역마저 중단되어버렸다는 사실을 역력히 보여주고 있었다.

그런 익숙하지 않은 풍경에도 불구하고 우리 시민들은 자기들에게 무슨 일이 닥쳤는지 이해하지 못한 것이 분명했다. 이별이나 두려움 같은 공감대는 있었지만, 그들은 계속해서 개인적인 일에 우선순위를 두고 있었다. 그 질병을 현실적으로 받아들인 사람이 아무도 없었다. 대부분은 페스트가 자신의 일상을 방해하거나 이해관계에 영향을 끼치는 것에 특히 민감했다. 그래서 그들은 짜증도 나고 화도 났지만, 그런 감정으로 페스트와 맞설 수는 없었다. 예를 들어 그들이 보인 첫 반응은 행정 당국을 비난하는 것이었다. 언론이 여론을 반영해 '예정된 조치를 완화할 수 있는가?'라고 비판하자, 도지사는 예상외의 반응을 보였다. 지금까지는 도지사가 신문들이나 랑스도크 통신사에게 전염병에 대한 공식적인 통계를 전달해주지 않았으나, 이제는 매일 통계를 통보해줄 테니 매주 그것을 보고해달라고 부탁했다.

그렇다고 해도 대중이 즉각 반응을 보이지는 않았다. 사실 페스트가 발생한 지 3주 만에 이 도시에서 302명의 사망자가 발생했다는 보도가 있었지만, 사람들은 그 보도로는 페스트의 위력을 실감할 수 없었다. 그중에는 페스트로 사망하지 않은 사람도 끼어 있을 수 있고, 또한 평소 그 도시에서 한 주에 몇 명이 사망하는지를 아는 사람도 없었기 때문이었다. 이 도시의 인구는 20

만 명이었는데, 사람들은 이번 사망률이 유독 평소와 다른지도 알지 못했다. 흥미로운 통계임에도 불구하고 사람들은 그것을 정확하게 알려고 관심을 기울이지 않았다. 말하자면 대중들에게는 비교 기준이 없었다. 한참이 지난 뒤 그동안의 사망자 수가 증가한 것을 확인하고 나서야 비로소 여론도 진실을 깨달았다. 5주 차에는 321명, 6주 차에는 345명이 사망했다. 적어도 이런 수치들은 사태를 잘 설명해주고 있었다. 그러나 그런 사망자의 증가율도 충분하지 못했는지 시민들은 불안해하며 유감스러운 사건이라는 점은 인정하면서도 결국은 일시적일 것이라는 생각을 버리지 못했다.

그들은 여전히 거리를 돌아다니고 카페의 테라스에 자리 잡고 앉아 있었다. 전체적으로 보면 그들은 겁쟁이들이 아니었다. 한탄하기보다는 농담을 더 많이 주고받았고, 일시적인 게 분명한 불편한 점들을 기분 좋게 받아들이는 척했다. 체면을 차린 것이다.

그러나 월말이 가까워지자, 그리고 좀 더 나중에 얘기하게 될 기도 주간이 되었을 무렵에는 여러 가지 심각한 변화들이 생겼고, 도시의 모습도 바뀌었다. 먼저 차량 운행 및 식량 보급에 관해 도지사가 일련의 조치를 취했다. 식량 보급은 제한되었고, 휘발유는 배급제가 되었다. 심지어 절전도 실시되었다. 생활필수품만 육로와 항공편으로 오랑에 반입되었다. 그런 식으로 교통량이 점점 줄어들다가 결국 차량 운행이 거의 완전히 중단되었고, 사치품 가게들은 나날이 문을 닫았다. 다른 가게들 역시 문 앞에 손님들이 줄지어 서 있어도 품절 안내문을 진열장에 붙여놓았다.

이렇게 해서 오랑의 모습은 기이하게 변했다. 보행자들의 수가 더 많아졌고, 대낮의 한산한 시간에도 기계나 사무실이 문을 닫는 바람에 할 일이 없어진 사람들이 거리와 카페를 채우고 있었다. 그들은 아직은 실업자가 아니라 임시 휴가 중이었다. 그래서 예를 들어 오후 3시경이면 오랑 시는 마치 맑은 하늘 아래에서 공개행사를 진행하기 위해 교통을 통제하고 가게 문을 닫은 채 시민 모두가 거리에 쏟아져 나온 축제의 도시 같은 착각을 불러일으켰다.

당연히 영화관들은 이 전반적인 휴가 상태를 이용해서 큰돈을 벌었다. 그러나 도내로 들어오던 필름 배급이 중단되고 말았다. 2주 후에는 오랑 시 내에 있는 영화관들끼리 필름을 교환할 수밖에 없었고, 또 얼마 후에는 마침내 영화관마다 똑같은 영화를 상영하게 되었다. 그래도 영화관의 수입은 줄어들지 않았다.

끝으로 포도주를 비롯하여 주류가 가장 많이 거래되는 도시답게, 카페 역시 전부터 비축해둔 상당한 재고량 덕분에 손님들의 수요를 충족시킬 수 있었다. 실제로 사람들은 술을 많이 마셔 댔다. 어느 카페에서 '양질의 포도주가 세균을 죽인다'라는 광고문을 써 붙이자, 전염병을 예방하는 데 술이 효과적이라는 것을 상식처럼 여겨오던 사람들에게 그 생각은 더욱 확고해졌다. 매일 새벽 2시쯤이면 많은 술꾼들이 카페에서 쫓겨나 거리를 메우고 낙관적인 이야기들을 주고받았다.

그러나 이 모든 변화는 어떤 의미에서는 너무 특이했고 또 너무 빨리 이루어져서 그것이 정상적인 변화이고 지속될 것이라고 생각하는 것은 쉬운 일이 아니었다. 그 결과 우리는 여전히 우리의 개인적인 감정들을 우선시하고 있었다.

시가 폐쇄되고 이틀 후, 의사 리외는 병원에서 나오다가 코타르를 만났다. 그는 리외에게 매우 만족스러운 표정을 지어 보였다. 리외는 그에게 안색이 좋아 보인다고 덕담을 건넸다.

"네, 더할 나위 없이 건강하게 잘 지내고 있습니다." 코타르가 말했다. "그런데 선생님, 그놈의 페스트가, 참! 점점 심각해지네요."

리외가 그렇다고 고개를 끄덕이자, 그는 유쾌한 말투로 말했다.

"이제 와서 가라앉을 리가 없어요. 모든 게 뒤죽박죽이 될 겁니다."

그들은 잠시 함께 걸었다. 코타르는 자기 동네의 큰 식료품상이 식료품을 비싸게 팔아먹을 생각으로 사재기를 했었던 사실이 밝혀졌다고 했다. 식료품상이 페스트에 걸리는 바람에 그를 병원으로 데려가려고 온 사람들이 그의 침대 밑에 쌓여 있는 통조림 깡통들을 발견했다는 것이다.

"그 친구는 병원에서 죽었어요. 페스트에 걸리면 돈도 소용없어요."

코타르는 이처럼 사실인지 거짓말인지 모를 전염병 이야기를 많이 했다. 예를 들면 어느 날 아침 시내에서 한 남자가 페스트 증상을 보였는데, 병으로 머리가 이상해졌는지 밖으로 뛰쳐나가 무턱대고 처음 만난 여자에게 달려들어 자기는 페스트에 걸렸다고 하면서 그녀를 꼭 껴안았다는 것이었다.

"그럼요! 우린 모두 미치고야 말 거예요. 틀림없어요." 단정적으로 말하는 태도와는 어울리지 않는 상냥한 말투로 코타르가 말했다.

조제프 그랑이 리외에게 마침내 속내를 털어놓은 것도 그날 오후였다. 그는 리외의 책상 위에 있는 그의 아내의 사진을 보더니, 리외를 쳐다보았다. 리외는 아내가 도시 밖에서 요양 중이라고 대답했다.

"어떻게 보면 다행이네요." 그랑이 말했다. 리외는 어쩌면 다행일지도 모른다고 하면서 아내가 낫기를 바랄 수밖에 없다고 말했다.

"아! 이해합니다." 그랑이 말했다.

그러고 나서 그랑은 리외가 그를 알게 된 후 처음으로 말을 많이 하기 시작했다. 여전히 적절한 용어를 선택하느라 애를 쓰는 눈치였지만, 그는 자신이 말하는 것에 대해 오래전부터 생각해둔 것처럼 그때그때 적절한 말을 용케 찾아냈다.

그랑은 아주 젊었을 때 이웃에 사는 가난한 처녀와 결혼을 했다. 공부를 그만두고 직장을 얻은 것도 결혼을 위해서였다. 그의 아내 잔도 그렇지만 그도 동네 밖으로 나가본 적이 전혀 없었다. 그는 잔의 집에 찾아가 그녀를 만나곤 했는데, 그녀의 부모는 말도 없고 서투르기만 한 구혼자를 약간 비웃곤 했다. 그녀의 아버지는 역무원이었다. 그는 쉴 때면 항상 역 한구석에 앉아 큼직한 두 손을 허벅지에 얹고 생각에 잠겨 거리의 움직임을 바라보았다. 어머니는 언제나 살림을 하느라 바빴고 잔은 어머니를 거들었다. 잔은 체구가 몹시 가냘파서 그랑은 그녀가 길을 건널 때면 늘 불안한 마음이 들었다. 그럴 때면 차들이 지나치게 커 보였다. 어느 날, 크리스마스 선물을 파는 가게 앞에서 잔은 진열장을 감탄하며 바라보다가 "참 아름다워요!"라고 말하며 그랑에게 몸을 기댔다. 그는 그녀의 손목을 꼭 쥐었다. 그렇게 그들의 결혼이 결정되었다.

그랑의 말에 따르면, 나머지 이야기는 아주 단순했다. 모든 사람이 그렇듯이, 그도 결혼 후에도 계속 부인을 사랑했고 일에 충실했다. 부인의 존재를 잊을 정도로 일을 많이 했다. 잔 역시 일을 열심히 했다. 그들이 그렇게까지 일을 열심히 하게 된 이유는 국장이 약속을 지키지 않았기 때문이었다. 여기에서 그랑이 말하고자 하는 것을 이해하려면 약간의 상상력이 필요했다. 그랑은 피로에 찌들어서 지냈고, 점점 말수가 줄었으며, 젊은 아내에게 사랑에 대한 확신을 주지 못했다. 일에 찌든 남자, 가난, 서서히 막혀가는 미래, 저녁 식탁을 둘러싼 침묵, 그런 세계에 열정적인 사랑이 파고들 여지는 없었다. 잔은 분명 괴로워했을 것이다. 그래도 그녀는 떠나지 않았다. 사람은 고통받는 줄도 모른 채 오랫동안 고통을 견디기도 하기 때문이다. 그렇게 몇 해가 지났다. 그녀는 어느 날 갑자기 떠났다. 물론 혼자 떠나간 것은 아니었다. '당신을 무척 사랑했어요. 하지만 나도 이제는 지쳤어요. 떠나는 것이 기쁘지는 않아요. 하지만 행복해야만 새 출발을 할 수 있는 건 아니잖아요.' 이것이 그녀가 그랑에게 남긴 편지의 대략적인 내용이었다.

그랑 역시 괴로워했다. 리외가 그에게 말했듯이 그도 새 출발을 할 수 있었을 것이다. 그러나 문제는 자신이 없다는 것이었다. 그는 아내 생각을 멈출 수 없었다. 그가 바라는 것이 있다면 그녀에게 편지를 써서 변명하고 싶다는 것이었다.

"하지만 그게 어렵더군요." 그랑이 말했다. "그런 생각을 한 지는 오래되었어요. 서로 사랑할 때는 말을 하지 않아도 서로를 이해할 수 있었어요. 하지만 사람이 항상 사랑할 수 있는 건 아니죠. 적당한 순간에 할 말을 생각해내서 아내를 붙잡았어야 했는데, 그러질 못했어요." 그랑은 체크무늬 손수건 비슷한 것에 코를 풀었다. 그러고는 콧수염에 묻은 코를 닦았다. 리외는 조용히 그를 바라보았다.

"실례했습니다, 선생님." 그랑이 말했다. "하지만 뭐랄까요… 선생님은 믿음이 가요. 그래서 선생님에게는 이야기를 할 수가 있어요. 전 보시다시피 이렇게 감정 조절이 잘 안 돼요."

확실히 그랑의 마음은 페스트와는 아주 멀리 떨어져 있는 것 같았다.

그날 저녁, 리외는 아내에게 시가 폐쇄되었으며 자기는 잘 있고 계속 몸조리를 잘하기를 바라며 그녀를 생각하고 있다는 전보를 쳤다.

시가 폐쇄된 지 3주 후에 리외는 병원에서 나오다가 자기를 기다리고 있는 한 젊은 남자를 만났다.

"저를 기억하시겠습니까?" 젊은이가 말했다.

리외는 알 것 같기도 했지만 잠시 망설였다.

"이 사건이 터지기 전에 찾아뵈었지요." 그가 말했다. "아랍인들의 생활 여건에 대해 취재하려고 말입니다. 제 이름은 레몽 랑베르입니다."

"아! 맞아요." 리외가 말했다. "이제 특종거리를 얻었겠군요."

그는 초조한 듯한 표정이었다. 기사 때문이 아니라 부탁할 것이 있어서 왔다고 말했다.

"죄송합니다." 그가 말을 이어갔다. "하지만 이 도시에 아는 사람이라고는 아무도 없고, 우리 신문사 주재원은 바보 같아서요."

리외는 시내 중심가에 있는 보건소에 몇 가지 지시 사항을 전달할 일이 있었기 때문에 기자에게 그곳까지 함께 걸어가자고 청했다. 그들은 흑인가의 골목길을 함께 걸어 내려갔다. 저녁때가 다가오고 있었다. 이 시간이면 떠들썩했던 시내가 지금은 이상하리만큼 한적했다. 아직 황금빛으로 물들어 있는 하늘에 울려 퍼지는 나팔 소리만이 군인들이 직무를 수행하고 있다는 것을 알려주었다. 무어 양식의 집들이 이어지는 가운데 푸른색, 자주색, 황갈색 벽들 사이로 난 가파른 길을 따라 걸어가면서 랑베르는 몹시 흥분한 채 말했다.

그는 파리에 아내를 두고 왔다. 사실 정식으로 결혼한 건 아니었지만, 아내나 다름없었다. 오랑 시가 폐쇄되자마자 그는 아내에게 전보를 쳤다. 처음에는 그저 일시적인 것이려니 생각하고 그녀와 서신을 교환할 방법을 찾았다. 하지만 오랑의 동료 기자들은 자기들도 아무 방도가 없다고 말했고, 우체국에서는 상대도 하지 않고 돌려보냈다. 도청의 한 여비서는 면전에서 그를 비웃었다. 두 시간이나 줄을 서서 기다린 끝에 '모든 일이 순조로움. 곧 다시 봅시다.'라고 쓴 전보 한 장을 접수할 수 있었다.

그러나 아침에 일어나면서 랑베르는 문득 이 사태가 얼마 동안 계속될지 알 수가 없다는 생각이 들었다. 그래서 그는 떠나기로 결심했다. 직업이 기자이다 보니 다행히 여러 가지 편의를 제공받는 형편이었다. 그래서 도지사의 비서실장과 접촉할 수 있었다. 랑베르는 도지사에게 자신은 오랑에 아무런 연고가 없고 이곳에 머물러 있을 이유도 없는데 우연히 있게 되었으며, 따라서 일단 나가서 격리 수용되는 한이 있더라도 어쨌든 오랑 시를 나가도록 허용해주는 것이 당연하다고 말했다. 그러자 비서실장은 그 뜻은 잘 알겠으나 예외를 둘 수는 없으며, 검토해보겠지만 상황이 심각하니만큼 선뜻 어떤 결정도 내릴 수 없다고 대답했다는 것이다.

"하여간 전 이곳 사람이 아닙니다." 랑베르가 말했다.

"분명 그렇죠. 하지만 일단 전염병이 오래 계속되지 않기를 희망해 봅시다." 비서실장이 대답했다.

그는 랑베르를 위로하면서, 오랑에서 흥미로운 취잿거리를 얻게 될지도 모르는 일이고, 무슨 일이든 간에 잘 생각해보면 좋은 측면이 있게 마련이라고 말했다. 랑베르는 어깨를 으쓱했고 그 자리를 떴다.

그 이야기를 하는 사이 리외와 랑베르는 중심가에 도착했다.

"정말 말도 안 되는 일입니다, 선생님. 저는 기사를 쓰려고 세상에 태어난 게 아닙니다. 그보다는 오히려 사랑하는 여자와 살기 위해 태어난 것 같습니다. 그게 정상 아닌가요?"

리외는 어쩌면 그 말이 맞는지도 모르겠다고 조심스럽게 답했다.

중심가의 길거리는 평소처럼 북적대지 않았다. 몇몇 행인들만이 먼 집을 향해 서둘러 가고 있었다. 웃는 사람은 아무도 없었다. 리외는 그날 발표된 랑스도크 통신사의 보도 때문일 거라고 생각했다. 24시간이 지나면 시민들은 다시 희망을 갖기 시작할 것이다. 그러나 보도 당일에는 통계 숫자들이 너무 생생하게 남아 있었다.

"만난 지는 얼마 안 됐지만, 그녀와 나는 잘 통했어요." 랑베르가 밑도 끝도 없는 이야기를 시작했다. 리외가 잠자코 있자 랑베르가 말을 이었다. "제가 지루한 얘기를 늘어놓았군요. 저는 그냥 제가 그 몹쓸 병에 걸리지 않았다는 확인서를 한 장 써주실 수 있는지 선생님께 여쭤보고 싶었어요. 그렇게만 해 주신다면 큰 도움이 될 것 같거든요."

리외는 일단 고개를 끄덕였다.

그때 한 소년이 달려오더니 리외의 다리에 부딪혀 넘어졌다. 그는 아이를 일으켜 세워 주었다. 두 사람은 다시 발걸음을 옮겨 아름 광장에 이르렀다. 먼지를 푹 뒤집어쓴 무화과나무와 종려나무 가지들이 매연으로 잔뜩 더러워진 공화국의 여신상 주변에 조용히 늘어서 있었다. 그들은 여신상 아래에 멈추어 섰다. 리외는 뿌연 먼지로 뒤덮인 신발을 하나씩 번갈아 가며 땅에 툭툭 털었다.

그는 랑베르를 바라보았다. 펠트 모자를 약간 뒤로 젖혀 쓴 채, 넥타이 아래 와이셔츠의 단추는 풀어 헤치고 면도도 제대로 하지 않은 그 신문기자의 표정은 무뚝뚝하고 뚱해 보였다.

"당신의 심정은 이해합니다." 마침내 리외가 말했다. "하지만 당신이 하는 말은 설득력이 없습니다. 사실 나는 당신이 병에 걸렸는지 안 걸렸는지도 모를뿐더러, 비록 안다고 해도 당신이 내 진찰실에서 나가 도청에 들어가는 사이에 전염되지 않는다고 보장할 수도 없으니까요. 게다가…."

"게다가요?" 랑베르가 말했다.

"게다가 확인서를 써준다고 해도 아무 소용이 없을 겁니다."

"왜 그렇죠?"

"왜냐하면 이 도시에는 당신과 **같은** 치지에 있는 사람이 수천 명인데, 그 사람들이 전부 밖으로 나가도록 내버려 둘 수는 없을 테니까요."

"하지만 그 사람들이 페스트에 걸린 게 아니라면요?"

"안됐지만 그건 충분한 이유가 못 됩니다. 터무니없는 상황이라는 건 알고 있지만, 우리 모두의 생명과 직결된 문제입니다. 현실을 있는 그대로 받아들여야 해요."

"하지만 전 이곳 사람이 아니잖아요!"

"유감스럽지만 당신도 지금부터 다른 사람들과 마찬가지로 이곳 사람이 된 겁니다."

랑베르가 흥분해서 말했다. "맹세컨대 이건 인도적인 문제입니다. 서로 사랑하는 두 사람에게 이런 이별이 무엇을 의미하는지 선생님은 아마 이해하지 못할 겁니다."

리외는 바로 대답하지 않고 잠시 기다렸다가 자기도 잘 이해하고 있다고 말했다.

리외는 랑베르가 아내와 다시 만나게 되고 사랑하는 사람들 모두가 다시 결합하기를 진심으로 원하지만, 포고령과 법률이 있고 또 페스트가 있으니, 마땅히 해야 할 일을 하는 것이 자기의 역할이라고 말했다.

"아닙니다. 선생님은 이해하지 못하세요. 이성적으로만 말씀하시고 현실성 없는 얘기만 하고 계시잖아요." 랑베르가 씁쓸하게 말했다.

리외는 고개를 들어 공화국을 상징하는 동상을 바라보았다. 그러고는 자신의 말이 이성에서 나오는 것인지는 알 수 없지만, 어쨌든 현실적으로 말하는 것이며, 이성적으로 말하는 것과 현실적으로 말하는 것이 동일 선상에 놓일 수 있는 것은 아니라고 말했다.

신문기자는 넥타이를 고쳐맸다.

"그렇다면 선생님께 도움을 받을 수는 없겠군요. 알겠습니다. 하지만 전 이 도시를 떠날 겁니다." 그는 도전적인 말투로 덧붙였다.

리외는 그의 심정을 이해할 수는 있지만, 그가 도시를 떠나는 문제는 자기와는 상관없는 일이라고 말했다.

"아니에요, 상관이 있습니다." 랑베르는 목소리를 높였다. "제가 선생님을 찾아온 건 이번 결정에 선생님의 역할이 컸다고 들었기 때문입니다. 선생님이 하신 일이니까 적어도 한 건쯤은 손을 써주실 수 있을 거라고 생각했어요. 그런데 그런 건 상관없으시다는 거군요. 선생님은 다른 사람 입장은 생각해보신 적이 없으시군요. 헤어진 사람들의 상황을 고려해보지도 않으셨어요?"

리외는 그 말이 어떤 의미에서는 사실이며, 자신은 그런 것까지 고려할 마음의 여유가 없다고 인정했다.

"아, 이제 알겠네요!" 랑베르가 말했다. "공익에 대해 말씀하시려는 거군요. 하지만 개인이 행복해야 공익도 이루어지는 겁니다."

리외는 잠시 다른 생각을 하다가 깨어난 듯이 말했다.

"글쎄요. 그런 면도 있고, 또 다른 면도 있겠지요. 속단해서는 안 됩니다. 그리고 화내지 말고 좀 진정하면 좋겠습니다. 당신이 이 난관에서 벗어날 수 있다면 나도 정말 기쁠 겁니다. 다만 나로

서는 직무상 해서는 안 될 일이 있다는 거죠."

랑베르는 초조하게 머리를 흔들었다.

"예, 그래요. 화를 낸 건 죄송합니다. 게다가 시간을 너무 많이 빼앗았네요."

리외는 향후 상황을 알려달라고 하며, 도와주지 못했다고 자기를 원망하지 말라고 부탁했다. 분명 자신과 랑베르는 서로 공통점이 있다고 덧붙였다. 하지만 랑베르는 그 말뜻을 못 알아듣는 듯했다.

"예, 저도 그렇게 생각합니다." 침묵이 흐른 후 랑베르가 말했다. "제 뜻과는 다를지 모르지만, 또 선생님이 하신 말씀에도 불구하고, 선생님과 저는 공통점이 있을 거라는 생각이 듭니다."

랑베르는 잠시 망설이다가 말을 이었다.

"하지만 그래도 선생님 말씀에 동의할 수는 없습니다."

랑베르는 펠트 모자를 이마 위로 내려쓰고 빠른 걸음으로 걸어갔다. 리외는 그가 장 타루가 묵고 있는 호텔로 들어가는 것을 보았다.

잠시 후 리외는 고개를 절레절레 저었다. 신문기자가 행복에 대해 초조해하는 것도 일리가 있었다. 그러나 리외에 대한 그의 비난은 정당했을까? '선생님은 현실성 없는 얘기만 하고 계십니다.' 페스트가 더욱 기승을 부려 사망자 수가 일주일에 평균 500명에 달하고 있는 요즘, 병원에서 보낸 그날들이 정말 현실과 동떨어진 것이었을까? 그렇다. 불행에는 비현실적인 일면이 있기 마련이다. 그러나 비현실이 우리를 죽이기 시작할 때에는 정신을 바짝 차리고 그와 맞서야 한다. 다만 리외는 그것이 그리 쉽지 않은 일이라

는 것을 알고 있었다. 예를 들어 그가 책임을 맡은 임시 병동(이제
는 세 곳이 됐다)을 관리하기란 결코 쉽지 않았다.

그는 진료실 맞은편 방에 접수실을 꾸미게 했다. 땅을 파서 소
독약을 탄 물을 채워 연못 같은 것을 만들고, 그 가운데에 벽돌
로 작은 섬을 만들었다. 환자가 그 섬으로 옮겨지면 재빨리 옷
을 벗기고 옷은 그 주변 물속에 떨어뜨렸다. 간호사가 환자의 몸
을 씻기고 물기를 말린 다음 거친 환자복으로 갈아입히면, 환자
는 리외의 손으로 넘어왔다가 다시 병실로 옮겨졌다. 어쩔 수 없
이 학교 실내 체육관을 병동으로 이용할 수밖에 없었는데, 이제
는 그곳에 있는 총 500개의 병상이 환자로 거의 꽉 차 있었다. 리
외는 아침에 직접 환자를 접수한 후 백신 주사를 놓고 림프절 멍
울을 절개한 다음, 통계 자료를 검토했다. 오후에는 회진을 돌았
다. 저녁이 되면 왕진을 나갔다가 밤늦게서야 집에 돌아왔다. 그
전날 밤 리외의 어머니가 며느리에게서 온 전보를 그에게 건네주
면서 손이 떨리고 있다고 말했다.

"네, 그렇네요. 몇 분 지나면 진정될 거예요."

그는 건강하고 강단이 있었다. 그리고 사실 아직 피곤하지도
않았다. 그러나 왕진은 점점 더 인내심을 요하는 일이 되었다. 유
행성 열병이라는 진단을 내려지면 그 환자를 곧바로 격리해야 했
다. 가족들은 환자가 완치되거나 죽기 전에는 다시 만날 수 없다
는 것을 알고 있었기 때문에, 그럴 때면 난관이 시작되었다.

"제발 한 번만 봐주세요, 선생님!"

타루가 묵고 있던 호텔의 객실 담당 청소부의 어머니 로레 부
인이 그렇게 말했다. 그것은 무슨 뜻이었을까? 당연히 리외도 동

정신이 있었다. 그러니 동정심은 누구에게도 도움이 되지 않았다. 전화를 걸어야만 했고, 곧이어 구급차 사이렌이 울렸다. 초기에는 이웃들이 창문을 열고 내다보더니, 나중에는 창문을 서둘러 닫아버렸다. 그러면 언쟁, 눈물, 설득, 결국 냉혹한 현실이 시작되는 것이었다. 열병과 불안으로 과열된 아파트에서는 난장판이 벌어졌다. 그러나 환자는 어쩔 수 없이 이송되었고, 리외는 그제야 자리를 뜰 수 있었다.

처음에는 전화만 걸어놓고 구급차는 기다리지 않은 채 다른 환자를 보러 가곤 했다. 그러나 환자의 가족들은 어떻게 될지 뻔히 아는 이별보다는 차라리 페스트와 마주하는 것이 낫다고 생각하는지 구급 대원들에게 문을 닫아걸고 열어주지 않았다. 아우성을 치고, 명령이 내려지고, 경찰이 개입하고, 나중에는 군인까지 동원되어, 환자를 체포하듯 데려가게 되었다. 그래서 한동안 리외는 구급차가 올 때까지 환자 옆에서 기다릴 수밖에 없었다. 그 후에는 왕진할 때 의사 한 명이 자원봉사 감독관 한 명을 대동하는 시스템이 마련되었다. 그제야 리외는 다른 환자에게로 달려갈 수 있게 되었다.

로레 부인의 딸을 진찰하기 위해 그녀의 집에 갔던 날은 초창기 시절과 비슷했다. 부채와 조화로 장식해놓은 그녀의 작은 아파트에 들어갔을 때, 환자의 어머니인 로레 부인은 어색한 미소로 그를 맞이하며 이렇게 말했다.

"요새 한창 떠들썩한 그 열병은 아니겠죠."

리외는 침대 시트와 환자의 속옷을 들추고 배와 허벅지에 생긴 붉은 반점과 부어오른 림프절을 묵묵히 들여다보았다. 어머니는 딸의 다리를 들여다보더니 참지 못하고 날카롭게 소리 질렀다. 매일 저녁 어머니들은 여러 가지 치명적인 징후가 드러난 배 앞에서 넋을 잃은 표정으로 그렇게 울부짖었다. 매일 저녁 사람들은 리외의 팔을 붙들고 늘어졌고 소용없는 말과 눈물을 쏟아냈다. 매일 저녁 구급차가 사이렌을 울리면 사람들은 고통스러워하고 발작적인 반응을 보였지만, 그 또한 아무 소용이 없는 일이었다. 저녁마다 비슷한 일이 반복되고, 리외는 그런 광경이 끝없이 되풀이되는 것 외에는 아무것도 기대할 수 없게 되었다. 그렇다. 페스트는 마치 현실이 아닌 것처럼 단조로웠다.

단 한 가지 변한 것이 있다면 그것은 바로 리외 자신이었다. 그는 그날 저녁 공화국의 여신상 아래에서 그것을 느꼈다. 랑베르가 들어간 호텔의 문을 바라보면서 그는 마음속에 차오르기 시작한 벅찬 무관심만을 의식하게 된 것이다.

힘겨운 몇 주가 지나고 시민들이 거리로 나와 제자리에서 맴돌기만 하는 황혼녘들이 지나간 후, 리외는 더 이상 동정심과 맞서 싸울 필요가 없다는 것을 깨달았다. 동정심이 아무 소용이 없어지면 사람은 동정하는 것도 피곤해지는 법이다. 몹시 힘든 나날을 보내면서 자신의 마음이 서서히 닫히고 있다는 느낌을 받게 되자, 리외는 차라리 다행인 것 같았다. 그것으로 인해 그는 자기가 맡은 임무가 점차 수월해지리라는 것을 알고 있었기 때문에 기뻤다. 새벽 2시에 아들을 맞이하는 리외의 어머니는 아들의 공허한 눈길에 마음이 아팠지만, 그 당시 리외가 받을 수 있는 유일한 위안은 그것밖에 없었다. 비현실에 맞서기 위해서는 어느 정도 그것에 맞출 필요가 있었다.

그러나 어떻게 랑베르가 리외의 감정을 느낄 수 있겠는가? 랑베르가 볼 때 비현실이란 자기의 행복을 가로막는 것이었다. 그리고 사실 어떤 의미에서는 그 신문기자가 옳다는 것을 리외도 알고 있었다. 그러나 그는 비현실이라는 것이 때로는 행복보다 더 강력할 수 있으며, 오직 그런 경우에만 비현실을 고려해야 한다는 것도 알고 있었다. 바로 이런 일이 랑베르에게 장차 닥쳐오게 되어 있었고, 리외는 나중에 랑베르가 고백한 이야기를 통해 그 속사정을 자세히 알 수 있었다. 그리하여 리외는 우리 시민들의 삶을 오랜 기간에 걸쳐 전적으로 지배했던, 개인의 행복과 페스트라는 비현실 사이에서 벌어진 우울한 투쟁을 새로운 차원에서 계속할 수 있었다.

그러나 어떤 사람들의 눈에 비현실로 보이는 것이 다른 사람들의 눈에는 진리로 보였다. 페스트가 발생한 첫 달은 전염병이 현저하게 증가하기도 했고, 파늘루 신부의 신랄한 설교도 있었기 때문에 도시 전체가 암울한 분위기로 막을 내렸다. 미셸 영감에게 페스트가 처음 발병했을 때 그를 도와주었던 예수회 소속 신부 파늘루 신부는 오랑 시의 지리학회지에 자주 기고를 하여 이름이 이미 알려져 있었는데, 그의 금석문(金石文: 비석이나 돌 등에 새겨진 고대의 글자. 고대의 역사나 문화 연구에 중요한 자료이다. - 옮긴이 주) 재구성은 권위가 있었다. 그는 현대 개인주의에 대한 강연은 그 분야의 전문가보다 더 많은 청중을 끌어모았다. 그는 강연을 통해 현대인의 방종에 맞서 지난 몇 세기 동안 드러난 반계몽

주의와는 거리가 먼 엄격한 기독교 신앙을 열렬하게 옹호했다. 그는 청중들에게 혹독한 진실을 가차 없이 털어놓았다. 그의 명성은 거기서 비롯되었다.

그달 말경, 우리 시의 고위 성직자들은 공동 기도 주간을 정해 그들 나름대로 페스트와 싸우기로 결정했다. 대중의 신앙심을 고취하기 위해 마련된 이 행사는 그 주 일요일, 페스트 환자였던 성(聖) 로크에게 드리는 장엄한 미사로 막을 내리게 되어 있었다. 파늘루 신부는 그 미사에서 설교를 위촉받았다. 파늘루 신부는 성아우구스티누스와 아프리카 교회에 대한 연구로 자신의 종파에서 특별한 지위를 얻고 있었는데, 약 2주 전부터 연구에서 손을 뗐다. 팔팔하고 열정적인 천성을 가진 그는 위촉받은 사명을 굳은 결의로 받아들였던 것이다. 예정된 날짜보다 훨씬 전부터 사람들은 설교에 대한 이런저런 이야기를 나누었는데, 그 설교는 나름대로 이 시기의 역사를 가늠할 수 있는 중요한 사건으로 기록되었다.

기도 주간 내내 군중이 몰려들었다. 평상시에는 오랑 시민들의 신앙심이 특별히 깊었던 것은 아니었다. 예를 들어 일요일 아침에는 해수욕과 미사 사이에 치열한 경쟁이 벌어졌었다. 그렇다고 갑작스러운 개종의 계시를 받은 것도 아니었다. 군중이 몰려든 이유는 시가 폐쇄되고 항구가 차단되어 해수욕이 불가능해진 탓도 있었고, 또한 그들이 자신에게 닥친 이 놀라운 사건들을 마음속 깊은 곳에서는 아직 인정하지 못했기 때문이기도 했다. 사람들은 어떤 변화가 생긴 것만 절실히 느끼고 있는 매우 특별한 정신 상태에 빠져 있었다. 그러면서도 많은 이들은 여전히 질병이 곧 멈춤 것이고, 가족들과 함께 그 병을 피할 수 있으리라 믿었다. 따라서 그들은 아무런 조바심도 느끼지 않았다. 그들에게는 페스트가 예기치 않게 찾아온 것처럼 언젠가는 반드시 떠날 불쾌한 방문객에 불과했다. 그들은 공포에 사로잡히긴 했지만 절망하지도 않았다. 페스트가 그들의 생활 양식 그 자체가 되었고, 이 병이 발병하기 전까지 그들이 누렸던 삶을 잊게 될 순간은 아직 오지 않았다. 요컨대 그들은 기대를 품고 있었다.

다른 많은 문제와 마찬가지로 종교에 대해서도 페스트는 그들에게 이상한 사고방식을 갖게끔 했다. 그것은 열성과도 거리가 멀고 무관심과도 거리가 먼 '객관성'이라는 말로 정의할 수 있는 사고방식이었다. 기도 주간에 참가한 사람의 대부분은, 예를 들어 리외 앞에서 어떤 신자가 '어쨌든 페스트라고 해도 큰 문제는 없겠죠.'라고 한 말을 자신의 마음을 표현한 것으로 간주했다. 타루도 이런 경우에 중국인들은 페스트 귀신 앞에서 북을 두드린다고 수첩에 적은 다음, 실제로 북이 의학적 예방 조치보다 더 효과적인지는 결코 알 수 없다고 지적했다. 다만 그는 그 문제에 대해 결론을 내리려면 우선 페스트 귀신이 존재하는지를 알아야 하는데, 그 점에 대해서는 무지하기 때문에 우리의 의견은 모두 무의미하다고 덧붙였다.

어쨌든 우리 시의 대성당은 기도 주간 내내 신자들로 거의 만원을 이루었다. 처음 며칠 동안은 많은 시민이 성당에까지는 들어가지 않고 성당 문 앞에 늘어선 종려나무와 석류나무 숲에 앉은 채 밀물처럼 거리까지 흘러나오는 축원과 기도 소리에 귀를 기울였다. 하지만 차츰차츰 청중들은 앞사람들을 따라 성당으로 들어가서 신자들의 기도 소리에 자신의 목소리를 보태기로 결심했다. 일요일에는 군중이 엄청나게 밀려와 성당의 중앙홀을 가득 메워서, 성당 앞 광장과 마지막 계단까지 군중으로 넘쳐났다. 일요일 전날부터 하늘이 컴컴해지더니 비가 억수같이 쏟아졌다. 밖에 있던 사람들은 우산을 펼치고 있었다. 성당 안에 향로 냄새와 젖은 옷 냄새가 감도는 가운데 파늘루 신부가 설교단에 올랐다.

파늘루 신부는 보통 키에 다부진 체격이었다. 커다란 두 손으로 설교단 가장자리의 나무틀을 쥐고 서자, 사람들 눈에는 그가 금속 안경테 아래로 불그스름한 양쪽 광대뼈가 얼룩처럼 튀어나온 두툼하고 시커먼 형체로만 보였다. 그의 목소리는 힘차고 열정적이었으며 멀리까지 울려 퍼졌다. 그가 "형제 여러분, 여러분은 불행 속에 있습니다. 형제 여러분, 여러분은 그 불행을 겪어 마땅합니다."라며 단호한 격려의 한 마디를 청중에게 내뱉자, 성당 앞뜰의 청중까지 동요했다.

논리적으로 보면 그 뒤의 설교 내용은 비장했던 첫 문장과 그리 잘 연결되지 않는 듯했다. 우리 시민들은 다음 대목을 듣고 난 후에야 비로소 그것이 신부의 능란한 웅변술이었음을 깨달았다. 신부는 맨 첫 문장을 통해 자신의 설교 전체 주제를 마치 치명타를 가하듯 단번에 제시했던 것이다. 파늘루 신부는 그 문장에 이어 출애굽기의 한 구절을 인용하여 이렇게 말했다. "이 재앙이 처음으로 역사에 나타난 것은 하느님의 적을 쳐부수기 위해서였습니다. 애굽 왕이 하느님의 섭리를 거역하자 페스트가 그를 굴복시켰습니다. 태초부터 하느님의 재앙은 오만한 자들과 눈먼 자들을 그 발 아래 꿇어 앉혔습니다. 이 점을 잘 생각하시고 무릎을 꿇으

십시오."

밖에서는 비가 더욱 거세졌다. 모두가 절대적으로 침묵을 지키는 가운데, 그 마지막 한 마디는 유리창을 두드리는 빗소리 때문에 더욱 강하게 울려 퍼졌고, 몇몇 청중들은 잠시 머뭇거리다가 의자에서 미끄러져 내려와 기도대에 무릎을 꿇었다. 다른 사람들도 따라 해야 한다고 생각한 나머지 곁에 있는 사람들부터 시작하더니, 결국에는 한 명도 빠짐없이 차례차례 무릎을 꿇었다. 의자가 삐걱거리는 소리가 가끔 날 뿐, 다른 소리는 전혀 들리지 않았다. 그때 파늘루 신부가 다시 몸을 일으키고 숨을 깊이 들이쉬더니 점점 더 강한 어조로 설교를 이어나갔다.

"오늘 페스트가 여러분에게 닥친 것은 반성할 때가 되었기 때문입니다. 바르게 살아온 사람들은 두려워할 필요가 없습니다. 그러나 악한 사람들이 두려움에 떠는 것은 당연합니다. 우주라는 거대한 공간에서 이 무자비한 재앙은 짚과 낟알을 가려낼 때까지 인류라는 밀을 타작할 것입니다. 낟알보다는 짚이 더 많을 것이고, 부름을 받은 자는 많겠지만 택함을 받은 자는 많지 않을 것입니다. 하지만 이 불행은 하느님이 원하신 것이 아닙니다. 너무나 오랫동안 이 세상은 하느님의 자비에 안주하고 있었습니다. 잘못을 저지르고도 회개하는 것으로 충분했고, 결국 모든 것이 허용되었습니다. 사람들은 회개하는 것이라면 자신 있다고 느껴 왔습니다. 때가 되면 죄를 짓는 것을 멈추고 회개하면 되겠지, 그러니 그때까지는 제멋대로 편하게 살아가자, 그 밖의 것은 자비로우신 하느님께서 알아서 해결해주실 거야, 그렇게 생각한 것입니다. 오랫동안 이 도시의 시민들을 연민의 표정으로 굽어보시던 하느님께서도 기다림에 지치고 영원한 희망을 잃어버린 채 실망하여 마침내 우리를 외면하시고 말았습니다. 우리는 하느님의 빛을 잃고 페스트의 암흑 속에 빠지고야 말았습니다."

성당 안에서 누군가가 마치 놀란 말처럼 콧바람 소리를 냈다. 신부는 잠깐 멈추었다가 더 낮은 목소리로 말을 이어갔다.

"〈황금 전설〉에 이런 이야기가 나옵니다. 롬바르디아의 홈베르트 왕정 시대에 이탈리아는 페스트로 인해 황폐해졌습니다. 페스트의 기세가 얼마나 맹렬했던지 산 사람들이 모두 힘을 합쳐도 죽은 사람들을 매장하기 어려울 정도였습니다. 페스트는 특히 로마와 파비아에서 맹위를 떨쳤습니다. 그러던 중 선한 천사가 모습을 나타내더니 사냥용 창을 든 악한 천사에게 집집마다 문을 두드리라고 명했습니다. 그리고 문을 두드린 수만큼 집마다 사망자가 발생했다고 합니다."

이 대목에서 파늘루 신부는 비를 맞아 펄럭이는 장막 뒤의 무언가를 가리키듯 성당 앞 광장 쪽으로 짧은 두 팔을 뻗었다.

"형제 여러분!" 그가 힘차게 말했다. "그와 똑같은 죽음의 사냥이 바로 오늘날 우리 도시의 거리에서 행해지고 있습니다. 보십시오. 루시퍼처럼 아름답고 악 그 자체처럼 빛나는 페스트의 천사가 여러분의 지붕 위에 서서 오른손으로는 붉은 창을 머리 위로 치켜들고 왼손으로는 여러분의 집을 가리키고 있습니다. 지금 이 순간, 그의 손가락이 여러분의 문을 가리킨 채 붉은 창으로 나무 대문을 두드리고 있을지도 모릅니다. 또 이 순간, 여러분의 집에 들어간 페스트가 방에 앉아서 여러분이 돌아오기를 기다리고 있을지도 모릅니다. 페스트는 조심스럽고 참을성 있게, 마치 이 세상의 질서 그 자체처럼 확고하게 그곳에 사리 잡고 있습니다. 똑똑히 알아두십시오. 지상의 그 어떤 힘으로도, 심지어 인류의 공허한 지식으로도 여러분에게 뻗친 그 손길을 피할 수 없습니다. 그리고 여러분은 피비린내 나는 고통의 타작마당에서 두들겨 맞고 짚과 함께 버림받을 것입니다."

여기서 신부는 한층 더 풍부한 표현을 사용하여 재앙의 비장한 이미지를 소개했다. 그는 거대한 나무토막이 도시 하늘에서 소용돌이치다가 닥치는 대로 사람들을 후려갈기고, 피로 물든 채 다시 솟아올라 마침내 '진리를 수확하게 될 씨앗을 뿌리기 위해' 피와 인간의 고통을 사람들에게 흩뿌리는 광경을 상기시켰다.

긴 이야기를 마치고 파늘루 신부는 설교를 멈췄다. 머리카락은 이마 위로 흘러 내려와 있었고, 양손을 통해 몸의 떨림이 설교대에 그대로 전달되고 있었다. 그는 더 낮은 음성으로, 그러나 비난하는 어조로 말을 이어갔다. "그렇습니다. 반성할 때가 되었습니다. 여러분은 주일에 하느님을 찾아뵙기만 하면 주중에는 자유라고 믿었습니다. 몇 번 무릎을 꿇는 것으로 여러분의 무관심에서 비롯된 죄의 대가를 충분히 치렀다고 생각했습니다. 그러나 하느님은 미지근한 분이 아닙니다. 가끔 찾아뵙는 그런 관계로는 하느님의 넘치는 애정을 만족시킬 수 없습니다. 하느님은 여러분을 더 오랫동안 보고 싶어 하십니다. 그것이 여러분을 사랑하는 하느님의 방식이며, 사실 그것만이 진정한 사랑의 방식입니다. 바로 그런 이유로 여러분이 찾아오기를 기다리다 지치신 하느님은, 인류 역사 이래 늘 그랬듯 재앙을 죄 많은 도시로 보내 여러분에게도 찾아가도록 하신 겁니다. 카인과 그의 후손들, 노아의 대홍수 이

전 사람들, 소돔과 고모라 사람들, 파라오와 욥, 그리고 저주받았던 모든 이들이 그랬던 것처럼 여러분도 이제 여러분의 죄가 무엇인지 깨닫게 될 것입니다. 그리고 이 도시가 벽으로 여러분과 재앙을 둘러싸 가둔 그날부터, 여러분은 과거 그들이 그랬듯이 새로운 눈으로 모든 존재와 사물을 바라보고 있습니다. 여러분은 이제야 비로소 본질로 돌아가야 한다는 것을 알게 된 것입니다."

그때 습한 바람이 성당의 중앙홀까지 불어와, 큰 촛대의 불꽃이 너울거리며 지직거렸다. 진한 촛농 냄새와 기침 소리, 재채기 소리가 파늘루 신부에게까지 전해졌다. 신부는 높이 평가받은 바 있는 교묘한 말솜씨를 발휘해 다시 설교로 되돌아와 조용한 음성으로 말을 이었다. "여러분 중 대다수는 제가 어떤 결론에 도달할 것인지 궁금해하실 줄 압니다. 저는 여러분을 진리로 이끌어 가고자 하며, 제가 말씀드린 이 모든 것에도 불구하고 여러분이 기쁨을 누릴 수 있는 길을 가르쳐드리고자 합니다. 충고나 애정 어린 손길로 선(善)을 향해 여러분을 이끌던 시대는 이미 지나갔습니다. 오늘날 진리란 하나의 명령입니다. 붉은 창이 여러분에게 구원의 길을 제시하고 그곳으로 가도록 부추깁니다. 형제 여러분, 바로 여기서 만물에 선과 악, 분노와 연민, 페스트와 구원을 마련하신 하느님의 자비가 드러나는 것입니다. 여러분을 괴롭히고 있는 이 재앙이 여러분을 고양시키고 새로운 길을 제시하고 있는 것입니다.

아주 오래전, 아비시니아의 기독교인들은 페스트를 영생에 도달하기 위해 하느님이 주신 것으로 생각했습니다. 병에 걸리지 않은 사람들은 확실하게 죽을 수 있도록 페스트 환자들이 사용했던 홑이불로 몸을 감싸기도 했습니다. 구원을 향한 이러한 광기 어린 열망은 어쩌면 바람직하지 않은 것일지도 모릅니다. 거기에는 유감스럽게도 오만에 가까운 경솔함이 보입니다. 우리가 하느님보다 더 서둘러서는 안 됩니다. 하느님께서 완전하게 구축해놓으신 불변의 질서를 앞당기려고 하는 것은 이단들이나 하는 짓입니다.

하지만 적어도 아비시니아의 기독교인들이 보여준 예에는 나름의 교훈이 담겨 있습니다. 우리가 더 통찰력을 가지고 본다면 모든 고민은 결국 영생의 황홀한 빛을 보여주고 있다는 것을 알 수 있습니다. 이 빛은 해방에 이르는 황혼의 어두운 길을 밝혀줍니다. 그것은 악을 완벽하게 선으로 바꾸는 하느님의 의지를 보여주는 것입니다. 오늘도 또다시 이 빛은 죽음과 고뇌와 아우성의 길을 통해서 우리를 모든 생명의 근원으로 이끌어가고 있습니다. 형제 여러분, 이 거대한 위안이 바로 제가 여러분에게 드리고 싶었던 것입니다. 부디 여러분은 이 자리에서 응징의 말씀을 듣는 데 그치지 말고, 위안의 말씀도 듣고 가시기를 바랍니다."

파늘루 신부의 설교가 끝난 것 같았다. 밖에는 비가 그쳐 있었다. 물기와 햇살이 뒤섞인 하늘은 광장 위에 더 싱싱한 햇살을 쏟고 있었다. 거리에서 사람들이 웅성거리는 소리와 차가 지나가는 소리 등 깨어난 도시가 내는 온갖 소리가 울려왔다. 청중은 소리를 죽이고 자리를 뜨면서 조심스럽게 소지품을 챙겼다.

그러나 신부는 다시 말을 이어서 시작하더니, 페스트는 본래 하느님이 내려주시는 것이라는 점과 그 재앙의 징벌적인 성격을 밝힌 이상 자기가 전할 말은 끝났다고 했다. 그러면서 이와 같은 비극적 주제와 어울리지 않는 웅변으로 설교를 마치고 싶지 않다고 말했다. 그는 이곳에 모인 모두가 진리를 이해했을 것이라 믿지만, 마르세유에 페스트가 창궐했을 때 연대기 작가 마티외 마레가 자신은 지옥에 빠져 구원도 희망도 없이 살고 있다고 한탄했던 사실을 언급했다. 마티외 마레는 하느님을 보지 못한 장님에 불과했던 것이다! 그와 반대로 파늘루 신부는 모든 사람에게 주어진 하느님의 구원과 기독교적 희망을 오늘만큼 생생하게 느껴본 적이 없었다고 했다. 매일같이 겪고 있는 참상과 죽어가는 사람들의 아우성 속에서도 그는 우리 시민들이 그 어떤 희망보다 기독교의 말씀이자 복음의 말씀을 하늘에 고하기를 바라고 있다고도 했다. 나머지는 하느님께서 알아서 하실 것이다.

그 설교가 우리 시민들에게 어떤 영향을 미쳤는지는 단언하기 어렵다. 판사 오통 씨는 리외에게 파늘루 신부의 설교가 '흠잡을 데 없었다'고 말했다. 그러나 모든 사람의 의견이 그렇지는 않았다. 다만 그 설교로 인해 몇몇 사람들은 그때까지 막연하게 품고 있었던 어떤 생각, 즉 알지도 못하는 어떤 죄 때문에 도저히 상상할 수 없는 감금 상태에 처했다는 생각을 더 절실히 느끼게 되었다. 보잘것없는 일상을 계속하며 감금 상태에 적응하는 사람들도 있었고, 정반대로 그때부터 이 감옥으로부터 탈출해야겠다는 생각만 하는 사람들도 있었다.

사람들은 처음에는 외부와 단절되는 것을 그저 몇 가지 습관적인 일상을 방해하는 일시적인 불편 정도로 생각하고 받아들였다. 그러나 뜨거운 하늘 아래 여름이 달아오르기 시작하고 사신이 일종의 감금 상태에 놓여 있다는 것을 의식하면서, 그들은 이러한 징역살이 때문에 자신들의 삶 전체가 위협받고 있다는 것을 막연하게나마 실감하게 되었다. 저녁이 되어 선선해지면서 기력을 되찾으면 때때로 절망적인 행동을 하기도 했다.

무엇보다도 먼저, 우연의 일치인지는 잘 모르겠지만, 파늘루 신부의 설교가 있었던 그 일요일부터 우리 시에는 전반적으로 상당히 심각한 두려움 같은 것이 생겨났다. 시민들이 정말 자신들이 처한 상황을 직시하게 된 것은 아닌가 하는 생각이 들었다. 그런 관점에서 보면 우리 도시의 분위기에 약간의 변화가 있었다고 할 수 있다. 그러나 실제 변한 것이 분위기인지 사람들의 마음인지, 그것이 문제였다.

설교가 있은 지 불과 며칠 후, 변두리 동네 쪽으로 가면서 그랑과 함께 이 일에 대해 이야기를 나누던 리외는 어둠 속에서 앞으로 나아가지 않고 비틀거리는 한 남자와 부딪혔다. 바로 그때, 갈수록 늦게 밝혀지던 우리 시의 가로등에 불이 들어왔다. 그러자 두 남자의 등 뒤로 높게 달린 가로등 불빛에 그 남자의 모습이 갑자기 드러났는데, 그는 눈을 감고 말없이 웃고 있었다. 말없이 웃고 있어서 일그러진 그 허여멀건 얼굴에는 굵은 땀방울이 흐르고 있었다. 그들은 그 남자를 그냥 지나쳤다.

"미친 사람이에요." 그랑이 말했다.

가던 길을 가기 위해 그랑의 팔을 잡은 리외는 그랑이 긴장하여 몸을 떨고 있다는 것을 느꼈다.

"머지않아 시내에는 미친 사람밖에 없을 거예요." 그랑이 말했다. 피곤한 탓인지 그의 목소리는 갈라졌다.

"뭘 좀 마십시다."

그들이 들어간 조그만 카페는 카운터 위에 있는 전등 하나로 실내를 밝히고 있었는데, 사람들은 불그스름하고 답답한 공기 속에서 이렇다 할 이유도 없이 나지막한 목소리로 이야기를 나누고 있었다. 카운터에 자리를 잡자 그랑은 놀랍게도 술을 한 잔 주문하더니 단숨에 들이켰고, 자기는 술이 꽤 세다고 말했다. 그러고는 밖으로 나가자고 했다. 밖으로 나오자 리외는 밤거리가 신음으로 가득 찬 듯한 느낌을 받았다. 가로등 위 어두컴컴한 하늘 어딘가에서 들려오는 둔탁한 휘파람 소리는 보이지 않게 끊임없이 뜨거운 공기를 휘젓고 있는 재앙을 연상시켰다.

"다행입니다. 다행이에요." 그랑이 말했다.

리외는 그게 무슨 뜻일까 속으로 생각했다.

"다행히 저는 할 일이 있거든요." 그랑이 말했다.

"그래요, 잘됐네요." 리외가 말했다.

그러고는 휘파람 소리를 듣고 싶지 않아 그랑에게 그 일은 잘되고 있느냐고 물었다.

"글쎄요. 순조로운 편이에요."

"아직 한참 더 걸리나요?"

그랑의 얼굴에 생기가 돌았고, 술기운이 목소리에 섞여 나왔다.

"모르겠어요. 하지만 문제는 그게 아니에요, 선생님. 확실히 그건 문제가 아니에요."

그가 손사래를 치는 것을 어둠 속에서도 알아볼 수 있었다. 그랑은 할 말을 준비하는 듯하더니 별안간 수다스럽게 털어놓았다.

"선생님, 제가 원하는 건 말이죠, 제 원고가 출판사에 도착하는 날 출판업자가 그것을 읽고 일어나서 직원들에게 '여러분, 모자를 벗어 경의를 보냅시다!'라고 말하는 거예요."

리외는 이 갑작스러운 고백을 듣고 깜짝 놀랐다. 그랑은 한 손을 머리로 가져가더니, 모자를 벗는 시늉을 하며 팔을 수평으로 뻗었다. 저 높은 곳에서는 이상한 휘파람 소리가 더 크게 들리는 것 같았다.

"그러니까, 완벽해야 해요." 그랑이 말했다.

리외는 문학계의 관례에 대해 아는 바가 거의 없었지만, 책을 내는 일이 그렇게 간단하지는 않을 것 같았다. 예를 들어 출판업자들은 사무실에서 모자를 쓰고 있을 것 같지도 않았다. 그러나 혹시 모를 일이어서 리외는 입을 다물었다. 그는 자신도 모르게 페스트가 내는 신비로운 소리에 다시 귀를 기울였다.

그랑이 사는 동네에 가까워지고 있었다. 그 동네는 지대가 높았기 때문에 산들바람이 시원하게 불었고 시내의 소음도 씻어 주었다. 그랑이 계속 이야기를 했지만, 다 알아들을 수는 없었다. 다만 지금 이야기하고 있는 그랑의 작품이 이미 상당히 진척되었고, 그것을 완벽하게 만들기 위해 그가 매우 고생하고 있다는 것은 알 수 있었다. "몇 날 며칠을 단어 하나 때문에… 어떤 때는 단순한 접속사 하나 때문에…" 그랑은 거기서 말을 멈추고 리외의 외투에 있는 단추를 붙잡았다. 그러고는 고르지 못한 치아 사이로 더듬더듬 말을 이었다.

"생각 좀 해보세요, 선생님. 엄밀하게 말해서 '그러나'와 '그리고' 중에 선택하는 건 상당히 쉬운 편이에요. 하지만 '그리고'와

'그다음에' 중에서 선택하는 건 어려워요. '그다음에'와 '이어서'가 되면 더 어려워지죠. 하지만 뭐니뭐니 해도 제일 어려운 건 '그리고'를 넣어야 할지 말아야 할지 결정하는 거예요."

"그렇군요. 무슨 말인지 알겠어요." 리외가 말했다.

그는 다시 걷기 시작했다. 그랑은 당황한 것 같았지만 다시 리외 곁으로 왔다.

"죄송해요. 오늘 저녁에 제가 왜 이렇게 횡설수설하는지 모르겠어요." 그랑이 중얼댔다.

리외는 그의 어깨를 가볍게 두드리며 그를 돕고 싶고 그의 이야기가 아주 재미있다고 말했다. 그랑은 기분이 조금 좋아진 듯 집 앞에 도착하자 약간 망설이더니 잠시 들어가자고 청했다. 리외는 그러기로 했다.

주방에 들어가자 그랑은 리외에게 식탁에 앉으라고 권했다. 그곳에는 깨알 같은 글씨로 가득 찬 원고지가 널려 있었다. 원고지는 지우고 고친 흔적 투성이였다.

"네, 바로 이거예요." 리외가 질문하듯 쳐다보자 그랑이 말했다. "마실 것 좀 드릴까요? 와인이 있어요."

리외는 거절했다. 그는 원고지를 바라보고 있었다.

"보지 마세요." 그랑이 말했다. "첫 문장인데, 이것 때문에 아주 애를 먹고 있어요."

그랑은 원고지를 바라보다가 거역할 수 없는 힘에 끌리듯이 그중 한 장을 집어 들었다. 그러고는 갓도 씌우지 않은 전등 앞에 그것을 대고 비춰보았다. 종이를 잡은 손이 떨리고 있었다. 리외는 그랑의 이마가 땀으로 젖어있는 것을 보았다.

"앉아서 좀 읽어주세요." 리외가 말했다.

그랑은 리외를 바라보며 고맙다는 듯이 미소 지었다.

"네, 저도 그러고 싶어요."

그랑은 종이를 바라보며 잠시 뜸을 들이다가 자리에 앉았다. 그와 동시에 웅웅거리는 듯한 기이한 소리가 리외의 귀에 들려왔다. 재앙이 내는 휘파람 소리에 이 도시가 화답하는 것 같았다. 바로 그 순간 그는 발밑에 펼쳐져 있는 이 도시와, 이 도시가 만들어놓은 폐쇄된 세계, 그리고 이 도시가 어둠 속에서 억누르고 있는 끔찍한 울부짖음을 뚜렷하게 지각할 수 있었다. 그랑의 낮고도 명쾌한 목소리가 들려왔다.

"5월의 어느 화창한 아침에, 우아한 여인 한 명이 멋진 갈색 암말을 타고 불로뉴 숲속에서 꽃이 만발한 오솔길을 누비고 있었다."

다시 침묵이 찾아왔다. 그러자 고통받는 도시의 소음이 또다시 들려왔다. 그랑은 원고를 내려놓고 물끄러미 그것을 보고 있었다. 잠시 후 그가 눈을 들었다.

"어떻게 생각하세요?"

리외는 첫 부분을 듣고 나니 다음이 어떻게 되나 궁금해진다고 대답했다. 그러나 그랑은 활기찬 말투로 그런 관점은 적절하지 않다고 했다. 그가 손바닥으로 원고를 탁 쳤다.

"이건 대충 써 둔 거예요. 머릿속에 그려둔 장면을 완벽하게 만들어서 하나 둘 셋, 하나 둘 셋 하고 말이 걷는 속도와 내 문장이 딱 들어맞게 되면 나머지는 더 쉬워질 거예요. 그러면 첫 단어를 듣자마자 '모자를 벗어 경의를 보냅시다!'라고 할 거라고 상상할 수 있죠."

그러나 그렇게 되려면 아직 할 일이 많았다. 그는 이 문장을 이 상태 그대로 인쇄에 넘길 생각이 전혀 없었다. 왜냐하면 때로는 문장이 만족스럽게 여겨지기도 했지만, 그것이 아직 현실과 완벽하게 일치하지 않는다는 것을 알고 있었기 때문이었다. 또 어떤 의미에서는 안이하게 고른 단어가 남아 있어서 상투적인 문장에 가깝다는 것도 사실이기 때문이었다. 어쨌든 그랑의 말은 대충 그런 의미였다.

그런데 그때 창문 아래에서 사람들이 뛰어가는 소리가 들렸다. 리외가 자리에서 일어났다.

"앞으로 제가 이걸 어떻게 만들지 두고 보세요." 그랑이 말했다. 그러고는 창문 쪽으로 몸을 돌리고 덧붙였다. "이 사태가 다 끝나면 말이에요."

그러나 급히 뛰어가는 발소리가 다시 들려왔다. 리외는 벌써 계단을 내려가고 있었다. 그가 거리로 나왔을 때 두 남자가 그의 앞을 지나가고 있었다. 도시의 접경 지역을 향해 뛰어가고 있는 것이 분명했다. 시민들 중 일부가 더위와 페스트 속에서 이성을 잃고 폭력적으로 변해 버린 것이다. 그래서 감시망을 따돌리고 도시 밖으로 도망치려고 시도하고 있었다.

★

랑베르와 마찬가지로 다른 사람들도 서서히 조성된 공포 분위기로부터 벗어나기 위해 애를 썼다. 더 끈질기고 교묘하게 노력했지만 그렇다고 더 성공적이었던 것은 아니었다. 랑베르는 먼저 공식적인 절차를 계속 밟아나갔다. 끈기 있게 하다 보면 결국 모든 것을 해낼 수 있다는 것이 그의 지론이었다. 또 어떤 면에서 보면 곤란한 일을 해결하는 것이 그의 직업이기도 했다. 따라서 그는 많은 관리들과 인사들을 찾아갔다. 평상시에는 두말할 나위도 없이 능력 있는 사람들이었지만, 이 문제에서만큼은 그들의 능력이 아무런 쓸모가 없었다. 그들은 대부분 은행 업무나 수출입 업무, 청과물이나 와인 거래와 관련해서는 아주 정확하고 분명하게 정리된 생각을 가진 사람들이었다. 소송이나 보험 문제에서는 의심할 나위 없는 호의는 물론 해박한 지식까지 갖추고 있었다. 그들의 호의는 인상 깊을 정도였다. 그러나 페스트에 대해서만큼은 그들의 지식이 아무런 소용이 없었다.

그러나 랑베르는 그들 한 사람 한 사람 앞에서 기회가 있을 때마다 자신의 사정을 하소연했다. 그가 주장하는 요지는 자신이 이 도시와 무관한 사람이며, 따라서 자신의 경우는 특별히 검토되어야 한다는 것이었다. 그가 만난 사람들도 그 점은 대부분 흔쾌히 인정했다. 그러나 그들은 다른 사람들도 대체로 같은 상황이며, 그의 경우가 그가 상상하는 것만큼 그리 특별하지는 않다고 말했다. 이에 대해 랑베르는 그렇다고 해도 자신의 주장은 전혀 바뀌지 않는다고 반박했다. 그러면 사람들은 그에게 그러잖아도 이른바 선례가 될 우려 때문에 특별 조치를 허용하지 않아 행정 당국이 어려움을 겪고 있는데, 이를 허용하면 행정 방침도 바뀌는 것이라고 대꾸했다.

랑베르가 리외에게 제시한 분류법에 따르면, 그런 식으로 이치를 따지는 사람들은 형식주의자의 범주에 속했다. 한편, 그럴듯한 말로 랑베르를 타이르는 사람도 있었다. 이런 상태는 오래 갈 수 없다고 장담하면서, 현재 상태는 일시적인 고초에 불과하다고 랑베르를 위로했다. 또한 랑베르가 찾아간 사람 중에는 일정한 권력을 가진 사람들도 있어서, 찾아가면 요약해서 메모를 남겨놓으라고 하고는, 그런 사정에 대해 곧 결정을 내릴 것이라고 대답했다. 경박한 사람들은 숙박권이나 값싼 하숙집 주소를 대주겠다고 제안했다. 체계적인 사람들은 애로사항을 적는 종이를 주고 사정을 기입하라고 하고는 그것을 잘 분류해두었다. 자기 일이 많아 바쁜 사람들은 두 손을 들었고, 그저 귀찮아하면서 외면하는 사람들도 있었다. 끝으로 대다수를 차지하는 평범한 사람들은 랑베르에게 다른 기관을 알려주거나 다른 방법을 찾아보라고 권했다.

이처럼 랑베르는 사람들을 찾아다니느라 녹초가 되고 말았다. 인조가죽 의자에 앉아 국채를 신청하면 세금이 면제라거나, 식민지 군대에 지원하라는 신문 광고를 읽으며 기다리다 보니, 시청이나 도청이 어떤 곳인지 정확히 알게 되었다. 그곳은 사무원들이 문서 정리함이나 서류 선반을 보는 것만큼 랑베르를 건성으로 대해주는 곳이었다. 랑베르가 리외에게 씁쓸한 말투로 말했던 것처럼, 그러고 다니느라 사태의 진면목을 모르고 있었던 것이 이점이라면 이점이었다. 실제로 랑베르는 페스트가 확산하는 것에 대해 아무런 생각이 없었다. 시간이 더 빨리 지나기를 기대할 수는 없지만, 시민들이 처한 현재 상황에서는 하루하루가 지나고도 죽지만 않고 버텨낸다면 시련의 끝에 가까워지는 것이라고 할 수 있었다. 리외는 그런 관점이 틀린 것은 아니지만, 지나친 일반론이라고 생각하지 않을 수 없었다.

한때 랑베르두 희망을 품었다. 도청에서 랑베르에게 비어 있는 신원조회 서류를 보내 빈칸을 정확하게 기재한 다음 보내줄 것을 요구했기 때문이다. 서류는 신분, 가족관계, 과거와 현재의 수입, 이력에 관한 질문으로 구성되어 있었다. 그는 이것이 원 주소지로 송환될 사람들을 대상으로 하는 조사라는 인상을 받았다. 어떤 기관에서 주위들은 불분명한 정보 때문에 그 느낌이 더욱 확실해졌다. 조사 끝에 그는 서류를 보내온 기관이 도청 내 어느 부서인지 찾아내는 데 성공했지만, 그 기관에서는 그저 '만일의 경우를 대비해' 정보를 수집하는 것이라고 대답했다.

"어떤 경우 말입니까?" 랑베르가 물었다.

그러자 그 기관에서는 혹시 페스트에 걸리거나 사망하는 경우 가족에게 사망 통지를 해야 할 수도 있고, 병원비를 시 예산에서 부담해야 할지 아니면 친척에게 청구할 수 있을지 파악하기 위한 것이라고 대답해 주었다. 분명 그것은 자기를 기다리고 있는 그 여인과 자신이 아직은 완전히 절연된 상태는 아니며, 사회가 그들에게 관심을 기울이고 있다는 것을 증명하는 것이었다. 그러나 그런 것이 위안이 될 수는 없었다. 그나마 랑베르가 주목한 희망적인 사실은 재난이 극에 달한 가운데서도 한 기관이 계속 사무를 보고 있으며, 그 목적을 위해 설치된 기관이라는 이유만으로 누가 시키지도 않았지만 후일을 위한 조치를 주도적으로 취하고 있다는 사실이었다.

그때 이후로 랑베르는 가장 편안한 동시에 가장 어려운 시기를 보냈다. 이 시기는 무기력한 시기였다. 그는 모든 기관을 다 찾아다녔고 모든 절차를 밟아 봤지만, 해결 가능성은 막힌 상태였다. 그래서 그는 할 수 없이 이 카페에서 저 카페로 헤매고 다녔다. 아침에는 어느 테라스에서 미지근한 맥주 한 잔을 앞에 놓고, 전염병이 머지않아 끝나리라는 징조를 찾을 수 있지 않을까 기대하며 신문을 읽었다. 어떤 날은 행인들의 얼굴을 쳐다보다가 그 슬픈 표정에 혐오감을 느끼며 눈을 돌렸다. 맞은편 상점들의 간판에서 이제 더 이상 팔지 않는 유명한 아페리티프 광고를 셀 수도 없이 여러 번 읽은 후 자리에서 일어나기도 했다. 누렇게 먼지가 내려앉은 거리를 발길 닿는 대로 돌아다니다 보면 저녁이 되곤 했다.

그러던 어느 날 저녁, 리외는 랑베르가 어느 카페 문 앞에서 들어갈까 말까 망설이고 있는 것을 보았다. 이윽고 결심한 듯 그가 카페로 들어가 맨 구석 자리에 앉았다. 그때는 도청의 행정명령에 따라 공공장소에서도 점등 시간을 최대한 늦게까지 늦추던 시기였다. 황혼녘의 해가 마치 회색 물결처럼 실내를 가득 채웠고, 저물어 가는 하늘의 장밋빛 노을이 유리창에 어려 있었다. 대리석 식탁은 막 시작된 어둠 속에서 희미하게 빛났다. 인적이 드문홀 한가운데에 있는 랑베르는 길을 잃은 유령처럼 보였다. 리외는그 순간이 그가 자포자기하는 순간이라고 생각했다. 그러나 그것은 이 도시에 갇힌 모든 포로들이 자포자기를 경험하는 순간이기도 했다. 해방의 순간을 앞당기기 위해서는 뭔가를 해야 했다. 리외는 발길을 돌렸다.

랑베르는 기차역에서도 많은 시간을 보냈다. 승강장에 접근하는 것은 금지되어 있었다. 그러나 외부로 이어져 있는 대합실은개방되어 있었고 그늘지고 시원했기 때문에, 무더운 날이면 거지들이 종종 그곳을 찾아와 자리를 잡곤 했다. 랑베르는 거기에 가서 옛날 열차 시간표라든가, 가래침을 뱉지 말라는 푯말이라든가, 열차 내에서 승객이 준수해야 할 규칙들을 읽어보곤 했다. 그런 다음 구석에 가서 앉았다. 대합실은 어두웠다. 낡은 무쇠 난로 하나가 구식 살수기(撒水器) 모양의 팔각 그물 울타리 안에서 벌써 몇 달째 식은 채 놓여 있었다. 벽에는 서너 장의 광고가 칸Cannes이나 방돌Bandol(프랑스 남동부 휴양지 - 옮긴이 주)에서 누릴 수 있는 자유롭고 즐거운 생활을 선전하고 있었다. 여기서 랑베르는 극도의 궁핍 상태에서 느끼는 일종의 끔찍한 자유를 맛보았다. 당시 그로서 가장 견디기 힘들었던 이미지는, 그가 리외에게 말한 바에 의하면, 파리에 대한 이미지였다. 오래된 석조 건물들과 강변 풍경, 팔레루아얄의 비둘기들, 파리 북역Gare du Nord, 팡테옹 근처의 인적 없는 지역, 그리고 자신이 그렇게 사랑하는 줄 미처 몰랐던 몇몇 장소들이 랑베르를 사로잡아 아무것도 할 수 없게 했다. 다만 리외가 볼 때 랑베르는 그런 이미지를 사랑의 기억과 동일시하는 것 같았다. 랑베르가 자신은 새벽 4시에 일어나 자기가 떠나온 도시를 생각하는 것을 좋아한다고 말한 날, 리외는 자기 경험에 비추어 랑베르가 두고 온 아내 생각에 잠기는 것을 좋아하는 것이라고 해석했다. 그 시간은 실제로 그가 그녀를 온전히 소유할 수 있는 시간이었다. 보통 새벽 4시면 사람들은 아무 일도 하지 않으며, 비록 선잠이라 하더라도 모두 잠을 잔다. 그리고 잠을 자면 안심이 된다. 왜냐하면 사랑하는 사람을 끝없이 소유하는 것은 불안한 사람이 마음에 품는 간절한 욕망이기 때문이다. 사랑하는 사람을 소유할 수 없다면 다시 만나는 그날까지 꿈도 없는 깊은 잠에서 깨지 않고 사랑하는 사람과 함께하기를 희망한다.

★

설교가 있은 지 얼마 되지 않아 더위가 시작되었다. 철 지난 비가 내리는 바람에 더 인상 깊었던 설교가 있었던 일요일이 지나고 그다음 날, 하늘과 집들 위에 여름 기운이 단숨에 찾아왔다. 하루 종일 뜨거운 바람이 강하게 불더니 벽들이 전부 메말라버렸다. 태양이 작열하고 하루 종일 불볕더위와 강한 햇살의 물결이 도시에 넘쳐흘렀다. 지붕으로 덮여 있는 아케이드 상가와 아파트를 제외하고는 도시 그 어디에서도 눈부신 태양을 피할 수 없을 것 같았다. 태양은 거리 구석구석까지 시민들을 쫓아다녔고, 발길을 멈추면 사정없이 그들을 후려쳤다.

첫 더위는 주당 거의 700명에 가까운 희생자 수의 급상승을 가져왔고, 그 결과 우리 시는 일종의 절망에 사로잡혔다. 변두리 지역의 한적한 길과 테라스가 있는 집들에서도 활기가 줄어든 것이 느껴졌다. 주민들이 늘 문 앞에서 살다시피 하는 동네도 문이 전부 닫혔고, 덧문들도 닫혀 있었다. 그렇게 해서 페스트를 막으려는 것인지 햇빛을 막으려는 것인지 알 수 없었다. 몇몇 집에서는 신음이 새어 나왔다. 전에는 그런 일이 생기면 호기심에서든 동정심에서든 거리에 나와 귀를 기울이는 사람들을 많이 볼 수 있었다. 그러나 오랫동안 불안에 시달리다 보니 마음이 무뎌졌는지, 마치 신음이 인간의 타고난 언어라는 듯이 아랑곳하지 않고 지나쳐버리거나 그 옆에서 그냥 평소처럼 살았다.

도시 접경 지역에서 소동이 벌어지게 되면 군인들이 무기를 사용하지 않을 수 없었고, 그로 인해 어수선한 동요가 발생하기도 했다. 부상자가 생겼을 뿐인데도 더위와 공포로 모든 것이 과장되던 시대에서는 사망자가 발생했다는 소문이 돌았다. 어쨌든 시민들의 불만이 계속 늘었다. 당국에서는 최악의 경우를 우려했고, 재앙 때문에 억류된 시민들이 폭동을 일으킬 경우에 취할 조치를 신중하게 검토했다. 신문들은 외출 금지령을 거듭 강조하면서 위반하는 경우에는 징역형에 처한다는 보도를 했다.

시내에서는 순찰대가 돌고 있었다. 더위로 달아오른 인적 없는 포장도로에는 기마 순찰대의 말발굽 소리가 자주 들렸다. 길가에 늘어선 집들의 창문은 닫혀 있었다. 순찰대가 지나가고 나면 그것을 경계하는 듯한 침묵이 다시 도시를 짓눌렀다. 최근에는 벼룩을 옮길 가능성이 있는 개와 고양이를 사살하라는 임무를 부여받은 특별전담조의 발포 소리가 멀리서 이따금 들려왔다. 그 둔탁한 폭발음 때문에 도시에는 더욱더 긴장된 분위기가 조성되었다.

잔뜩 겁에 질려 있던 우리 시민들은 더위와 침묵 속에서 벌어지는 이 모든 일들을 심각하게 받아들였다. 계절의 변화를 알리는 하늘빛과 흙내음을 처음으로 민감하게 느꼈다. 더위지면 전염병이 기승을 부린다는 것을 알고는 모두들 두려워했고, 그와 동시에 여름이 되었다는 것을 절감했다. 저녁 하늘을 나는 명매미의 울음소리가 도시 위에서 더욱 가냘프게 들려왔다. 6월이 되어 석양빛에 반사된 지평선이 저 멀리 물러나자, 우리 고장에서 매미 울음소리는 더 이상 들리지 않았다. 시장에서 파는 꽃들은 봉오리가 맺힌 상태가 아니라 활짝 핀 상태로 도착했다. 아침에 꽃을 팔고 나면 먼지가 자욱하게 내려앉은 인도 위에 꽃잎들이 수북이 떨어졌다. 봄기운은 이미 기진해버린 것이 틀림없었다. 곳곳에 지천으로 피어난 수천 가지 꽃들은 마음껏 무르익었다가 페스트와 더위에 이중으로 짓눌리고 있는 것이 분명했다. 그해 여름 먼지와 권태로 물들어 뿌옇게 변해가는 거리들은 매일같이 무겁게 쌓여가는 100여 구의 시체들 못지않게 위협적으로 다가왔다. 멈추지 않고 작열하는 태양, 졸음과 휴가의 맛이 깃들던 그 시간에도 이제는 전처럼 물과 육체의 향연을 즐길 수 없게 되었다. 밀폐된 침묵의 도시에서 그 시간들은 공허하게 울리고 있었다. 그것들은 행복한 계절의 구릿빛 광채를 잃어버리고 말았다. 페스트라는 강렬한 태양으로 인해 모든 색깔이 지워졌고, 모든 기쁨이 사라졌던 것이다.

이것이 바로 이 병으로 인해 발생한 혁명 같은 변화 중 하나였다. 보통 시민들은 환희에 들떠 여름을 맞이했다. 그때가 되면 오랑 시는 바다를 향해 활짝 열렸고, 젊은이들을 해변에 쏟아놓았다. 그러나 이번 여름에는 그와 반대로 가까운 바다로의 통행이 금지되었고, 사람들은 그런 육체적 기쁨을 누릴 권리가 없었다. 그러한 상황에서 무엇을 할 수 있단 말인가?

당시 우리의 삶을 가장 충실하게 기록해 준 사람은 역시 타루였다. 그는 페스트가 진행되는 추이를 추적하고 있었는데, 라디오에서 사망자 수가 주당 몇백 명이 아니라 하루에 92명, 107명, 120명이라는 식으로 보도하기 시작한 시점이 그 병의 첫 고비였다고 지적했다. '신문과 당국은 페스트에 관해 교묘한 속임수를 쓰고 있다. 그들은 130이 910에 비해 훨씬 적은 수이기 때문에 페스트를 통제하고 있다고 상상했다.' 타루는 또한 그 전염병의 비참한 측면을 상기시켰다. 예를 들면 덧문이 모두 닫힌 인적 없는 거리에서 한 여자가 갑자기 타루의 머리 위로 창문을 열고 고함을 두 번 지르고는, 덧문을 다시 닫고 짙은 어둠에 잠긴 방으로 들어가 버렸다는 것이다. 또한 약국에서는 박하사탕이 다 떨어졌는데, 그 이유가 박하사탕이 전염병 예방에 효과가 있다고 여겨 사람들이 그것을 사 먹었기 때문이라고 했다.

타루는 또한 반대편 발코니에 사는 그의 관찰대상을 계속 주시했다. 고양이와 놀던 그 키 작은 노인도 비참하게 지낸다는 소식이 있었다. 어느 날 아침 총소리가 몇 번 나더니, 총알들이 타루의 묘사 속 가래침처럼 날아가 대부분의 고양이를 죽였고, 남은 고양이들은 겁에 질려 그곳을 떠나고 말았다. 그날 노인은 늘 나오는 시간에 발코니에 나와 죽은 고양이를 보고 조금 놀라더니 몸을 굽혀 거리를 유심히 살펴보고는 체념하고 고양이들을 다시 기다리기 시작했다. 그는 손으로 발코니 난간을 살살 두드려보기도 하고, 종잇조각을 조금 찢기도 하고, 들어갔다가 다시 나오기도 했다. 그리고 얼마 후에는 화를 내며 갑자기 안으로 들어가더니 창문을 쾅 닫아버렸다. 다음 며칠 동안 같은 장면이 반복되었다. 노인의 얼굴에서 슬픔과 혼란을 읽을 수 있었다. 일주일 후 타루는 그 노인이 평상시처럼 나타나기를 기다렸지만, 소용이 없었다. 굳게 닫힌 창문을 통해 노인의 슬픔을 충분히 짐작할 수 있었다. '페스트가 창궐하는 기간에는 고양이에게 침을 뱉지 말 것.' 이것이 타루의 수첩에 적혀 있는 결론이었다.

한편, 타루는 저녁에 호텔로 들어올 때면 어두운 얼굴로 로비를 이리저리 서성이는 야간 경비원과 늘 마주쳤다고 기록했다. 그 경비원은 만나는 사람마다 자신은 이미 이 도시에 무슨 일이 생길지 예상했다고 끊임없이 말했다. 타루는 그가 불행한 일을 예언하는 것을 들었다고 인정했지만, 그때는 지진이라고 하지 않았느냐고 반문했다. 그러자 그 늙은 경비원은 이렇게 대답했다. "아! 차라리 지진이었으면 좋겠어요! 크게 한 번 흔들리고 나면 더 이상 말이 필요 없으니까요… 지진은 사망자와 생존자를 세고 나면 그걸로 끝난 거예요. 그런데 이 망할 놈의 병은 글쎄! 걸리지 않은 사람까지도 속병이 난다니까요."

호텔 지배인도 고통스럽기는 마찬가지였다. 초반에는 도시를 떠날 수 없게 된 여행객들이 시의 폐쇄로 인해 호텔에 머물렀다. 그러나 기간이 길어지자 많은 사람이 점차 친구 집에 머무르는 것을 선호하게 되었다. 호텔을 가득 차게 했던 바로 그 이유로 인해 어느 시점부터는 호텔이 텅텅 비게 되었다. 오랑 시에 새로 여행 오는 사람은 없었기 때문이었다. 타루는 남아 있는 몇 안 되는 숙박자 중 한 명이었다. 그런데 지배인은 기회가 있을 때마다 자기가 마지막 손님 한 사람에게까지도 친절하게 대접하는 사람이 아니었다면 벌써 오래전에 호텔 문을 닫았을 거라고 말하곤 했다. 그는 타루에게 전염병이 얼마나 계속될 것으로 예상하느냐고 자주 물었다. "이런 병은 추위와 상극이라고 하더군요." 타루가 말했다. 지배인은 미칠 지경이라는 듯 말했다. "하지만 이곳은 사실상 추위라는 게 없어요, 선생님. 어쨌든 그렇다고 하더라도 겨울이 오려면 아직도 몇 달은 있어야 하고요." 게다가 그는 이 도시에 한참 동안 여행자들이 찾아오지 않을 것이라고 확신하고 있었다. 페스트 때문에 관광 산업이 파탄 지경에 이르렀다.

한동안 나타나지 않던 올빼미 신사 오통 씨가 이번에는 잘 훈련받은 강아지 같은 두 아이만 데리고 호텔 식당에 모습을 나타냈다. 사정을 알아보니, 아내는 한동안 자신이 간호하던 친정어머니를 페스트로 잃었고, 지금은 그 때문에 격리 중이었다.

"마음에 안 들어요." 지배인이 타루에게 말했다. "격리 중이든 아니든 그 여자도 감염되었을 수 있잖아요. 그러면 오통 씨와 그 아이들도…"

타루는 그런 관점으로 보면 모든 사람이 전부 의심스럽다고 지적했다. 그러나 지배인은 단호했고 그 문제에 대해 확고한 의견을 가지고 있었다.

"아니에요, 선생님. 선생님이나 저는 감염이 의심되지 않지만, 저 사람들은 그렇지 않죠."

그러나 오통 씨는 주위의 시선에 신경을 쓰는 사람이 아니었다. 그는 페스트 때문에 자신의 일상이 변하는 것을 용납하지 않았다. 그는 전과 똑같은 태도로 식당에 왔고, 아이들보다 먼저 자리에 앉았으며, 기품 있지만 냉담한 태도로 아이들에게 말했다. 다만 어린 아들의 모습은 약간 달라 보였다. 누나와 마찬가지로 검은 옷을 입은 채 전보다 더 웅크린 모습이었다. 마치 아버지의 그림자처럼 보였다. 오통 씨를 좋아하지 않는 야간 경비원이 타루에게 이렇게 말했다.

"저 사람은 죽을 때도 정장을 하고 있을 겁니다. 옷을 갈아입힐 필요도 없을 거예요."

타루의 수첩에는 파늘루 신부의 설교에 관한 기록도 있었는데, 이런 평이 적혀 있었다. '나는 그런 열정을 이해할 수 있고, 그것을 호의적으로 생각한다. 재앙이 시작될 때와 끝날 때, 사람들은 늘 약간의 수사를 가미한다. 전자의 경우에는 아직 일상을 버리지 못해서 그렇고, 후자의 경우에는 일상이 이미 회복되어서 그렇다. 사람들은 불행의 순간에 닥쳐서야 비로소 진실에, 즉 침묵에 익숙해지는 법이다. 그러니 기다려보자.'

끝으로 타루는 리외와 긴 대화를 한 적이 있다며 결과가 괜찮았다고만 적어놓았다. 그는 리외 어머니의 맑은 갈색 눈에 대해 언급하고 나서, 그렇게 선의로 가득 찬 눈은 언제나 페스트보다 강하다는 묘한 단정을 짓고 있었다.

마지막에는 리외가 치료하고 있는 늙은 천식 환자를 상당히 긴 부분을 할애하여 묘사하고 있었다. 그는 리외와 함께 그 노인을 보러 갔었다. 노인은 낄낄대기도 하고 두 손을 비비기도 하면서 타루를 맞았다. 평소처럼 완두콩을 담은 냄비 두 개를 앞에 두고 베개에 기댄 채 침대에 앉아 있었다. "아, 한 분이 또 오셨구먼." 타루를 보더니 노인은 그렇게 말했다. "환자보다 의사가 더 많다니. 세상이 거꾸로 됐어. 병이 빨리 퍼져서 그런 거겠지? 암, 신부 말이 맞아, 맞고말고." 다음날 타루는 예고도 없이 그를 다시 찾아갔다.

타루의 기록에 따르면, 늙은 천식 환자의 직업은 잡화상이었는데, 쉰 살이 되었을 때 그 장사도 이제 할 만큼 했다고 판단했다. 그는 자리를 잡고 누운 후 다시는 침대를 떠나지 않았다. 천식 때문에 그런 것은 아니었다. 그는 소액의 연금 덕에 일흔다섯이 될 때까지 별다른 문제 없이 지내고 있었고, 성격은 여전히 쾌활했다. 그는 시계를 보면 못 견디는 성격이어서, 실제로 집에 시계가 하나도 없었다. "시계는 비싸기만 하고 어리석은 물건이야." 그는 그렇게 말하곤 했다. 그는 냄비 두 개로 시간을, 특히 그에게 유일하게 중요했던 시간인 식사 시간을 쟀는데, 잠에서 깨면 그중 하나에는 완두콩이 가득 담겨 있었다. 그는 규칙적으로 완두콩을 다른 냄비로 하나씩 옮겨 담았다. 이렇게 해서 그는 냄비로 측정되는 하루 속에서 자신만의 지표를 찾아냈다. "냄비를 열다섯 번 채울 때마다 한 끼를 먹으면 돼. 아주 간단하지." 그가 말했다.

그의 아내에 따르면 그는 아주 젊어서부터 그런 사람이 될 기질을 보였다. 실제로 일, 친구, 카페, 음악, 여자, 산책 등 그 어떤 것도 그의 관심을 끌지 못했다. 집안일로 알제에 갈 수밖에 없었던 단 하루를 제외하면 그는 오랑 밖으로 나가본 적이 없었다. 그 때도 더 멀리 가지 못하고 오랑에서 제일 가까운 역에서 내려 첫차를 타고 집으로 돌아왔다.

늙은 천식 환자는 그의 칩거 생활에 대해 놀라는 타루에게 다음과 같이 설명했다. 종교에 따르면 인생의 전반기는 상승기이고 후반기는 하강기인데, 하강기에 이르면 그 인생은 더 이상 그의 것이 아니기 때문에 언제든 그것을 빼앗길 수 있으며, 그것에 대해 아무것도 할 수가 없게 된다. 따라서 아무것도 하지 않는 것이 최선이다. 그는 모순된 말을 하는 것도 아랑곳하지 않았다. 그도 그럴 것이 잠시 후 타루에게 신은 분명 존재하지 않는다고 말하며, 만약 신이 있다면 신부는 필요 없다고 말했던 것이다. 그러나 그다음에 꺼낸 몇 가지 이야기를 듣고 타루는 그 노인이 속해 있는 교구에서 헌금을 자주 모금했고, 그의 철학이 그때의 기분과 밀접하게 연관되어 있다는 것을 깨달았다. 그러나 그 노인이 어떤 사람인지 결정적으로 짐작하게 해준 것은 그가 타루에게 여러 번 되풀이해 설명한 그의 소원이었다. 마음속 깊이 자리 잡은 그의 소원은 아주 오래 살다가 죽는 것이었다.

'이 노인은 성자(聖者)일까?' 타루는 자문했다. 그리고 이렇게 자답했다. '그렇다. 성스러움이 습관의 총체라면 말이다.'

한편, 타루는 페스트가 휩쓸고 있는 오랑 시의 하루를 아주 자세하게 묘사하려고 노력했다. 그래서 그 여름 동안 시민들의 관심사와 생활이 정확히 드러났다. 그는 '술꾼들 외에는 아무도 웃지 않는다. 그러나 술꾼들은 지나치게 웃는다.'라고 기록하고는 다음과 같이 묘사했다.

"새벽이면 산들바람이 인기척 없는 거리를 훑고 지나간다. 밤의 죽음과 낮의 고통 사이에 있는 그 시간에는 기승을 부리던 페스트도 잠시 정지한 채 숨을 고르는 것 같다. 가게 문은 전부 닫혀 있다. 그러나 그중 몇 곳에 붙어 있는 '페스트로 인해 폐점'이라는 게시물은 다른 가게들과는 달리 영원히 그 가게의 문이 열리지 않을 것이라는 사실을 말해준다. 신문팔이들은 조느라 속보를 외쳐대지 않지만, 길모퉁이에 등을 기대고 서서 행인들에게 가로등 불빛 아래에서 몽유병자처럼 신문을 내밀고 있다. 잠시 후 첫 전차 소리 때문에 잠에서 깬 그들은 도시 전역으로 흩어져 '페스트'라는 글자가 크게 박힌 신문들을 내밀고 다닐 것이다. '페스트가 가을까지 갈 것인가? B교수는 부정적으로 대답', '사망자 124명, 페스트 발생 94일째.'

점점 심각해진 용지난 때문에 몇몇 산행물들은 부득이 지면을 줄일 수밖에 없었다. 그럼에도 불구하고 〈전염병 통신〉이라는 신문이 창간되었다. 그 신문은 '병세의 진행 상황에 대해 객관적이고 양심적으로 시민들에게 보도하고, 전염병의 전망에 대한 가장 권위 있는 의견을 제공하며, 유명인이든 아니든 재앙에 맞서 싸우고자 하는 모든 사람을 지면을 통해 지지하고, 주민들의 사기를 북돋우며 당국의 지시사항을 전달하는, 한마디로 말해 우리를 강타하고 있는 불행에 효과적으로 대항하기 위해 선의를 가진 모든 사람을 결집시키는 것'을 그 사명으로 내세웠다. 그러나 얼마 못 가 페스트 예방 효과가 확실하다는 신약품들을 광고하는 신문으로 전락하고 말았다.

신문들은 아침 6시경 개점하기 한 시간 전부터 가게 앞에 줄을 서서 기다리는 사람들에게 팔리기 시작하고, 뒤이어 교외에서부터 만원이 되어 들어오는 전차들 속에서 팔리기 시작한다. 전차가 유일한 교통수단이 되었고, 승강구 계단에서부터 바깥 난간에 이르기까지 사람들이 터질 듯이 타고 있어서 가까스로 달리고 있다. 신기한 것은 그 와중에도 승객들은 전염을 피하려고 하나같이 서로 등을 돌리고 있다는 점이다. 전차가 설 때마다 남녀 승객이 쏟아져 나오는데, 서로에게서 떨어져 있기 바쁘다. 기분이 언짢다는 이유로 싸움이 자주 벌어지는데, 그런 언짢은 기분은 만성이 되고 말았다.

첫 전차들이 지나고 나면 도시가 조금씩 잠에서 깨어난다. 카페들이 문을 열고, 카운터에는 '커피 매진', '설탕 지참' 등의 게시문이 붙어 있다. 이어서 가게들이 문을 열고 거리는 활기를 띤다.

동시에 해가 떠오르고 더위가 7월의 하늘을 차츰 납빛으로 만든다. 할 일 없는 사람들은 바로 이때부터 주섬주섬 큰길로 나온다. 대부분은 사치품을 과시함으로써 페스트를 쫓으려고 결심한 것처럼 보인다. 매일 11시경 중심가에는 청춘 남녀들의 행렬이 밀려드는데, 이 행렬에서 사람들은 큰 불행의 도가니 속에서도 삶에 대한 열정이 자라나고 있음을 느낀다. 질병이 퍼져나가면 도덕 관념도 느슨해지기 마련이다. 무덤 근처에서 벌어지던 밀라노의 사투르누스 축제를 여기서도 다시 보게 될 판이다.

정오가 되면 식당들은 눈 깜짝할 사이에 가득 찬다. 자리를 얻지 못한 사람들이 문전에 모여들어 순식간에 작은 무리를 형성한다. 더위가 심해지면서 하늘은 빛을 잃기 시작한다. 거리는 햇볕으로 바짝바짝 마르고 식사를 하려는 사람들은 길가의 커다란 차양 그늘 속에서 차례를 기다린다. 식당이 만원이 되는 것은 그곳에서 식사 문제가 간단히 해결되기 때문이다. 그러나 식당에서도 전염에 대한 불안감은 그대로이다. 손님들은 자기 식기를 몇 분 동안 꼼꼼히 닦는다. 얼마 전까지만 해도 몇몇 식당에서는 '우리 식당에서는 식기를 끓는 물에 소독합니다'라는 광고를 붙였었다. 그러나 차츰 광고를 중단했다. 그런 광고를 하지 않아도 어차피 손님들이 많이 몰려왔기 때문이었다. 소비자들은 기꺼이 지갑을 열었다. 최고급이나 고급 술, 가장 비싼 안주에 경쟁하듯 돈을 썼다. 한편 어떤 식당에서는 몸이 불편해진 한 손님이 창백해진 얼굴로 몸을 일으켜 비틀거리면서 서둘러 문밖으로 나가는 바람에 난장판이 벌어지기도 했다.

오후 2시경이면 도시는 점차 비어 가고, 그 순간 침묵과 먼지,

태양과 페스트가 서로 마주했다. 더위는 커다린 회색 집들을 따라 끝없이 흐른다. 사람과 소음으로 가득한 도시 위를 저녁노을이 붉은 시트처럼 서서히 감싸고 나서야 기나긴 감금의 시간이 끝난다. 더위가 시작되던 처음 며칠 동안은 저녁이 되면 인적이 드물어지곤 했다. 이유는 알 수 없었다. 그러나 선선한 기운이 돌면서 희망까지는 아니지만, 일종의 안도감이 찾아든다. 그러면 너나 할 것 없이 거리로 나와 이야기하며 기분전환을 하거나, 싸우거나, 사랑을 나눈다. 그리고 붉은 하늘 아래 쌍쌍의 남녀들과 고성을 지르는 사람들을 실은 도시는 숨 가쁜 밤을 향해 표류한다. 매일 저녁, 계시를 받았다는 한 노인이 펠트 모자에 나비넥타이를 매고 큰 거리로 나와 군중을 헤치고 다니며 "하느님은 위대하시다. 그에게로 오라."라고 반복해서 외쳤지만, 헛수고일 뿐이었다. 모두가 자신이 잘 알지도 못하는 그 무엇, 아마도 신보다 더 흥미롭다고 여겨지는 그 무엇을 향해 발길을 재촉한다. 초기에는 이 병이 다른 병과 같다고 생각했기 때문에 종교가 제자리를 지킬 수 있었지만, 심상치 않다는 것을 알았을 때 그들은 향락이라는 것을 기억해 냈다. 낮 동안 얼굴에 어려 있던 모든 고뇌가 뜨겁고 먼지투성이인 황혼녘이 되면 일종의 광적인 흥분이나 모두를 들뜨게 하는 어설픈 자유로 귀착되고 만다.

그리고 나도 그들과 마찬가지다. 그러나 그게 어쨌단 말인가! 나 같은 인간에게 죽음은 아무것도 아니다. 죽음은 그들이 옳다는 것을 보여주는 하나의 사건에 불과하다."

★

하루는 타루가 리외에게 면담을 요청했는데, 그 내용도 타루의 수첩에 적혀 있었다. 타루를 기다리던 날 저녁, 리외는 부엌 구석에 놓인 의자에 차분히 앉아 있는 어머니를 바라보고 있었다. 어머니는 집안일을 끝내고 나면 거기에 앉아 남은 시간을 보냈다. 그녀는 두 손을 무릎 위에 포개어 얹고 기다렸다. 리외는 어머니가 기다리는 사람이 자기인지 확신하지 못했다. 그러나 그가 나타나면 어머니의 얼굴에 어떤 변화가 생겼다. 그때면 힘겨운 삶으로 인해 얼굴에 새겨진 체념 같은 것이 생기가 도는 것 같았다. 그런 다음 어머니는 다시 침묵에 잠겼다. 그날 저녁 어머니는 창문 너머로 이제는 인적이 끊긴 거리를 내다보고 있었다. 야간 조명은 3분의 2 정도 줄어들어 있었다. 그래서 이따금 아주 희미한 불빛이 도시의 어둠 속에서 몇 가닥 빛을 발했다.

"페스트 내내 전기를 계속 제한할 모양이지?" 리외 부인이 물었다.

"아마 그럴 거예요."

"겨울까지 계속되지는 않았으면 좋겠는데. 그렇게 되면 너무 쓸쓸할 거야."

"그러게요." 리외가 말했다.

어머니의 시선이 리외의 이마에 와 닿는 것이 느껴졌다. 그는 최근 며칠 동안 불안과 과로로 인해 얼굴이 야윈 것을 알고 있었다.

"오늘은 일이 잘 안 됐니?" 리외 부인이 물었다.

"아, 평소랑 똑같아요."

평소와 똑같다! 즉, 파리에서 보내온 새 혈청이 기존 것보다 효과가 적은 것 같았고, 통계 수치는 상승하고 있었다. 이미 감염된 가족들 이외의 사람들에게 혈청을 예방 접종할 가능성은 여전히 없었다. 일반 시민들에게까지 혈청을 고루 쓰려면 대량으로 생산해야 할지도 몰랐다. 림프절 멍울이 딱딱하게 굳는 계절이라도 되었는지 대부분 칼을 대도 잘 절개되지 않았고, 환자들은 그 때문에 고문이라도 받는 것처럼 몹시 아파했다. 전날 밤 시내에 새로운 양상의 전염병 사례가 두 건 발생했다. 이제 페스트는 변이를 일으켜 폐병 형태가 된 것이다. 바로 그날, 기진맥진한 의사들은 회의를 열어, 갈피를 잡지 못하는 도지사 앞에서 폐병 양상의 페스트가 입에서 입으로 전염되는 것을 막기 위한 새로운 조치를 요구했고 승낙을 얻어냈다. 늘 그렇듯이 여전히 페스트에 대해 아무것도 알 수가 없었다.

그는 어머니를 바라보았다. 아름다운 갈색 눈동자를 바라보니 리외의 마음속에 정겨웠던 어린 시절이 떠올랐다.

"무서우세요, 어머니?"

"내 나이가 되면 별로 무서운 게 없단다."

"해는 길고, 저는 집에 거의 없으니까요."

"네가 돌아올 거라는 걸 알고 있으니 기다리는 것쯤은 괜찮단다. 네가 집에 없을 때는 네가 뭘 하고 있는지 생각해보기도 하지. 네 처한테서는 무슨 소식이라도 있니?"

"네, 지난번 전보에 따르면 잘 지내고 있다네요. 하지만 나를 안심시키려고 그렇게 말했을 거예요."

그때 초인종이 울렸다. 리외는 어머니에게 미소를 지으며 문을 열러 갔다. 어두운 계단참에 서 있는 타루는 커다란 회색 곰 같았다. 리외는 타루를 사무용 책상 앞에 앉게 했고, 자신은 안락의자 뒤에 그냥 서 있었다. 그들은 방 안에 유일하게 켜져 있는 사무용 책상 위의 전등을 사이에 두고 마주 보고 있었다.

"선생님하고는 솔직하게 이야기할 수 있을 것 같아요." 타루가 대뜸 이렇게 말했다.

리외는 고개를 끄덕였다.

"보름이나 한 달이 지나면 선생님은 이곳에서 아무 쓸모가 없게 될 겁니다. 이 사태를 해결하기에는 역부족인 거죠."

"저도 그렇게 생각합니다."

"보건위생과는 비효율적이고 인력도 부족해요. 게다가 선생님은 그동안 몹시 무리하셨고요."

리외는 그렇다고 인정했다.

"도청에서 시민봉사대 같은 것을 조직해서 건강한 남자들을 구조작업에 강제로 참가시킬 계획이라고 들었습니다."

"잘 알고 있군요. 하지만 그러기에는 많은 불만이 예상되어서 도지사가 망설이고 있습니다."

"왜 자원봉사자를 모집하지 않는 거죠?"

"해봤는데 신통치 않았어요."

"별다른 확신 없이 그냥 기계적인 방식으로 모집해서 그런 겁니다. 그들에게는 상상력이 부족해요. 그렇게 해서는 절대 재앙에 맞설 수 없어요. 그래서 생각해낸 대책이란 것이 겨우 두통약이나 감기약 수준이에요. 그들이 하는 대로 내버려 두면 그들이나 우리나 모두 죽고 말 겁니다."

"그럴지도 모르죠." 리외가 말했다. "하지만 그들이 지금 중노동이라고 할 만한 일에 죄수들을 동원하는 방안을 고려하고 있다는 소식은 말씀드려야겠군요."

"일반인이 한다면 더 좋을 텐데요."

"나도 그렇게 생각해요. 그런데 왜 그렇게 생각하죠?"

"나는 사형선고라면 질색이에요. 이대로 사형선고를 받을 수는 없어요."

리외가 타루를 바라보며 물었다.

"그래서요?"

"그래서 자원보건대를 조직해보려고 해요. 제게 그 일을 맡겨주시고 그 일에 당국은 간섭하지 못하게 해주시면 어떨까요? 당국은 할 일이 태산 같잖아요. 여기저기에 친구들이 있으니 그들이 구심점이 되어 줄 거예요. 물론 나도 당연히 참여할 거고요."

"잘 알겠습니다." 리외가 말했다. "물론 당신의 제안을 기꺼이 받아들인다는 뜻입니다. 특히 이 직업에는 여러 사람의 협조가 필요합니다. 일단 도청의 동의를 얻는 건 제가 책임지겠습니다. 게다가 그들은 선택의 여지가 없을 겁니다. 하지만…."

리외는 곰곰이 생각해보았다.

"하지만 이건 목숨을 잃을 수도 있는 일입니다. 잘 알고 계시겠지만요. 어쨌든 말씀드려야지요. 그 점은 이미 잘 생각해 본 건가요?"

타루는 회색빛 눈동자로 그를 바라보았다.

"선생님, 파늘루 신부의 설교는 어떻게 생각하세요?"

자연스럽게 질문이 나왔고, 리외도 자연스럽게 거기에 대답했다.

"나는 너무 병원에서만 살아서 그런지 집단적 처벌이라는 개념을 별로 좋아하지 않아요. 하지만 아시잖아요, 기독교인들은 가끔 그런 식으로 말하지만 실제로는 그들도 절대 그렇게 생각하지 않는다는 걸. 보기보다는 좋은 사람들이에요."

"하지만 선생님도 파늘루 신부처럼 페스트에도 유익한 점이 있고 사람들의 잘못을 깨우치게 하는 그런 요소가 있다고 생각하시나요?"

리외는 답답하다는 듯 고개를 절레절레 흔들었다.

"세상의 모든 병이 다 그래요. 하지만 이 세상의 모든 악에 관한 진실은 페스트에도 마찬가지로 적용할 수 있어요. 페스트 덕분에 성장하는 사람들도 있을 수 있어요. 하지만 페스트 때문에 겪게 되는 비참함과 고통을 보고도 용인한다면, 그건 미친 사람이나 눈먼 사람, 또는 비겁한 사람인 게 분명해요."

리외가 언성을 높이지 않았는데도 타루는 그를 진정시키려는 듯이 손을 저었다. 그는 미소를 짓고 있었다.

"좋아요." 리외는 어깨를 으쓱하면서 말했다. "그런데 아직 내 질문에 대답을 안 했어요. 심사숙고한 건가요?"

타루는 안락의자에서 좀 더 편안하게 고쳐 앉으면서 머리를 불빛 속으로 내밀었다.

"선생님은 신을 믿으시나요?"

질문은 다시 한번 자연스럽게 나왔다. 그러나 이번에는 리외가 망설였다.

"아뇨, 믿지 않습니다. 하지만 그게 무슨 뜻일까요? 나는 어둠 속에 있지만, 어둠 속에서도 사물의 이치를 명확하게 보려고 애를 쓰고 있습니다. 그러는 것이 유별나다고 생각하시 않게 된 지 오래되었어요."

"선생님과 파늘루 신부가 다른 점이 그것 아닌가요?"

"그렇게 생각하지 않습니다. 파늘루 신부는 학자예요. 사람이 죽는 걸 많이 보진 못했기 때문에 진리를 운운하는 거죠. 하지만 아무리 하찮은 시골 신부라도 자기 교구 사람들의 종부성사를 집전하고 임종하는 사람의 숨소리를 들어봤다면 나처럼 생각할 겁니다. 그런 신부라면 그 병의 유익한 점을 증명하려고 하기 전에 우선 치료부터 할 거예요."

리외가 일어섰다. 그의 얼굴은 이제 그늘 속에 있었다.

"제 질문에 대답하고 싶지 않으신 것 같으니 이제 이 얘기는 그만합시다." 리외가 말했다.

타루는 의자에 가만히 앉아 미소를 지었다.

"대답 대신 질문을 하나 해도 될까요?" 이번에는 타루가 미소를 지으며 말했다.

"수수께끼를 좋아하시는군요. 말씀해보세요."

"좋아요." 타루가 말했다. "선생님은 신을 믿지 않는데도 환자들을 위해 그렇게 헌신하는 이유가 뭔가요? 선생님의 대답이 어쩌면 제가 선생님의 질문에 대답하는 데 도움이 될지도 모르겠습니다."

리외는 어둠 속에서 얼굴을 내밀지도 않은 채 말했다. 그 대답은 이미 했으며, 만약 전능한 신을 믿는다면 사람들을 치료하는 것을 그만두고 그런 수고를 신에게 맡겼을 것이라고 말했다. 그러나 자신을 완전히 포기하는 사람은 아무도 없기 때문에 세상 그 누구도, 심지어 신을 믿는다고 생각하는 파늘루조차도 그런 전능한 신을 믿지는 않는다고 말했다. 그리고 적어도 그 점에서 리외 자신은 이미 창조되어 있는 세계에 맞서 싸우면서 진리의 길을 걷고 있다고 생각한다고 했다.

"아, 그러니까 그게 선생님의 직업관이군요." 타루가 말했다.

"그런 셈입니다." 리외가 다시 밝은 곳으로 얼굴을 내밀면서 말했다.

갑자기 타루가 부드럽게 휘파람을 불었고, 리외는 그를 보았다.

"그래요. 직업에 대한 자부심이 대단하다고 생각할 거예요. 하지만 나는 필요한 정도의 자부심밖에는 없어요. 정말입니다. 나를 기다리고 있는 것이 무엇인지, 어떤 일이 일어날지는 나도 몰라요. 지금으로서는 환자들이 있으니 그들을 치료해야 한다는 겁니다. 그런 다음에 그들도, 나도 깊이 생각해 볼 겁니다. 하지만 가장 시급한 것은 그들을 치료하는 거예요. 내 힘이 닿는 데까지 그들을 보호할 따름입니다." 리외가 말했다.

"누구로부터 보호하는 거죠?"

리외는 창문 쪽으로 몸을 돌렸다. 그는 지평선 저 멀리, 더 짙어진 어둠 속에 바다가 있을 것이라고 짐작했다. 피로감이 느껴졌다. 그와 동시에, 괴짜 같지만 우정이 느껴지는 이 사내에게 좀 더 마음을 털어놓고 싶은 갑작스럽고 비이성적인 욕구와 싸우고 있었다.

"모르겠어요, 타루. 정말이지 모르겠어요. 나는 어찌 보면 이 직업을 그냥 별 생각 없이 택했어요. 직업이 필요했었고, 다른 직업도 그렇지만 이 직업도 젊은 사람이 한번 도전해 볼 만한 직업이었으니까요. 또 어쩌면 나와 같은 노동자의 사식으로서는 특히 어려운 일이었기 때문이었는지도 몰라요. 그러고 나서는 사람이 죽는 모습을 봐야 했어요. 죽기를 거부하는 사람들이 있다는 걸 아시나요? 어떤 여자가 죽는 순간에 '절대 안 돼!'라고 외치는 걸 들어 본 적이 있나요? 나는 있어요. 그리고 그때 깨달았어요. 그 누구도 죽음에 익숙해질 수는 없다는 걸요. 그때 나는 젊었고, 내가 느낀 혐오감은 세상의 질서 자체에 맞서는 거라고 생각했어요. 그 후로 나는 더 겸손해졌어요. 다만, 사람이 죽는 모습을 보는 건 여전히 익숙해지지 않더군요. 그 이상은 아무것도 모르겠어요. 하지만 결국⋯."

리외는 입을 다물고 다시 자리에 앉았다. 입 안이 마르는 느낌이었다.

"결국?" 타루가 부드럽게 물었다.

"결국⋯." 리외는 말하려다가 타루를 주의 깊게 바라보며 다시 망설였다. "당신 같은 사람이면 이해할 수 있을 거예요. 하지만 세상의 질서는 죽음에 의해 규정되기 때문에, 어쩌면 신은 우리가 자기를 믿어주지 않는 편이 더 나을지도 몰라요. 신이 침묵하고만 있는 하늘을 바라볼 것이 아니라, 온 힘을 다해 죽음과 맞서 싸우기를 바랄지도 몰라요."

"네." 타루가 고개를 끄덕였다. "하지만 선생님이 말하는 그 승리는 언제나 일시적일 뿐이에요."

리외의 얼굴이 어두워졌다.

"맞아요. 나도 알고 있어요. 하지만 그렇다고 투쟁을 멈출 수는 없어요."

"물론이에요. 그래선 안 되죠. 하지만 페스트가 선생님에게 어떤 의미인지 이제 이해가 돼요."

"그래요. 끝없는 패배예요." 리외가 말했다.

타루는 잠시 리외를 바라보더니, 일어나서 묵직한 걸음으로 문 쪽으로 걸어갔다. 리외가 그를 따라갔다. 리외가 그의 곁에 갔을 때 자기 발을 내려다보던 타루가 그에게 물었다.

"선생님, 이 모든 건 누가 가르쳐 주었나요?"

대답이 바로 나왔다.

"가난입니다."

리외는 진료실 문을 열고 복도로 나와서 타루에게 변두리 동네의 환자 한 명을 보러 가야 하기 때문에 자기도 내려가야 한다고 말했다. 타루가 함께 가겠다고 하자, 리외는 그러자고 했다. 복도 끝에서 리외의 어머니를 만났다. 리외는 어머니에게 타루를 소개했다.

"친구예요."

"오! 만나서 반가워요." 리외 부인이 말했다.

어머니가 자리를 뜨자 타루는 다시 한번 그쪽을 돌아봤다. 의사는 계단에서 스위치를 켜려고 했지만 헛수고였다. 계단은 어둠 속에 완전히 잠겨 있었다. 리외는 그것이 새로운 절전 조치의 결과인가 하고 속으로 생각했다. 하지만 알 수 없었다. 얼마 전부터 이미 집이나 거리의 모든 것이 고장 나 있었다. 어쩌면 수위들과 시민들이 더 이상 아무것도 관리하지 않기 때문인지도 몰랐다. 그때 뒤에서 타루의 목소리가 들려와서 리외는 더 생각해 볼 겨를이 없었다.

"선생님, 말이 안 되는 소리처럼 들릴 수도 있지만 지는 신생님의 생각에 전적으로 동의해요."

리외는 어둠 속에서 어깨를 으쓱했다.

"사실 전 아무것도 모릅니다, 정말이에요. 그런데 당신은 뭘 알고 있나요?"

"오, 저는 별로 모르는 게 없어요." 타루가 태연하게 말했다.

리외가 멈춰 섰고, 타루가 뒤따라오다가 층계에서 미끄러졌다. 타루는 리외의 어깨를 잡고 일어섰다.

"인생을 다 안다고 생각하나요?" 리외가 물었다.

어둠 속에서 여전히 침착한 목소리의 대답이 들려왔다.

"네."

거리로 나서자 시간이 꽤 늦었음을 깨달았다. 11시쯤이었을 것이다. 도시는 조용했고, 바스락거리는 소리만 가득 차 있었다. 아주 멀리서 구급차 소리가 들려왔다. 그들은 차에 올라탔다. 리외가 시동을 걸었다.

"내일 병원에 와서 예방주사를 맞아야 할 겁니다." 리외가 말했다. "하지만 그 일에 착수하기 전에 마지막으로, 살아남을 확률이 3분의 1이라는 사실을 다시 한번 깊이 생각해보세요."

"잘 아시겠지만 그런 계산은 의미가 없어요. 100년 전에 페르시아의 어느 도시에 페스트가 퍼졌을 때 시민들이 전부 죽었는데, 시체를 씻기던 사람만 살아남았다고 하죠. 전염병이 도는 내내 쉬지 않고 일을 했는데도 말이에요."

"3분의 1밖에 안 되는 기회를 놓치지 않았던 것뿐입니다. 하지만 당신 말이 맞아요. 우린 사실 이 문제에 대해서는 아는 게 거의 없어요." 리외가 가라앉은 목소리로 말했다.

그들이 탄 차는 변두리 지역으로 접어들었다. 인적 없는 거리를 헤드라이트가 환하게 비추었다. 차가 멈춰 섰다. 리외는 차 앞에서 타루에게 함께 들어가겠느냐고 물었고, 그는 그렇게 하겠다고 했다. 하늘의 반사광이 그들의 얼굴을 비추고 있었다.

갑자기 리외가 정겨운 웃음을 터뜨렸다.

"솔직히 말해봐요, 타루! 대체 이런 일에 관심이 있는 이유가 뭐예요?"

"모르겠어요. 내 도덕관 때문인지도 모르죠."

"어떤 도덕관인데요?"

"이해하자는 거죠."

타루는 집을 향해 몸을 돌렸고, 리외는 그들이 늙은 천식 환자의 집에 들어갈 때까지 더 이상 그의 얼굴을 보지 못했다.

★

타루는 다음날부터 일에 착수해 제1보건대를 조직했고, 이어서 열 팀이 조직될 예정이었다.

그러나 서술자는 실제 이상으로 이 보건대를 과대평가할 생각은 없다. 사실 우리 시민들이 오늘날 서술자의 입장이 된다면, 보건대의 역할을 과장하고 싶은 유혹에 넘어갈 수도 있을 것이다. 그러나 어떤 행동이 아무리 훌륭하다고 해도 그것을 지나치게 신격화하다 보면 결국 인간의 악한 면모를 칭찬하게 되는 셈이라고 서술자는 믿는다. 왜냐하면 그렇게 하는 것은 이런 훌륭한 행동이 매우 드물다는 것을 인정하는 것이고, 대부분의 경우 악의와 무관심이 더 흔하다는 것을 인정하는 꼴이기 때문이다. 서술자는 이런 점에 공감할 수 없다. 세상의 악은 대부분 무지에서 오는 것이며, 선의도 총명한 지혜가 없다면 많은 피해를 입힐 수 있다. 인간은 악하다기보다는 오히려 선한 존재이지만, 사실 문제는 이것이 아니다. 인간은 많이 알 수도 있고 모를 수도 있는 것인데, 많은 사람들은 이것을 미덕 또는 악덕과 동일시한다. 가장 절망적인 악덕은 자기가 모든 것을 알고 있다고 믿고, 누군가를 죽일 권리가 있다고 스스로에게 허용하는 무지의 악덕이다. 살인자의 영혼은 맹목적이며, 통찰력 없이는 진정한 선도, 아름다운 사랑도 없을 것이다.

바로 이런 이유로 타루의 주도로 조직된 보건대가 아무리 만족스럽더라도 객관적으로 판단해야 한다. 또한, 정확히 이런 이유로 서술자는 그저 적절한 정도로만 의미를 부여할 뿐, 그를 의로운 사람이라거나 영웅으로 칭송하지는 않을 것이다. 그러나 당시 페스트 때문에 고통을 겪은 시민들의 비통한 심정에 대해서는 계속 기술해나갈 것이다.

사실 보건대에 헌신한 사람들을 그렇게까지 찬양할 이유는 없다. 그들은 자기들이 할 수 있는 유일한 일이 그것임을 알고 있었고, 당시에는 그런 결단을 내리지 않는 것이야말로 도저히 받아들일 수 없는 일이었기 때문에 그렇게 한 것뿐이었다. 보건대는 우리 시민들이 페스트에 더 깊숙이 관여하도록 도와주었고, 그 병이 눈앞에 있으니 그것과 싸우기 위해 마땅히 해야 할 일을 해야 한다는 인식을 사람들에게 퍼뜨렸다. 이처럼 페스트는 몇몇 사람들의 의무로 변했고, 마침내 실체를 드러냈다. 즉, 모든 사람의 문제가 된 것이다.

사실 그것은 잘된 일이었다. 그런데 사람들은 어떤 교사가 2 더하기 2가 4라는 것을 가르친다고 해서 그에게 찬사를 보내지는 않는다. 다만 그런 훌륭한 직업을 선택한 자체는 칭찬할 수 있을 것이다. 따라서 타루를 포함한 보건대 사람들이 교사라는 직업을 선택하지 않고 2 더하기 2가 4라는 것을 증명하는 쪽을 선택한 것은 칭찬받을 만한 행동이었다고 하자. 그들의 선의는 교사나 교사와 똑같은 마음을 갖고 있는 모든 사람들에게 공통되는 것이며, 다행히도 세상에는 명예를 추구하며 선의를 가진 사람들이 생각보다 훨씬 많다는 것을 추가로 지적해두고 싶다. 적어도 이것이 서술자가 믿는 바이다. 반면, 그 사람들이 생명의 위험을 감수하고 있다고 반박하는 사람들도 있을 수 있다는 점을 서술자는 잘 알고 있다. 그러나 역사를 살펴보면 2 더하기 2는 4라고 용기 있게 말하는 사람이 사형당하는 경우도 항상 있어왔다. 교사들은 이러한 사실을 잘 알고 있다. 그런데 문제는 그런 논리를 폈을 때 어떤 보상 혹은 벌이 기다리고 있는지 아는 것이 아니다. 문제는 2 더하기 2가 과연 4인지 아닌지를 아는 것이다. 그 당시 목숨을 걸었던 우리 시민들에 대해 말하자면, 그들이 당면한 문제는 자신들이 페스트 속에 들어가느냐 마느냐, 페스트와 싸워야 하느냐 아니냐를 결정하는 것이었다.

그 무렵 우리 도시에는 새로운 사상가들이 많이 생겨났는데, 그들은 아무것도 소용없고 따라서 무릎을 꿇는 수밖에 없다고 말하고 다녔다. 타루와 리외, 그리고 그들의 친구들도 당시 상황에 대해 이런저런 대답을 할 수는 있었지만, 결론은 늘 그들이 잘 알고 있는 사실로 귀결되었다. 즉, 어떤 방법으로든 싸워야 하며 무릎을 꿇어서는 안 된다는 것이었다. 문제는 최대한 많은 사람을 살리는 것, 돌이킬 수 없는 이별을 경험하지 않게 하는 것이었다. 그러기 위해서는 페스트와 싸우는 방법밖에 없었다. 이러한 태도는 칭찬받을 일이 아니라, 필연적인 것이었다.

바로 그런 이유로 늙은 의사 카스텔이 되는대로 재료를 구한 후 현장에서 혈청을 제조하는 데 신념과 열정을 쏟아부은 것은 당연한 일이었다. 그와 리외는 도시에 퍼져 있는 세균을 배양해 만든 혈청이 외부에서 가져온 혈청보다 더 직접적인 효과가 있기를 기대했다. 이 세균이 전통적으로 규정된 페스트균과는 약간 달랐기 때문이었다. 카스텔은 빨리 자신의 첫 혈청을 생산할 수 있기를 바랐다.

또한 바로 그런 이유로, 영웅적인 점이라고는 전혀 없는 그랑이 위생보건대에서 서기와 비슷한 역할을 맡기로 한 것도 당연한 일이었다. 타루가 조직한 보건대 중 일부는 인구 과밀 지역에서 예방 사업에 주력하고 있었다. 사람들은 그 지역에 필요한 위생 환경을 도입하려고 애썼고, 소독반이 채 다녀가지 않은 헛간이나 지하실의 수를 조사했다. 보건대의 다른 팀은 의사의 호별 왕진을 도왔고, 페스트 환자의 이송을 책임졌으며, 나중에는 심지어 전문 요원을 대체해 환자나 사망자를 실어 나르는 차를 직접 운전하기도 했다. 이 모든 일에는 등록이나 행정 작업이 필요했는데, 그랑이 그것을 도맡아서 했다.

그런 점에서 볼 때, 서술자는 그랑이야말로 리외나 타루 이상으로 보건대에 활기를 불어넣은 조용한 미덕의 실질적 대표자였다고 평가한다. 그는 선의를 토대로 그 일을 자신이 맡겠다고 주저하지 않고 나섰다. 다른 일을 하기에는 너무 늦었으니 작은 일에 도움이 되도록 해달라는 정도의 의견만 피력했다. 그는 오후 6시부터 8시까지 시간이 있다고 했다. 리외가 진심 어린 마음으로 감사를 표하자 그랑은 놀란 듯이 말했다. "뭐, 아주 어려운 일도 아니잖아요. 페스트가 돌고 있으니 스스로 보호해야 하는 건 분명해요. 아! 모든 것이 이렇게 단순하면 좋으련만!" 그러고는 다시 자신의 책 이야기를 꺼냈다. 이따금 저녁에 통계표를 작성하고 행정 서류를 정리하는 일이 끝나면 리외는 그랑과 이야기를 나누곤 했다. 나중에는 타루도 그 대화에 끼어들었는데, 그랑은 이 두 명의 동지들에게 기쁜 마음으로 점점 더 자기 속내를 털어놓았다. 페스트가 한창인 가운데 그랑이 꾸준히 수행한 집필 작업을 리외와 타루도 흥미롭게 지켜보았다. 그들도 결국 거기에서 일종의 여유를 얻고 있었다.

"말 탄 여인은 어떻게 됐어요?" 타루가 자주 물어보았다. 그러면 그랑은 늘 같은 대답이었다. "달리고 있죠, 계속 달리고 있어요." 이렇게 말하며 어색한 미소를 지었다. 어느 날 저녁, 그랑은 말 탄 여인에 대해 '우아한'이라는 형용사를 완전히 포기하고 앞으로는 '날씬한'이라는 수식어를 사용하겠다고 말했다. "그게 더 구체적이거든요." 그가 덧붙였다. 언젠가 한 번은 청중 두 명에게 다음과 같이 수정한 첫 문장을 읽어주었다. "5월 어느 화창한 아침에, 날씬한 여인이 근사한 갈색 암말을 타고 불로뉴 숲속의 꽃이 만발한 오솔길을 누비고 있었다."

"어때요?" 그랑이 말했다. "그 여인이 더 잘 보이지 않나요? 그리고 '5월 어느 화창한 아침에'가 더 나은 것 같아요. '5월'이라고 하면 보폭이 좀 늘어지는 느낌이 들거든요."

그랑은 후에 '근사한'이라는 형용사 때문에 무척 고심하는 것 같았다. 그의 말에 따르면 그 단어로는 생생한 느낌을 전달할 수 없었다. 자기가 상상하고 있는 근사한 암말을 사진 찍듯 단번에 전달할 수 있는 용어를 찾고 있었다. '살이 오른'도 어울리지 않았다. 구체적이긴 했지만 약간 비하하는 의미가 느껴졌기 때문이다. '털이 잘 정돈된'이 잠깐 그의 관심을 끌었지만, 리듬이 적당하지 않았다. 어느 날 저녁, 그가 의기양양하게 '검은 갈색 암말'이라는 표현을 발견했다고 말했다. 그의 설명에 따르면 검은색이 은근히 우아한 느낌을 준다는 것이었다.

"그건 안 돼요." 리외가 말했다.

"왜요?"

"갈색이라는 단어는 말의 품종을 의미하는 게 아니라 색깔을 가리키니까요."

"색깔이요? 어떤 색 말이 떠오르시는데요?"

"네, 그게, 어쨌든 검은색이 아니라 다른 색깔이겠죠!"

그랑은 몹시 당황한 것 같았다.

"고맙습니다, 선생님. 선생님이 계셔서 다행이에요. 어쨌든 집필 작업이 얼마나 어려운 일인지 이제 아시겠죠?"

"'윤기가 나는'이라고 하면 어떨까요?" 타루가 물었다. 그랑이 그를 바라보며 생각에 잠겼다.

"좋은데요, 좋아요!" 그의 얼굴에 점차 미소가 어렸다.

그로부터 얼마 후에는 '꽃이 만발한'이라는 표현 때문에 골치가 아프다고 고백했다. 그가 아는 고장이라고는 오랑과 몽텔리마르뿐이었기 때문에, 그는 가끔 두 사람에게 불로뉴 숲의 오솔길에 꽃이 만발한 것이 어떤 모습인지 묻곤 했다. 솔직히 말하면 그들은 그 오솔길에서 꽃이 만발한 느낌을 받은 적이 없었지만, 그랑이 얼마나 확신하던지 그들은 오히려 자기들의 기억이 의심스러웠다.

그랑은 리외와 타루에게 그런 확신이 없다는 것을 놀라워했다. "볼 줄 아는 사람은 예술가뿐이에요." 그러나 리외는 언젠가 그랑이 몹시 흥분해 있는 것을 보았다. 그는 '꽃이 만발한'을 '꽃으로 가득 찬'으로 바꿨다. 그가 두 손을 비볐다. "드디어 꽃이 보이고 향기가 느껴져요. 여러분, 모자를 벗고 경의를 표하세요!" 그랑은 의기양양하게 그 구절을 읽었다. "5월 어느 화창한 아침에, 날씬한 여인 한 명이 윤기가 나는 갈색 암말을 타고 불로뉴 숲속의 꽃으로 가득 찬 오솔길을 누비고 있었다." 그러나 큰 소리로 읽어보니 '불로뉴, 숲, 꽃' 이 세 단어가 연결되는 것이 귀에 거슬려 그랑은 약간 더듬거렸다. 그는 기운 빠진 모습으로 자리에 앉았다. 그러고는 집으로 가야겠다고 리외에게 양해를 구했다. 좀 더 생각해 볼 필요가 있었다.

나중에 알게 된 일이지만, 그랑은 그 무렵 사무실에서 산만한 모습을 보였는데, 시청에서는 감축된 인원으로 엄청나게 많은 일을 처리해야 하는 시점이었기에 그것을 유감스러워했다. 그가 속해 있는 부서에서는 그것 때문에 골머리를 앓았다. 국장은 그를 엄중하게 야단치며 일을 하라고 봉급을 주는데 맡은 일도 제대로 하지 않는다고 지적했다. 국장은 그에게 말했다. "맡은 일 외에 보건대에서 자원봉사를 하는 것 같던데, 그건 상관하지 않겠소. 하지만 당신이 맡은 업무는 경우가 달라요. 이런 가혹한 현실에서 당신이 이 사회에 기여할 수 있는 것은 무엇보다도 당신이 맡은 직분을 잘 해내는 거요. 그러지 않으면 다른 건 다 소용이 없소."

"국장 말이 맞아요." 그랑이 리외에게 말했다.

"그래요, 그 말이 맞아요." 리외도 동의했다.

"하지만 정신이 산만해서 문장을 어떻게 마무리해야 할지 모르겠어요."

그는 '불로뉴'라는 단어를 없애 버릴까 생각했다. 그렇게 하면 누구나 잘 이해할 수 있을 것 같았다. 그러나 그렇게 하면 실제로는 '오솔길'과 연결되던 '숲'이 '꽃'과 연결되는 것처럼 보였다. 그래서 그는 '꽃이 가득한 숲의 오솔길'이라고 쓰는 것도 고려해보았다. 그러나 '숲'이 수식어와 명사 사이에 놓이면서 인위적으로 갈라놓은 것 같은 느낌이 들어 살 속에 가시가 박힌 것처럼 느껴졌다. 며칠 밤 동안 그는 정말로 리외보다도 더 피곤해 보일 정도였다.

그렇다. 그랑은 그 작업을 하느라 정신을 온통 빼앗겼고 몹시 피로했다. 그렇다고 해서 그가 보건대에 필요한 통계 일을 해내지 못한 것은 아니었다. 그는 매일 저녁 끈기 있게 서류를 정리하고, 거기에 그래프를 첨부했으며, 되도록 정확하게 상황을 제시하려고 애썼다. 그는 리외가 일하고 있는 병원에 자주 찾아와서 사무실이나 의무실에 책상을 하나 내어달라고 부탁하기도 했다. 그는 시청에 있는 자기 책상에 앉듯이 서류를 가지고 앉아서 병원 냄새로 짙어진 공기 속에서 종이를 흔들며 잉크를 말리곤 했다. 그럴 때면 말 탄 여인도 더 이상 생각하지 않고 오직 맡은 일만 성실하게 해내려고 노력했다.

그렇다. 인간은 영웅이라고 부를 만한 사람을 본보기로 삼는 것을 좋아한다. 이 이야기 속에 영웅이 한 사람은 반드시 있어야 한다면, 서술자는 가진 것이라고는 그저 약간의 선한 마음과 언뜻 보기에는 우스꽝스러운 이상밖에 없는 이 보잘것없고 존재감 없는 영웅을 제시하고자 한다. 그렇게 함으로써 진리에 대해서는 그 본래의 의미가, 2와 2의 덧셈에 대해서는 4라는 답을, 그리고 영웅주의에 대해서는 행복에 대한 고귀한 요구와 앞자리가 아니라 바로 그 뒷자리라는 본래의 지위를, 즉 부차적인 지위를 부여할 수 있을 것이다. 또한 그렇게 함으로써 이 기록에도 특징이 부여될 것이다. 즉 두드러지게 악하지 않고, 상업적 통속소설처럼 저속하거나 자극적이지 않으며 선량한 감정으로 이루어진 진술이라는 특징 말이다.

페스트에 감염된 오랑 시에 외부로부터 후원과 격려가 전달되고, 그 사실을 신문과 라디오를 통해 알게 되었을 때 리외는 이런 생각을 하고 있었다. 항공편이나 육로로 전달되는 구호품과 동시에 동정 어린 논평이나 찬양으로 가득 찬 논평들이 고립되어버린 이 도시로 쏟아져 들어왔다. 그러나 서사시 같은 어투나 수락 연설 같은 어투 때문에 리외는 매번 짜증이 났다. 물론 그런 따뜻한 마음이 가식이 아니라는 것은 알고 있었다. 그러나 그런 마음은 인간들이 자신을 타인과 연결해주는 무언가를 표현하기 위해 사용하는 상투적인 언어로 표현될 수밖에 없었다. 그런 언어로는 그랑이 매일 기울이고 있는 작은 노력을 드러낼 수 없기에, 페스트 속에서 그랑 같은 사람이 의미하는 바를 도저히 설명할 수 없었다.

황량해진 도시의 깊은 침묵 속에서 잠시 눈을 붙이기 위해 자정에 잠자리에 들 때면 리외는 종종 라디오 스위치를 돌려보곤 했다. 그러면 수천 킬로미터를 가로지른 세상 저 끝에서 누구인지는 모르지만 서투르게나마 연대감을 전하려 애쓰는 우정의 목소리가 들려왔다. '오랑! 오랑!' 그러나 그 목소리는 연대감을 표현하면서 동시에 직접 겪어보지 않으면 진정으로 고통을 공유할 수 없다는 끔찍한 무력감을 증명해 주고 있었다. 후원의 목소리는 바다를 건너면서 소멸하는 듯했고, 주의를 기울여봐도 들리지 않았다. 목소리는 곧 웅변조로 높아지면서, 그랑과 그 웅변가를 서로 모르는 사람으로 만들어버리는 구분선이 더욱 뚜렷해졌다. '오랑! 당신들과 함께하고 있습니다!' 그들은 감정을 실어 외쳤다.

'오랑! 오랑! 천만의 말씀. 함께 사랑하든가 함께 죽든가 해야지. 그 외에 다른 방법은 없어. 그런데 그들은 너무 멀리 있어.' 리외는 생각했다.

이때부터 페스트가 절정에 이르기 전까지, 즉 재앙이 도시를 공격해 완전히 점령하려고 온 힘을 끌어모으던 시기에 있었던 일 중에 꼭 기록해두어야 할 것이 남아 있다. 그것은 바로 랑베르처럼 마지막으로 남은 개인들이 행복을 되찾기 위해, 그리고 모든 침해에 맞서 그들의 몫이 훼손되지 않도록 하기 위해, 그들이 마지막까지 기울인 절망적이고 단조로운 기나긴 노력이다. 그들은 자신을 위협하는 속박을 이런 식으로 거부하고 있었다. 비록 이런 거부가 다른 거부만큼 효과적이지는 않았지만, 서술자는 그것 나름대로 큰 의의가 있고, 또 허영과 모순 속에서도 당시 모든 사람의 마음속에 자리 잡고 있었던 자랑스러운 무언가를 증명해 주고 있다고 생각한다.

랑베르는 페스트에 굴복하지 않으려고 온갖 노력을 기울였다. 합법적인 방법으로는 이 도시를 빠져나갈 수 없다는 것이 확실해졌기 때문에 그는 리외에게 말했던 대로 다른 수단을 강구하기로 결심했다. 그 신문기자는 카페 웨이터들부터 수소문하기 시작했다. 카페 웨이터들은 언제나 많은 소식을 알고 있는 법이다. 랑베르가 처음에 캐물었던 몇몇 종업원은 그런 시도를 할 경우 받게 되는 중벌에 대해 특히 잘 알고 있었다. 한번은 랑베르를 심지어 선동가 취급하기도 했다. 리외의 집에서 코타르를 만나고 나서야 비로소 일이 좀 진행되었다. 그날 랑베르는 리외에게 관청에 갔다가 허탕 쳤던 이야기를 또 하고 있었다. 며칠 후 코타르는 거리에서 랑베르를 만났는데, 그 즈음 코타르는 누구를 만나든 늘 자연스럽게 상대를 대했다.

"여전히 별 성과 없나요?" 코타르가 물었다.

"네, 아무것도요."

"관청에 기대할 수는 없을 거예요. 그들은 도무지 말이 안 통하니까요."

"맞아요. 그래서 다른 방법을 찾고 있는데 어렵네요."

"정말 그래요." 코타르가 말했다.

그러나 줄 닿는 곳이 있던 코타르는 놀란 랑베르에게 자신은 오래전부터 오랑에 있는 모든 카페의 단골이며, 그곳의 친구들을 통해 밀입국출국 일을 돕는 조직에 대한 정보를 가지고 있다고 설명했다. 사실 코타르는 수입에 비해 지출이 많아지는 바람에 배급품 암거래에 가담하고 있었다. 그는 담배와 값싼 술을 구해 되팔고 있었는데, 그 가격이 계속 오르면서 소소하게 돈을 벌고 있었다.

"확실한가요?" 랑베르가 물었다.

"그럼요. 나한테 그걸 권한 사람도 있었는걸요."

"그런데 이용을 안 하셨단 건가요?"

"의심하지 말아요. 떠날 생각이 없었기 때문에 그런 거니까요. 그럴 만한 이유도 있고요." 코타르는 호인 같은 표정을 지으며 말했다.

그는 잠시 가만히 있다가 이렇게 덧붙였다.

"무슨 이유인지 궁금하지 않으세요?"

"나하고는 상관없는 일인 것 같은데요."

"사실 어떤 의미에서는 상관이 없어요. 하지만 다른 의미에서는…. 어쨌든 한 가지 분명한 건 페스트가 돌면서 나는 이곳에서 지내는 것이 훨씬 편해졌다는 거예요."

랑베르가 그의 말을 자르며 말했다.

"그 조직을 만나려면 어떻게 해야 하죠?"

"아! 쉬운 일은 아니에요. 함께 가시죠." 코타르가 말했다.

오후 4시였다. 무더운 하늘 아래 도시가 서서히 달구어졌다. 가게들은 전부 차양을 내리고 있었다. 도로는 한적했다. 코타르와 랑베르는 아케이드 상점 거리로 들어서서 오랫동안 말없이 걸어갔다. 페스트가 눈에 안 띄는 그런 시간 중 하나였다. 그렇게 조용하고 색채도 없고 움직임도 없는 것은 여름이기 때문일 수도 있고, 재앙 때문일 수도 있었다. 공기가 답답한 것이 페스트의 위협 때문인지, 아니면 먼지마저 태워버릴 듯한 더위 때문인지 알 수가 없었다. 페스트를 찾아내려면 관찰하고 깊이 생각해보아야 했다. 왜냐하면 페스트는 음성적인 징후들을 통해서만 드러나기 때문이다. 페스트와 친밀감을 느끼고 있던 코타르는, 예를 들어 보통 때 같으면 현관 문턱에 배를 깔고 엎드린 채 헐떡이고 있어야 할 개들이 보이지 않는다는 사실을 랑베르에게 지적했다.

코타르와 랑베르는 팔미에 대로로 들어섰다가 아름 광장을 가로질러 마린 구역 쪽으로 내려갔다. 왼쪽에는 초록색으로 단장한 카페 하나가 노란색 천으로 된 두꺼운 차양을 비스듬히 쳐 더위를 피하고 있었다. 그들은 그곳으로 들어가며 이마에 흐른 땀을 닦았다. 그들은 초록색 철제 테이블 앞에 놓인 정원용 간이 의자에 앉았다. 카페 안쪽은 텅 비어 있었다. 공중에서 파리들이 윙윙거렸다. 기우뚱한 스탠드바 위에 놓여 있는 노란 새장 안에는 털이 빠진 앵무새 한 마리가 힘없이 앉아 있었다. 벽에는 전쟁 장면을 담은 낡은 그림들이 걸려 있었는데, 때가 잔뜩 끼고 거미줄로 뒤덮여 있었다. 랑베르 앞에 있는 테이블을 포함해 모든 철제 테이블에는 닭똥이 말라붙어 있었다. 웬 닭똥일까 의아해하는 도중에, 부스럭거리는 소리가 나더니 멋진 수탉 한 마리가 어두운 구석에서 팔짝대며 뛰어나왔다.

그 순간 더위가 더 기승을 부리는 것 같았다. 코타르는 웃옷을 벗고 철제 테이블을 두드렸다. 긴 파란 앞치마에 파묻힐 것 같은 키 작은 남자가 안에서 나오더니 코타르를 보고 멀리서 인사를 했다. 그리고 세찬 발길질로 수탉을 쫓아버리고는 가까이 다가와, 수탉이 꼬꼬댁거리는 와중에 주문을 받았다. 코타르는 화이트 와인을 주문한 뒤, 가르시아라는 사람에 대해 물었다. 키 작은 남자는 카페에서 그 사람을 본 지 벌써 며칠이 되었다고 했다.

"오늘 저녁에는 올 것 같아요?"

"글쎄요! 그 사람 속을 어떻게 압니까? 하지만 그 사람이 오는 시간은 손님이 잘 알고 계시지 않나요?" 남자가 말했다.

"잘 알죠. 그게 중요한 건 아니고, 소개해줄 친구가 한 명 있어서 그래요."

종업원은 젖은 손을 앞치마 자락에 닦았다.

"손님도 역시 그 일을 하시는군요?"

"그래요." 코타르가 대답했다.

키 작은 남자가 코를 훌쩍이며 말했다.

"그럼 오늘 저녁에 다시 오세요. 그 사람한테 아이를 보내볼게요."

밖으로 나오면서 랑베르는 코타르에게 그 일이라는 것이 뭐냐고 물어보았다.

"암거래죠 뭐. 시의 관문을 통해 물건을 밀수해서 비싼 값에 되파는 거예요."

"그렇다면 공모자들이 있겠군요?" 랑베르가 말했다.

"그렇죠."

저녁에 와보니 차양은 걷혀 있었고, 앵무새는 새장 속에서 재잘거리고 있었으며, 철제 테이블마다 셔츠 바람의 남자들이 둘러 앉아 있었다. 그중 한 명은 밀짚모자를 뒤로 젖혀 쓴 채 흰 와이셔츠를 풀어 헤치고 있었는데, 새까맣게 그을린 가슴이 드러났다. 코타르가 들어오자 그가 몸을 일으켰다. 햇볕에 탄 구릿빛 얼굴, 검고 작은 눈, 하얀 치아가 눈에 띄었다. 손가락에는 반지를 두세 개 끼고 있었고, 나이는 서른쯤 되어 보였다.

"안녕하세요?" 그가 말했다. "바에서 한잔하시죠."

그들은 말없이 한 잔씩 마셨다.

"나갈까요?" 가르시아가 말했다.

그들은 항구 쪽으로 내려갔다. 가르시아는 무슨 용건이냐고 물었다. 코타르는 랑베르를 소개하려고 한 것은 사업 때문이 아니라 이른바 '외출'을 위한 것이라고 말했다. 가르시아는 담배를 피우면서 앞으로 걸어갔다. 그는 마치 랑베르가 옆에 없다는 듯이 랑베르를 '그 사람'이라고 지칭하면서 몇 가지 질문을 했다.

"뭐 때문에 그런대요?" 가르시아가 말했다.

"프랑스 파리에 아내가 있어."

"아하!"

잠시 말이 없다가 그가 코타르에게 다시 물었다.

"그 사람 직업이 뭐예요?"

"신문기자."

"말이 많은 직업이군요."

랑베르는 잠자코 있었다.

"내 친구야." 코타르가 말했다.

그들은 아무 말 없이 앞으로 걸어 나갔다. 부둣가까지 왔지만 높은 철조망으로 접근이 금지되어 있었다. 그래서 그들은 벌써부터 정어리 튀김 냄새를 풍기는 작은 간이식당 쪽으로 향했다.

"아무튼 그 일은 내 일이 아니고 라울 담당이에요. 쉽지는 않 겠지만 한번 찾아볼게요." 가르시아가 결론을 내렸다.

"아! 그 친구는 숨어 지내나?" 코타르가 흥분하며 물었다.

하지만 가르시아는 대답하지 않았다. 그는 간이식당 근처에서 멈춰 서더니 처음으로 랑베르 쪽으로 돌아섰다.

"모레 11시, 시내 위쪽에 있는 세관 건물 모퉁이로 오세요."

가르시아가 떠나려고 하다가 다시 두 사람에게 몸을 돌리고 말 했다.

"비용이 들 거예요."

그는 다짐하듯 말했다.

"물론이죠." 랑베르가 고개를 끄덕였다.

잠시 후 신문기자는 코타르에게 고맙다고 말했다.

"아, 천만에요. 도와드릴 수 있어서 기쁜걸요. 그리고 신문기자 시니까 언젠가 제게 갚을 날이 있겠죠."

이틀 후, 랑베르와 코타르는 도시의 맨 북쪽을 향해 뻗어 있는 그늘도 없는 대로를 따라 올라갔다. 세관 건물의 일부가 의무실 로 변해 있었고, 정문 앞에는 사람들이 서 있었다. 금지된 면회가 혹시나 허용될까 하는 심정에서, 또는 한두 시간 후에는 아무 도 움이 안 될 정보라도 얻어볼까 해서 모인 사람들이었다. 어쨌든 이처럼 사람들이 모여들다 보니 왕래가 잦았다. 가르시아는 랑베 르와 만날 장소를 결정할 때 이런 사항을 염두에 둔 것으로 추측 할 수 있었다.

"그렇게도 떠나시려고 고집하시다니 이상한 일이군요." 코타르가 말했다. "어쨌든 일이 참 흥미롭네요."

"나는 별로 재미없는데요." 랑베르가 대답했다.

"오! 물론, 위험부담이 있긴 하죠. 하지만 따지고 보면 페스트 전에도, 복잡한 사거리를 건널 때는 그 정도의 위험부담은 있었어요."

그때 리외의 자동차가 그들 옆에 와서 멈춰 섰다. 장 타루가 운전을 하고 있었고, 리외는 반쯤 졸고 있는 것 같았다. 리외가 잠에서 깨어나서 서로 인사를 시켜주었다.

"우린 구면이에요. 같은 호텔에 묵고 있거든요." 타루가 말했다.

타루는 랑베르에게 시내까지 태워다주겠다고 제안했다.

"아니에요. 우린 여기서 약속이 있어요." 랑베르가 말했다.

리외가 랑베르를 놀란 눈으로 쳐다보았다.

"맞아요. 그거⋯." 랑베르가 말했다.

코타르가 놀란 어조로 말했다. "아! 의사 선생님도 알고 계셨나요?"

"저기 판사님이 오네요." 타루는 코타르에게 그 사실을 알려주었다.

코타르의 안색이 변했다. 정말로 오통 씨가 힘차고 절도 있는 걸음걸이로 그들을 향해 오고 있었다. 그는 그들 앞을 지나가며 모자를 벗었다.

"안녕하십니까, 판사님!" 타루가 말했다.

판사는 차에 있는 사람들에게 인사를 하더니, 뒤쪽에 있던 코타르와 랑베르를 보며 정중하게 고개를 숙였다. 타루가 코타르와 랑베르를 소개했다. 판사는 잠깐 하늘을 쳐다보더니 한숨을 쉬며 서글픈 시기라고 말했다.

"제가 듣기로 타루 씨, 선생께서는 예방 조치를 실시하는 일을 맡고 있다고 하더군요. 고마운 마음을 어떻게 전해야 할지 모르겠습니다. 의사 선생님, 병이 확산할 거라고 생각하십니까?"

리외가 그렇게 되지 않기를 바란다고 말하자, 판사는 항상 희망을 가져야 한다고 되풀이해서 말했다. 그러나 신의 섭리를 누가 알 수 있겠는가. 타루는 오통에게 이번 일 때문에 더 바빠졌느냐고 물었다.

"그 반대입니다. 이른바 공법 관련 사건들은 줄었습니다. 요즘에는 시행 중인 조치들을 위반한 큰 사건들만 심리하고 있어요. 기존에는 법이 이렇게 잘 지켜진 경우가 거의 없었습니다."

"그건 상대적으로 기존의 법이 허술했기 때문일 거예요." 타루가 말했다.

오통은 하늘을 쳐다보던 시선을 거두고 여태까지의 모호한 태도에서 돌변했다. 그리고 차가운 표정으로 타루를 훑어봤다.

"그래서 어쨌다는 거죠? 중요한 건 법이 아니라 판결입니다. 우리로서는 어쩔 도리가 없습니다."

"저 사람이 공공의 적 제1호야." 판사가 떠나자 코타르가 말했다.

차가 출발했다.

잠시 후, 랑베르와 코타르는 가르시아가 도착하는 것을 보았다. 그는 아무 신호 없이 그들 쪽으로 오더니, 인사 대신에 "기다려야겠어요."라고 말했다.

주변에 있는 사람들은 대부분 여자였는데, 여자들은 침묵 속에서 대기 중이었다. 거의 모든 여자가 바구니를 들고 있었는데, 병든 친척들에게 그것을 전달할 수 있으리라는 헛된 희망을 품고 있었다. 더 나아가 그 음식이 환자들에게 도움이 되지 않을까 하는 더욱더 터무니없는 생각을 하고 있었다.

출입문에는 보초들이 무장한 채 지키고 있었고, 이따금 이상한 외침 소리가 출입문과 건물 사이에 있는 마당을 가로질러 들려왔다. 그러면 기다리던 사람들이 불안한 표정으로 의무실 쪽을 돌아보았다.

세 남자는 이 광경을 바라보다가 등 뒤에서 "안녕하십니까."라는 인사하는 소리에 돌아보았다. 낮지만 또렷한 말투였다. 더위에도 불구하고 라울은 말끔한 옷차림을 하고 있었다. 키가 크고 건장한 그는 어두운 색 더블 정장에 챙이 위로 말려 올라간 펠트 모자를 쓰고 있었다. 얼굴은 꽤 창백했다. 갈색 눈동자에 얇은 입술을 꽉 다물고 있던 라울은 빠르고 정확하게 말했다.

"시내로 내려갑시다. 가르시아, 자네는 그만 가보게나."

가르시아는 담배를 한 대 피워 물고 그곳에 남아 있었고, 나머지 세 명은 자리를 떴다. 랑베르와 코타르 중간에서 라울이 빠르게 걸었다.

"가르시아가 설명해줬어요. 가능합니다만 어쨌든 만 프랑은 들겁니다."

랑베르는 좋다고 대답했다.

"마린 거리에 있는 스페인 식당에서 내일 점심 식사나 같이 하시죠."

랑베르가 알았다고 하자, 라울은 악수를 하며 처음으로 미소를 지었다. 그가 떠난 후 코타르가 양해를 구했다. 자신은 내일 시간이 나지 않는 데다가 이제는 랑베르 혼자서도 할 수 있다는 것이었다.

다음 날 랑베르가 스페인 식당에 들어서자, 손님들이 모두 고개를 돌려 그를 바라보았다. 식당은 햇볕에 바짝 마른 좁은 골목 안에 위치하고 있었다. 이 컴컴한 지하 식당에 드나드는 사람들은 대부분 스페인계였다. 라울이 안쪽 테이블 앞에 앉아 있다가 손짓을 했다. 랑베르가 그쪽으로 다가가자, 손님들은 호기심을 잃고 접시로 얼굴을 돌렸다. 라울 옆에는 한 남자가 앉아 있었는데, 키가 크고 말랐으며 수염은 덥수룩했다. 어깨는 딱 벌어지고 얼굴은 말상에 머리숱은 듬성듬성했다. 걷어 올린 와이셔츠 소매 아래로 시커먼 털로 뒤덮인 길고 가느다란 팔이 보였다. 그는 랑베르를 소개받고 고개를 세 번 끄덕였다. 그의 이름은 한 번도 입에 오르지 않았고, 라울은 그를 그저 '우리 친구'라고만 불렀다.

"우리 친구가 당신을 도울 수 있을 것 같다고 하네요. 이 친구가 곧 당신을…"

웨이트리스가 랑베르의 주문을 받으러 오자, 라울이 잠시 말을 멈추었다가, 다시 말했다.

"이 친구가 당신을 우리 동료 두 사람과 연결해 줄 텐데, 그 두 사람은 당신을 그들이 매수해놓은 도시 경비병들한테 다시 소개해줄 겁니다. 하지만 그게 끝이 아닙니다. 도시 경비병들이 적절한 시기를 직접 결정해야 합니다. 가장 간단한 방법은 도시 경계 근처에 사는 경비병의 집에서 며칠 밤 묵는 겁니다. 그 전에, 이 친구가 필요한 사람을 만나게 해드릴 겁니다. 일이 잘 되면 이 친구에게 비용을 지불하면 됩니다."

라울의 친구는 말상 같은 머리를 다시 한번 끄덕였다. 그러면서도 손으로는 토마토와 피망 샐러드를 쉬지 않고 게걸스럽게 먹어댔다. 그러더니 가벼운 스페인 억양으로 랑베르에게 이틀 뒤 아침 여덟 시에 대성당 정문 앞에서 만나자고 제안했다.

"또 이틀 뒤군요." 랑베르가 불만스럽게 말했다.

"쉬운 일이 아니어서 그렇습니다. 함께 할 친구들을 찾아야 하니까요." 라울이 말했다.

말상의 남자가 또 한 번 고개를 끄덕였다.

랑베르는 알겠다고 했지만 맥이 좀 풀렸다.

나머지 식사 시간은 무슨 이야기를 하나 주저하다가 시간이 지나갔다. 그러나 말상이 축구선수였다는 것을 알게 된 후부터는 대화가 수월해졌다. 랑베르 역시 축구를 많이 했다. 그래서 프랑스 선수권 대회, 영국 프로팀의 실력, W형 전술을 이야기했다. 점심이 끝날 무렵에 말상은 한창 신이 나 있었고, 랑베르에게 말을 놓아가며 축구팀에서는 미드필더만큼 중요한 자리가 없다는 것을 설득하려고 했다. "미드필더는 알다시피 선수들에게 역할을 배분하는 사람이지. 역할을 배분한다는 것, 그게 바로 축구야." 랑베르는 사실 항상 포워드를 맡았지만, 그와 의견이 같았다. 그 토론은 라디오 방송이 나오고 나서야 비로소 중단되었는데, 라디오에서는 감상적인 멜로디가 잔잔하게 되풀이되더니 그 전날 페스트 희생자가 137명이었다고 보도했다. 자리에 있던 사람 중에 반응을 보인 사람은 아무도 없었다. 말상의 남자가 어깨를 으쓱하며 자리에서 일어났다. 라울과 랑베르도 따라 일어섰다.

헤어지면서 그 미드필더는 랭베르의 손을 힘껏 잡았다.

"내 이름은 곤잘레스야." 그가 말했다.

랭베르에게는 그 이름이 한없이 길게 느껴졌다.

랭베르는 리외의 집에 찾아가서 일의 진행 상황을 자세하게 이야기했다. 그런 다음 왕진을 나서는 리외를 따라갔다. 랭베르는 페스트 징후가 있는 환자 집 문 앞에서 리외에게 작별 인사를 했다. 집 안에서 사람들이 뛰어가는 소리와 목소리가 들려왔다. 아마도 의사가 왔다고 가족에게 알리는 것 같았다.

"타루가 늦지 않으면 좋겠는데." 리외가 중얼거렸다.

리외는 피곤해 보였다.

"병이 너무 빨리 퍼지고 있죠?" 랭베르가 물었다.

리외는 그런 것은 아니라고 하면서, 그래프의 기울기가 전보다 수그러들었다고 말했다. 다만 페스트에 대항하여 싸우기 위한 수단이 부족하다고 했다.

"물자가 부족해요." 리외가 말했다. "세계 어느 나라 군대건 물자 부족이 있으면 대부분 인력으로 보충하고 있어요. 그런데 우리에겐 그 인력마저도 부족합니다."

"외부에서 의사들과 보건대원들이 왔는데도요?"

"그래요. 의사 열 명과 보건대원 백여 명이 왔죠. 언뜻 보기에는 많아 보이지만, 그 인원으로는 현재 환자들도 감당하기 빠듯합니다. 전염병이 더 퍼지면 그 인원으로는 충분하지 않을 거예요." 리외가 말했다.

리외는 집 안에서 나는 소리에 귀를 기울였다. 그러고는 랭베르에게 미소를 지었다.

"당신은 일을 성사시키려면 서둘러야겠어요." 리외가 말했다.

한순간 랑베르의 얼굴에 어두운 그늘이 스쳤다.

"아시겠지만 전 전염병 때문에 떠나려는 건 아니에요." 그가 낮은 목소리로 말했다.

리외가 알고 있다고 대답했지만, 랑베르가 계속해서 말했다.

"최소한 저는 제가 비겁하다고는 생각하지 않아요. 비겁하지 않다는 걸 확인할 기회도 있었고요. 단지 제가 견딜 수 없는 생각들이 몇 가지 있을 뿐이에요."

리외가 랑베르를 응시하며 말했다.

"당신은 곧 부인을 다시 보게 될 겁니다."

"어쩌면요. 하지만 만약 이런 상태가 계속된다면, 그래서 그동안 그녀가 늙을 거라는 생각을 하면 견딜 수가 없어요. 사람은 서른 살이 되면 늙기 시작하니 무슨 수라도 써야지요. 이해하실지 모르겠어요."

리외가 이해할 것 같다고 중얼거리는데, 타루가 신바람이 나서 들어왔다.

"지금 막 파늘루 신부에게 함께 일하자고 부탁했어요."

"그랬더니요?" 리외가 물었다.

"잠시 생각하더니 그러겠다고 했어요."

"잘되었네요." 리외가 말했다. "그가 하는 설교 내용보다는 나은 사람이라는 걸 알게 되니 기쁘군요."

"사람은 다 그래요." 타루가 말했다. "기회를 주기만 하면 되죠."

타루가 미소를 짓더니 리외를 향해 눈을 깜빡했다.

"평생 내가 할 일이 그런 기에요. 기회를 제공하는 것 말이에요."

"실례지만 저는 이만 가봐야겠어요." 랑베르가 말했다.

약속일인 목요일, 랑베르는 8시 5분 전에 대성당의 정문 앞에 도착했다. 공기는 아직 선선했다. 작고 둥근 흰 구름이 하늘을 떠다니고 있었는데, 이제 곧 더위가 치솟아 대번에 구름을 삼킬 것 같았다. 잔디밭은 말라붙어 있었지만, 여전히 흐릿한 습기 냄새가 올라오고 있었다. 동쪽 방향에 있는 집들 뒤로 태양이 떠올라, 광장을 장식하고 있는 잔 다르크 황금 동상의 투구를 비추었다. 괘종시계가 8시를 알렸다. 랑베르는 인적 없는 정문 앞에서 몇 걸음을 옮겼다. 성당 안에서 오래된 지하실 냄새와 향냄새가 희미하게 들리는 성가에 실려 풍겨왔다. 갑자기 성가 소리가 멈췄다. 그러더니 십여 개의 검은 옷을 입은 작은 형체들이 성당에서 나와 시내를 향해 빠르게 걷기 시작했다. 랑베르는 초조해지기 시작했다. 또 다른 검은 형체들이 큰 계단을 올라와 정문으로 다가왔다. 그는 초조함에 담뱃불을 붙였지만, 어쩌면 여기서는 흡연이 허용되지 않을지도 모른다는 생각이 들었다.

8시 15분이 되자 대성당의 오르간이 은은하게 연주를 시작했다. 랑베르는 어두운 궁륭 아래로 들어섰다. 잠시 후, 그는 자기보다 먼저 본당에 들어와 있는 작은 형체들을 알아볼 수 있었다. 그들은 성당 한구석에 마련된 임시 제단 앞에 모여 있었다. 제단에는 시내의 어느 공장에서 급조한 성 로크 상이 안치되어 있었다. 무릎을 꿇고 있어서인지 그 형체들은 한층 오그라들어 보였고, 마치 응고된 그림자 덩어리처럼 회색 배경 속으로 사라지는 것처럼 보였다. 주위의 안개보다 약간 더 짙은 정도였다. 그 형체들 위로 오르간은 끝없이 변주곡을 울리고 있었다.

랑베르가 밖으로 나와보니, 곤잘레스가 벌써 계단을 내려가 시내로 향하고 있었다.

"자네가 마음이 바뀌어서 가버린 줄 알았네." 곤잘레스가 랑베르에게 말했다. "그런 일이 자주 있거든."

8시 10분 전에 그곳에서 멀지 않은 장소에서 곤잘레스의 친구들과 만나기로 되어 있었는데, 20분을 기다려도 나타나지 않았다고 말했다.

"무슨 일이 생긴 게 분명해. 우리가 하는 일이 늘 뜻대로 되는 건 아니니까."

곤잘레스는 다음 날 같은 시간에 전몰 용사 추모비 앞에서 다시 만나자고 제안했다. 랑베르는 한숨을 쉬더니 펠트 모자를 뒤로 젖혔다.

"이건 아무것도 아니야. 골을 넣으려면 그전에 작전도 짜고, 속공도 하고 패스도 해야 하잖아." 곤잘레스가 웃으면서 말했다.

"물론 그렇지." 랑베르가 말했다. "하지만 축구 시합은 한 시간 반밖에 안 걸려."

오랑의 전몰 용사 추모비는 바다가 내려다보이는 유익한 장소에 있었는데, 항구를 내려다보는 낭떠러지를 끼고 도는 일종의 짧은 산책로였다.

다음 날, 랑베르가 약속 장소에 먼저 와서 영예의 전사자 명단을 주의 깊게 읽고 있었다. 몇 분 뒤, 남자 두 명이 다가와 무심한 표정으로 그를 보더니, 산책로 난간에 팔꿈치를 괴고 텅 빈 쓸쓸한 항구를 하염없이 내다보았다. 둘은 키가 컸고, 파란 바지에 선원용 반팔 티셔츠를 입고 있었다. 랑베르는 약간 떨어진 곳에 있는 벤치에 앉아 그들을 느긋하게 살펴보았다. 그들의 나이가 채 스무 살이 되지 않았다는 것을 확실히 알 수 있었다. 그때 곤잘레스가 사과를 하면서 걸어오는 것이 보였다.

"우리 친구들이네." 그렇게 말하면서 그는 랑베르를 두 젊은이에게 데려갔고, 마르셀과 루이라는 이름으로 소개했다. 앞에서 보니 둘은 닮은 데가 상당히 많았다. 랑베르는 그들이 형제일 거라고 추측했다.

"자, 이제 인사도 끝났으니 일을 해결해야겠지." 곤잘레스가 말했다.

그러자 마르셀인지 루이인지가 자기들의 경비 순번이 이틀 후에 시작해서 일주일 동안 계속되니 가장 적당한 날을 골라야 한다고 말했다. 네 명이 서쪽 관문을 지키는데 다른 두 사람은 직업 군인이었다. 그들을 끌어들이는 것은 말도 안 되었다. 믿을 수도 없었고, 그렇게 되면 비용이 더 올라갈 수 있었다. 그러나 그 둘은 직업 군인들과 달리 허술했다. 밤이 되면 이따금 단골 술집의 뒷방에 가서 몇 시간씩 머무르곤 할 정도였다. 해서 마르셀인지 루이인지가 랑베르에게 도시 경계 가까이에 있는 자기들 집에서 머무르다가 자기들이 데리러 오기를 기다리는 것이 어떻겠냐고 제안했다. 그렇게 되면 관문 통과는 아주 손쉬울 터였다. 그러나 서둘러야 했다. 얼마 전부터 시외에 이중 감시초소를 설치한다는 소문이 돌고 있었다.

랑베르는 이에 동의하고, 남은 담배 몇 대를 그들에게 권했다.

두 명 중 그때까지 말이 없던 자가 곤잘레스에게 비용 문제는 해결되었는지, 선금을 받을 수 있는지를 물었다.

"아니야, 그럴 필요 없어. 랑베르는 내 친구니까. 비용은 출발할 때 지불하기로 하지." 곤잘레스가 말했다.

곤잘레스와 랑베르는 다시 한번 만나기로 했다. 곤잘레스는 이틀 뒤 스페인 식당에서 저녁을 먹자고 제안했다. 거기서 곧장 도시 경비병들의 집으로 갈 수 있다는 것이었다.

"첫날밤에는 내가 같이 있어 주지." 그가 랑베르에게 말했다.

그 이튿날 랑베르는 자기 방으로 올라가다가 호텔 층계에서 타루를 만났다.

"리외를 만나러 가는 길인데, 같이 가실래요?" 타루가 물었다.

"방해가 되지 않을지 모르겠네요." 잠깐 망설이다가 랑베르가 말했다.

"그렇지 않을 거예요. 당신 얘기를 많이 했어요."

랑베르는 곰곰이 생각해보았다.

"이렇게 합시다. 저녁 식사 후에 시간이 되면 늦더라도 괜찮으니 호텔 바로 함께 오시죠."

"리외 선생님 상황도 그렇고, 페스트 상황도 들어봐야겠네요." 타루가 말했다.

밤 11시에 리외와 타루가 작은 호텔 바에 들어섰다. 서른 명 정도의 손님들이 팔꿈치를 맞대고 큰 소리로 떠들고 있었다. 페스트에 감염된 침묵의 도시에서 온 두 사람은 약간 어리둥절해져서 발을 멈추었다. 아직 술을 파는 것을 보자 이 소란함을 이해할 수 있었다. 랑베르는 바 한쪽 끝에 있는 등받이 없는 의자에 앉아서 그들에게 신호를 보냈다. 타루가 큰 소리로 떠드는 옆자리 사람을 슬쩍 밀어낸 후에, 리외와 타루는 랑베르의 옆에 가서 섰다.

"술을 싫어하진 않죠?"

"천만에요. 그 반대죠." 타루가 대답했다.

리외는 술잔에서 풍기는 쌉쌀한 향을 맡아 보았다. 너무 소란스럽기도 했지만, 랑베르가 술을 마시느라 정신이 없는 바람에 이야기하기가 쉽지 않았다. 리외는 그가 취했는지 아직 판단할 수 없었다. 그들이 있는 그 좁은 바의 다른 자리에 있던 해군 장교 한 명이 양팔에 여자를 끼고 앉은 채, 얼굴이 불그레하고 뚱뚱한 사람에게 카이로에서 유행했던 장티푸스에 대해 이야기하고 있었다. "원주민들을 위해 환자용 천막으로 수용소를 만들고, 둘레에 보초선을 쳐놨어. 가족들이 민간요법으로 만든 약을 몰래 반입하려고 하면 총을 쐈지. 가혹했지만 그럴 수밖에 없었어." 다른 테이블에는 멋지게 차려입은 청년들이 앉아 있었는데, 그들의 대화는 알아들을 수가 없었다. 높은 곳에 설치된 축음기에서 쏟아져 나오는 '세인트 제임스 인퍼머리'라는 노래의 박자 속으로 사라졌기 때문이다.

"잘 되고 있나요?" 리외가 목소리를 높여 물었다.

"진행되고 있어요." 랑베르가 말했다. "일주일 내로 될 거예요."

"유감이네요." 타루가 외쳤다.

"왜요?" 랑베르가 물었다.

타루가 리외를 보자, 리외가 타루 대신 답했다.

"아! 타루의 말은 당신이 여기 있으면 우리에게 도움이 될 텐데

아쉽다는 말이에요. 하지만 떠나고 싶은 당신의 마음도 이해해요."

타루가 술을 한 잔 더 돌렸다. 랑베르는 의자에서 내려와 처음으로 타루의 얼굴을 마주 보았다.

"제가 무엇에 도움이 될까요?"

"그야, 우리 보건대 일에 도움이 되겠죠." 타루가 서두르지 않고 술잔에 손을 가져가면서 말했다.

랑베르는 평소 자주 짓던 고민에 빠진 듯한 표정을 지으며 다시 의자에 앉았다.

"어떻게 생각하세요? 보건대 활동이 사람들에게 도움이 되는 것 같나요?" 잔을 비운 후 타루는 랑베르에게 이렇게 물으며 랑베르를 뚫어지게 바라보았다.

"당연히 도움이 많이 되죠." 랑베르가 대답하고는 술을 마셨다.

리외는 그의 손이 떨리고 있는 것을 보았다. 이제 정말 완전히 취했구나 하는 생각이 들었다.

다음 날, 랑베르는 두 번째로 그 스페인 식당에 들어가면서, 입구에 앉아 더위가 고개를 숙이기 시작하는 저녁 노을을 즐기고 있는 사람들 사이를 통과했다. 그들은 담배를 피우고 있어서 매캐한 냄새가 났다. 식당 안은 거의 비어 있었다. 랑베르는 곤잘레스를 처음 만났던 안쪽 테이블로 가서 앉았다. 그는 웨이트리스에게 기다렸다가 주문하겠다고 말했다. 저녁 7시 30분이었다. 차츰차츰 남자들이 식당 안으로 들어와 자리를 잡았다. 음식이 나오기 시작했고, 둥그런 천장 아래는 식기 부딪치는 소리와 소곤 소곤 이야기하는 목소리로 가득 찼다. 8시, 랑베르는 여전히 기다리고 있었다. 그때 불이 켜졌다. 새 손님들이 들어와 그의 테이블에 앉았다. 랑베르는 식사를 주문했다. 8시 30분에 그는 곤잘레스도, 두 젊은이도 오지 않은 가운데 식사를 마쳤다. 담배를 여러 대 피웠다. 식당은 서서히 비어 가고 있었다. 밖은 빠르게 어두워졌다. 바다에서 미지근한 바람이 불어와 창문의 커튼을 슬며시 쳐들곤 했다. 9시가 되자 식당은 텅 비었고, 웨이트리스가 놀란 표정으로 그를 보고 있는 것을 랑베르도 느꼈다. 그는 계산을 하고 나왔다. 식당 맞은편에 아직 문을 열고 있는 카페가 하나 있었다. 랑베르는 바 자리를 잡고 식당 입구를 지켜보았다. 9시 30분이 되자, 랑베르는 어디에 사는지도 모르는 곤잘레스를 어떻게 해야 다시 만날 수 있을까 하는 부질없는 궁리를 하면서 호텔 쪽으로 향했다. 여태껏 밟아온 절차를 다시 밟아야 할 것을 생각하니 가슴이 답답했다.

나중에 리외에게 말한 바에 따르면, 바로 그 순간 어둠 속을 질주하는 구급차를 보았다고 했다. 그때 그는 자기와 아내를 갈라놓은 장벽으로부터 벗어나기 위한 탈출구를 찾기에 열중한 나머지, 그동안 줄곧 아내를 잊고 있었다는 사실을 깨달았다고 했다. 그러나 또한 바로 그 순간, 모든 길이 또다시 꽉 막히자, 그의 욕망 한가운데에 아내가 다시 자리를 잡았다. 그것은 너무나도 갑작스럽고 폭발적인 고통이었기에 그는 호텔을 향해 달리기 시작했다. 그것은 타는 듯한 혹독한 아픔에서 벗어나려는 것이었지만, 그 뜨거운 아픔은 그의 가슴속에 여전히 남아 관자놀이를 파먹듯 쑤셔댔다.

다음 날 아침 일찍, 그는 리외를 찾아와 어떻게 하면 코타르를 만날 수 있느냐고 물었다.

"제가 할 수 있는 일이라고는 처음부터 절차를 다시 밟아가는 것뿐이에요." 랑베르가 말했다.

"내일 저녁에 오세요." 리외가 말했다. "마침 타루가 코타르를 불러달라더군요. 이유는 모르겠어요. 10시에 코타르가 오기로 되어 있으니, 10시 30분에 여기로 오세요."

코타르가 그 이튿날 리외 집에 왔을 때, 타루와 리외는 리외의 담당 구역에서 일어난 예기치 않은 완치 사례 한 건에 대해 이야기하고 있었다.

"열 명 중 한 명꼴이에요. 운이 좋았던 거죠." 타루가 말했다.

"아, 그건 페스트가 아니었어요." 코타르가 말했다.

하지만 리외와 랑베르는 페스트가 틀림없었다고 코타르에게 단언했다.

"그럴 리가 없어요. 나은 걸 보면 말이에요. 나만큼이나 두 분은 잘 알잖아요, 페스트는 용서가 없다는 걸요."

"일반적으로는 그래요. 하지만 끈기 있게 대항하다 보면 뜻밖에 놀라운 일도 생겨요." 리외가 말했다.

코타르가 웃으며 말했다. "그럴 것 같지 않은데요. 오늘 저녁에 발표된 숫자 들으셨지요?"

타루가 코타르를 너그러운 시선으로 바라보면서, 자신은 희생자 수를 알고 있고 상황은 매우 심각하다고 했다. 그러나 그것이 증명하는 바는 무엇인가? 바로 강력한 대책이 필요하다는 사실을 증명하는 것이라고 말했다.

"아! 그런 대책들은 벌써 세우고 있잖아요." 코타르가 무슨 말인지 몰라서 타루를 쳐다보며 말했다.

"맞아요, 하지만 각자가 자기 나름대로 대책을 세워야 해요."

타루는 너무 많은 사람이 아무 일도 하지 않고 있으며, 페스트는 모든 사람과 관련된 문제이니 각자가 자기 의무를 다해야 한다고 말했다. 보건대의 문은 누구에게나 개방되어 있다는 것이었다.

"좋은 생각이긴 하네요." 코타르가 말했다. "하지만 아무 소용 없을 거예요. 페스트가 너무 강하니까요."

"두고 보면 알게 될 겁니다. 우리가 모든 걸 다 해본 후에 말이에요." 타루는 다부진 말투로 말했다.

그동안 리외는 책상 앞에 앉아서 환자들의 진료 카드를 작성하고 있었다. 타루는 의자에 앉아서 동요하고 있는 코타르를 여전히 쳐다보고 있었다.

"코타르 씨, 왜 우리와 함께 일하지 않으세요?"

코타르는 불쾌하다는 듯 의자에서 일어나 자신의 중절모를 집어들었다.

"그건 나하고는 상관없는 일이에요."

이어서 그는 거리낌 없이 말했다.

"그리고 난 페스트가 돌아서 좋은데, 왜 그것을 퇴치하는 데 참여해야 하는지 잘 모르겠어요."

타루는 갑자기 진실을 깨달은 듯 이마를 탁 쳤다.

"아! 그렇네요. 깜빡 잊고 있었어요. 페스트가 아니었으면 당신은 체포되었겠죠."

코타르가 움찔하더니 마치 쓰러질 것처럼 의자를 꽉 붙잡았다.

리외는 진료 카드 작성을 멈추고, 심각하면서도 흥미롭다는 표정으로 코타르를 바라보았다.

"누가 그래요?" 코타르가 소리쳤다.

그 소리에 타루가 놀란 듯 말했다.

"당신이 말했잖아요. 적어도 리외 선생님하고 저는 그렇게 이해했는데요."

그러자 코타르는 갑자기 걷잡을 수 없는 분노에 사로잡혀서 알아들을 수 없는 말들을 중얼거리기 시작했다.

"진정해요. 리외 선생님이나 나나 당신을 고발할 사람은 아니니까요. 당신 사건은 우리와 아무 상관 없어요. 우리도 경찰을 좋아한 적이 없어요. 자, 좀 앉아요."

코타르는 의자를 보고 조금 머뭇거리더니 자리에 앉았다. 잠시후 그가 한숨을 쉬고는 말했다.

"그건 다 지난 일인데 그들이 다시 끄집어낸 거예요." 그가 인정했다. "다 잊혔다고 생각하고 있었는데 누군가가 그걸 떠벌렸어요. 나를 소환하더니 수사가 끝날 때까지 대기하라고 하더군요. 그래서 결국 체포될 거란 걸 알았죠."

"중죄인가요?" 타루가 물었다.

"그건 말하기에 달려 있어요. 하지만 살인은 아니에요."

"징역형이 내려질 만한 범죄인가요, 강제노역형이 내려질 만한 범죄인가요?"

코타르는 완전히 풀이 죽어 보였다.

"징역형이겠죠, 운이 좋으면…."

그러나 잠시 후 그는 다시 흥분하며 말했다.

"그건 실수였어요. 누구나 실수를 하잖아요. 그것 때문에 잡혀 가서 집에 돌아오지도 못하고, 일상생활도 못하게 되고, 알고 지내는 모든 사람과 헤어져야 한다는 생각만 하면 견딜 수가 없어요."

"그래서 목을 맬 생각을 했던 거군요?" 타루가 코타르에게 물었다.

"그래요. 어리석은 짓이었지요, 확실히."

리외가 처음으로 입을 열어, 그의 불안한 마음을 잘 이해하고 있으며, 모든 게 잘될 거라고 코타르에게 말했다.

"오! 지금 당장에는 두려워할 게 하나도 없다는 건 알아요." 코타르가 말했다.

"보아하니, 우리 보건대에는 안 들어오겠군요." 타루가 말했다.

코타르는 두 손으로 모자를 돌리다가, 불안한 시선을 타루에게로 옮겼다.

"그렇다고 나를 미워하지는 마세요." 코타르가 말했다.

"물론이에요. 하지만 적어도 병균을 일부러 퍼뜨리지는 마세요." 타루가 미소를 지으면서 말했다.

코타르는 자기가 페스트를 원한 것이 아니라 페스트가 그냥 생겨난 것이라고 했다. 당장에는 그 덕분에 자기 일이 잘되고 있지만, 그것이 자기 탓은 아니라고 항의했다. 랑베르가 문 앞에 왔을 때 그는 큰 소리로 이렇게 덧붙였다.

"게다가 내 생각에 당신들은 아무 성과도 얻지 못할 거예요."

코타르는 랑베르에게 곤잘레스의 주소를 모른다고 했지만, 그래도 그 작은 카페에 함께 가줄 수는 있다고 했다. 그래서 이튿날 만나기로 약속을 했다. 리외가 결과를 알고 싶다고 하자, 랑베르는 주말 밤에 아무 때나 자기 방으로 타루와 함께 오라고 했다.

아침이 되자, 코타르와 랑베르는 그 작은 카페에 가서, 가르시아에게 당장 만나기가 곤란하면 저녁때나 다음 날 만나자는 메모를 남겼다. 그날 저녁, 그들은 가르시아를 기다렸지만 허사였다. 하지만 다음날, 가르시아가 와 있었다. 그는 말없이 랑베르의 이야기를 들었다. 그는 랑베르의 사정은 몰랐지만, 호별 조사 때문에 도시전체에 24시간 동안 통행이 금지되었다는 것은 알고 있었다. 곤잘레스와 두 젊은이가 삼엄한 경계망을 넘지 못했을 가능성도 없지 않았다. 그러나 가르시아가 할 수 있는 일이라고는 다시 한번 라울과 연결해주는 것뿐이었다. 물론 그것도 이틀 사이에 될 일은 아니었다.

"보아하니 전부 다시 시작해야 하는군요." 랑베르가 말했다.

이틀 후, 어느 길모퉁이에서 라울은 가르시아가 추측한 대로 아랫동네의 통행이 금지되었었다고 확인해주었다. 따라서 랑베르는 다시 곤잘레스와 연락을 취해야 했다.

그로부터 다시 이틀 후, 랑베르는 축구선수 곤잘레스와 점심을 먹었다.

"바보 같은 짓이었어. 우리 둘이 서로 다시 만날 방법을 정해놨어야 하는 건데…" 곤잘레스가 말했다.

랑베르도 같은 의견이었다.

"내일 아침에 그 두 녀석들한테 가서 조정해보기로 하세."

이튿날, 그 녀석들은 집에 없었다. 그래서 다음 날 정오에 리세 광장에서 만나자는 메모를 남겨놓았다. 그리고 랑베르는 호텔로 돌아갔지만, 안색이 좋지 않았다. 그날 오후에 타루가 그를 보고 충격을 받을 정도였다.

"일이 잘 안 되나요?" 타루가 랑베르에게 물었다.

"자꾸 처음부터 다시 시작해야 해서 그래요." 랑베르가 말했다. "오늘 저녁에 오실 거죠?"

그날 저녁 리외와 타루가 랑베르의 방에 들어가 보니, 랑베르는 침대에 누워 있었다. 이내 그는 자리에서 일어나 미리 준비해 둔 술잔 두 개에 술을 따랐다. 리외는 술잔을 받으면서 일은 잘되고 있냐고 랑베르에게 물었다. 랑베르는 한 바퀴 돌아 원점으로 돌아왔다면서, 곧 마지막 시도를 할 것이라고 말했다. 그는 술을 마시고 우울하게 덧붙였다.

"물론 그들은 오지 않겠지만요."

"그렇게 미리 단정 짓지 말아요." 타루가 말했다.

"아직 이해를 못 하셨군요." 랑베르가 어깨를 으쓱하며 대꾸했다.

"뭘요?"

"페스트 말이에요."

"아하!" 리외가 말했다.

"그래요. 아직도 잘 이해를 못했어요. 페스트는 자꾸 다시 시작하게 만드는 게 특징이란 말입니다." 랑베르가 말했다.

랑베르는 방 한구석으로 가서 작은 축음기의 뚜껑을 열었다.

"무슨 곡이에요? 나도 아는 곡 같은데요." 타루가 물었다.

랑베르는 〈세인트 제임스 인퍼머리〉라고 대답했다.

판이 반쯤 돌아갔을 때, 멀리서 총소리가 두 번 들려왔다.

"개 아니면 탈주자겠죠." 타루가 말했다.

잠시 후 판이 다 돌아갔다. 구급차의 사이렌 소리가 점점 커지면서 뚜렷해지다가, 호텔 방 창문 밑을 지나 점점 작아지더니 마침내 완전히 사라졌다.

"이 판은 재미가 없어요." 랑베르가 말했다. "게다가 오늘은 벌써 열 번이나 들었어요."

"그 곡이 그렇게 좋으세요?"

"아, 가진 게 이것밖에 없으니까요."

그리고 잠시 후 말했다.

"말씀드렸잖아요. 다시 시작하는 게 특징이라니까요."

랑베르는 리외에게 보건대가 어떻게 되어가느냐고 물었다.

현재 다섯 개 팀이 활동하고 있는데, 그들은 몇 팀이 더 조직되기를 바라고 있었다. 랑베르는 침대에 앉아 손톱 손질에 몰두하고 있었다. 리외는 침대 쪽에 웅크리고 있는 자그마하지만 다부진 그의 옆모습을 살피고 있었다. 그러다가 랑베르는 리외가 자기를 바라보고 있다는 것을 알아차렸다.

"선생님," 랑베르가 말했다. "저도 그 조직에 대해 많이 생각해 봤어요. 그런데 제가 선생님과 함께하지 않는 데는 나름대로 이유가 있어요. 다른 일 같으면 제 몫 정도는 해낼 수 있을 텐데 말이에요. 저는 스페인 전쟁에 종군한 적도 있거든요."

"어느 편이었어요?" 타루가 물었다.

"패배한 사람들 편이었죠. 하지만 그 후에 생각을 좀 했어요."

"무슨 생각이요?" 타루가 물었다.

"용기에 대해서요. 인간이 위대한 행동을 할 수 있다는 건 이세 저도 알고 있어요. 하지만 만약 그 인간이 위대한 감정을 가질 수 없다면 저는 그 사람에게 아무 관심도 없어요."

"인간이 마치 온갖 능력을 다 가진 것처럼 말씀하시네요." 타루가 말했다.

"천만에요. 인간은 고통을 참지 못하고, 오랫동안 행복할 수도 없어요. 결국 인간은 가치 있는 일은 아무것도 할 수가 없어요."

그는 리외와 타루를 바라보다가 이어서 말했다.

"타루, 당신은 사랑을 위해 죽을 수 있나요?"

"모르겠어요. 하지만 지금은 그럴 수 없을 것 같아요."

"바로 그거예요. 당신은 사랑이 아니라 이념을 위해서는 죽을 수 있을 거예요. 그럴 거라는 게 눈에 빤히 보여요. 하지만 나는 당신처럼 이념 때문에 죽는 사람들이 지긋지긋해요. 나는 어설픈 영웅주의를 믿지 않아요. 내가 아는 한 영웅주의는 쉬운 일이고, 또 살인적이기도 해요. 내가 관심 있는 건, 그저 사랑하는 이를 위해서 살고, 사랑하는 이를 위해 죽는 거예요."

리외는 랑베르의 말을 주의 깊게 듣고 있었다. 줄곧 그를 바라보며 리외가 부드럽게 말했다.

"인간은 이념이 아니에요, 랑베르."

랑베르는 침대에서 펄쩍 뛰었다. 흥분해서 얼굴이 상기되어 있었다.

"인간이 사랑에 등을 돌리는 그 순간부터 인간은 하나의 이념이에요, 어설픈 이념에 불과하죠. 정확히 말하면 우리는 더 이상 사랑할 줄 모르게 된 거예요. 선생님, 인간이 모든 걸 단념하고 사랑할 수 있게 되기를 기다립시다. 그리고 정말로 그럴 수 없다면, 영웅 놀이는 그만두고 모든 사람이 해방되기를 기다립시다. 나는 그 이상은 하지 않겠어요."

리외가 갑자기 피로를 느낀 듯 일어섰다.

"당신 말이 옳아요, 랑베르. 절대적으로 옳아요. 그래서 난 당신이 지금 하려는 일을 결코 막지 않을 겁니다. 당신이 하려는 일은 내가 봐도 정당하고 좋은 일이니까요. 하지만 역시 이것만은 말해주고 싶어요. 이 모든 것은 영웅주의와는 아무 상관이 없어요. 이건 성실성의 문제예요. 비웃을지도 모르지만, 페스트와 싸우는 유일한 방법은 성실성이에요."

"성실성이 대체 뭔가요?" 랑베르는 갑자기 심각한 표정으로 물었다.

"일반적인 의미에서는 잘 모르겠지만, 내 경우로 말하면, 그건 자기가 맡은 직분을 완수하는 거예요."

"아!" 랑베르가 화를 내며 말했다. "저는 제 직분이 뭔지도 모르겠네요. 어쩌면 사랑을 택한 것이 정말 잘못일지도 모르겠군요."

리외가 그를 마주 보았다.

"아니에요. 당신은 잘못한 게 없어요." 그가 힘주어 말했다.

랑베르는 생각에 잠긴 눈으로 그들을 바라보았다.

"두 분께서는 아마 이 모든 일에서 손해 볼 게 하나도 없을 거예요. 선한 편에 선다는 건 쉬운 일이니까요."

리외가 술잔을 비우고 말했다.

"자, 우린 할 일이 있어서요."

리외는 랑베르의 방에서 나갔다. 타루도 그의 뒤를 따랐다. 그러나 나가려다가 생각이 바뀐 듯 랑베르에게 몸을 돌리며 말했다.

"리외의 부인이 여기서 수백 킬로미터 떨어진 요양소에 있다는 거 아세요?"

랑베르는 깜짝 놀란 듯한 반응을 했다. 그러나 타루는 이미 나가고 없었다.

이튿날 새벽 랑베르는 리외에게 전화를 걸었다.

"이 도시를 떠날 방법을 찾을 때까지 선생님과 함께 일하도록 허락해 주시겠어요?"

그 순간 수화기 너머에서 잠시 침묵이 흐르더니, 곧 대답이 들려왔다.

"그럼요, 랑베르. 고마워요."

PEST

03

페스트의 포로들은 이처럼 일주일 내내 발버둥을 쳤다. 그들 중 랑베르를 비롯한 몇몇은 아직도 자유를 구속받지 않았던 때처럼 행동했고, 아직도 선택의 자유가 있다고까지 상상했다. 그러나 실상 8월 중순쯤에는 페스트가 모든 것을 뒤덮어버린 상태였다고 말할 수 있을 정도였다. 개인의 운명 같은 것은 있을 수 없었고, 페스트라는 집단적이고 역사적인 사건에 대해 모든 사람이 공통으로 느끼는 감정만 존재했다. 가장 두드러진 것은 이별과 유배에서 비롯되는 감정이었다. 거기에는 공포와 반항이 포함되어 있었다. 그런 이유로 서술자는 더위와 질병이 절정에 달한 당시의 전반적인 상황, 페스트에 걸리지 않아 죽지 않고 살아남은 자들의 난폭함, 사망자의 시신 처리, 헤어져 있던 연인들이 겪은 고통 같은 것을 기술해두고자 한다.

그해가 반쯤 지나갔을 때, 페스트에 휩싸인 그 도시에 며칠 동안 바람이 거세졌다. 오랑 시민들은 특히 바람을 두려워했다. 그 도시가 세워진 고원에는 자연 장애물이 하나도 없어서 바람이 거친 기세 그대로 거리에 몰아치기 때문이었다. 지난 몇 달 동안 도시를 식혀 줄 비가 단 한 방울도 내리지 않아서 뿌연 먼지가 도시를 뒤덮었고, 층층이 내려앉은 먼지가 거센 바람에 비늘처럼 벗겨졌다. 바람에 날린 먼지와 종잇조각이 파도처럼 휩쓸려 산책하는 사람들의 종아리를 때리곤 했다. 그들은 몸을 앞으로 숙인 채 손수건이나 손으로 입을 가리고 황급히 길을 지나갔다. 페스트 발생 이전에는 저녁때가 되면 사람들이 어쩌면 마지막이 될지도 모르는 그 날 하루를 되도록 길게 끌어보려고 길가에 무리 지어 모여 있었다. 그러나 이제는 집이나 카페로 작은 무리를 지어 서둘러 돌아갔다. 심지어 최근 며칠 동안은 훨씬 더 일찍 찾아드는 황혼 무렵이 되면 거리가 황량해지고, 바람 소리만 연이어 신음을 냈다. 물결이 높이 일어 잘 보이지 않는 바다에서는 해초와 소금 냄새가 올라왔다. 먼지에 덮여 뿌옇게 된 채 바다 냄새에 절어 있는 인적 없는 오랑 시는 바람 소리만 비명처럼 울려대는 가운데, 마치 불행하게 신음하는 섬과 같았다.

여태껏 페스트는 화려한 도심보다는 경제 형편이 어렵고 인구 밀도가 높은 변두리 지역에서 더 많은 희생자를 냈다. 그러나 최근 페스트는 단번에 번화가까지 침투해 자리를 잡은 듯했다. 주민들은 감염의 씨앗이 바람에 실려 날아왔다고 비난했다. 호텔 지배인은 '바람이 카드를 뒤섞어버린다'고 말했다. 어쨌든 중심가에 사는 사람들은 페스트의 음울하고도 편견 없는 호출에 반항하며, 한밤중에 창문 아래를 달려가는 구급차의 사이렌 소리를 아주 가까운 곳에서, 그것도 점점 더 자주 듣게 되었다. 이제 그들의 차례가 왔다는 것을 느끼고 있었다.

시내에서도 피해가 특히 심한 구역은 격리되었다. 그리고 직무상 불가피하다고 생각되는 사람 외에는 집 밖으로 외출하지 못하도록 하는 조치를 내렸다. 그때까지 그 지역에 살던 사람들로서는 그런 조치가 유난스럽다고 생각했다. 즉, 자기네들을 겨냥한 일종의 차별이라고 생각하지 않을 수 없었다. 그래서 그들은 다른 지역 주민들이 누리는 자유를 부러워했다. 반면, 다른 지역 사람들은 이와 반대로 힘든 순간에도 자기들보다 자유롭지 못한 사람들이 있다는 생각에 위안을 얻었다. '항상 나보다 더 자유롭지 못한 사람이 있는 법이다.' 이것이 그 당시 가질 수 있는 유일한 희망을 요약하는 말이었다.

거의 같은 시기에, 특히 시의 서쪽 관문들 근처에 있는 별장 지대에서 화재가 자주 발생했다. 조사 결과, 예방 차원으로 격리시켰던 사람들이 그곳으로 돌아와 가족에게 닥친 죽음과 불행을 보고 이성을 잃은 나머지, 페스트를 태워 죽여 버린다는 환상에 사로잡혀 자기 집을 불태운 것으로 밝혀졌다. 잦은 방화 시도와 거센 바람 때문에 지역 전체가 끊임없이 위험에 빠졌다. 당국에서 실시하는 방역과 소독으로도 전염력을 제거하기에 충분하다고 아무리 설명해도 소용이 없었다. 결국, 당국에서는 그런 순진한 방화자들에 대해 극히 엄한 형벌을 내리겠다는 법령을 공포하지 않을 수 없었다. 그런데 그 불쌍한 사람들을 주춤거리게 했던 것은 감옥에 대한 두려움이 아니었다. 감옥 내에서의 높은 사망률로 미루어볼 때, 징역형은 곧 사형과 마찬가지라는 사실이 두려웠다. 이와 같은 믿음에는 근거도 있다. 당연한 것이지만 페스트는 특히 군인들, 수도승들, 죄수들처럼 단체 생활을 하는 사람들을 끈질기게 공격하는 것 같았다. 독방에 격리된 죄수들이 일부 있긴 하지만 보통 죄수들은 한 방에서 공동체 생활을 하기 때문이었다. 그것을 명백히 증명이라도 하듯, 시의 감옥에서는 죄수 못지않게 많은 수의 간수들이 그 병에 희생당했다. 페스트라는 관점에서 보면 교도소장에서 말단 죄수에 이르기까지 모든 사람이 유죄 선고를 받은 처지나 다름없었다. 그러니 어쩌면 감옥에서는 처음으로 절대적인 평등이 구현된 셈이었다.

당국은 공무 수행 중에 순직한 간수들에게 훈장을 부여함으로써 그러한 평등한 세계 속에 다시 위계질서를 도입하려고 시도

했다. 계엄령이 선포되어 있었고, 이런 의미에서 보면 산수들은 강제로 동원된 것이나 마찬가지여서, 사후에 무공훈장을 수여했다. 하지만 허사였다. 죄수들은 아무런 항의를 하지 않았지만, 군 관계자들은 그것을 좋게 생각하지 않았으며, 일반 대중에게 혼동을 일으킬 우려가 있다고 지적했다. 당연한 지적이었다. 당국은 그들의 요구를 고려하여, 사망한 간수들에게 무공훈장이 아니라 방역 표창장을 주기로 변경했다. 그러나 벌써 무공훈장을 받은 사람들의 경우에는 이미 벌어진 일이었으므로, 그들에게서 훈장을 회수한다는 것은 생각할 수 없는 일이었는데도 군 관계자들은 계속 그들의 주장을 고집했다. 또 다른 측면에서 보면, 전염병이 유행할 때 그와 같은 방역 표창장은 누구나 하나씩 받기 마련이어서 무공훈장을 수여함으로써 얻게 되는 사기 진작의 효과가 없다는 것도 단점이었다. 결국 어떻게 해도 불만이었다.

게다가 교도소 당국은 이곳저곳으로 분산한 종교계처럼 대처할 수 없었고, 그렇다고 군 당국처럼 대처할 수도 없었다. 시내에는 수도원이 딱 두 개 있었는데, 수도사들은 독실한 신자들의 집에 임시로 분산되어 기거하도록 조치되었다. 마찬가지로 군 당국에서도 사정이 허락하는 한 병영에서 분리되어 학교나 공공건물에 주둔하도록 조치되었다. 이처럼 질병은 얼핏 보면 포위된 사람들이 느끼는 연대 의식을 시민들에게 강요하는 것처럼 보이면서도, 동시에 전통적 군집 관계를 파괴하고 개개인을 고독으로 내몰고 있었다. 이로 인해 대혼란이 야기되었다.

바람이 거세게 부는 데다 이런 상황까지 더해져 사람들의 정신에도 불이 옮겨붙은 것이 아닐까 하는 생각이 들 정도였다. 이번에는 밤에 몇 번씩이나, 그것도 무장한 소규모 무리에 의해 시의 관문들이 습격을 당했다. 총격전이 벌어져 부상자가 생겼고 도망자들이 생겼다. 감시초소가 강화되자 이런 시도는 이내 중지되었다. 그러나 이러한 시도 때문에 도시에 혁명 비슷한 분위기가 조성되어, 폭력 사태가 몇 차례 발생했다. 위생상의 이유로 소각되거나 폐쇄된 집들이 약탈당했다. 사실 그런 행위들이 계획적이었다고 보기는 어려웠다. 대개의 경우 여태껏 점잖게 살았던 사람들이 돌발 상황으로 인해 비난받을 만한 행동을 하게 된 것이고, 그것을 다른 사람들이 모방하였다. 슬픔이 극에 달해 넋을 잃은 집주인이 보고 있는 앞에서, 아직도 불타고 있는 집으로 미친 듯이 뛰어드는 사람들도 있었다. 집주인이 가만히 있자 구경꾼들도 그들이 하는 짓을 따라했고, 그래서 어두운 거리에는 꺼져가는 불길 속에서 그들의 모습이 비쳤다. 집에서 가져나온 물건이나 가구를 어깨에 짊어진 채 사방팔방으로 도망치는 모습이 불빛에 보였다. 이런 불미스러운 사건들로 인해 당국은 페스트 사태를 계엄령을 내려야 하는 상황과 유사한 상황으로 여기고, 이에 준하여 법률을 적용할 수밖에 없었다. 절도범 두 명이 총살되었지만, 이것이 일벌백계의 효과가 있었는지는 의문이었다. 사망자가 그렇게 많은 상황에서 두 번의 사형 집행은 그리 눈에 띄지도 않았기 때문이다. 그것은 바다에 떨어진 물 한 방울에 불과했다. 사실 행정 당국이 개입할 엄두도 내지 못할 정도로 이와 비슷한 장면들이 자주 반복되었다. 모두에게 충격을 준 유일한 조치는 등화관제였다. 밤 11시부터 도시가 완전히 암흑에 잠긴 채 돌덩이처럼 변해버렸다.

달이 뜬 하늘 아래, 오랑 시에는 희끄무레한 담장과 곧게 뻗은 거리만 일렬로 늘어서 있을 뿐, 나무의 검은 그림자 하나조차 보이지 않았다. 산책하는 사람들의 발걸음 소리도, 개 짖는 소리도 들리지 않았다. 침묵에 빠진 대도시는 꼼짝하지 않는 묵직한 입방체들을 모아놓은 덩어리에 불과했다. 단지 그 사이에서 잊혀진 자선가나 옛 위인들의 흉상만이 영원히 질식해버린 채 돌이나 쇠로 된 그 가짜 얼굴을 가지고 어떤 이미지를 상기시키고 있었다. 한때 인간이었지만 이제는 파괴되어버린 이미지였다. 답답한 하늘 아래, 생명이 죽어버린 교차로에서 볼품없는 우상들이 군림하고 있었다. 그 투박하고 무감각한 모습들은 우리가 발을 들여놓은 요지부동의 시대, 혹은 적어도 그 최후의 질서, 즉 페스트와 돌과 어둠에 압도되었다. 그리고 마침내 입을 다물게 만들어버린 어느 지하 묘지의 질서를 잘 보여주고 있었다.

그러나 밤은 모든 사람의 가슴속에도 있었으며, 사망자의 시신 처리에 관해 떠도는 전설 같은 진실도 시민들의 마음을 진정시키지 못했다. 사망자의 시신 처리 이야기를 하지 않고 지나갈 수 없는 것이 서술자의 입장이기에 양해를 구하고자 한다. 이 점에 대해 서술자를 비난하리라는 것을 잘 알고 있지만, 서술자의 유일한 변명은 그 기간 내내 시신 매장이 끊이지 않았으며, 모든 시민과 마찬가지로 서술자도 어떤 의미에서는 시신 매장 문제를 염려할 수밖에 없었다는 점이다. 어쨌든 서술자가 그런 종류의 의식에 어떤 관심이 있어서 시신 매장 이야기를 하는 것은 아니다. 서술자는 오히려 살아있는 사람들과 교제하는 것, 예를 들어 해수욕 같은 것을 더 좋아한다. 그러나 해수욕은 금지되어 있었고, 살아있는 사람들은 죽은 사람들에게 굴복당하지 않을까 전전긍긍하고 있었다. 그것은 명백한 사실이었다. 물론 그 죽음의 사회를 보지 않으려고 애써 눈을 가리고 거부할 수도 있지만, 페스트 상황은 엄연한 사실이라는 무서운 힘을 가지고 있어서 우리로부터 모든 것을 앗아가고야 마는 법이었다. 예를 들어 사랑하는 사람들을 매장해야 하는 경우, 여러분은 무슨 수로 매장을 거부할 수 있겠는가?

초기 장례식의 특징은 신속성이었다! 모든 형식은 간소화되었으며, 일반적인 장례 절차는 대체로 폐지되었다. 환자들은 가족과 멀리 떨어진 곳에서 죽었고 밤을 새우는 의례도 금지되었으므로, 저녁에 죽은 사람은 혼자 밤을 넘기고, 낮에 죽은 사람은 즉시 매장되었다. 물론 가족들에게 통보는 했지만, 가족이 고인과 함께 살았던 경우 예방 차원에서 격리되어야 했기 때문에 대부분 장례식에 올 수 없었다. 가족이 고인과 살지 않고 있었을 경우 염이 끝나고 입관되어 묘지로 떠나는 지정된 시각에만 참석할 수 있었다.

리외가 맡고 있던 그 임시 병동에서 그 절차가 행해졌다고 가정해보자. 원래 학교였던 본관 뒤에 출구가 하나 있었다. 복도 방향으로 난 커다란 창에는 관들이 보관되어 있었다. 가족들은 바로 그 복도에서 이미 뚜껑이 닫힌 관 하나를 보게 된다. 곧이어 사람들은 가장 중요한 일, 즉 서류에 가족 대표의 서명을 받는다. 그것이 끝나면 시신을 장의차에 싣는데, 덮개가 있는 화물차를 사용할 때도 있고, 개조한 대형 구급차를 사용할 때도 있었다.

가족들은 아직 운행이 허용되고 있는 택시를 타고서 외곽 도로를 전속력으로 달려 먼저 묘지에 도착한다. 묘지 입구에서 군인이 장례 행렬을 세우고 공식 입관 서류에 고무도장을 찍는다. 그 서류가 없으면 우리 시민들은 이른바 '마지막 안식처'조차도 얻을 수 없다. 군인이 옆으로 비켜서면 차량들은 네모난 묘지터 앞에 도착한다. 묘지터에는 이미 많은 구덩이가 파여 있고, 관이 넣어지고 흙으로 메워지기를 기다리고 있었다. 신부 한 명이 시체를 맞이한다. 성당에서 장례식을 치르는 것이 금지되었기 때문이다. 기도를 하는 동안 관을 꺼내 밧줄에 감아서 구덩이 밑바닥에 내려놓으면 신부가 성수채를 흔드는데, 그사이에 벌써 쏟아부은 첫 번째 흙이 관 뚜껑 위에 튄다. 소독을 해야 하기 때문에 구급차는 조금 먼저 떠나고, 삽으로 흙을 퍼서 구덩이 속에 넣는 소리가 점점 무뎌지는 가운데 가족들은 택시를 타고 가버린다. 15분 후 가족들은 집에 도착한다.

이처럼 모든 일은 최대한 신속하고 위험을 최소화하는 방식으로 진행되었다. 초기에는 이런 방식 때문에 가족들이 느끼는 자연스러운 감정이 훼손된 것이 분명했다. 그러나 페스트가 창궐한 기간에는 이런 감정들을 고려할 수 없었다. 무엇보다 효율성이 우선시되었다. 격식을 갖추어 땅에 묻히고 싶다는 욕망은 우리가 생각하고 있는 이상으로 널리 퍼져 있었기 때문에 처음에는 시민들이 그런 처리 방식에 무척 괴로워했다. 그러나 시간이 지나면서 식량 보급 문제가 심각해지자 주민들의 관심은 다행히 보다 즉각적인 문제로 기울었다. 먹기 위해 줄을 서고 절차를 따라야 하고 서류를 갖춰야 하는 일에 정신이 팔린 나머지, 사람들이 주위에서 어떻게 죽어가고 있는지, 또는 앞으로 자기들이 어떻게 죽을지에 대해 생각해 볼 겨를이 없었다. 그 결과 고통스럽게 느껴져야 마땅할 물질적인 곤란이 나중에는 오히려 고맙게 여겨졌다. 만약 질병이 앞에서 언급한 것처럼 그렇게 널리 퍼지지만 않았다면, 그런대로 모든 것이 잘 해결되었을지도 모른다.

당시 관은 점점 더 귀해졌고, 수의를 만들 천과 묘지도 부족해졌다. 방법을 강구해야 했다. 가장 간단한 것은, 역시 효율성 때문이지만, 장례를 합동으로 치르고, 필요한 경우 병원과 묘지를 오가는 운행 횟수를 늘리는 것이었다. 리외의 병원을 예로 들면, 당시 관이 다섯 개 있었다. 관이 다 차면 구급차에 싣고 묘지에 가서 관을 비웠고, 무쇳빛 시신들은 들것에 실린 채 그런 용도로 개조한 헛간에서 매장될 차례를 기다렸다. 비워낸 관은 소독약을 뿌린 후 다시 병원으로 가져왔다. 이런 작업이 필요한 횟수만큼 반복되었다. 보건대는 그 역할을 훌륭하게 수행했고, 도지사는 만족해했다. 심지어 그는 리외에게, 따지고 보면 옛 페스트 기록에서는 시체 운반 수레를 흑인 노예들이 끌고 갔는데, 그것보다는 이 방법이 훨씬 낫다고 말했다.

"네, 그렇습니다." 리외가 말했다. "매장 방식은 같지만, 우리는 그래도 사망자 장부를 작성하고 있으니까요. 발전했다는 건 부정할 수 없습니다."

행정적인 성공에도 불구하고, 도청은 현행 절차에서 확인되는 불완전함 때문에 부득이 장례에서 친척들을 배제할 수밖에 없었다. 친척들은 묘지 정문 앞까지만 올 수 있었고, 그것도 공식적으로 허용된 것은 아니었다. 장례 의식의 최종 단계에서 사정이 좀 달라졌기 때문이었다. 당국은 묘지 맨 끝 유향나무들로 기려져 있는 공터에 커다란 구덩이를 두 개 파놓았다. 남자용 구덩이와 여자용 구덩이였다. 이런 점에서 보면 행정 당국은 그나마 예의를 갖춘 셈이었다. 마지막 품위마저 포기하고 남녀 구분 없이 뒤범벅으로 포개어 묻어버린 것은 사태가 훨씬 악화된 뒤의 일이었다. 다행히도 그런 극도의 혼란은 재앙의 최종 단계에서 나타났다. 지금 우리가 언급하고 있는 이 시기에는 남녀 구덩이가 구별되어 있었고, 도청에서는 그 점을 중요하게 생각하고 있었다. 구덩이 밑바닥에서는 두껍게 깔아놓은 석회가 끓어오르면서 김을 뿜고 있었다. 구덩이 가장자리에는 같은 석회가 산더미처럼 쌓인 채 거품이 나와 대기 속에서 터지곤 했다. 구급차가 시신을 옮겨오면 들 것으로 줄을 지어 옮기고, 벌거벗겨지고 약간 뒤틀려 있는 시신들을 나란히 붙여 구덩이 밑바닥으로 쏟아부은 후, 그 위에 석회를 덮었다. 그러고 나서 다음에 들어올 시신을 위해 일정한 높이까지만 흙을 덮었다. 다음날 가족들을 호출해 장부에 서명하게 했는데, 바로 이 점이 예컨대 사람과 개 사이에 있을 수 있는 차이점이었다. 그나마 인간의 죽음은 관리가 가능했다.

이 모든 작업을 위해 필요한 일손은 항상 모자라기 일보 직전이었다. 간호사들과 무덤 파는 인부들이 페스트로 많이 죽었다. 아무리 조심해도 언젠가는 전염되고 말았다. 그러나 잘 생각해보면, 가장 놀라운 사실은 질병이 돌았던 기간 내내 그 일을 할 인력이 한 번도 부족하지 않았다는 사실이었다. 사실 위기는 페스트가 절정에 이르기 직전에 찾아왔고, 리외가 불안해한 것도 그럴 만한 근거가 있었다. 그 시기에는 간부이건 막노동꾼이건 인력이 결코 충분하지 않았던 것이다. 그러나 페스트가 사실상 도시를 장악해버리고 나자 그때부터는 과도함 자체가 아주 편리한 결과를 가져왔다. 페스트 때문에 모든 경제 활동이 중단되었고, 그 결과 엄청난 숫자의 실업자가 생겨났다. 대부분의 경우 간부직은 실업자들로 충원할 수는 없었지만, 막노동의 경우에는 일이 쉽게 해결되었다. 그 시기부터는 궁핍함이 실제로는 공포보다 더 절박하다는 사실을 눈으로 확인할 수 있었고, 위험 정도에 따라 보수를 지불했기 때문에 그 사실이 더욱 명백해졌다. 보건과에서는 취업 희망자 명단을 확보하고 있다가, 결원이 생기면 명단 맨 위에 올라 있는 사람에게 통지하곤 했는데, 그 사이에 변고가 생긴 경우가 아니면 그들은 어김없이 모습을 드러냈다. 도지사는 유기 또는 무기수들을 활용하는 것에 대해 오랫동안 망설였는데, 실업자들을 이용하여 죄수들을 이용하는 극단적 조치를 시행하지 않고도 버틸 수 있게 되었다. 실업자들이 있는 한 견딜 수 있었다.

그럭저럭 8월 말까지 우리 시민들은, 예법에는 맞지 않을지 모르지만 적어도 행정 당국이 나름의 의무를 다하고 있다는 생각 속에서 질서 있게 최후의 거처로 갈 수 있었다. 그러나 마침내 최후의 수단을 동원하게 된 이야기를 하기 위해서는 이어서 발생한 사건들을 언급할 필요가 있다.

8월에 접어들자, 사실상 페스트가 기승을 부리면서 누적된 희생자 수가 시가 마련한 조그만 공동묘지의 수용 한계를 훨씬 초과해버렸다. 시체를 매장하기 위해 담 한쪽을 헐고 주변 공터 쪽으로 공간을 확장했지만 소용이 없어서 빠른 시일 내에 다른 방도를 강구해야만 했다. 우선 밤에 매장을 하기로 결정했는데, 그것은 확실히 여러 가지 번거로운 고민거리를 생략할 수 있게 해주었다. 구급차에도 시체를 점점 더 많이 쌓을 수 있었다. 변두리 지역에서 규칙을 위반하고 등화관제 시간 이후 밤늦게 산책하는 사람들이나 직업상 나다닐 수밖에 없는 사람들은, 때때로 나직이 사이렌을 울리며 후미진 밤거리를 전속력으로 달리는 흰색 구급 차들을 만나곤 했다. 시신들은 서둘러 구덩이에 던져졌다. 아직 완전히 구덩이 속으로 쏟아져 들어가기도 전에 벌써 삽으로 석회를 떠서 시체의 얼굴 위에 으깨면서 부었고, 아무렇게나 흙으로 덮어버렸다.

그러나 얼마 지나지 않아 다른 곳에 더 넓은 터를 물색해야만 했다. 도지사의 포고령에 따라 또 다른 묘지터를 수용(收用)하고, 그곳에서 발굴된 유골은 전부 화장터로 보냈다. 머지않아 페스트 사망자들까지도 화장터로 보내야만 했다. 이를 위해 도시 경계 경비초소 밖 동쪽에 있는 옛 화장터를 이용해야 했다. 경비초소 도 더 먼 곳으로 이동시켰다. 어떤 시청 직원이 전에는 해안선을 따라 운행되었으나 이제는 쓸모가 없어져 버려버린 폐전차를 다시 이용하자고 건의해서 당국의 일이 훨씬 수월해졌다. 이를 위해 유람차과 전기기관차의 좌석을 들어내 내부를 개조하고, 또 선로를 화장터까지 우회하도록 만들어서 화장터가 노선의 기점이 되었다.

늦여름 내내, 그리고 가을비 속에서도, 매일같이 한밤중이면 승객 없는 이상한 전차들이 절벽을 따라 덜컹거리며 지나다니는 모습이 사람들의 눈에 띄었다. 마침내 시민들도 그것이 무엇인지 알게 되었다. 절벽에 접근하지 못하도록 순찰을 돌아도, 사람들은 파도 위로 불쑥 튀어나온 바위틈에 숨어 있다가 전차가 지나갈 때 유람차 안으로 꽃을 던지곤 했다. 꽃과 시체를 실은 전차가 여름밤 속을 한층 더 심하게 요동치며 달리는 소리가 들려왔다.

어쨌든 처음 얼마 동안은, 아침이면 시의 동쪽 하늘 위로 짙고 구역질 나는 연기가 떠돌았다. 의사들에 따르면 그 연기는 불쾌하기는 하지만 해롭지는 않았다. 그러나 그 지역 주민들은 페스트가 그런 식으로 하늘에서 자기들에게 떨어진다고 확신한 나머지, 그곳을 떠나겠다고 위협했고, 부득이 복잡한 배관 장치를 통해 연기를 다른 곳으로 돌리고 나서야 진정되었다. 다만 바람이 몹시 부는 날에는 동쪽 하늘에서 어렴풋하게나마 시신 타는 냄새가 풍겨와 주민들은 자신들이 새로운 질서 속에 자리 잡고 있으며, 페스트의 불길이 매일 저녁 그들의 공물을 집어삼키고 있다는 사실을 떠올렸다.

이런 것들이 전염병이 낳은 극단적인 결과였다. 그러나 전염병이 그때 이후 더 기승을 부리지 않은 것만 해도 다행이었다. 각 기관의 대응책이나 도청의 처리 능력, 나아가서는 화장터의 수용 능력이 도저히 감당할 수 없는 상황이 될 수도 있었기 때문이다. 리외가 알기로, 그런 경우 당국은 시체를 바다에 던지는 절망적인 방법도 고려하고 있었다. 그는 시체에서 나온 끔찍한 거품이 푸른 바닷물 위에 떠다니는 광경을 상상할 수 있었다. 또한, 사망자가 계속 증가하면 아무리 애를 써도 시체가 첩첩이 쌓여 거리에서 썩을 것이며, 공공장소에서 죽어가는 사람들이 증오심과 어리석은 희망이 뒤섞인 감정으로 산 사람들을 붙들고 매달리는 광경을 보게 되리라는 것을 그는 알고 있었다.

명확한 사실이든 우려했던 일이든, 어쨌든 그런 깃들 때문에 시민들은 마음속에서 유배의 감정과 이별의 감정을 지워버릴 수가 없었다. 그 점과 관련하여 서술자는 옛날 신화에서처럼 용기를 북돋워 주는 영웅이나 눈부신 기적 같은 것이 이 기록에 하나도 없다는 사실이 매우 유감스럽다. 재앙만큼 보잘것없는 것도 없었다. 큰 불행은 오래 지속되기 때문에 오히려 단조로웠다. 그런 불행을 겪은 사람들의 기억 속에서는 페스트를 겪는 그 끔찍한 날들이 끝없이 타오르는 잔혹하고 거대한 불길처럼 보이는 것이 아니었다. 도리어 발바닥 밑에서 모든 것을 짓밟아버리는 끝없는 제자리걸음으로 보였다.

아니다. 페스트는 유행 초기에 리외를 사로잡았던 이미지, 사람을 흥분시키는 굉장한 이미지와 아무 상관이 없었다. 페스트는 무엇보다도 용의주도하고 빈틈없으며 순조롭게 기능하는 하나의 행정 체제였다. 바로 그렇기 때문에 서술자는 아무것도 왜곡하지 않고, 또 무엇보다도 스스로를 드러내지 않으려고 객관성을 추구했다. 서술자는 어느 정도 일관된 진술에 기본적으로 필요한 것과 연관이 있는 경우를 제외하고는 기교를 부려 뭔가를 변형시키고 싶지 않았다. 그리고 그 시기의 가장 깊고 일반적인 고통이 이별이었고, 페스트의 현 단계에서 이별에 대해 묘사하는 것이 서술자의 의무였다고는 해도, 이별의 날카로운 고통마저도 이제는 무뎌지고 있다는 사실을 부정할 수는 없었다.

우리 시민들, 적어도 그 이별로 인해 가장 괴로워한 사람들은 그런 상황에 익숙해졌을까? 꼭 그렇다고 단정 지을 수는 없다. 육체적으로나 정신적으로나, 그들은 감정의 메마름 때문에 괴로워했다고 말하는 것이 더 정확할 것이다. 페스트 발생 초기만 해도 그들은 잃어버린 사람을 뚜렷이 기억했고 그리워했다. 사랑하는 사람의 얼굴, 웃음, 나중에 알고 보니 그 사람이 행복했던 어떤 날, 이런 것들은 모두 분명하게 기억이 났다. 하지만 그런 것을 다시 그려보고 있는 바로 그 순간에, 또 이제는 먼 곳이 되어버린 그 장소에서, 그 사람이 무엇을 하고 있는지 상상하기란 대단히 힘들었다. 결론적으로 그 시기에 그들은 기억력은 있었지만 상상력은 부족했다. 페스트의 제2단계에 접어들자 기억조차 희미해졌다. 얼굴을 잊어버린 것이 아니라, 결국은 같은 이야기지만, 그 얼굴에서 살이 없어져 마음속에서 알아볼 수 없게 된 것이다. 그래서 페스트가 발생한 처음 몇 주 동안은 사랑을 느끼고 싶어도 환영밖에 남지 않아 괴로워하는 경향이 있었다면, 그 후에는 추억 속에 간직하고 있었던 희미한 얼굴들마저 잊어버림으로써, 환영도 더 흐릿해질 수 있다는 사실을 깨닫게 되었다. 긴 이별을 겪는 동안 그들은 더 이상 전에 누렸던 친밀감을 떠올리지 못했고, 언제라도 손을 얹을 수 있었던 존재가 그들 곁에서 어떻게 살고 있었는지도 더 이상 기억해낼 수 없게 되었다.

이런 관점에서 보면, 그들은 하찮았기 때문에 더 효과적이었던 페스트의 질서 속에 들어가 있었다. 우리 도시에서는 이제 누구도 더 이상 거창한 감정을 품지 못하게 되었다. 사람들은 하나같이 단조로운 감정만을 느꼈다. 시민들은 "이제 끝날 때도 됐는데" 하고 말하곤 했다. 재앙의 시절에는 집단적 고통이 끝나기를 바라는 것이 당연하기 때문이었다. 그러나 이렇게 말한다고 해서 거기서 초기의 열정이나 쓰라린 감정을 찾을 수 있는 것은 아니었다. 그것은 우리의 머릿속에 선명하게 남아 있지만 빈약하기 짝이 없는 생각을 되뇌는 말에 불과했다. 초기 몇 주 동안 이어졌던 그 사나운 충동이 사그라들자 낙담한 상태가 뒤따랐는데, 그런 상태를 체념으로 해석하는 것은 잘못일지 모르지만, 일종의 일시적 동의였음은 분명하다.

우리 시민들은 순종했고, 흔히 사람들이 말하듯이 적응하고 있었는데, 그것은 달리 어쩔 도리가 없었기 때문이었다. 물론 불행한 사람, 고통스러워하는 태도는 여전히 남아 있었지만, 더 이상 그것을 예리하게는 느끼지 않게 되었다. 예를 들어 리외가 지적했듯이, 바로 그런 점 자체가 불행이었고, 습관이 되어버린 절망은 절망 자체보다 더 나쁜 것이었다. 전에는 이별 상태에 있어도 실제로 불행하지는 않았었다. 그들의 고통 속에는 광채 같은 것이 있었는데, 이제는 그것이 꺼져버린 것이다. 이제는 길모퉁이에서, 카페나 친구의 집에서, 평온하고도 무심한 표정을 짓고 있는 사람들을 볼 수 있었는데, 눈빛이 얼마나 권태로운지 도시 전체가 마치 하나의 대합실 같았다. 직업이 있는 사람들은 페스트와 보조를 맞춰 소심하고 생기 없는 태도로 일을 해나갔다. 모두가 겸손해졌다. 처음으로 이별 당한 사람들은 거리낌 없이 헤어진 사람들에 대해 이야기를 했고, 제3자 같은 말투를 쓰기도 하고, 자기들의 생이별 상태를 전염병의 통계수치와 비교해 검토해보기도 했다. 그때까지는 자신의 고통을 집단적 불행과 분리해서 생각해왔지만, 이제는 두 문제를 같이 생각하게 되었다. 기억도 희망도 없이 그들은 현재 속에 자리 잡고 있었다. 사실 모든 것이 그들에게는 현재로 변해버렸다. 페스트가 모든 사람에게서 사랑을 나눌 힘을, 심지어 우정을 나눌 힘조차도 앗아갔다는 것에 의심의 여지가 없었다. 사랑에는 어느 정도 미래가 요구되는 법인데, 우리에게는 이미 현재의 순간 외에는 남은 것이 없었기 때문이다.

물론 이 모든 것이 절대적인 것은 아니었다. 이별을 당한 모든 사람이 그런 상태가 되어버린 것은 사실이었지만, 모두가 동시에 그런 상태에 이른 것은 아니었다. 또 일단 새로운 무감각 상태에 빠져들었다가도 각성 상태가 갑자기 섬광처럼 돌아와 더 새롭고 고통스러운 감수성을 되찾기도 했기 때문이다. 그런 각성 상태에서 그들은 잠시 현실을 잊고 마치 페스트가 사라지기라도 한 것처럼 미래에 대한 계획을 세워보곤 했다. 그런 상태에서는 은총이라도 받은 듯, 대상도 없는 질투심이 예기치 않게 솟아올라 고통을 느끼기도 했다. 어떤 사람들은 주중의 어떤 날이나 일요일, 토요일 오후 같은 때에 갑자기 깨어나 마비 상태에서 벗어나곤 했다. 그날들은 지금 곁에 없는 사람과 함께 지내던 시절 어떤 의식을 위하여 할애하곤 하던 날들이었기 때문이었다. 혹은 하루가 저물어 갈 무렵이면 그들의 마음을 사로잡던 어떤 우수에 사로잡혀 옛 기억이 되살아날 것 같은 기대를 하곤 했다. 하지만 늘 충족되는 것은 아니었다. 저녁 시간은 신자들에게는 자기반성의 기회였는데, 반성할 것이라고는 공허함밖에 없는 감금생활자들이나 유배된 사람들에게는 가혹한 시간이었다. 그 시간이 되면 그들은 잠시 엉거주춤하게 있다가 곧 무기력 상태로 돌아가 페스트 속에 다시 틀어박혔다.

이미 짐작했겠지만, 그것은 결국 사람들이 가진 가장 사적인 것을 포기하는 것을 의미했다. 페스트 초기에는 님들이 볼 때 하찮은 것이지만 자기에게는 아주 중요한 사소한 것들이 그렇게 많다는 사실에 놀랐고, 그래서 사생활이라는 것을 경험하게 되었다. 그러나 이제 그들은 남들이 관심 갖는 것에만 관심을 가졌고, 남들이 생각하는 대로 생각했으며, 사랑마저도 그들에게는 가장 비현실적인 모습을 띠게 되었다. 그들은 페스트에 완전히 사로잡혀서 이제는 페스트가 가져오는 영원한 잠을 원할 정도였고, 가끔은 "차라리 페스트에 걸려서 이 모든 게 다 끝나버렸으면!" 하고 생각할 지경이었다. 그러나 사실 그들은 이미 잠들어 있었고, 이 기간 전부가 하나의 긴 잠에 불과했다.

도시는 눈을 크게 뜬 채 잠을 자는 사람들로 가득 차 있었는데, 그들은 겉으로 보면 다 아문 것처럼 보이던 상처가 한밤중에 다시 터져버리는 그 짧은 순간에만 자신의 운명에서 벗어나 보려고 했다. 그래서 잠을 자다가 벌떡 일어나, 일종의 방심 상태로 그 상처의 언저리를 어루만지면서, 갑자기 다시 고통을 생생하게 느끼고, 그와 동시에 잃어버린 사랑 때문에 얼굴을 찡그리게 되었다. 그랬다가 아침이 되면 그들은 다시 재앙 속으로, 즉 타성에 빠진 삶으로 돌아가곤 했다.

이별 당한 사람들이 어떤 모습이었냐고 묻는 사람도 있을 것이다. 사실 그 답은 간단하다. 그들은 그냥 아무것도 아닌 모습이었다. 아니면 그들은 모든 사람들과 같은 모습, 극히 일반적인 모습이었다고 할 수도 있다. 그들은 도시의 평온함과 유치함을 동시에 지니고 있었다. 겉모습은 냉정했지만 비판적 감각을 상실했다. 예를 들어, 그들 중 가장 총명한 사람들까지도 모든 사람과 마찬가지로, 신문이나 라디오에서 혹시 페스트가 빨리 끝날 것이라고 믿을 만한 얘깃거리가 나지는 않을까 찾게 되거나, 헛된 희망을 노골적으로 품었다. 동시에 어떤 신문기자가 지겨워서 하품을 하면서 되는대로 써놓은 논설을 읽고 근거 없는 공포를 느끼기도 했다. 그러지 않으면 맥주를 마시거나 병자를 돌보거나 게으름을 피우거나 기진맥진할 정도로 일을 하거나 카드를 정리하거나 아무 레코드판이나 집어 들고 축음기를 돌리곤 했다. 다시 말해 그들은 더 이상 아무것도 선택하지 않았다. 페스트가 가치 판단을 없애버린 것이었다. 옷이나 식료품의 품질을 더 이상 따지려고 들지 않는 태도에서도 그런 사실을 알 수 있었다. 사람들은 모든 것을 구분하지 않고 일괄적으로 받아들였다.

마지막으로, 이별한 사람들에게는 특권 같은 것이 있어서 그것이 초기에 호기심을 불러일으키고 그들을 지켜주었는데, 페스트가 지속되면서 그 특권도 잃어버렸다. 그들은 사랑의 이기주의와 거기서 얻는 혜택을 상실하고 말았다. 적어도 이제는 상황이 명백해졌고, 재앙은 모든 사람과 관련되어 있었다. 우리 모두가 시의 경계에서 울리던 총성과 우리의 삶이나 죽음에 박자를 맞춰 찍어대는 고무도장 소리 한가운데에서 있었다. 화재와 기록 카드, 공포와 수속 절차 한가운데에서, 화장터의 무시무시한 연기와 구급차의 단조로운 사이렌 소리 사이에서, 치욕적인 죽음을 기다리며 사망자 명부에 기록되는 죽음을 기다리고 있었다. 우리 모두가 자신도 모르는 사이에 똑같은 벅찬 재회와 벅찬 평화의 시간을 기다리면서 똑같은 유배의 빵으로 식사를 하고 있었다. 우리의 사랑은 분명 여전히 거기에 있었지만 무용지물이어서 지니고 다니기에는 무거웠고, 우리 마음속에서 생기를 잃어 마치 유죄 판결처럼 메말라 있었다. 그 사랑은 이미 미래가 없는 인내에 불과했고, 좌절된 기다림에 불과했다. 그리고 이런 관점에서 몇몇 시민들의 태도는 시의 여기저기에 있는 식료품 가게 앞에 늘어선 긴 행렬을 연상시켰다. 그것은 끝이 없는 동시에 환상도 없는 똑같은 체념이자 똑같은 인내심이었다. 다만 이별의 감정을 제대로 이해하려면 식료품 구입자의 감정보다 천 배 이상 확대해서 생각해야 할 것이다. 여기서 문제가 되고 있는 이별의 고통은 모든 것을 다 집어삼키는 굶주림이었기 때문이다.

어쨌든 이 도시에서 이별한 사람들이 처해 있던 정신 상태에 대해 정확하게 알고 싶은 사람이 있다면, 사람들이 거리로 쏟아져 나올 때 나무 한 그루 없는 도시를 엄습했던, 먼지가 자욱한 황금빛 석양을 다시 한번 상기할 필요가 있다. 왜냐하면 당시 도시의 일반적인 언어였던 차량과 기계 소리 대신, 아직 해가 비치는 테라스 쪽으로 올라오던 소리는 둔탁한 발소리와 목소리가 빚어내는 거대한 웅성거림밖에 없었기 때문이다. 그것은 무겁게 덮인 하늘로부터 나오는 재앙의 휘파람 소리에 리듬을 맞춰 수많은 구두창들이 고통스럽게 미끄러지는 소리였다. 또한, 차츰차츰 온 시가지를 가득 채우고 있는 끝없고 숨 막히는 제자리걸음 소리, 그리고 그 당시 저녁마다 우리의 마음속에서 사랑을 대신했던 맹목적인 고집에 가장 충실하고 음울한 목소리를 부여했던 소리였다.

PEST

04

9월과 10월 두 달 동안 페스트는 오랑 시를 자기 발밑에 굴복시켰다. 여전히 페스트가 계속되고 있었기 때문에 수십만 명의 사람들이 몇 주 동안 끝없이 제자리걸음만 하고 있었다. 하늘에서는 안개, 무더위, 비가 차례로 이어졌다. 남쪽에서 날아온 찌르레기와 개똥지빠귀 무리가 하늘 높이 날며 조용하게 도시를 우회해 지나갔다. 파늘루 신부가 말했던 것처럼 휘파람 소리를 내며 하늘에서 빙빙 도는 이상한 나무토막이라고 하던 재앙이 새들을 멀리 쫓고 있는 듯했다. 10월 초에는 소나기가 억수같이 쏟아져 거리를 쓸어 냈다. 그리고 그동안에는 터무니없는 제자리걸음 외에 더 중요한 일은 발생하지 않았다.

리외와 그의 친구들은 그즈음 자신들이 얼마나 지쳐 있는지를 알게 되었다. 사실 보건대 사람들은 더 이상 피로를 감당할 수 없었다. 리외는 자기 친구들과 자기 자신이 페스트에 점점 더 무관심해지는 것을 발견하면서 그 사실을 깨달았다. 예를 들면 지금까지 페스트와 관련된 모든 소식에 대해 매우 깊은 관심을 보인 사람들이 이제는 전혀 관심을 보이지 않았다. 랑베르는 얼마 전부터 자기가 묵고 있던 호텔에 예방 격리소를 설치하여 그것을 임시로 관리하고 있었는데, 자기가 담당하는 사람이 몇 명인지 완벽하게 알고 있었다. 그는 갑자기 증세를 보이는 사람들을 즉시 후송하기 위해 자신이 만들어놓은 시스템의 가장 사소한 부분들까지 훤히 꿰뚫고 있었다. 예방 차원에서 격리된 사람들에게 미치는 혈청의 효과에 대한 통계도 잘 기억하고 있었다. 그러나 그는 최근 들어 일주일 동안 페스트 희생자가 몇 명 발생했는지, 그리고 실제로 페스트가 더 심해지고 있는지 줄어들고 있는지 모르고 있었다. 그런데도 그는 머지않아 탈출할 수 있을 것이라는 희망을 여전히 품고 있었다.

다른 사람들의 경우, 밤낮으로 일에 몰두할 뿐 신문도 보지 않고 라디오를 듣지도 않았다. 누가 어떤 결과를 알려주면 관심 있는 척했지만, 실제로는 다른 데 정신이 팔린 채 무관심한 태도로 들었다. 고역에 지칠 대로 지쳐서 일상적인 업무만 수행하면 그만으로 여기다 보니, 결정적인 작전도 휴전의 날도 더 이상 바라지 않게 된 대규모 전쟁의 전투원에게서나 나타나는 무관심이었다.

그랑은 페스트와 관련된 통계 업무를 계속 수행하고 있었는데, 그 역시 그 통계가 의미하는 전반적인 결과가 무엇인지는 결론을 내리지 못했을 것이다. 보기에도 피로에 강한 타루, 랑베르, 리외와는 달리 그랑은 건강이 좋은 편이 아니었다. 그런데도 시청 보조 직원이라는 직책과 리외의 서기직, 자신의 야간 작업을 겸하고 있었다. 그런 이유로 그는 계속 탈진 상태였지만, 페스트가 끝나면 적어도 일주일 동안 휴가를 얻어서 하려던 일에 본격적으로 두 팔을 걷어붙이고 전념하겠다는 식의 두세 가지 희망으로 버티고 있었다. 그러다가 갑자기 감상에 빠지기도 했다. 그럴 때면 그는 즐거운 말투로 리외에게 잔에 대해 이야기했다. 그녀가 지금 어디에 있을까, 신문을 읽으면서 자기 생각을 하고 있을까 궁금해했다. 어느 날 리외는 그랑에게 아내에 대한 이야기를 무심결에 늘어놓고 몹시 놀랐다. 그때까지는 그 누구에게도 그런 이야기를 아무렇지 않게 한 적이 없었다. 아내의 전보는 늘 안심시키려는 내용뿐이었는데, 그것을 얼마나 믿어야 할지 몰라서 그는 요양병원의 담당 의사에게 전보를 치기로 결심했다. 답신으로 그는 아내의 병세가 악화되었다는 소식과 함께 더 이상 악화되지 않도록 최선을 다하겠다는 약속을 받았다. 그는 그 소식을 혼자서만 알고 있었는데, 그랑에게 그것을 털어놓게 된 것은 피곤 때문이라고밖에 달리 설명할 수가 없었다. 그랑이 잔에 대해 이야기를 하고 난 다음에 아내의 소식을 묻는 바람에 리외가 대답했다.

"잘 아시겠지만, 요새는 그런 병은 잘 낫는다고 하던데요." 그랑이 말했다.

리외도 거기에 동의했다. 다만 헤어진 기간이 너무 길어져서, 자기가 곁에 있으면 아내가 병을 극복하는 데 도움이 될 수 있었을 텐데 지금 아내는 정말 외로워하고 있을 거라고 말했다. 그러더니 입을 다물고, 그랑의 질문을 피하려는 듯 마지못해 대답했다.

다른 사람들도 같은 상황이었다. 타루는 잘 이겨 내고 있었지만, 그의 수첩을 보면 호기심의 깊이는 여전한 반면 다양성은 잃었다는 것을 알 수 있었다. 사실 그 기간 내내 그는 코타르에게만 흥미를 느끼는 것 같았다. 그는 호텔이 예방 격리소로 바뀐 후 리외의 집에서 묵었는데, 저녁때 그랑이나 리외가 최근의 임상 경과를 발표해도 거의 듣지 않았다. 그는 자신이 일반적으로 관심을 기울이던 오랑의 일상생활로 금세 화제를 돌리곤 했다.

카스텔은 리외에게 혈청이 준비되었다고 알려주러 왔다. 그날 오통 씨의 어린 아들이 병원으로 이송되었는데, 리외가 보기에도 증상이 절망적이었다. 그들은 그 아이에게 혈청을 처음 시험해 보기로 결정했다. 리외가 카스텔에게 최근의 임상 결과에 대해 알려주고 있었는데, 그가 안락의자에 푹 파묻혀서 깊이 잠들어 있는 것을 보았다. 평소에는 부드러우면서도 냉소적인 분위기 때문에 얼굴에서 영원한 젊음이 느껴졌는데, 갑자기 긴장이 풀리자 반쯤 열린 입술에서 침 한 줄기가 흘러나와 피로와 노쇠를 드러냈다. 리외는 그 모습을 보자 목이 조여드는 듯한 느낌이었다.

리외는 그렇게 약해진 모습들을 보고 자신이 얼마나 피곤한지 판단할 수 있었다. 그는 자신의 감정을 통제할 수 없었다. 긴장된 채 딱딱해지고 메말라 있던 감수성이 때로 풀어지면서, 걷잡을 수 없는 감정에 휩싸이곤 했다. 그의 유일한 대비책은 그 딱딱한 상태 속으로 피신하여 자신의 내부에 형성되어 있는 매듭을 다시 한번 단단히 조이는 것뿐이었다. 그는 그렇게 하는 것만이 당시 상황을 계속 견딜 수 있는 가장 좋은 방법이란 것을 잘 알고 있었다. 게다가 그는 환상도 많지 않았고, 더군다나 피로 때문에 여태 간직해 온 환상들 역시 잃어버렸다. 왜냐하면 언제 끝날지도 모르는 그런 시기에 자기가 맡은 역할이 더 이상 병을 치료하는 것이 아니라는 것을 알고 있었기 때문이었다. 그의 역할은 진단하는 것이었다. 발견하고, 보고, 기록하고, 등록하고, 그런 다음 선고를 내리는 것이었다. 환자의 아내들이 그의 손목을 잡고 울부짖곤 했다. "선생님, 저 사람 좀 살려주세요!" 그러나 그는 살려주기 위해 거기에 있는 것이 아니라 격리 명령을 내리기 위해 그 자리에 있었다. 그때 사람들의 얼굴에서 증오심을 목격했다고 해서 그게 무슨 소용이 있었겠는가? 어느 날 누군가가 그에게 "당신은 인정머리라곤 없군요."라고 말했다. 천만에, 그는 인정이 넘치는 사람이었다. 그 인정 때문에 그는 매일 스무 시간을, 살기 위해 태어난 사람들이 죽어가는 광경을 참아낼 수 있었다. 그 인정 때문에 매일 다시 시작할 수 있었다. 그리고 이제 그에게는 딱 그 정도의 인정밖에 남아 있지 않았다. 그 정도의 인정으로 어떻게 목숨을 살릴 수 있겠는가?

그렇다, 리외가 하루 종일 나눠준 것은 도움이 아니라 정보였다. 물론 그런 것을 사람의 본분이라고 할 수는 없었다. 그러나 공포에 질려 죽어가는 군중 사이에서 사람의 본분을 다할 수 있을 만큼 여유로운 사람이 어디에 있단 말인가? 차라리 피곤해서 다행이었다. 만약 그에게 힘이 남아 있었다면, 도처에 퍼져 있는 죽음의 냄새 때문에 감상적인 사람이 되었을 것이다. 그러나 잠을 네 시간밖에 못 자면 감상적인 사람이 될 수 없다. 그때는 모든 것을 있는 그대로 보게 된다. 즉 끔찍하고 조롱하는 듯한 정의의 눈으로 보는 것이다. 그리고 다른 사람들, 즉 선고를 받은 사람들도 그것을 충분히 느끼고 있었다. 페스트가 발생하기 전에 그는 구원자 같은 대접을 받았다. 알약 세 개와 주사 한 대로 모든 것을 해결하면, 사람들이 그의 팔을 잡고 복도까지 배웅해 주었다. 그것은 흐뭇하기도 했고 위험하기도 했다. 지금 그는 그때와 반대로 군인들과 함께 다녔고, 가족들이 문을 열게 하려면 개머리판으로 문을 두들겨야만 했다. 할 수만 있다면 그들은 리외와 인류 전체를 자신들과 함께 죽음으로 끌고 들어가고 싶었을 것이다. 아! 인간은 다른 인간들 없이 지낼 수 없었다. 리외도 그 불행한 사람들과 마찬가지로 속수무책이었다. 그들 곁을 떠나고 나면 리외 역시 걷잡을 수 없이 솟구쳐오르는 동정심을 받아 마땅한 그런 인간일 뿐이었다.

끝이 없을 것만 같던 그 몇 주 동안, 리외는 이런 생각들을 자기가 처해 있는 이별 상태에 대한 생각들과 함께 떠올리곤 했다. 그의 친구들의 얼굴에도 이런 생각들이 반영되기도 했다. 재앙에 맞서 투쟁하던 사람들은 점점 탈진 상태에 빠져들었는데, 그것의 가장 큰 위험은 외부의 사건이나 타인의 정서 같은 데에 대한 무관심이 아니라, 될 대로 되라는 식으로 방치하는 태만함이었다. 당시 그들에게는 절대적으로 필요한 것이 아닌 한, 힘에 부쳐 보이는 행동은 피하려는 경향이 있었다. 그래서 사람들은 자신들이 세웠던 위생 규칙에 점점 더 소홀해졌고, 때로는 직접 시행해야 하는 소독 규칙 중 몇 가지를 잊어버렸으며, 때로는 전염 예방 조치조차 취하지 않고 폐렴형 페스트 환자 곁으로 달려가기도 했다. 감염된 집에 들어간다는 것을 알게 되었다 해도, 정해진 장소로 되돌아가서 몸에 소독약을 뿌린다는 것이 피곤한 일로 여겨졌다. 그것은 정말 위험한 일이었다. 페스트와 투쟁하는 사람들을 페스트에 걸리기 가장 쉽게 해주는 셈이었기 때문이다. 결국 그들은 운에 희망을 걸고 있었던 셈이었고, 운은 누구의 편도 들지 않는 법이었다.

그러나 이 도시에서 지치거나 낙담하지 않고 만족감을 고스란히 내보이는 사람이 한 명 있었다. 바로 코타르였다. 그는 다른 사람들과 접촉을 하면서도 여전히 거리를 두고 지냈다. 그러나 코타르는 타루의 일에 지장을 주지 않는 한도 내에서 가능한 한 자주 그와 만나려고 했다. 왜냐하면 타루는 코타르의 형편을 잘 알고 있었고, 한편으로는 타루가 코타르를 늘 변함없이 상냥한 태도로 대했기 때문이었다. 그것은 타루의 놀라운 점이기도 했는데, 그는 아무리 힘들어도 늘 호의가 넘치고 친절했다. 어떤 날 저녁에는 피로가 그를 짓눌러도 다음 날이면 다시 기운을 회복했다. "그 사람하고는 말이 통해요. 인간적이니까요. 언제나 이해심이 깊어요." 코타르가 랑베르에게 말했다.

이런 이유로 그 시기에 타루가 수첩에 기록한 내용은 점차 코타르라는 인물에 집중되었다. 타루는 코타르가 자기에게 털어놓은 이야기나 자기가 해석을 가한 이야기를 통해 코타르의 반응과 생각을 일목요연하게 보여주려고 노력했다. 그는 그것을 '코타르와 페스트의 관계'라는 제목 아래 수첩의 여러 페이지에 걸쳐 제시하고 있었는데, 서술자로서 여기에 그 개요를 소개하는 것이 유익할 것이라고 생각한다. 코타르에 대한 타루의 전반적인 생각은 다음과 같이 요약할 수 있다. '그는 점점 상냥하고 쾌활한 인물로 성장하고 있다.' 그는 사건이 진행되는 과정에 대해 불만이 없었고, 가끔 타루 앞에서 다음과 같은 몇 마디로 자기 진심을 표현하곤 했다. "점점 더 상황이 심각해지고 있네요. 하지만 최소한 다른 사람도 모두 같은 처지에 있어요."

타루는 이렇게 덧붙였다. '물론 그는 다른 사람들과 마찬가지로 위협을 받고 있지만, 정확히는 다른 사람들과 함께 그런 위협을 겪고 있다는 게 중요하다. 그리고 단언컨대 그는 자기가 페스트에 걸릴 수 있다는 사실은 심각하게 생각하지 않는다. 그는 큰 병에 걸렸거나 심각한 불안에 사로잡힌 사람은 다른 병이나 불안에서 면제된다고 생각하는 것 같다. 그 생각이 아주 어리석은 것도 아니다. 그는 나에게 이렇게 말한 적이 있다. "사람이 여러 가지 병에 한꺼번에 걸릴 수 없다는 사실을 아세요? 예를 들어 선생님이 중증의 암이라든가 심한 폐병이라든가 하는 위중한 불치

병을 앓고 있다면, 절대로 페스트나 장티푸스는 걸리지 않을 거예요. 그건 육체적으로 불가능하거든요. 사실은 그 이상이에요. 왜냐하면 암 환자가 자동차 사고로 죽는 걸 보신 적은 없으실 테니까 말이에요." 사실이건 아니건, 그런 생각이 코타르의 기분을 밝게 해주고 있다. 그가 원하지 않는 것이 한 가지 있다면, 그것은 다른 사람들과 떨어져 있는 것이다. 그는 혼자서 죄수가 되느니 모든 사람과 함께 포위당하는 것을 더 좋아한다. 페스트와 함께 하면 경찰 수사, 재판, 체포나 구속 같은 것은 더 이상 문제가 되지 않는다. 쉽게 말해 이제는 경찰도 없고, 과거의 범죄도 새로운 범죄도 없고, 죄인도 없고, 경찰관도 없었다. 그저 특별 사면을 기다리는 죄수들만 있을 뿐이다.' 타루의 해석에 따르면, 코타르가 시민들의 불안과 혼란의 징조를 너그럽고 이해심 있는 태도로 바라보는 데에는 그 나름의 근거가 있었다. 그 태도는 '계속 떠들어보세요. 나는 먼저 다 겪었으니까요.'라는 말로 표현될 수 있었다.

'다른 사람들과 떨어져 있지 않기 위한 유일한 방법은 결국 양심적으로 행동하는 것이라고 아무리 말해도 소용이 없었다. 그는 얼굴을 찌푸리더니 이렇게 말했다. "그렇다면 다른 사람과 함께 어울려 지낼 수 있는 사람은 아무도 없어요." 그러더니 "선생님은 괜찮아요, 제가 장담하죠. 하지만 모든 사람을 함께 묶어두는 유일한 방법은 그들에게 페스트를 안겨주는 거예요. 주위를 한번 둘러보세요."라고 말했다. 사실 나는 그가 무슨 말을 하려고 하는지, 그가 현재의 삶을 얼마나 편안하게 생각하는지 잘 알고 있다. 길을 지나가면서 한때 자신이 보였던 반응을 어찌 알아보지 못하겠는가? 세상 사람들을 전부 자기편으로 만들려는 노력, 어떤 때는 길 잃은 행인에게 길을 알려주려고 베풀었던 호의, 또 어떤 때는 그에게 드러냈던 불쾌한 기분, 고급 식당에서 늦게까지 노닥거리는 즐거움, 매일같이 영화관 앞에 줄을 서고 온갖 공연장에서 댄스홀에 이르기까지 만원을 이루었다가 공공장소마다 성난 파도처럼 퍼져나가는 무질서한 인파, 몸이 닿으면 뒤로 물러서면서도 사람들을 다른 사람들에게로, 팔꿈치를 팔꿈치에게로, 이성을 이성에게로 밀어 대는 인간의 온기에 대한 갈망, 코타르는 이 모든 것을 먼저 경험했던 것이다. 그것은 분명했다. 그러나 여자만은 예외였는데, 하긴 코타르의 생김새가…. 그리고 내 생각에 그는 여자가 있는 곳에 갈 마음의 준비가 된 것 같다가도 나쁜 취미를 붙이게 되어 나중에 피해를 볼까 봐 단념하고 말았던 것 같다.

결국 페스트는 그에게 도움이 된 셈이었다. 페스트는 고독하면서도 고독하기를 원치 않는 사람을 공범으로 삼는다. 왜냐하면 그는 분명한 공범이자, 그것도 그렇게 된 것을 즐거워하는 공범이기 때문이다. 그는 눈에 띄는 모든 것, 즉 여러 가지 미신들, 이유 없는 두려움, 신경과민이다 싶을 정도의 불안감, 되도록 페스트에 대해서는 이야기하지 않으려고 하면서도 결국 그 이야기밖에 안 하게 되는 이상한 버릇, 그 병이 두통에서 시작된다는 것을 안 다음부터 머리가 조금 아프기만 해도 질색하고 창백해지는 모습, 그리고 바지 단추 하나만 잃어버려도 안절부절못하는 초조하고 예민한, 즉 불안정한 감수성, 이 모든 것의 공범인 것이다.'

타루는 저녁때 코타르와 함께 외출하는 일이 잦았다. 돌아와서 그는 어두워질 때나 컴컴한 밤중에 거무스름한 군중 속에 섞여서 어깨를 나란히 히고, 기끔 희미한 가로등 불빛을 받아 밝아졌다가 다시 어두워지는 무리에 휩쓸려 페스트의 냉기를 막아주는 뜨거운 환락을 찾아가는 인간들의 행렬을 따라가곤 했던 자기들의 모습을 수첩에 적어놓았다. 코타르가 몇 달 전에 공공장소에서 찾고 있던 것, 즉 꿈꾸어왔지만 맛보지는 못했던 사치와 여유 있는 생활, 즉 거침없는 향락을 이제는 시민 전체가 추구하고 있었다. 물가가 걷잡을 수 없이 상승하고 있었음에도, 그때만큼 사람들이 돈을 낭비한 적이 없었다. 또한, 대부분의 사람들이 생활필수품이 부족했던 그때처럼 사치품을 많이 소비한 적이 없었다. 실업 상태로 인해 한가해지자, 유희를 즐기는 사람들이 배로 늘었다. 타루와 코타르는 가끔 한 쌍의 남녀를 오랫동안 뒤따라 가본 적이 있었는데, 전에는 자기들의 관계를 감추려고 애쓰던 그들은 이제는 주위의 시선은 거들떠보지도 않고 서로 꼭 껴안은 채 거리를 돌아다녔다. 코타르는 그 모습을 흡족하다는 듯 바라보며 "아! 청춘이구만!" 하고 말했다. 타루의 기록에 따르면 이 같은 집단적인 흥분과 카페 테이블에 거침없이 뿌려지는 팁들, 그리고 눈앞에서 전개되는 애정 표현에 코타르는 흥분에 휩싸여 목소리마저 커지곤 했다.

그러나 타루는 이런 코타르의 태도에는 악의가 거의 없다고 생각했다. "난 그런 것을 먼저 다 겪었어."라고 말하는 그의 말투는 으스댄다기보다는 오히려 불행이 드러나 보였다. 타루는 '내 생각에는 그가 하늘과 도시의 벽 사이에 갇힌 사람들을 사랑하기 시작한 것 같다. 예를 들어, 할 수만 있다면 그는 그 사람들에게 그것이 생각만큼 끔찍한 건 아니라고 설명해주고 싶었을 것이다.'라고 적어놓았다. "저들이 하는 소리가 들리시죠?" 그가 타루에게 강조하며 말했다. "페스트가 끝나고 나면 이걸 해야지, 페스트가 끝나고 나면 저걸 해야지, 하는 소리 말이에요…. 저 사람들은 편안하게 지내지 못하고 자신들의 삶을 망치고 있어요. 그리고 자기들이 얼마나 유리한 입장에 있는지도 모르고 있어요. 제 경우를 예로 들어 본다면, '체포되고 나면 이런 것을 해야지!'라고 말할 수 있을까요? 체포는 시작이지 끝이 아니에요. 하지만 페스트는…. 내 생각을 말해볼까요? 저 사람들은 되는대로 놔두지 않기 때문에 불행한 거예요. 다 근거가 있어서 하는 말이에요."

　'사실 그의 말에는 근거가 있다.'라고 타루가 덧붙이고 있었다. '그는 오랑 시민들의 모습을 정확히 판단하고 있다. 주민들은 서로를 가깝게 해주는 따뜻함을 필요로 하면서도, 서로에 대한 불신 때문에 그 따뜻함을 누리지 못하고 서로 멀어지고 있다. 이웃을 믿을 수 없다는 것을, 나도 모르는 사이에 이웃 사람이 페스트를 옮길 수 있고, 방심한 틈을 타서 감염시킬 수 있다는 것을 너무나 잘 알고 있다. 코타르처럼, 사람을 사귀고 싶지만 그 사람이 밀고자일 수도 있다고 생각하며 지내온 사람들은 그 감정을 이해할 수 있다. 페스트가 곧 자기 어깨를 낚아챌 수 있고, 아직은 무사하다고 기뻐하는 순간에 덤벼들 준비를 하고 있다고 생각하며 살아온 사람들의 심정을 코타르는 충분히 이해할 수 있는 것이다. 이런 상황이 계속되는 한, 코타르는 공포 속에서 편안하게 지낼 수 있다. 그러나 이 모든 것을 누구보다 먼저 맛보았기 때문에, 내 생각에 그는 이 불안의 잔인한 맛을 그들과 완전히 똑같이 느끼지는 못할 것 같다. 결국 페스트로 인해 아직 죽지 않은 우리 모두처럼 그는 자신의 자유와 생명이 파괴 직전에 있다는 것을 매일매일 절실하게 느끼고 있다. 그러나 자신은 그 공포를 이미 겪었기 때문에, 이번에는 다른 사람들이 공포를 맛보는 게 당연하다고 생각한다. 더 정확히 말하자면, 그는 공포를 혼자 감당했던 때보다 더 쉽게 견디는 것 같다. 이것이 그가 잘못 생각하고 있는 점이고, 다른 사람보다 그를 이해하기 힘든 것도 바로 그것 때문이다. 그러나 결국 그 이유로 그는 다른 사람보다 이해하기 위해 노력할 가치가 있는 대상이다.'

타루의 기록은 코타르뿐만 아니라 페스트에 사로잡힌 사람들에게서도 동시에 발견되던 특이한 의식 상태를 잘 보여주는 한 이야기로 끝맺고 있다. 그 이야기는 당시의 어려웠던 분위기를 거의 그대로 보여주는데, 서술자가 그 이야기를 중요시하는 것도 바로 그 때문이다.

타루와 코타르는 〈오르페우스와 에우리디케〉를 상연하고 있는 시립 오페라 극장에 갔었다. 코타르가 타루를 초대했던 것이다. 페스트가 시작되던 봄에 이 도시로 공연을 왔던 한 극단이 페스트로 인해 꼼짝할 수 없게 되자, 어쩔 수 없이 오페라 극장과 협약을 맺고 매주 한 번씩 재공연을 하기로 했다. 그 결과 몇 달 전부터 금요일마다 시립 극장에서는 오르페우스의 감미로운 탄식과 에우리디케의 힘없는 호소가 울려 퍼졌다. 이 공연은 여전히 최상의 인기를 누렸고, 매번 막대한 수입을 올렸다. 코타르와 타루는 제일 비싼 좌석에 앉아, 최고로 세련되게 차려입은 시민들로 초만원을 이룬 일반석을 내려다보았다. 이제 막 도착한 사람들은 입장 시간을 놓치지 않기 위해 애쓰고 있었다. 무대 전면의 눈부신 조명 아래 악사들이 조용히 악기를 조율하고 있었고, 사람들은 이 줄에서 저 줄로 옮겨가며 우아하게 허리 굽혀 인사하는 모습이 보였다. 점잖은 대화가 오가는 가벼운 소음 속에서 사람들은 몇 시간 전 도시의 어두운 거리에서는 느끼지 못했던 안정을 되찾고 있었다. 정장 차림이 페스트를 쫓아버렸던 것이다.

1막이 상연되는 내내 오르페우스는 능숙하게 탄식을 했고, 튜닉을 입은 몇몇 여자들이 오르페우스의 불행을 설명했으며, 아리에타 형식으로 사랑을 노래했다. 장내는 정중하지만 열렬한 반응을 보였다. 오르페우스가 2막을 노래하면서, 지옥의 주인을 눈물로 감동시키기 위해 악보에도 없는 떨리는 목소리로, 약간 지나칠 정도로 비장한 어조로 호소한 것을 눈치챈 사람이 거의 없을 정도였다. 그의 발작적인 몸짓은 가장 주의력 깊은 사람들에게도 가수의 연기를 더욱 빛나게 하는 세련된 효과로 보였다.

3막에서 오르페우스와 에우리디케의 이중창(에우리디케가 사랑하는 연인을 떠나는 순간이다)이 시작되자, 무언가로 인해 놀라서 장내가 술렁거리기 시작했다. 그런데 그 가수는, 마치 청중의 동요만을 기다리고 있었다는 듯, 더 정확히 말하자면 아래층 일반석에서 올라오는 웅성대는 소리가 자기가 느끼던 것을 확인해주기라도 했다는 듯, 고대 의상을 입은 채 그로테스크한 몸짓을 하며 무대 앞으로 걸어 나오더니, 목가적인 무대장치 한복판에서 쓰러지고 말았다. 그 무대장치는 처음부터 어울리지 않았지만, 관객들은 그때 처음으로 목가적인 것이 얼마나 시대착오적인지 끔찍한 방식으로 깨달았다. 그와 동시에 오케스트라 연주가 멈추고 일반석의 관객들이 일어서서 천천히 극장을 나가기 시작했다. 처음에는 조용히, 마치 성당에서 미사를 마치고 나오듯이, 혹은 빈소에서 문상을 마치고 나오듯이, 여자들은 치마를 여미고 고개를 숙인 채로, 남자들은 동반한 여자들의 팔꿈치를 잡고 객석 의자에 걸리지 않도록 주의하며 나가기 시작했다. 그러다가 점점 동작이 급해지고 수군거리는 소리가 고함으로 변하더니, 관객들이 출구로 몰려 서두르다가 마침내는 고함을 치면서 서로 밀쳐대기 시작했다. 자리에서 일어나기만 했던 코타르와 타루는 그 모습을 보며 그대로 서 있을 수밖에 없었다. 무대 위에는 광대의 모습으로 분장한 채 쓰러진 페스트가 있었던 것이다. 관람석에는 붉은 의자 커버 위에 놓고 간 부채며 레이스 달린 숄 같은, 지금은 아무 쓸모가 없는 사치품이 남아 있었다.

랑베르는 9월 초순 동안 리외 곁에서 열심히 일했다. 남자 고등학교 앞에서 곤잘레스와 두 청년을 만나기로 한 날만 하루 휴가를 청했다.

그날 정오에 곤잘레스와 랑베르는 키 작은 두 청년이 웃으며 다가오는 것을 보았다. 그들은 지난번에는 운이 나빴지만, 그 정도는 각오했어야 한다고 말했다.

어쨌든 이번 주는 그들이 보초 당번이 아니었다. 다음 주까지는 참고 기다려야 했다. 그때 다시 해보자는 것이었다. 랑베르는 그게 좋겠다고 말했다. 곤잘레스는 그러면 다음 월요일에 만나자고 제안했는데, 이번에는 랑베르가 아예 마르셀과 루이의 집으로 가 있기로 했다. "자네하고 나하고 약속을 하지. 혹시 내가 안 오거든 자네가 저 애들 집으로 곧장 찾아가게. 어디 사는지 알려줄 테니 말이야." 그때 마르셀인지 루이인지가 지금 바로 랑베르를 데리고 가는 것이 가장 간단한 방법이라고 말했다. 랑베르의 식성이 까다롭지만 않다면 네 사람이 먹을 것은 있다는 것이었다. 곤잘레스가 좋은 생각이라고 했고, 그들은 항구 쪽으로 내려갔다.

마르셀과 루이는 마린 거리 맨 끝, 해안도로 쪽으로 난 시의 경계 근처에 살고 있었다. 스페인식으로 지은 조그만 집이었는데, 벽이 두껍고 창에는 페인트칠을 한 덧문이 달려 있었다. 방은 어두침침하고 아무 장식도 없었다. 청년들의 어머니가 쌀밥을 대접했다. 그녀는 늙은 스페인 여자였는데, 웃는 얼굴에 주름살이 많았다. 시내에 쌀이 떨어진 지 오래여서 곤잘레스는 깜짝 놀랐다. "시 출입문에서 마련했어요." 마르셀이 말했다. 랑베르는 즐겁게 먹고 마셨고, 곤잘레스는 이제 그가 진짜 친구라고 말했다. 그동안 랑베르는 앞으로 보내야 할 일주일에 대한 생각뿐이었다.

사실 2주를 기다려야 했다. 보초 수를 줄이기 위해 보름씩 교대하게 되었기 때문이었다. 그 보름 동안 랑베르는 몸을 아끼지 않고 쉴 틈 없이, 어떻게 보면, 두 눈을 딱 감고 새벽부터 밤까지 일을 했다. 밤늦게 잠자리에 들면 깊은 잠에 빠졌다. 한가롭게 지내다가 갑자기 고달픈 일을 하다 보니, 그는 꿈도 기력도 거의 다 소진한 사람이 되었다. 머지않아 있을 자기의 탈출에 대해서도 거의 언급하지 않았다. 단 한 가지 주목할 만한 일이 있다면, 리외와 함께 일한 지 일주일이 지나고 나서 그가 리외에게 처음으로 전날 밤 취했다는 이야기를 털어놓은 것이다. 바에서 나왔을 때, 그는 문득 사타구니 근처가 갑자기 부어오른 것 같이 느껴졌고,

겨드랑이 근처가 아프고 두 팔을 움직이기가 어려웠다. 페스트라는 생각이 들었다. 당시 그가 할 수 있는 유일한 행동이라고는 시에서 가장 높은 곳으로 뛰어 올라가는 것뿐이었다. 바다는 여전히 보이지 않았지만, 하늘이 좀 더 잘 보이는 그 작은 광장에서 그는 오랑 시 바깥 저 너머로 아내의 이름을 크게 외쳤다. 집에 돌아와 몸에 아무런 감염 증세가 없다는 것을 확인하자, 그는 갑자기 발작을 일으킨 것이 부끄럽게 느껴졌다. 리외는 그가 그렇게 행동한 것을 잘 이해한다면서 이렇게 말했다. "누구나 그런 짓을 하고 싶을 때가 있으니까요."

"오늘 아침에 오통 씨가 당신에 대해 이야기하더군요." 랑베르가 막 가려고 하는데 리외가 덧붙였다. "당신을 아느냐고 묻더니, '그럼 밀거래꾼들과 어울리지 말라고 충고 좀 하세요. 요주의 인물로 주목받고 있어.'라고 했어요."

"그게 무슨 뜻일까요?"

"서둘러야 한다는 거겠죠."

"고맙습니다." 리외의 손을 잡으며 랑베르가 말했다.

문턱에서 그가 갑자기 몸을 돌렸다. 리외는 페스트가 발생한 후 처음으로 그가 웃는 것을 보았다.

"그런데 선생님께서는 왜 내가 떠나는 걸 말리지 않으시나요? 말릴 방법이 얼마든지 있을 텐데요."

리외는 습관적으로 고개를 끄덕이더니, 그것은 랑베르 자신의 문제이고 랑베르는 행복을 택했으며, 자신은 거기에 반대할 뚜렷한 이유가 없다고 했다. 자신은 이런 문제에 대해 무엇이 옳고 그른가를 판단할 능력이 없다고 했다.

"그러면서 왜 서두르라고 하세요?"

이번에는 리외가 미소를 지었다.

"어쩌면 나 역시 행복을 위해서 뭔가 하고 싶기 때문일 거예요."

그다음 날, 그들은 함께 일을 하면서도 더 이상 그 일에 대해 아무 말도 하지 않았다.

다음 주에 랑베르는 마침내 그 조그만 스페인식 집으로 거처를 옮겼다. 거실에는 그의 침대를 하나 들여놓았다. 청년들이 식사하러 오는 일도 없었고, 되도록 밖으로 나가지 말라는 당부를 받았기 때문에, 그는 대부분의 시간을 거실에서 혼자 보내거나, 청년들의 늙은 어머니와 이야기하며 보냈다. 그녀는 몸이 야위었으나 활동적이었으며 늘 검은색 옷을 입고 있었는데, 주름살이 많은 갈색 얼굴에 머리카락은 아주 깨끗한 흰색이었다. 그녀는 랑베르를 바라볼 때면 두 눈에 미소를 가득 담고 말없이 웃곤 했다.

한번은 그녀가 랑베르에게 물었다. 부인에게 갔을 때 페스트를 옮길까 봐 두렵지 않냐고 말이다. 랑베르는 그럴 가능성도 있긴 하겠지만 따지고 보면 그런 경우는 극히 드물고, 그 반면 그대로 이 도시에 남아 있으면 영원히 헤어질 위험이 있으니 시도해 볼 만하다고 말했다.

"그분은 상냥한 모양이죠?" 그녀가 미소를 지으며 물었다.

"아주 상냥하죠."

"예뻐요?"

"그런 것 같아요."

"아! 그래서 그러시는군요." 그녀가 말했다.

랑베르는 생각해보았다. 그럴지도 모르지만, 단지 그것 때문이라고는 할 수 없었다.

"하느님을 믿지 않으시나요?" 매일 아침 미사에 가는 그녀가 물었다.

랑베르가 안 믿는다고 고백하자, 그녀는 또 "그래서 그러시는군요." 하고 말했다.

"가서 그녀를 만나셔야 해요. 잘 생각하셨어요. 그렇지 않으면 당신에게 뭐가 남겠어요?"

그 외의 시간에는 아무 장식 없이 초벽칠이 된 벽을 따라 거닐면서, 벽에 못으로 박아 둔 부채들을 만지작거리거나 탁자보에 달린 양모 술을 세어보곤 했다. 청년들은 저녁에 돌아왔다. 그들은 아직 때가 아니라고 말할 뿐, 별말이 없었다. 저녁 식사 후 마르셀은 기타를 치곤 했고, 그들은 함께 아니스 술을 마셨다. 랑베르는 생각에 잠겨 있는 것처럼 보였다.

수요일에 마르셀이 들어오면서 "내일 저녁 자정이야. 준비하고 있으라구." 하고 말했다. 그들과 함께 근무하는 두 사람 중 하나가 페스트에 걸렸고, 평상시 그와 같은 방을 쓰던 다른 한 명은 격리되었다는 것이었다. 그래서 2, 3일 동안 마르셀과 루이만 보초를 서게 될 거라는 것이었다. 밤에 세부사항들을 최종적으로 조율하면, 다음 날에는 탈출이 가능하리라는 것이었다. 랑베르는 고맙다고 말했다. "기쁜가요?" 그들의 나이 든 어머니가 물었다. 그는 기쁘다고 대답했지만, 생각은 다른 곳에 가 있었다.

이튿날은 하늘도 흐린 데다가 습도가 높아서 숨이 막힐 듯 무더웠다. 페스트 관련 소식은 좋지 않았다. 그러나 마르셀의 어머니는 여전히 침착했다. "세상이 죄를 지었어요." 그녀가 말했다. "그러니 그럴 수밖에요!" 마르셀과 루이처럼 랑베르도 웃통을 벗고 있었다. 그러나 어떻게 해봐도 어깨와 가슴으로 땀이 줄줄 흘러내렸다. 덧문을 닫고 어두침침하게 하고 있으니 상반신이 거무스름해 보이고 번들거렸다. 랑베르는 말없이 방 안을 맴돌고 있었다. 오후 4시에 그는 갑자기 옷을 입더니 외출을 하겠다고 말했다.

"조심해. 오늘 밤 자정이야. 준비는 다 되어 있어." 마르셀이 말했다.

랑베르는 리외의 집으로 갔다. 리외의 어머니가 높은 지대에 있는 병원에 가면 그를 만날 수 있을 거라고 알려주었다.

리외가 있는 건물 초소 앞에는 여전히 사람들이 서성대고 있었다.

"저리 가요!" 눈을 부릅뜬 한 경관이 소리쳤다. 사람들은 움직이긴 했지만, 그 자리에서 맴돌 뿐이었다. "기다려봤자 소용없다니까요." 옷이 온통 땀에 젖은 경관이 말했다. 다른 사람들도 같은 생각이었지만 살인적인 더위에도 불구하고 그곳에 그대로 서 있었다.

랑베르가 통행증을 내보이자 경관은 타루의 사무실을 가리켰다. 사무실 문은 마당 쪽으로 나 있었다. 그는 사무실에서 나오는 파늘루 신부와 마주쳤다.

약품 냄새와 축축한 시트 냄새가 나는 흰 칠을 한 더럽고 작은 방에서, 타루가 검은색 나무 테이블에 앉아 셔츠 소매를 걷어 올리고 팔뚝으로 흘러내리는 땀을 손수건으로 닦아내고 있었다.

"아직 안 떠났어요?" 그가 물었다.

"네, 리외 선생님께 할 말이 있어요."

"병실에 있어요. 하지만 선생님께 가지 않고 해결할 수 있으면 좋겠는데요."

"왜요?"

"리외 선생님이 혹사당하고 있어서 최대한 수고를 덜어주고 싶어서요."

랑베르는 타루를 바라보았다. 타루도 야위어 있었다. 피로 때문에 눈빛이 흐릿하고 안색이 좋지 않았다. 튼튼한 두 어깨는 움츠러들어 있었다. 노크 소리가 나더니 흰 마스크를 쓴 남자 간호사 한 명이 들어왔다. 그는 타루의 책상 위에 진료기록카드 뭉치 하나를 내려놓고는 마스크 천에 눌린 목소리로 "여섯입니다."라고 말하고 나갔다. 타루가 랑베르를 보더니, 진료카드를 부채처럼 펼쳐서 보여주었다.

"어때요, 근사하죠? 하지만 이건 사망자 카드예요. 밤사이에 생긴 사망자들이죠."

그의 이마에 주름이 잡혔다. 그는 진료카드를 다시 정리했다.

"이제 사망자 수를 세는 것밖에 할 일이 없어요."

타루가 한 손으로 탁자를 짚고 일어섰다.

"곧 떠나죠?"

"오늘 밤 자정에요."

타루는 랑베르에게 자기도 기쁘다고 말하며, 몸조심하라고 당부했다.

"진심이신가요?"

타루가 어깨를 으쓱했다.

"내 나이가 되면 어쩔 수 없이 솔직해져요. 거짓말하는 건 너무 피곤한 일이에요."

"타루, 죄송하지만 리외 선생님을 만나고 싶어요." 랑베르가 말했다.

"알아요. 그는 나보다 더 인간적이죠. 알겠어요, 어서 갑시다."

"그런 뜻은 아니에요." 랑베르가 가까스로 말했다. 그러고는 입을 다물었다.

타루는 그를 보더니 갑자기 미소를 지었다.

그들은 초록색으로 페인트칠을 해서 마치 수족관 같은 빛이 떠도는 작은 복도를 따라 걸어갔다. 이중 유리문에 이상한 그림자들이 움직이는 것이 비쳤다. 그 유리문 바로 앞에서 타루는 랑베르에게 온통 벽장으로 둘러싸인 작은 방으로 들어가라고 했다. 그리고 벽장 하나를 열더니 살균 소독기에서 흡수성 가제 마스크 두 개를 꺼내어, 랑베르에게 하나를 쓰라고 했다. 랑베르는 이것이 도움이 되느냐고 물었다. 그러나 타루는 아무 쓸모도 없지만 다른 사람들에게 신뢰감을 준다고 대답했다.

그들은 유리문을 밀고 들어갔다. 넓은 방이었는데 계절에 상관없이 창문이 모두 닫혀 있었다. 벽 위쪽에서 환풍기가 윙윙거렸고, 두 줄로 놓인 회색 침대 위에서 곡선으로 된 환풍기 날개가 찌는 듯한 무더운 공기를 휘젓고 있었다. 여기저기서 날카로운 신음소리가 들려와서 하나의 단조로운 비명을 만들어내고 있었다. 흰 간호사복을 입은 남자들이 창살을 대놓은 높은 유리벽으로 쏟아져 들어오는 따가운 햇살 속을 천천히 움직이고 있었다. 랭베르는 숨 막히는 더위 때문에 그 방이 거북하게 느껴졌다. 신음하고 있는 한 형체 위로 허리를 굽히고 있는 리외를 간신히 알아보았다. 리외는 환자의 사타구니를 째고 있었다. 두 간호사가 침대 양쪽에서 환자를 꼼짝하지 못하게 꽉 누르고 있었다. 리외는 몸을 일으키며 조수가 내민 쟁반 위에 수술 도구를 내려놓고는 잠시 우두커니 서서 환자를 바라보았다. 간호사들이 환자에게 붕대를 감고 있었다.

"새로운 소식이 있나요?" 가까이 다가오는 타루에게 리외가 물었다.

"파늘루 신부가 예방 격리소에서 랑베르 자리를 대신 맡겠다고 했어요. 벌써 일을 많이 했어요. 이제 랑베르를 제외하고 제3 검역반을 재편성하면 돼요."

리외는 고개를 끄덕이며 알았다고 했다.

"카스텔이 첫 제품을 완성했어요. 시험해보자더군요." 타루가 말했다.

"아! 그거 잘됐네요." 리외가 말했다.

"그리고 랑베르가 와 있어요."

리외가 돌아보았다. 그는 마스크 너머로 랑베르를 보고는 눈살을 찌푸렸다.

"왜 아직 여기 있어요?" 그가 물었다. "지금쯤 다른 곳에 가 있어야 하는 것 아니에요?"

타루가 오늘 밤 자정이라고 말하자, 랑베르가 "원래 계획대로 하면 그렇죠."라고 덧붙였다.

말을 할 때마다 가제 마스크가 불룩해지면서 입술이 닿은 부분이 축축해졌다. 그래서 마치 조각상들이 대화하는 것처럼 뭔가 비현실적인 느낌이 들었다.

"드릴 말씀이 있어요." 랑베르가 말했다.

"별일 없으면 같이 나가죠. 타루의 사무실에서 기다려주세요."

잠시 후, 랑베르와 리외는 리외의 자동차 뒷좌석에 앉았다. 타루가 운전을 했다.

시동을 걸면서 타루가 말했다. "휘발유가 떨어졌어요. 내일부터는 걸어 다녀야 해요."

"선생님," 랑베르가 말을 꺼냈다. "저도 떠나지 않고 여러분과 함께 남고 싶어요."

타루는 아무 반응도 보이지 않은 채 계속 운전을 했다. 리외는 피로를 떨쳐 낼 기력이 없는 것 같았다.

"그러면 부인은요?" 리외가 나지막한 목소리로 물었다.

랑베르는 다시 한번 생각해보았는데 자기 생각에는 변함이 없다고 했다. 그러면서 지금 이곳을 떠나면 수치스러울 것 같다고 말했다. 그렇게 되면 남겨두고 온 아내를 사랑하는 것도 거북해지리라는 것이었다. 리외가 몸을 일으켜 세워 앉으며 무뚝뚝한 목소리로, 그것은 어리석은 일이고 행복을 택하는 건 부끄러운 일이 아니라고 말했다.

"맞아요. 하지만 혼자 행복하다는 건 수치스러운 일이죠." 랑베르가 말했다.

그때까지 한 마디도 없던 타루가 고개도 돌리지 않은 채, 만약 랑베르가 남들과 불행을 함께 나눌 생각이라면 행복을 위한 시간을 더는 얻지 못할 것이며, 따라서 어느 한쪽을 선택해야 한다고 지적했다.

"그게 아니에요." 랑베르가 말했다. "나는 늘 이 도시에서 이방인이고 여러분과는 아무 상관이 없다고 생각해왔어요. 하지만 이제 온갖 일을 다 겪고 나니 원하든 원치 않든 나도 이곳 사람이라는 걸 깨달았어요. 이 사건은 우리 모두와 관련되어 있으니까요."

아무도 대꾸하는 사람이 없었다. 랑베르는 초조해 보였다.

"아니, 잘 알고 계시잖아요! 그게 아니면 두 분은 이 병원에서 뭘 하고 있는 건가요? 두 분은 행복을 단념하기로 선택했다는 건가요?"

타루도, 리외도 여전히 답이 없었다. 리외의 집에 가까워질 때까지 침묵이 이어졌다. 그리고 랑베르는 더 힘을 주어 아까 한 질문을 되풀이했다. 그러자 리외만 그에게로 얼굴을 돌렸다. 그는 가까스로 몸을 일으켰다.

"미안해요, 랑베르." 리외가 말했다. "사실 나도 잘 모르겠어요. 하지만 원한다면 우리와 함께 남아 있어요."

자동차가 급커브를 도는 바람에 리외는 잠시 입을 다물었다. 그러고는 앞을 보며 말을 이었다.

"이 세상에 자기가 사랑하는 것을 돌보지 않아도 될 정도로 가치가 있는 건 하나도 없어요. 하지만 나 역시 알 수 없는 이유로 사랑하는 이로부터 돌아서 있어요."

리외가 등받이에 다시 몸을 기댔다.

"하지만 엄연한 사실이니 어쩔 수 없죠. 사실은 사실대로 인정하고, 결론을 내려 봅시다." 리외가 지친 듯이 말했다.

"무슨 결론을요?" 랑베르가 물었다.

"아! 병을 고치면서 동시에 결과도 알 수는 없어요. 그러니 되도록 빨리 치료부터 합시다. 그게 급선무예요." 리외가 말했다.

자정이 되자 타루와 리외는 랑베르에게 검역을 책임지기로 한 지역의 약도를 그려주었다. 타루가 손목시계를 보았다. 그는 고개를 들다가 랑베르와 시선이 마주쳤다.

"안 간다고 말은 했나요?"

랑베르는 시선을 돌렸다.

"메모를 보냈어요. 두 분을 보러 오기 전에요." 그가 힘주어 말했다.

★

10월 말 카스텔의 혈청이 처음으로 시험에 들어갔다. 사실상 그것이 리외의 마지막 희망이었다. 다시 실패하면 페스트가 몇 달 동안 더 기승을 부리거나 혹은 아무 이유 없이 멈추는 식으로, 도시 전체가 페스트의 변덕에 지배를 받게 될 것이라고 리외는 확신하고 있었다.

카스텔이 리외를 찾아온 바로 전날, 오통 씨의 아들이 감염되는 바람에 가족 모두가 예방격리소에 들어가야 했다. 얼마 전에 격리수용소에서 나온 아이의 엄마는 두 번째로 격리되어야 했다. 판사는 아들 몸에서 증세를 발견하자마자 정해진 규정에 따라 리외를 불렀던 것이다. 리외가 도착했을 때 아이의 부모는 침대 발치에 서 있었고, 어린 딸은 멀리 떨어져 있었다. 어린 아들은 탈진 상태에서 진찰을 받는데도 가만히 있었다. 고개를 들었을 때 리외는 판사의 시선과, 뒤에서 손수건을 입에 댄 채 휘둥그레진 눈으로 그의 행동을 지켜보던 아이 엄마의 창백한 얼굴과 마주쳤다.

"역시 그거군요." 판사가 냉담한 목소리로 물었다.

"네." 리외는 아이를 다시 보면서 대답했다.

아이의 엄마는 두 눈이 커졌지만 여전히 말이 없었다. 판사도 입을 다물고 있다가, 더 나지막한 소리로 말했다.

"선생님, 그럼 규정대로 해야겠군요."

리외는 여전히 손수건을 입에 대고 있는 아이의 엄마를 보지 않으려고 애썼다.

"빨리 조치를 취할 수 있을 겁니다. 전화를 한 통 걸었으면 하는데요." 리외가 머뭇거리며 말했다.

오통 씨는 그를 안내하겠다고 했다. 그러나 의사는 부인 쪽으로 돌아서서 말했다.

"유감입니다. 부인께서 필요한 것들을 준비해 주셔야 할 겁니다. 왜 그런지는 아시겠지요."

오통 씨 부인은 망연자실하여 땅을 내려다보고 있었다.

"네." 그녀가 고개를 천천히 끄덕이며 말했다. "금방 준비할게요."

그들과 헤어지기 전에 리외는 혹시 필요한 것은 없느냐고 묻지 않을 수 없었다. 부인은 말없이 그를 바라보았다. 이번에는 판사가 눈길을 피했다.

"없습니다. 하지만 우리 아이 좀 살려주십시오." 오통 씨는 이렇게 말하고 나서 침을 삼켰다.

초기에는 단순한 형식적인 절차에 불과했던 예방격리는 이제 리외와 랑베르에 의해 매우 엄격하게 체계화되었다. 그들은 특히 가족 구성원들을 따로 분리하여 격리해야 한다고 주장했다. 만약 가족 중 하나가 자기도 모르는 사이에 이미 감염되었을 경우, 병이 퍼질 가능성을 줄여야 했다. 리외는 그러한 이유를 판사에게 설명했고, 그는 일리가 있다고 생각했다. 그러나 그와 그의 아내의 시선을 통해 그 이별이 그들에게 얼마나 당혹스러운 일인지 느낄 수 있었다. 오통 부인과 어린 딸은 랑베르가 관리하는 격리 호텔에 수용되었다. 그러나 그 판사에게는 도청 당국이 도로관리과에서 빌려온 천막을 이용해서 시립운동장에 마련한 격리수용소밖에 자리가 없었다. 리외가 양해를 구하자 오통 씨는 규칙은 모든 사람에게 평등하게 적용되는 것이므로, 그것을 따르는 것이 옳다고 말했다.

오통 씨의 아들은 보조 병원으로 이송되어 예전에 교실이었던 곳에 수용되었다. 그곳에는 침대 열 개가 구비되어 있었다. 약 20시간이 지나자 리외는 아이의 증상이 아주 절망적이라고 판단했다. 그 작은 몸은 아무런 저항을 하지 못하고 병균에 침식되어갔다. 림프절 멍울들이 이제 겨우 생겨나기 시작했는데도 아이는 고통스러워하고 가냘픈 사지를 움직이지 못했다. 이미 진 싸움이었다. 리외가 카스텔의 혈청을 그 아이에게 시험해 볼 생각을 하게 된 것도 그런 이유에서였다. 바로 그날 저녁, 그들은 저녁 식사 후에 혈청을 장시간에 걸쳐 접종했지만, 아이는 아무런 반응을 보이지 않았다. 이튿날 새벽이 되자 그 중요한 실험의 결과를 판단하기 위해 모두가 아이 곁으로 몰려들었다.

아이는 마비 상태에서 벗어나 이불 밑에서 경련하듯 몸을 뒤척이고 있었다. 리외와 카스텔, 타루는 새벽 4시부터 아이 옆에서 병세의 진행 경과를 지켜보았다. 타루는 침대 머리맡에서 큰 덩치를 구부정하게 숙이고 있었다. 침대 발치에는 리외가 서 있었고, 그 옆에서 카스텔이 표면적으로는 아주 차분한 표정으로 오래된 책을 읽고 있었다. 옛 교실 안으로 햇살이 차츰 퍼져갈 때 다른 사람들이 도착했다. 먼저 파늘루 신부가 와서 침대 저편, 타루와 마주 보는 쪽에 자리를 잡고 벽에 기대섰다. 그의 얼굴에서 괴로운 표정을 읽을 수 있었는데, 지난 며칠 간의 피로가 누적되어 그런지 붉어진 이마에 주름살이 생겨 있었다. 다음으로 조제프 그랑이 왔다. 7시였는데, 그 서기는 가쁜 숨을 내쉬며 미안하다고 하면서, 잠깐밖에 시간이 없는데 혹시 확실하게 밝혀진 것이 있느냐고 물었다. 리외는 아무 말 없이 아이를 가리켰다. 아이는 일그러진 얼굴로 눈을 꼭 감고, 있는 힘껏 이를 악물고 몸은 고정한 채, 베갯잇도 씌우지 않은 베개 위에서 좌우로 고개를 흔들고 있었다. 마침내 날이 밝아서 교실 안쪽에 걸려 있는 칠판에서 옛날에 썼던 방정식의 흔적을 읽을 수 있을 정도로 실내가 밝아졌을 무렵 랑베르가 왔다. 그는 옆 침대의 발치에 등을 기대더니 담배를 꺼냈다. 그러나 아이를 한 번 쳐다보더니 담뱃갑을 도로 호주머니 속에 넣었다.

카스텔이 그대로 앉아서 안경 너머로 리외를 바라보았다.

"아이 아버지 소식은 있소?"

"아니요." 리외가 말했다. "격리수용소에 있어요."

리외는 아이가 신음하고 있는 침대의 난간을 힘껏 움켜쥐었다. 그는 어린 환자에게서 눈을 떼지 않았다. 아이의 몸이 갑자기 뻣뻣해지더니, 다시 이를 악물고 허리를 약간 뒤로 젖히며 팔다리를 서서히 벌렸다. 군용 모포 아래 벌거벗은 작은 몸에서 털실 냄새와 시큼한 땀냄새가 올라왔다. 아이는 차츰차츰 몸이 늘어지더니, 팔다리를 침대 한가운데로 모았다. 여전히 눈을 뜨지 않고 말도 하지 않았다. 숨은 더 가빠진 것 같았다. 리외와 타루의 시선이 마주쳤지만, 타루가 서둘러 눈길을 돌렸다.

그 무시무시한 병은 몇 달 전부터 사람을 가리지 않았기 때문에, 그들은 이미 아이들이 죽는 장면을 수없이 보아왔다. 그러나 그날 아침처럼 고통스러워하는 모습을 오랫동안 시시각각 따라가면서 살펴본 적은 한 번도 없었다. 물론 그들의 눈에는 죄 없는 아이들에게 가해지는 이 고통이 용납할 수 없는 추악함으로 보였다. 그러나 이전까지는 추상적으로만 분노하고 있었을 뿐이었다. 그토록 오랜 시간에 걸쳐 죄 없는 어린아이가 고통스럽게 죽어가는 모습을 목격한 적은 없었다.

바로 그때, 마치 누가 아이의 위장을 잡아뜯는 듯, 아이가 날카롭고 긴 신음을 내며 다시 몸을 구부렸다. 아이는 한참 동안 기묘하게 뒤틀린 자세로 몸을 접고 가만히 있더니, 마치 연약한 뼈대가 페스트의 광풍에 꺾이고 신열의 폭풍에 무너져 삐걱거리듯 오한으로 떨면서 경련을 일으켰다. 돌풍이 지나가자 몸이 약간 풀리고 열이 물러가면서 헐떡이는 아이를 병균이 가득한 축축한 모래사장 위에 던져놓은 것만 같았는데, 편안하게 쉬고 있는 모습이 이미 주검과 같았다. 열이 타오르듯 물결치며 세 번째로 다시 밀려와서 몸이 약간 솟아오르자, 아이는 자신을 태워버릴 듯한 불꽃이 두려운 듯 몸을 바싹 웅크렸고 침대 구석으로 파고들었다. 잠시 후 아이는 시트를 걷어차면서 미친 듯이 머리를 흔들었다. 불이 붙은 듯한 눈꺼풀 위에서 굵은 눈물이 솟아나 아이의 납빛 얼굴 위로 흘러내리기 시작했다. 발작이 끝나자 아이는 기진맥진한 상태로 뼈만 남은 두 다리와 48시간 만에 살이 다 녹아버린 듯한 두 팔에 경련을 일으키면서, 엉망이 된 침대 위에서 십자가에 못 박힌 듯한 괴상한 자세를 취했다.

타루는 몸을 숙여 두툼한 손으로 눈물과 땀으로 범벅이 된 조그만 얼굴을 닦아주었다. 얼마 전부터 카스텔은 책을 덮고 환자를 바라보고 있었다. 그는 무슨 말을 하려고 했지만, 갑자기 목소리가 이상하게 나와서 기침을 하고 나서야 말을 끝낼 수 있었다.

"아침에 있는 일시적 해열 현상도 없었죠, 리외?"

리외는 해열 현상은 없었지만, 아이가 보통의 경우보다 훨씬 오래 견디고 있다고 말했다. 파늘루 신부는 벽에 기댄 채 맥이 풀린 모습이었는데, 들릴까 말까 한 소리로 이렇게 말했다.

"더 오래 고통만 겪고 죽게 되는 셈이지."

리외가 갑자기 그에게로 몸을 돌리더니 무슨 말을 하려고 하다가 입을 다물었다. 자제하려고 애쓰는 게 역력했다. 그러고는 다시 시선을 아이에게로 돌렸다.

햇빛이 방 안으로 가득 들어왔다. 다른 침대 다섯 개에서도 환자들이 꿈틀거리며 신음하고 있었다. 다 같이 약속이라도 한 듯 나지막한 신음소리였다. 방 끝에 있는 환자 한 명만이 고통이라기보다는 놀라움을 나타내는 듯 짧은 탄성을 규칙적으로 내지르고 있었다. 마치 환자들에게도 초기의 공포는 지나간 것처럼 보였다. 심지어 병을 대하는 그들의 태도에는 이제 일종의 적응 같은 것이 보였다. 단지 그 아이만이 온 힘을 다해 몸부림치고 있었다. 리외는 가끔 필요해서라기보다는 아무것도 하지 못하는 무력감에서 벗어나기 위해 아이의 맥을 짚었다. 눈을 감으면 그 요란한 맥박이 자신의 동요와 뒤섞이는 것이 느껴졌다. 그러면 자신이 고통받는 아이와 한 몸이 된 것을 느꼈으며, 아직 남아 있는 온 힘을 다해 아이를 지탱해주려고 애썼다. 그러나 두 사람의 심장 박동은 순간적으로 일치했다가 다시 엇갈렸다. 아이는 그에게서 빠져나갔고, 그러면 그는 그 가냘픈 손목을 내려놓고 자기 자리로 돌아갔다.

회칠한 벽을 따라 햇빛은 장밋빛에서 노란빛으로 변해갔다. 유리창 뒤에서는 뜨겁게 달아오는 아침이 타닥거리기 시작했다. 그랑이 다시 돌아오겠다고 말하고 나갔지만, 그 말을 제대로 들은 사람은 아무도 없었다. 모두가 기다리고 있었다. 아이는 여전히 눈을 감고 있었지만, 약간 진정된 듯했다. 짐승의 발톱처럼 되어버린 두 손이 침대 가장자리를 살며시 긁적거리고 있었다. 그 손이 다시 올라가 무릎 근처의 시트를 긁더니, 갑자기 두 다리를 꺾고 허벅지를 배 쪽으로 끌어당기고는 움직이지 않았다. 이때 처음으로 아이가 눈을 뜨고 앞에 있는 리외를 바라보았다. 이제는 잿빛 찰흙처럼 굳어버린 아이의 얼굴 움푹한 곳에서 입이 벌어지더니, 곧 한마디 비명이 터져 나오며 길게 이어졌다. 그 비명은 호흡할 때도 거의 변하지 않았고, 단조로운 불협화음 같은 항의 소리였다. 그 소리가 갑자기 온 방을 가득 채웠다. 어린아이의 것이라기에는 너무 이상한, 마치 그곳에 있는 모든 환자들이 동시에 내지르는 것 같은 소리였다. 리외는 이를 악물었고, 타루는 고개를 돌렸다. 랑베르는 침대로 다가와 카스텔 옆에 섰고, 카스텔은 무릎 위에 펼쳐져 있던 책을 덮었다. 파늘루는 병 때문에 까맣게 타버린 채 인류의 역사와 함께 울려온 죽음의 비명을 내지르는 아이의 입을 바라보고 있었다. 그가 무릎을 꿇더니, 누가 내뱉는지는 알 수 없지만, 끊임없이 들려오는 신음소리를 따라, 나지막하지만 똑똑히 알아들을 수 있는 소리로 "주님, 이 아이를 구해주소서!"라고 말했다.

그러나 아이는 계속 소리를 질렀고, 주변에 있는 환자들도 요동을 쳤다. 아까부터 줄곧 방 끝에서 소리를 지르던 환자의 신음소리가 점점 빨라지더니 급기야 정말로 비명을 질러댔고, 다른 환자들의 신음소리도 점점 커졌다. 흐느낌이 밀물처럼 방 안으로 몰려와 파늘루의 기도를 뒤덮었다. 리외는 침대 난간에 매달린 채, 피로와 혐오감에 취한 듯 눈을 감았다.

리외가 다시 눈을 떠보니 타루가 곁에 와 있었다.

"그만 가봐야겠어요." 리외가 말했다. "더는 못 참겠어요."

그런데 갑자기 다른 환자들이 조용해졌다. 그제야 리외는 아이의 비명이 수그러들고 점점 약해지더니 멎어버렸다는 것을 깨달았다. 방금 끝난 싸움의 메아리처럼 그의 주변에서 신음소리가 다시 들려오기 시작했다. 싸움은 끝나 있었다. 카스텔이 침대 저쪽으로 가더니, 이제 다 끝났다고 말했다. 아이는 입을 벌린 채로, 그러나 말없이, 흐트러진 담요 위에 누워 있었다. 움푹 들어간 곳에 있어서 그런지 몸이 더 작아진 것 같았고, 얼굴에는 눈물 자국이 남아 있었다.

파늘루가 침대에 다가가 성체 강복식의 동작을 했다. 그리고는 사제복을 여미고 중앙 통로를 통해 밖으로 나갔다.

"전부 다시 시작해야 하나요?" 타루가 카스텔에게 물었다.

카스텔이 고개를 끄덕였다.

"아마도 그럴 겁니다." 그는 일그러진 미소를 지으며 말했다. "어쨌든 이 아이는 오래 견뎠습니다."

리외는 이미 방에서 나가고 없었다. 서두르는 걸음걸이에 표정이 심상치 않아서 파늘루가 팔을 내밀어 그를 붙잡았다.

"선생님." 파늘루 신부가 말했다.

리외는 여전히 화가 난 태도로 돌아서더니 격렬하게 내뱉었다.

"아! 이 아이는 아무 죄가 없었어요. 그건 잘 알고 계시죠!"

그러더니 몸을 돌려 파늘루보다 먼저 교실 문을 지나 교정 구석으로 갔다. 그는 먼지가 수북이 내려앉은 나무 두 그루 사이에 있는 벤치에 앉아 벌써 눈 속까지 흘러내린 땀을 닦았다. 소리를 질러 가슴을 짓이겨놓은 듯한 응어리를 풀어내고 싶었다. 더위가 무화과나무 가지들 사이로 서서히 내려왔다. 아침의 푸른 하늘은 희끄무레한 구름으로 뒤덮였고, 공기는 아까보다 더 숨을 조여왔다. 리외는 벤치에 몸을 기댔다. 그는 나뭇가지들과 하늘을 바라보며 천천히 호흡을 고르고 조금씩 피로를 삼켰다.

"왜 나에게 그렇게 화난 태도로 말씀하셨나요?" 뒤에서 목소리가 들렸다. "내게도 그건 참을 수 없는 광경이었습니다."

리외가 파늘루 쪽으로 돌아서서 대답했다.

"잘 알고 있습니다. 용서하세요. 피곤해서 그만 어리석은 짓을 했습니다. 이 도시에서는 반항심 말고는 아무것두 못 느끼게 될 때가 있습니다."

"이해합니다." 파늘루가 중얼거렸다. "우리 힘으로는 어쩔 도리가 없다 보니 반항심이 생길 수밖에 없습니다. 하지만 어쩌면 우리는 이해할 수 없는 것을 사랑해야 할지도 모릅니다."

리외가 벌떡 일어났다. 그는 자신이 할 수 있는 모든 힘과 열정을 다해 피로와 맞섰다. 그는 파늘루를 바라보고는 고개를 흔들었다.

"아닙니다, 신부님. 저는 하느님의 사랑이라는 것에 대해 좀 생각이 다릅니다. 이 세상에서 아이들마저 고통을 받아야 한다면, 그런 사랑은 죽을 때까지 거부할 겁니다."

파늘루의 얼굴에 당황한 기색이 엿보였다.

"아, 선생님." 그는 서글프게 말했다. "방금 나는 은총이라는 것이 무엇인지 알게 되었습니다."

그러나 리외는 다시 벤치에 몸을 깊숙이 기댔다. 피로가 다시 몰려오는 가운데 그는 좀 더 부드럽게 말했다.

"저에게 그런 깨달음이 없다는 건 잘 알고 있습니다. 하지만 그런 문제에 대해 신부님과 토론하고 싶지는 않습니다. 우리는 신성 모독이나 기도를 초월해서, 우리를 하나로 연결해주고 있는 그 무언가를 위해 함께 일하고 있으니까요. 중요한 건 그것뿐입니다."

파늘루가 리외의 곁에 와서 앉았다. 그는 깊이 감동한 것 같았다.

"그럼요, 그럼요. 선생도 나처럼 인간의 구원을 위해서 일하고 있으니까요."

리외는 미소를 지으려 애썼다.

"인간의 구원이란 저에겐 너무 거창한 말입니다. 그렇게까지 많은 것을 바라지 않습니다. 제가 관심 있는 건 인간의 건강입니다. 다른 무엇보다도 건강이 우선입니다."

파늘루가 머뭇거리며 말했다.

"의사 선생…"

그러나 그는 말을 멈추었다. 그의 이마에도 땀이 흘러내리기 시작했다. 그가 "다음에 또 뵙죠." 하고 일어섰을 때, 그의 눈은 눈물로 반짝거리고 있었다. 그가 자리를 뜨려 하자 생각에 잠겨 있던 리외가 자리에서 일어나서 그에게로 한 걸음 다가섰다.

"다시 한번 사과드립니다. 다시는 그렇게 화내는 일은 없을 겁니다."

파늘루는 손을 내밀며 서글프게 말했다.

"하지만 나는 선생을 납득시키지 못했지요."

"그건 중요하지 않습니다. 신부님도 잘 아시겠지만 제가 증오하는 건 죽음과 불행입니다. 신부님이 원하시든 원하시지 않든 간에 우리는 그것들을 함께 겪으며 괴로워하고, 또 그것들과 싸우고 있습니다."

리외는 파늘루의 손을 잡고 있었다.

"아시잖아요. 이제 하느님도 우리를 갈라놓을 수는 없습니다." 리외는 파늘루를 외면한 채 말했다.

★

보건대에 들어온 후 파늘루 신부는 병원과 페스트가 들끓는 장소들을 한시도 떠나지 않았다. 보건대원들 사이에서도 그는 마땅히 자신이 있어야 할 자리, 즉 최전선에 나섰다. 죽음의 광경을 보지 않을 수 없었다. 혈청 주사를 맞으면 감염이 어느 정도 예방되었지만, 목숨을 잃을 염려가 없는 것은 아니었다. 겉으로 그는 늘 평정을 유지하고 있었다. 그러나 아이가 죽어가는 모습을 오랫동안 지켜보았던 그날부터 그는 변한 것 같았다. 점점 긴장하는 기색이 얼굴에 드러났다. 그가 미소를 지으며 리외에게 요즘 '사제가 의사의 진찰을 받을 수 있는가?'라는 주제로 짧은 논문을 준비하고 있다고 말한 날, 리외는 그것이 파늘루가 말하는 것보다 훨씬 더 심각한 무언가와 관련이 있다는 인상을 받았다. 리외가 논문의 내용에 대해 알고 싶다고 하자, 파늘루는 남자들만 모이는 미사에서 설교를 할 예정인데, 그때 몇 가지 견해를 제시할 것이라고 말했다.

"선생님도 오시길 바랍니다. 관심 있는 주제일 테니까요."

신부는 바람이 심하게 불던 어느 날 두 번째 설교를 했다. 사실, 청중은 첫 번째 설교만큼 많지 않았다. 사람들이 더는 그런 것에 매력을 느끼지 못했기 때문이었다. 도시 전체가 겪고 있는 어려운 환경 속에서 '새로움'이라는 단어는 이미 의미를 상실하고 있었다. 게다가 대부분은 종교상의 의무를 완전히 저버리지도 않았고, 그렇다고 그것을 철저히 부도덕한 개인 생활에 꿰맞추지도 않았지만, 꾸준히 성당에 나가는 대신 비합리적인 미신에 빠져들었다. 그들은 미사에 참석하기보다는 성 로크의 메달이나 부적 같은 것을 몸에 지니고 다니는 것을 더 좋아했다.

사람들이 미신에 맹목적으로 빠진 것을 보여주는 예로, 예언에 지나칠 정도로 흥미를 보였다는 사실을 들 수 있다. 사실 봄이 되자 사람들은 페스트 사태가 끝나기를 기다렸다. 그러나 아무도 다른 사람에게 병이 얼마나 더 계속될지 물어볼 생각을 하지 않았다. 모두 그것이 오래가지 않을 것이라고 확신하고 있었기 때문이었다. 그러나 시간이 지나면서 그 불행이 정말 끝이 없는 것이 아닌가 하는 두려움이 생겼다. 그리고 페스트의 종말이라는 것이 모두의 희망이 되었다. 그래서 마술사들이나 가톨릭 교회의 성인들이 쓴 예언서가 이 손에서 저 손으로 건네졌다. 도시의 인쇄업자들은 예언에 대한 열광적인 관심을 미끼로 해서 큰 이익을 챙길 수 있으리라는 것을 일찌감치 간파하고, 손에서 손으로 전해지던 책을 대량으로 발행했다. 대중의 호기심이 식을 줄 모르는 것을 보게 된 그들은 시립 도서관에 있는 그런 유형의 야사(野史)를 전부 찾아내 시중에 퍼뜨렸다. 야사에 담긴 예언이 부족하면 기자들에게 이야기를 쓰라고 주문했는데, 기자들은 이런 일에 대해 그들이 모방하고 있는 지난 시대의 예언자들만큼이나 뛰어난 재능을 보여주었다.

예언 중 어떤 것들은 심지어 신문에 연재되기도 했다. 사람들은 건강하던 시절에 읽었던 연애 이야기만큼이나 그것들을 열심히 읽었다. 그중 몇몇 예언은 연도나 사망자의 수, 페스트가 계속될 개월 수 같은 것들을 괴상한 계산에 근거해 추정하고 있었다. 또 어떤 예언들은 역사상 대규모로 발생한 페스트와 비교하여, 그것과 이번 사태의 비슷한 점(예언에서는 이것을 불변의 사실이라고 불렀다)을 따서, 마찬가지로 괴상한 계산에 근거해 현재의 시련에 대한 교훈을 끌어냈다. 그러나 대중이 가장 높이 평가한 것은 두

말할 나위도 없이 묵시록의 어법으로 알려주는 일련의 사건들에 대한 예언이었다. 그것들 각각은 이 도시에서 지금 겪고 있는 사건으로 볼 수도 있었고, 혹은 그 복잡한 특성 때문에 다른 해석도 가능할 정도였다. 매일같이 노스트라다무스와 성녀 오딜의 이름이 언급되었고, 그것은 늘 효과가 있었다. 그런 예언의 공통점은 결국 사람들을 안심시켜준다는 것이었다. 다만 페스트만은 그렇지 않았다.

결국 이런 미신들은 사람들에게 종교의 역할을 하고 있었다. 파늘루가 설교를 할 때 성당이 4분의 3밖에 채워지지 않은 것도 이런 이유였다. 설교가 있던 날 저녁 리외가 도착해보니, 성당 입구의 문틈으로 바람이 들어와 청중 사이를 휘젓고 있었다. 그는 싸늘하고 고요한 성당에서 남자들만으로 구성된 청중 사이에 앉아 신부가 설교대에 오르는 것을 보았다. 신부는 첫 번째 설교 때보다 부드럽고 신중한 어조로 이야기를 했고, 청중은 그의 어조에서 몇 번이나 망설이는 기미를 느꼈다. 흥미로운 사실은 그가 이제는 '여러분'이 아니라 '우리'라고 말하고 있었다는 점이었다.

그러나 그의 어조는 차츰 단호해졌다. 그는 여러 달 전부터 페스트가 우리와 함께 있어 왔으며, 우리의 식탁이나 우리가 사랑하는 사람들의 머리맡에 앉아 있고, 우리들의 바로 곁을 따라다니며 일터에서 우리가 오기를 기다리고 있는 것을 수없이 봐왔기 때문에, 페스트에 대해 더 잘 알게 된 지금이야말로 그동안 몰랐던 것을 잘 이해할 수 있을 것이라는 말로 설교를 시작했다. 그는 지난번 같은 곳에서 설교한 것이 여전히 변함없는 진실이며, 적어도 자신은 그렇게 확신하고 있다고 했다. 그러나 비록 그것이 우리 모두에게 일어날 수 있는 일이긴 하지만(여기서 그는 자기 가슴을 쳤다), 그때는 아무 자비심도 없이 그런 생각을 했고 설교했었다고 했다. 그래도 모든 일에는 언제나 배울 점이 있다는 것이 변함없는 진실이라고도 했다. 가장 잔인한 시련조차도 기독교인에게는 은혜가 되는 법이므로 기독교인이 이 시련에서 찾아야 하는 것은 바로 은혜이며, 그것을 발견할 수 있는 방법이 무엇인지 알아내야 한다는 것이었다.

그 순간 리외 주위에 있는 사람들은 의자 팔걸이 사이에 깊숙이 들어앉아 가능한 한 편한 자세를 취하려는 것 같았다. 그때 가죽을 입힌 출입문 한 짝이 가볍게 덜거덕거렸다. 누군가가 일어나서 문을 붙잡았다. 그런 어수선한 분위기 때문에 산만해져서인지 리외는 파늘루의 말을 거의 듣지 않고 있었다. 페스트 때문에 생긴 상황을 논리적으로 설명하려고 해서는 안 되고, 페스트로부터 배울 수 있는 것을 배우려고 노력해야 한다는 것이었다. 리외가 막연하게나마 이해한 바에 따르면, 신부에게는 페스트에 대해 설명할 수 있는 것이 아무것도 없었다. 파늘루가 세상에는 하느님의 뜻에 따라 설명할 수 있는 것과 그렇지 않은 것이 있다고 단언했을 때가 되어서야, 리외는 그의 설교를 집중해서 듣기 시작했다. 세상에는 선과 악이 있고, 그 둘은 대체로 쉽게 구분이 된다. 그러나 악을 구분하는 데에는 어려움이 따른다. 예를 들어 명백히 필요한 악이 있고, 명백히 불필요한 악이 있다. 지옥에 빠진 돈 후안과 어린아이의 죽음을 놓고 볼 때, 방탕한 사람이 벼락을 맞아 죽는 것은 당연하지만, 어린아이가 고통을 겪는 것은 이해할 수 없기 때문이다. 실제로 어린아이가 겪는 고통과 그 고통에 따르는 공포, 그리고 그 고통을 설명해주는 이유를 찾아내는 것보다 더 중요한 것은 지구상에는 없다. 그 외의 인간 생활에서 신은 우리에게 모든 것을 수월하게 해준다. 여기까지 놓고 보면 종교는 아무런 장점이 없어 보인다. 반대로 어린아이가 겪는 고통 문제에 이르면 신은 우리를 궁지에 몰아넣는다. 그렇게 우리는 페스트의 성벽 아래에 와 있으며, 그 치명적인 그늘 속에서 은총을 찾아내야 한다. 심지어 파늘루 신부는 그 성벽을 기어오를 수 있게 해주는 간단한 특권조차 스스로 거부하고 있었다. 그 어린아이를 기다리고 있는 영생의 환희가 아이가 겪은 고통을 보상해줄 수 있다고 말하는 것이 그로서는 쉬운 일이지만, 사실 그 점에 대해서 자기는 전혀 아는 것이 없다는 것이었다. 영원의 기쁨이 인간이 느끼는 순간적인 고통을 보상해줄 수 있다고 누가 감히 단언할 수 있단 말인가? 그런 말을 하는 사람은 몸소 육체와 영혼의 고통을 맛본 주님을 섬기는 진정한 기독교인이라고 말할 수 없으리라. 아니다, 자신은 십자가가 상징하고 있는 사지가 찢기는 고통을 충실하게 본받아서 아이가 겪는 고통을 마주 보며 벽 아래에 머물러 있을 것이다. 그리고 오늘 자기의 설교를 듣고 있는 사람들에게 이렇게 말하고 싶다고 했다. "형제 여러분, 드디어 때가 왔습니다. 모든 것을 믿거나, 아니면 모든 것을 부정해야 합니다. 그런데 우리 중 대체 누가 감히 모든 것을 부정할 수 있겠습니까?" 신부가 이제 이단자가 되어가고 있구나 하고 리외가 생각한 순간, 그는 곧바로 말을 이어 이 명령, 이 순수한 요구야말로 기독교인이 받는 은총이라고 단언했다. 그것이 기독교인의 미덕이라는 것이었다. 신부는 자기가 말하고자 하는 미덕 속에 과격한 점이 있어서, 더 관대하고 고전적인 도덕에 익숙한 많은 사람에게 충격을 줄 것임을 알고 있다고 말했다. 그러나 페스트 시대의 종교는 여느 때의 종교와 같을 수는 없으며, 비록 하느님은 행복한 시기에는 사람들의 영혼이 평온하고 기뻐하기를 허용하고 심지어 그것을 바라지만, 극도의 불행 속에서는 사람들의 영혼이 극단적이기를 원한다는 것이었다. 신은 오늘날 인간에게 은총을 베풀어 우리가 '전부 아니면 무(無)'라는 가장 위대한 덕을 다시 찾아 실천해야 할 만큼 큰 불행 속에 우리를 빠뜨려놓았다는 것이다.

지난 세기에 어느 불경한 저술가가 교회의 비밀을 폭로하겠다고 주장하면서 연옥은 존재하지 않는다고 단정한 적이 있었다. 그 주장을 통해 그는 어중간한 것은 없고 오직 '천국'과 '지옥'만 있으며, 사람은 자기가 선택한 것에 의해 구원을 받거나 저주를 받는 것밖에 없다는 것을 암시했다. 그러나 파늘루의 생각에 그것은 방탕한 영혼만이 생각해낼 수 있는 이단이었다. 연옥은 엄연히 존재하는 것이기 때문이다. 그러나 연옥이라는 것을 지나치게 기대해서는 안 되는 시대, 즉 죄가 가볍다고 말할 수 없는 시대가 분명 있었다. 그 시대에는 모든 죄가 치명적이고 모든 무관심은 범죄였다. 전부 아니면 무였던 것이다.

파늘루가 말을 멈추자 리외는 문 밑으로 스며드는 성당 밖의 바람소리가 탄식처럼 들렸다. 바람이 더 잘 스며들어 더욱 거세진 것 같았다. 그때 신부는 자기가 말하는 무조건 복종이라는 미덕은 보통 해석하듯 좁은 의미로 보아서는 안 되며, 그것은 속된 체념도 아니고 까다로운 겸손도 아니라고 했다. 그것은 굴종이지만, 굴종하는 사람 스스로가 동의하는 굴종이었다. 분명 어린아이가 고통을 겪는 깃은 징신직으로나 감징직으로나 우리에게 굴욕감을 주는 일이었다. 그러나 바로 그런 이유로 우리는 고통을 감수하고 그 속에 몰입되어야 한다. 파늘루는 자기가 말하고자 하는 것이 쉬운 것이 아니라고 청중에게 양해를 구하면서, 바로 그런 이유로 신이 고통을 원하면 받아들여야만 한다고 말했다. 그렇게 함으로써 기독교인은 어떤 일도 서슴치 않고 할 것이며, 출구가 완전히 닫혀 있어도 근원적인 선택을 할 수 있을 것이라고 했다. 기독교인은 모든 것을 부정하지 않기 위해 모든 것을 믿는 쪽을 택할 것이다. 그리고 이 순간에도 많은 교회에서는 씩씩한 부인들이 림프절의 멍울이 생기는 것이 바로 인간의 몸이 감염을 물리치는 자연스러운 치유 과정임을 깨닫고 용감하게 기도할 것이다. "주여, 우리 자식에게도 멍울을 베풀어주소서!"라고. 비록 이해할 수 없을지라도 기독교인은 신의 성스러운 의지에 자신을 맡길 수 있어야 할 것이다. "이해할 수 있지만 받아들일 수는 없어."라고 말할 수는 없다. 우리에게 주어져 있지만 받아들일 수 없는 것의 본질을 향해 뛰어들어야 한다. 그렇게 함으로써 우리는 선택할 수 있다. 어린아이들이 겪는 고통이 우리에게는 쓰디쓴 빵이지만, 그 빵이 없다면 우리의 영혼은 정신적 굶주림으로 인해 죽고 말 것이다.

파늘루 신부가 잠시 말을 멈출 때마다 나지막한 소음이 들려왔다. 그러나 신부는 청중들을 대신해서 묻는 말투로, 그러면 우리는 어떻게 처신해야 하는가, 하고 힘차게 말을 이었다. 사람들은 틀림없이 숙명론이라는 끔찍한 단어를 입에 올릴 것이다. 좋다, 그 단어에 '능동적'이라는 형용사를 붙일 수 있다면 자신도 그 단어를 마다하지는 않겠다고 했다. 다시 말해, 지난번에 이야기했던 아비시니아의 기독교인들을 흉내내면 안 될 것이다. 그뿐만 아니라, 기독교인들로 구성된 보건대를 향해 자신들의 헌 옷을 던지면서, 신이 보낸 병에 대항하려는 불신자들에게 페스트를 보내 달라고 큰 소리로 하늘에 기도한 페르시아의 페스트 환자들을 흉내내서도 안 된다. 역으로, 지난 세기에 전염병이 유행할 때 병균이 잠복해 있을지도 모를 축축하고 따뜻한 입술이 손에 닿지 않도록 핀셋으로 성체를 집어 영성체를 주었던 카이로의 수도승들을 따라해서도 안 된다. 그 수도승들도 페르시아의 페스트 환자들과 마찬가지로 죄를 지은 것이다. 페르시아의 페스트 환자들은 어린아이의 고통을 전혀 헤아리지 않았기 때문이고, 카이로의 수도승들은 그와 반대로 고통에 대한 인간적인 공포가 너무 심했기 때문이다. 두 경우 모두 문제의 핵심을 간과하고 있다. 모두 하느님의 목소리를 알아듣지 못했던 것이다. 파늘루는 또 다른 예를 들었다. 마르세유에서 대규모로 발생한 페스트 관련 기록에 따르면, 메르시 수도원의 수도승 81명은 그 중 겨우 네 명만 살아남았는데, 그 네 명 중에서 세 명이 도망을 쳤다. 기록자는 여기까지만 적어놓았다. 그 이상을 적는 것은 그들의 직분에 어긋나는 일이었다. 그러나 그것을 읽으면서 파늘루 신부의 생각은 온통 77구의 시체를 목격하고 세 명의 동료가 도망쳤음에도 불구하고 홀로 남은 수도승 한 명에게로 향했다. 신부는 설교대 가장자리를 주먹으로 두드리면서 "여러분, 우리는 남아 있는 한 사람이 되어야 합니다!"라고 외쳤다.

물론 그렇다고 해서 재앙의 무질서에 대응하기 위해 사회가 택

힌 예방책과 현명한 질서를 기부허리는 뜻은 걸고 이니었다. 무
릎을 꿇고 모든 것을 포기해야 한다는 윤리학자의 말에 현혹되
어서는 안 된다. 어둠 속에서 더듬거리면서라도 전진을 계속해야
만 하고, 선을 행하도록 노력해야 한다. 그러나 그 밖의 것에 대해
서는 어린아이의 죽음까지도 신의 뜻에 맡기고 받아들여야 하며,
개인의 힘에 의존하려고 해서는 안 된다.

　여기서 파늘루 신부는, 마르세유에 페스트가 유행하던 당시 고
위직에 있었던 벨젱스 주교의 고귀한 모습을 언급했다. 페스트가
종식될 무렵, 주교는 자기가 할 수 있는 일은 다 했으므로 더는
어떻게 해볼 도리가 없다고 생각하고, 먹을 것을 준비해서 담을
높이 쌓고 칩거에 들어갔다. 그러자 그를 우상화하고 있었던 주민
들은, 고통에 사로잡힌 사람에게서 나타날 수 있는 감정의 기복
때문에 주교에게 분개하여 그를 감염시키기 위해 집 주변에 시체
를 쌓아 올렸고, 그를 더 확실하게 파멸시키기 위해 시체들을 담
너머로 던져 넣기까지 했다. 이처럼 주교는 마지막 순간에 마음이
약해져 자기는 죽음의 세계와는 동떨어져 있다고 생각했지만, 하
늘에서 그의 머리 위로 죽음이 떨어져 내렸던 것이다. 우리의 경
우도 이와 마찬가지다. 페스트로부터 완전히 격리된 섬은 없다는
것을 명심해야 한다. 중간이라는 것은 없다. 우리는 이 딜레마를
받아들이고, 신을 미워하든가 사랑하든가, 둘 중 하나를 택해야
한다. 그런데 대체 누가 감히 신을 증오할 수 있단 말인가?

　"형제 여러분," 마침내 파늘루가 결론을 짓겠다는 어조로 말했
다. "신을 사랑하는 것은 몹시 어렵습니다. 그것은 전적인 자기 포
기와 자기 인격의 무시를 전제로 합니다. 그러나 그분만이 아이들

의 고통과 죽음을 사라지게 할 수 있습니다. 어쨌든 그 사랑만이 죽음을 필연적인 것으로 만들 수 있습니다. 왜냐하면 어린아이의 죽음을 이해하는 것은 불가능하고, 그 죽음이 필연적이기를 바랄 수밖에 없기 때문입니다. 바로 이것이 여러분과 나누고자 하는 교훈입니다. 이것이 신앙입니다. 인간이 보기에는 잔인하지만, 신이 보기에는 결정적인 것입니다. 우리는 이런 믿음에 가까이 가야 합니다. 우리는 그 무서운 이미지에 도달할 수 있어야 합니다. 저 높은 꼭대기에서는 모든 것이 서로 섞여 동등해질 것입니다. 겉으로 볼 때 불의처럼 보이던 것에서 진리가 솟아날 것입니다. 바로 이런 이유로 프랑스 남부 지방의 수많은 성당에는 수세기 전부터 페스트로 쓰러진 사람들이 설교대가 놓인 포석 아래에 잠들어 있습니다. 사제들은 그 무덤 위에서 설교를 하고, 그들이 전파하는 정신은 어린아이들이 포함되어 있는 죽음의 재로부터 솟아나는 것입니다."

리외가 밖으로 나오자 반쯤 열린 문 사이로 거센 바람이 쏟아져 들어오면서 신자들의 얼굴을 정면으로 때렸다. 그 바람에 비냄새와 축축한 포도 냄새가 성당 안으로 실려왔고, 신자들은 밖으로 나가기도 전에 도시의 모습을 짐작할 수 있었다. 리외 앞에서는 막 밖으로 나온 한 늙은 신부와 젊은 부제가 바람에 날리는 모자를 붙드느라 애를 먹고 있었다. 늙은 신부는 쉬지 않고 파늘루의 설교에 대해 언급했다. 그는 파늘루의 웅변에 경의를 표했지만, 그가 표명한 몇 가지 대담한 생각에 대해서는 우려를 드러냈다. 그의 설교에는 힘보다는 불안이 더 많이 드러났는데, 파늘루의 연배가 되면 사제는 불안을 느끼면 안 된다는 것이었다. 젊온 부제는 바람을 피해 고개를 숙이면시, 자기는 파늘루 신부의 집에 자주 드나들고 있던 터라 그의 사상이 발전해 온 과정을 잘 알고 있으며, 그의 논문은 앞으로 더 대담해질 것이고 아마 출판 허가를 받지 못할 것이라고 단언했다.

"그의 사상이란 게 도대체 뭔가?" 늙은 신부가 물었다.

그들이 성당 앞뜰에 이르자 바람이 요란하게 불어서 젊은 부제는 입을 열지 못했다. 말을 할 수 있게 되었을 때 그는 이렇게 말했다.

"신부가 의사의 진찰을 받는다는 건 모순이라는 겁니다."

타루는 집에 돌아온 리외로부터 파늘루의 설교 내용을 전해 듣고, 자신은 전쟁 중에 눈을 잃은 한 청년의 얼굴을 보고 신앙심을 잃어버린 어떤 신부를 알고 있다고 말했다.

"파늘루의 말이 맞아요." 타루가 말했다. "죄 없는 젊은이가 눈을 잃었을 때, 기독교인이라면 신앙을 잃거나 눈이 빠진 것을 받아들여야 합니다. 파늘루는 신앙을 잃기를 원하지 않습니다. 그러니까 그는 끝까지 갈 겁니다. 그가 하고 싶었던 말이 바로 그거예요."

타루의 이런 견해가 그 후에 발생한 불행한 사건들과 당시 사람들이 이해할 수 없었던 파늘루의 행동을 해명하는 데 얼마나 도움이 될 수 있는지는 앞으로 각자 판단해 보기 바란다.

설교가 있은 지 며칠 후, 파늘루는 이사를 하느라 분주했다. 페스트의 확산으로 당시 시내에서는 이사가 끊이지 않았다. 타루가 호텔을 떠나 리외의 집에 머물러야 했던 것처럼, 파늘루 신부도 교구에서 배당해주었던 아파트를 떠나, 성당의 신자이자 아직 페스트에 걸리지 않은 노부인의 집으로 거처를 옮겨야 했다. 신부는 이사하는 도중 피로감과 불안감이 심해지는 것을 느꼈다. 그 여주인이 성녀 오딜의 예언이 잘 들어맞는다고 열심히 떠벌리는 이야기를 듣고, 신부는 피곤한 탓도 있었겠지만 약간 화를 냈고, 그 바람에 집주인의 존경심을 잃게 되었다. 그 후 그는 온갖 애를 써가면서, 하다못해 중립적인 호의라도 얻어보려고 했지만, 뜻대로 되지 않았다. 이미 나쁜 인상을 주었던 것이다. 그래서 저녁마다 거실에 앉아 있는 집주인의 등을 우두커니 바라보고 있다가, 그 부인이 뒤도 돌아보지 않고 쌀쌀맞은 말투로 "안녕히 주무세요, 신부님."이라고 하는 밤 인사를 떠올리며 레이스 커튼이 치렁치렁 늘어진 자기 방으로 돌아가야 했다. 그런 일이 반복되던 어느 날 밤, 그가 잠자리에 누우려는데 갑자기 머리가 쑤시면서 며칠 전부터 있었던 미열이 손목과 관자놀이로 터져 나오려는 것이 느껴졌다.

그 후에 일어난 일은 나중에 그 집 여주인의 이야기를 통해서 알려진 것밖에 없다. 그녀는 습관대로 아침 일찍 일어났다. 그런데 한참 지나도 신부가 방에서 나오지 않자 이상한 생각이 들어, 한참 망설인 끝에 방문을 두드려보기로 했다. 그녀는 신부가 밤새 한숨도 자지 못하고 누워 있는 것을 보았다. 그는 숨이 막혀 헐떡거렸고 얼굴이 벌겋게 달아올라 있었다. 부인의 말에 의하면, 의사를 부르자고 공손하게 제안을 했더니 서운하다 싶을 정도로 거세게 반대하더라는 것이었다. 결국 부인은 그냥 나올 수밖에 없었다. 신부는 잠시 후에 벨을 눌러 주인을 불렀다. 그리고 아까 짜증을 냈던 것을 사과하고, 페스트 증세는 전혀 없고 일시적인 피로 때문일 것이라고 말했다. 노부인은 그런 걱정 때문에 의사를 부르자고 한 것은 아니었으며, 자신의 안전은 하느님의 손에 달려 있으니 그런 것은 생각도 하지 않는다고 점잖게 말했다. 다만 신부님의 건강에 자신도 부분적으로나마 책임이 있다고 생각했을 뿐이라고 덧붙였다. 신부가 아무 대답도 하지 않자, 부인은 (물론 그 부인의 말을 전적으로 믿는다면) 의무를 다하겠다는 생각에서 다시 한번 의사를 부르자고 그에게 제안했다. 신부는 또다시 거절하며, 뭐라고 설명을 했는데 부인은 그것을 알아들을 수가 없었다. 그녀가 대충 알아들은 바로는(바로 그것이 이해가 안 가는 대목이었다) 신부는 진찰이라는 것이 자신의 원칙에 맞지 않기 때문에 거부한다는 것이었다. 부인은 신부가 열이 너무 심한 탓에 생각이 흐려져서 그런 것으로 결론을 짓고 탕약을 끓여주는 것으로 그치고 말았다.

그런 상황에서 요구되는 의무들을 아주 정확하게 완수하겠다고 늘 생각해왔던 그녀는 두 시간마다 규칙적으로 환자의 방에 들어가 보았다. 부인이 가장 눈여겨본 것은 신부가 계속 뒤척거리며 그날을 보냈다는 것이었다. 그는 이불을 걷어찼다가 끌어당겼다가 하면서 땀에 젖은 이마에 손을 갖다 대고, 몸을 자주 일으키고는 마치 쥐어짜듯 축축하고 거칠며 답답한 기침을 뱉어내려고 애썼다. 그럴 때면 마치 목구멍 깊숙이 박힌 솜뭉치를 뽑아낼 수 없어서 숨막혀 하는 것 같았다. 그런 발작을 몇 번 되풀이하고 나면 완전히 기진맥진해서 뒤로 나자빠졌다. 그러다가 또다시 몸을 반쯤 일으키고는 조금 전보다 더 꼿꼿한 자세로 앉아 정면을 응시했다. 부인은 의사를 부를까 하다가 환자가 기분이 상할까

봐 주저했다. 겉으로는 요란하지만, 어쩌면 단순한 감기 증세일지도 모른다고 생각했다.

오후에 부인은 신부에게 말을 걸어보았는데, 대답이라고는 몇 마디 횡설수설하는 소리밖에 들을 수가 없었다. 부인은 다시 한 번 제안을 되풀이했다. 그러자 신부는 몸을 일으키고 숨이 막혀 애를 쓰면서도 의사를 원치 않는다고 분명히 말했다. 부인은 이튿날 아침까지 기다려보고, 그때까지 호전되지 않으면 랑스도크 통신사에서 라디오를 통해 하루에도 십여 차례 방송하는 전화번호로 전화를 걸어봐야겠다고 생각했다. 언제나 자신이 맡은 의무에 충실한 그 부인은 밤에 환자를 찾아가 밤새 돌봐야겠다고 생각했다. 그러나 저녁때 신부에게 탕약을 새로 갖다준 다음 잠시 눈을 붙였는데, 정작 눈을 떠보니 다음 날 새벽이었다. 그녀는 신부의 방으로 달려갔다.

신부는 미동도 없이 누워 있었다. 전날 벌겋게 달아올라 있던 얼굴이 납빛이 되어 있었는데, 얼굴 윤곽이 아직 멀쩡한 만큼 더욱 안색이 두드러져 보였다. 신부는 침대 위에 걸려 있는 다채로운 빛의 진주 장식 샹들리에를 바라보고 있었다. 부인이 들어가자 신부는 그녀에게로 고개를 돌렸다. 부인의 말에 따르면, 그때 그의 모습은 밤새도록 고통에 시달려 온몸의 힘이 빠진 나머지 반응할 수도 없는 것처럼 보였다는 것이다. 그녀는 그에게 좀 어떠냐고 물어보았다. 그러자 그는 이상할 정도로 무심한 말투로, 상태가 더 나빠지고 있지만, 의사를 부를 필요는 없고, 규정대로 자기를 병원에 이송해주기만 하면 된다고 말했다. 부인은 겁에 질려 전화기로 달려갔다.

정오에 리외가 왔다. 부인의 이야기를 듣고 나서 그는 파늘루의 말대로 너무 늦은 것 같다고만 대답했다. 신부는 여전히 무심한 태도로 그를 맞이했다. 진찰을 해보니 놀랍게도 목이 막히고 호흡이 곤란할 뿐, 선(腺) 페스트나 폐(肺) 페스트의 주요 증상은 하나도 보이지 않았다. 그러나 맥박이 너무 약하고 상태가 전반적으로 극히 위태로워 가망이 거의 없었다.

"페스트의 주요 증상은 하나도 없습니다." 리외가 파늘루에게 말했다. "하지만 뭔가 석연치 않으니 격리해야 할 것 같습니다."

신부는 예의를 갖추려는 듯 이상한 미소를 지으며 아무 말도 하지 않았다. 리외는 전화를 걸고 돌아와 신부를 바라보며 부드럽게 말했다.

"제가 곁에 있겠습니다."

신부가 약간 생기를 되찾은 듯 리외에게 눈길을 돌렸다. 눈에서 온기가 살아나는 것 같았다. 그는 힘겹게 입을 열었는데, 슬픈 것인지 아닌지를 분간할 수 없었다.

"감사합니다. 하지만 성직자에게 친구란 없습니다. 모든 것을 신에게 맡겼으니까요."

그는 침대 머리맡에 놓인 십자가를 달라고 하더니 그것을 손에 쥐고 고개를 돌려 바라보았다.

파늘루는 병원에서도 입을 열지 않았다. 그는 모든 치료에 수동적으로 몸을 내맡기고 있었지만, 십자가는 끝내 놓지 않았다. 신부의 증세는 여전히 애매했다. 리외의 머릿속에는 끊임없이 의문이 생겼다. 페스트 같기도 하고 아닌 것 같기도 했다. 게다가 얼마 전부터 페스트는 진단을 엇갈리게 하는 데 재미가 붙은 것 같왔다. 그러나 파늘루의 경우, 그런 불확실성도 별로 중요하지 않다는 것이 그 후 경과에서 드러났다.

열이 높아졌다. 기침 소리는 점점 더 거칠어져 환자는 극도의 고통을 겪었다. 신부는 마침내 저녁에 그의 호흡을 틀어막고 있던 솜뭉치를 토해냈다. 새빨간 색이었다. 고열이 나는 상태에서도 파늘루의 눈빛은 무심했다. 다음 날 아침 그는 침대 밖으로 몸을 반쯤 늘어뜨리고 죽어 있었다. 그의 시선에는 아무런 표정도 없었다. 그의 진료 카드에는 이렇게 기록되었다.

'병명 미상.'

그해 만성절(기독교에서 성인들을 기리는 위령의 날, 11월 2일 – 옮긴이 주)은 여느 때와는 달랐다. 물론 날씨는 때에 알맞았다. 날씨가 변하더니 늦더위가 별안간 선선한 날씨로 바뀌었다. 이제는 예년과 마찬가지로 찬바람이 계속 불었다. 큼직한 구름들이 지평선 이쪽에서 저쪽으로 달리면서 주택가 뒤에 그늘을 드리웠다. 구름이 지나가고 나면 11월의 싸늘하고 노란 햇빛이 주택가 위를 다시 비추었다. 그해 처음으로 레인코트가 거리에 등장했다. 고무를 입혀서 반짝이는 레인코트가 놀랄 만큼 눈에 많이 띄었다. 사실 신문들은 200년 전 프랑스 남부를 휩쓸었던 대 페스트 사태 때 의사들이 자신을 보호하기 위해 기름 먹인 천을 둘렀다고 보도를 했다. 상인들은 그 기사를 이용해 유행이 지난 재고품들을 방출했는데, 사람들은 그것을 통해서라도 면역력이 생기기를 기대했다.

그러나 이런 계절적인 특징들도 성묘하러 가는 사람이 없다는 사실을 잊게 할 수는 없었다. 예년에는 전차 안에 은은한 국화꽃 향기가 가득 찼고, 여자들은 친지들의 묘지에 꽃을 놓으러 무리 지어 가곤 했다. 그날은 고인 곁에 가서 오랫동안 그들을 잊은 채 버려두고 지냈던 것에 대해 용서를 비는 날이었다. 그러나 그해에는 아무도 죽은 사람들을 생각하지 않았다. 정확히 말하면, 그들은 이미 죽은 사람들에 대해 지나치게 많이 생각했다. 그러므로 더 이상 후회와 우수에 잠겨 죽은 사람들을 찾을 필요가 없었다. 죽은 사람들은 더 이상 1년에 한 번씩 찾아가서 그동안 버려둔 것을 사죄해야 하는 대상이 아니었다. 그들은 잊고 싶은 불청객이었다. 이런 이유로 그해의 만성절은 이를테면 적당히 넘어가고 말았다. 타루가 보기에, 말투가 점점 신랄하게 변해가던 코타르의 표현에 따르면, 지금은 매일매일이 만성절이었다.

그리고 실제로 페스트의 기세등등한 불꽃은 화장터의 가마에서 매일같이 더욱 신나게 타올랐다. 하지만 사망자 수가 나날이 증가하고 있는 것은 아니었다. 다만, 이제 페스트는 그 정점에 편안히 자리를 잡고 앉아서, 착실한 공무원처럼 매일매일 저지르는 살인에 정확성과 규칙성을 부여하는 것 같았다. 원칙적으로는, 그리고 전문가의 견해로는, 그것은 좋은 징조였다. 끊임없이 상승하다가 오랫동안 안정세를 유지하고 있는 페스트의 진행 그래프는, 예를 들어 리외에게는 바람직한 현상으로 보였다. "아주 훌륭한 그래프야." 그는 이렇게 말하곤 했다. 그는 병세가 소위 안정 단계에 접어들었다고 보고 있었다. 앞으로는 쇠퇴밖에 남지 않았다는 것이다. 그는 이것이 카스텔의 혈청 덕분이라고 생각했다. 실제로 그의 혈청은 예기치 않았던 성공을 몇 차례 거두었다. 늙은 의사 카스텔도 이를 부인하지는 않았지만, 페스트는 역사적으로 볼 때 예기치 못했던 새로운 상황이 전개되는 경우가 종종 있었기 때문에 장담할 수 없다는 것이 그의 의견이었다. 도청에서는 오래전부터 그 문제에 대한 의사들의 의견을 듣기 위해 회합을 열기로 제안했는데, 그때 의사 리샤르가 역시 페스트로, 더구나 병세가 안정기에 있을 때 사망하고 말았다.

그 충격적인, 그러나 그 무엇도 확실한 것이 없는 리샤르의 사망을 계기로 행정 당국은 처음에 낙관론을 받아들였을 때 못지않게 경솔한 비관론으로 돌아섰다. 카스텔은 가능한 한 정성을 다해 혈청을 준비하는 데에만 몰두했다. 어쨌든 이제는 공공장소 중에 병원이나 검역소로 개조되지 않은 곳이 한 군데도 없었다. 그나마 도청을 아직 그대로 남겨둔 것은 회합 장소가 필요했기 때문이었다. 전체적으로 볼 때, 그리고 그 당시에는 페스트가 비교적 안정된 상태였기 때문에, 리외가 계획했던 조직의 일손이 모자란 적은 없었다. 의사들과 봉사자들은 기진맥진할 정도로 노력을 쏟고 있었고, 그 이상의 노력을 요하는 상황을 상상해 볼 필요는 없었다. 다만 그들은 그 초인적인 일들을 규칙적으로 계속해야 했다.

바람이 사람들의 가슴에 불을 붙여놓고 부채질한 것처럼, 전에 나타났던 폐장성 페스트가 이제 온 도시에 퍼져나갔다. 환자들은 피를 토하며 더 단기간에 사망했다. 전염병이 새로운 형태로 발전함에 따라 더욱 확산할 가능성이 있었다. 사실 그 부분에 대해서 전문가들의 의견은 늘 서로 어긋났다. 그래도 안전을 기하기 위해 보건 관계자들은 여전히 소독된 가제 마스크를 착용했다. 얼핏 보면 병이 더 확산되어야 할 것 같았다. 그러나 선페스트 환자 수가 감소하고 있었기 때문에 그래프는 그대로 수평을 유지했다.

시간이 지나면서 식량 보급 문제가 악화됨에 따라 여러 가지 문제들이 발생했다. 거기에 사재기가 성행해서, 부족한 생활필수품들이 일반 시장에서 터무니없는 가격에 팔렸다. 그 결과 부유한 가정들은 부족한 것이 거의 없었던 반면, 빈곤한 가정들은 몹시 괴로운 상황에 처했다. 페스트가 가져온 공평성이 효과를 발휘해 시민들 사이에서 평등이 강화될 수도 있었지만, 그것이 도리어 저마다의 이기심을 발동시켜 사람들의 마음속에 불의의 감정만 심화시키고 말았다. 물론 죽음이라는 완전무결한 평등이 남아 있었지만, 그런 평등은 아무도 원하지 않았다. 굶주림에 시달리는 빈곤한 사람들은 더욱 향수에 젖어, 생활이 자유롭고 빵이 비싸지 않은 이웃 도시들과 시골을 그리워했다. 논리에 맞지는 않았지만, 사람들은 당국이 식량을 충분히 공급해주지 못할 바엔 차라리 자신들이 떠나도록 허용해 주어야 한다고 생각했다. 그러더니 마침내 구호가 퍼져나가 벽보로 나붙기도 하고, 때로는 도지사가 지나갈 때 그 구호를 큰소리로 외치기도 했다. "빵 아니면 공기를." 이런 풍자적인 구호를 토대로 데모가 몇 차례 일어나기도 했지만, 곧 진압되었다. 그러나 그 심각성을 모르는 사람은 아무도 없었다.

당연히 신문들은 그들에게 내려진 수칙, 즉 어떻게 해서라도 낙관론을 유지하라는 보도 수칙을 절대적으로 따르고 있었다. 신문을 보면 현 상황은 시민들이 보여 준 '냉철하고 감동적인 모범

사례'라는 점이 특징적이었다. 그러나 꽉 막혀 있는 도시에서 비밀로 유지될 수 있는 것은 아무것도 없었으므로, 공동체가 보여주고 있는 '모범' 따위에 속는 사람은 아무도 없었다. 문제가 된 냉철함이나 침착함에 대해 정확히 이해하려면 당국에서 마련한 예방 격리소나 격리수용소에 들어가 보는 것으로 충분했다. 서술자는 다른 곳에 볼일이 있어서 그곳에 가보지 못했기 때문에, 여기서는 타루의 목격담을 인용할 수밖에 없다.

실제로 타루는 시립운동장에 설치된 수용소에 랑베르와 함께 방문한 이야기를 수첩에 적어놓았다. 운동장은 시 출입문 근처에 있었는데, 한쪽은 전차가 다니는 거리에, 다른 쪽은 그 도시가 건설된 고원 끝까지 펼쳐져 있는 공터에 닿아 있었다. 운동장에는 콘크리트 담장이 높이 둘러쳐져 있어서 네 군데의 출입구에 보초병만 세우면 탈출이 불가능했다. 그 담은 예방 격리된 사람들을 외부 사람들의 호기심으로부터 보호해주기도 했다. 대신 그들은 하루 종일 보이지도 않는 전차가 지나가는 소리를 들어야 했고, 전차 소리와 함께 웅성거리는 소리가 커지면 출퇴근 시간이라는 것을 짐작하곤 했다. 그들은 이런 식으로 자신들에게는 배제된 삶이 그들과 불과 몇 미터 떨어진 곳에서 계속되고 있으며, 콘크리트 담장이 서로 다른 행성보다 더 낯선 두 세계를 가르고 있다는 것을 깨달았다.

타루와 랑베르가 운동장에 찾아간 날은 어느 일요일 오후였다. 축구선수인 곤잘레스도 그들과 함께 갔다. 랑베르가 그를 다시 만났는데, 운동장에서 교대로 경비를 서달라는 부탁을 그가 받아들였기 때문이었다. 랑베르는 그를 수용소 소장에게 소개해야 했다. 곤잘레스는 두 사람과 만났을 때, 페스트가 발생하기 전 같으면 시합을 시작하려고 유니폼을 입고 있을 시간이라고 말했다. 경기장이 없어지고 난 지금은 불가능한 일이었다. 곤잘레스는 할 일이 없는 사람처럼 보였고, 스스로도 그렇게 느끼고 있었다. 그런 이유로 그는 주말에만 근무한다는 조건으로 감시 업무를 수락했던 것이다. 하늘은 약간 흐렸다. 곤잘레스는 하늘을 쳐다보더니 코를 벌름거리면서 비도 오지 않고 덥지도 않은 이런 날씨가 시합에는 제격이라고 아쉬운 듯 말했다. 그는 탈의실의 물파스 냄새, 무너질 듯 가득 찬 관람석, 엷은 황갈색 그라운드를 누비는 선명한 색깔의 운동복, 쉬는 시간에 마시는 레몬주스, 바싹 마른 목구멍을 수천 개의 바늘로 콕콕 찌르는 듯한 청량음료 같은 것들을 제 딴에는 열심히 기억해냈다. 타루의 기록에 따르면 교외에서 움푹 파인 길을 걸어가는 동안에도 그는 돌만 보면 발로 차곤 했다. 그는 돌멩이를 하수구에 차넣으려고 하면서, 성공하면 "1대 0"이라고 말했다. 담배를 피운 후에는 꽁초를 앞으로 탁 내뱉고, 땅에 떨어지기 전에 그것을 재빨리 발길로 찼다. 운동장 근처에서 놀던 아이들이 그들 쪽으로 공을 보내면, 곤잘레스는 달려가서 정확하게 그것을 차서 돌려보냈다.

마침내 그들은 운동장에 들어갔다. 관중석은 사람들로 꽉 차 있었다. 그러나 운동장은 수백 개의 붉은 천막으로 뒤덮여 있었고, 그 안에 있는 침구와 보따리 같은 것이 멀리서도 보였다. 관중석은 덥거나 비가 올 때 수용자들이 몸을 피할 수 있도록 그대로 두었다. 다만 해가 지면 천막으로 돌아가야 했다. 관중석 아래에는 샤워실이 새로 설치되었고, 예전의 선수용 탈의실은 사무실과 의무실로 개조되었다. 수용자 대부분은 관중석에 모여 있었고, 다른 사람들은 터치 라인 근처에서 서성거리고 있었다. 몇몇은 자신에게 할당된 천막 입구에 쪼그리고 앉아 멍한 눈으로 두리번거리고 있었다. 관중석에는 많은 사람이 무언가를 기다리듯 주저앉아 있었다.

"저 사람들은 낮에 뭘 하나요?" 타루가 랑베르에게 물었다.

"아무것도 안 하죠."

실제로 거의 모든 사람이 두 팔을 축 늘어뜨리고 앉아 빈손을 흔들고 있었다. 그 거대한 군중은 신기하리만큼 조용했다.

"처음 며칠 동안은 서로 말하는 소리도 안 들릴 정도로 시끄러웠어요." 랑베르가 말했다. "그런데 날이 갈수록 점점 말수가 적어지더군요."

기록에 따르면 타루는 그들의 심정을 이해하고 있었다. 그들은 초기에는 겹겹이 둘러쳐진 천막 속에서 파리가 날아다니는 소리를 듣거나 몸을 긁적거리기 바빴고, 이야기를 들어줄 사람이 있을 때는 자기들의 분노나 두려움을 소리 높여 떠들어댔다. 그러나 수용소 인원이 초과되자 이야기를 들어줄 사람이 점점 줄어들었다. 그래서 입을 다물고 서로를 경계하는 수밖에 없었다. 실제로 잿빛 하늘에서 붉은 수용소 위로 경계심 같은 것이 쏟아지고 있었다.

그렇다, 그들은 모두 서로를 경계하는 표정이었다. 강제로 격리된 데 이유가 없는 것은 아니었기 때문에 그들은 자기들이 격리된 이유를 찾으며 두려움에 찬 표정을 하고 있었다. 타루가 본 사람들은 하나같이 공허한 눈빛을 하고 있었고, 자신의 삶을 의미

있게 해주던 것으로부터 완전히 분리된 것에 대해 슬퍼하고 고통받는 표정이었다. 그렇다고 해서 항상 죽음만을 생각하고 있을 수는 없어서 그들은 아무 생각도 하지 않았다. 이를테면 그들은 휴가 중이었다. 타루는 이렇게 기록했다. '그러나 가장 최악인 점은 그들이 잊혀진 사람들이라는 사실과 그들 역시 그것을 알고 있다는 사실이다. 그들을 알던 사람들은 다른 생각을 하느라 그들을 잊고 있었기에, 그것은 충분히 이해할 수 있는 일이다. 그들을 사랑하는 사람들도 그들을 구해 내기 위해 교섭하거나 계획을 짜느라 진이 빠져 그들을 잊었던 것이다. 구출할 생각을 하기 급급해서 구출해야 할 사람을 생각하지 않는 셈이다. 그것 역시 당연한 일이다. 결국에 가서는, 비록 불행의 막바지에 이른 경우라 할지라도 어떤 사람을 정말로 생각한다는 것은 불가능하다는 것을 알게 된다. 왜냐하면 어떤 사람을 정말로 생각하는 것은 그 어떤 순간에도 결코 다른 것에 마음을 빼앗기지 않고, 예를 들어 살림 걱정도 안 하고, 날아다니는 파리도 보지 않고, 밥도 안 먹고, 가려움도 느끼지 않고 매 순간 생각하는 것이기 때문이다. 그러나 파리라든가 가려움이라든가 하는 것은 언제나 존재한다. 그렇기 때문에 인생은 살기 어려운 것이다. 그리고 그들은 그 사실을 너무나 잘 알고 있다.'

소장이 와서 오통 씨가 그들을 만나자고 한다고 전했다. 소장은 곤잘레스를 사무실로 안내하고 나서 그들을 관중석으로 데려갔다. 오통 씨가 혼자 앉아 있다가 관중석에서 일어나 그들을 맞이했다. 그의 옷차림은 여전했고 칼라도 여전히 빳빳했다. 다만 타루는 그의 관자놀이 위쪽의 머리카락이 뻗쳐 있고, 한쪽 구두

끈이 풀려있는 것을 보았다. 판사는 피곤해 보였고, 말하는 동안 단 한 번도 상대방을 보지 않았다. 그는 그들에게 만나게 되어 기쁘다고 말하며, 리외에게 신세를 많이 졌으니 감사의 말을 전해 달라고 했다.

두 사람은 잠자코 있었다.

"필리프가 너무 힘들어하지 않았기를 바랍니다." 잠시 후 판사가 이렇게 말했다.

타루는 그가 자기 아들의 이름을 부르는 것을 처음 들었다. 그가 어딘가 변했다는 것을 알 수 있었다. 해가 지평선으로 기울었는데, 구름 사이로 햇살이 들어 관중석을 비스듬히 비추며 세 사람의 얼굴을 붉게 물들였다.

"아닙니다." 타루가 말했다. "그러지 않았어요. 정말 별로 힘들어하지 않았습니다."

그들이 가고 난 뒤에도 판사는 여전히 햇빛이 비치는 쪽을 바라보고 있었다.

타루와 랑베르는 곤잘레스에게 작별 인사를 하러 갔다. 그는 감시 교대표를 들여다보고 있었다. 곤잘레스는 그들과 악수를 하며 웃었다.

"적어도 탈의실은 도로 찾은 셈이에요." 그가 말했다. "그게 어디예요."

잠시 후 소장이 타루와 랑베르를 배웅할 때, 관중석에서 지직거리는 잡음이 크게 들려왔다. 좋았던 시절에는 시합 결과를 알린다든가 팀을 소개하는 데 사용했던 확성기에서 나는 소리였다. 코맹맹이 소리로 수용자들은 천막으로 돌아가서 저녁 식사 배급을 받으라는 안내방송이 나오고 있었다. 사람들은 천천히 관중석을 떠나 신발을 질질 끌면서 천막 안으로 들어갔다. 모두 제자리로 돌아가자, 기차역에서 볼 수 있는 조그만 전동 카트 두 대가 커다란 냄비를 싣고 천막 사이를 돌아다녔다. 사람들이 팔을 내밀자 국자 두 개가 두 개의 냄비에서 음식을 떠서 식판 두 개에 쏟아부었다. 카트가 다시 움직였다. 다음 천막에서도 같은 일이 되풀이되었다.

"과학적이군요." 타루가 소장에게 말했다.

"그렇습니다." 소장은 그들의 손을 잡으며 만족스러운 듯 대답했다.

황혼녘이 되자 하늘이 개었다. 부드럽고 신선한 햇빛이 수용소를 비추었다. 저녁의 평화 속에서 숟가락과 접시 부딪치는 소리가 사방에서 들려왔다. 박쥐들이 천막 위에서 날갯짓을 하더니, 갑자기 사라졌다. 전차 한 대가 벽 저 너머에서 선로변경 장치 위를 지나가느라 삐걱거렸다.

"판사가 가엾군." 문턱을 넘으면서 타루가 중얼거렸다. "좀 도와줘야 할 텐데. 하지만 어떻게 돕겠어."

★

도시에는 이런 수용소가 몇 군데 더 있었는데, 조심스럽기도 하고 직접적인 정보가 없어서 서술자는 더 이상 그것에 대해 언급할 수가 없다. 그러나 확실한 것은, 그러한 수용소의 존재라든가, 거기서 나는 사람 냄새, 황혼 속에서 들리는 확성기의 커다란 소리, 담 뒤에 감춰진 신비, 그 버림받은 장소에 대한 공포 같은 것이 사람들의 마음을 무겁게 짓누르고, 모든 사람이 느끼던 혼란과 불안감을 더욱 증폭시켰다는 것이다. 행정 당국과의 마찰과 충돌은 더욱 심해졌다.

11월 말이 되자 아침에는 기온이 상당히 내려갔다. 억수 같은 비가 몇 차례 쏟아져 도로를 깨끗하게 씻어내렸고, 하늘은 구름 한 점 없이 청명했다. 아침이면 힘을 잃은 태양이 매일같이 도시 위로 차가운 햇살을 퍼뜨렸다. 저녁 무렵이면 반대로 공기가 다시 훈훈해졌다. 타루는 리외에게 자기 속마음을 조금씩 털어놓기 시작했다.

어느 날 저녁 10시경, 길고 힘든 하루를 보낸 후 타루는 늙은 천식 환자에게 왕진을 가는 리외를 따라갔다. 구시가지의 주택가 위로 하늘이 부드럽게 빛나고 있었다. 산들바람이 어두운 사거리를 소리 없이 가로질러 불어왔다. 고요한 거리를 벗어나자 두 사람은 노인의 수다와 맞닥뜨리게 되었다. 노인은 그들에게, 못마땅한 것이 많다, 늘 같은 놈들만 이익을 챙긴다, 위험한 일을 하면 결국 화를 입는다, 이러다가는 결국 – 이 대목에서 그는 손을 비볐다 – 무슨 일이 날 거다, 라고 떠들어댔다. 리외가 치료하는 동안에도 노인은 그런 이야기를 쉴 새 없이 늘어놓았다.

위층에서 누가 걸어 다니는 소리가 들렸다. 타루가 궁금해하자, 그의 늙은 아내와 이웃집 여자들이 테라스에 나와 있는 것이라고 설명했다. 노인은 윗층에서 보면 전망이 좋고 테라스의 한쪽 면이 서로 붙어 있어서, 그 동네 여자들은 집 밖으로 나가지 않고도 남의 집을 쉽게 방문할 수 있다는 사실도 알려주었다.

"올라가 보시구려. 거기는 공기가 좋소." 노인이 말했다.

테라스에는 아무도 없었고, 의자만 세 개 놓여 있었다. 한쪽으로는 옆집 테라스가 줄지어 보였고, 그 끝은 돌로 된 컴컴한 덩어리와 닿아 있었다. 바로 첫 번째 언덕이었다. 다른 쪽으로는 거리 몇 개와 보이지 않는 항구 너머로, 하늘과 바다가 뒤섞인 수평선이 은밀히 고동치는 모습이 내다보였다. 절벽이 있는 쪽에서는 어디서 오는지 알 수 없는 불빛 한 줄기가 규칙적으로 깜박이고 있었다. 지난봄부터 다른 항구들로 항로를 돌리는 선박들을 위해 해협의 등대가 계속 불빛을 비춰주고 있었다. 바람에 쓸려 빛이 나는 하늘에서는 별들이 맑게 반짝이고, 등대의 불빛이 멀리 비치면서 하늘에 순간적으로 회색빛을 더했다. 향료 냄새와 흙내음이 미풍에 실려왔다. 모든 것이 완전한 침묵에 잠겨 있었다.

"날씨가 좋네요." 리외가 앉으면서 말했다. "마치 여기는 페스트가 한 번도 올라오지 못한 것 같군요."

타루는 그에게 등지고 앉아 바다를 보고 있었다.

"네, 좋군요." 잠시 후 그가 말했다.

그는 리외 곁에 와서 앉더니 그를 유심히 바라보았다. 하늘에서 불빛이 세 번 나타났다. 거리 안쪽 깊숙한 곳에서 접시 부딪치는 소리가 그들에게까지 들려왔다. 집 안에서는 문이 닫히는 소리가 났다.

타루가 자연스럽게 말했다. "리외, 내가 어떤 사람인지 한 번도 알려고 한 적이 없었죠? 나를 친구로 생각하세요?"

"그럼요, 친구로 생각하죠. 지금까지 그런 걸 물을 시간이 없었던 것뿐이에요." 리외가 말했다.

"그렇다면 안심이네요. 이 시간을 우정의 시간으로 하면 어떨까요?"

리외는 대답 대신 그에게 미소를 지었다.

"좋아요. 자, 그럼⋯."

저 멀리 어느 거리에서 자동차 한 대가 축축한 도로 위를 오랫동안 달리고 있는 듯했다. 자동차가 멀어진 후, 알 수 없는 고함 소리가 들려와 침묵을 깨뜨렸다. 이윽고 하늘과 별의 무게를 실은 듯한 침묵이 두 사람 위에 다시금 쏟아졌다. 타루가 일어나서 테라스 난간에 걸터앉았다. 그의 맞은편에서 리외가 여전히 의자에 몸을 깊이 파묻고 있었다. 하늘을 배경으로 타루의 육중한 윤곽이 드러나 보였다. 그는 오랫동안 이야기를 했다. 그의 이야기를 적어보면 대략 다음과 같다.

"간단히 말하자면 리외⋯, 나는 이 도시와 전염병을 알기 훨씬 전부터 페스트 때문에 고통을 받았어요. 말하자면 나도 이곳의 모든 사람과 마찬가지라는 얘기예요. 그런데 세상에는 페스트를 모르는 사람들도 있고, 그런 상태에서도 잘 지내는 사람들이 있고, 페스트를 알고 거기서 빠져나가려는 사람들도 있어요. 나는 늘 빠져나가려고 했어요.

젊었을 때 나는 나 자신이 순진하다고 생각했어요. 말하자면 전혀 생각 없이 살았던 거죠. 고민하는 성격도 아니었고, 사회생활도 그런대로 순조롭게 시작했어요. 머리도 괜찮았고, 여자들과의 관계도 좋았죠. 가끔 불안감이 생기기도 했지만 금방 잊었어요. 그런데 어느 날 나는 반성하기 시작했어요. 그리고 지금은⋯.

미리 말해두자면 나는 당신처럼 가난하지는 않았어요. 아버지가 차장검사였으니, 좋은 환경이었죠. 하지만 아버지는 타고난 호인이어서 그런 티를 내지 않으셨어요. 어머니는 소박하고 검손했어요. 난 항상 어머니를 사랑했어요. 하지만 그 이야기는 안 하는 편이 낫겠어요. 아버지는 나를 애지중지하셨어요. 그래서 나를 이해하려고 많이 애쓰셨던 것 같아요. 지금 생각해보면 바람을 피우셨던 것 같은데, 그래도 그것 때문에 화를 낸 적은 없어요. 아버지는 모든 면에서 남의 감정을 상하게 하지 않고 지켜야 할 도리대로 행동하셨어요. 간단히 말해 그렇게 특출난 인물은 아니었어요. 돌아가시고 난 지금 생각해보면, 성자처럼 살지는 않았지만 그렇다고 악인도 아니셨던 것 같아요. 그냥 중간을 지키셨던 것뿐인데, 사람들이 적당히 애정을 느끼고 그 감정을 오래 유지하게 되는 그런 인물이었어요.

그래도 아버지에겐 한 가지 특징이 있었어요. 〈철도 여행 안내〉란 책을 늘 머리맡에 두고 읽으셨거든요. 그렇다고 여행을 자주 가시는 것도 아니고, 휴가 때 땅을 조금 갖고 있는 브르타뉴에 가보시는 정도였어요. 하지만 아버지는 파리-베를린 간 열차 출발 시각과 도착 시각을 알고 계셨어요. 리옹에서 바르샤바까지 가려면 몇 시에 어디서 환승을 해야 하는지, 어디가 되었든 한 수도에서 다른 수도까지의 거리가 몇 킬로미터인지도 정확하게 알고 계셨어요. 브리앙송에서 샤모니까지 어떻게 가야 하는지 말할 수 있겠어요? 아마 역장이라도 잘 모를 거예요. 하지만 아버지는 잘 알고 있었죠. 거의 매일 저녁에 철도 여행에 대한 지식을 풍부히 하려고 공부하셨고, 그걸 아주 자랑스럽게 생각하셨어요. 나도 그게 재미있어서 아버지에게 자주 질문하고, 아버지의 대답을 책에서 찾아보고 그게 틀림없다는 걸 확인하고 좋아하곤 했지요. 그렇게 묻고 대답하면서 우리 부자는 아주 가까워졌어요. 내가 아버지의 청중이 되어 드렸고, 아버지는 내 성의를 아주 흡족해하셨어요. 나는 철도에 대해 해박한 것도 다른 지식과 마찬가지로 가치 있다고 생각했어요.

그러고 보니 그 우직한 분을 너무 대단한 인물로 묘사한 게 아닌가 싶네요. 결과적으로 아버지는 그저 내가 결심하는 데 간접적인 영향을 미쳤을 뿐인데 말이에요. 아버지는 기껏해야 내게 어떤 기회를 만들어 주신 것뿐이에요. 내가 17살 때 아버지는 법정에 와서 당신이 진행하는 공판 과정을 들어보겠느냐고 하셨어요. 법정에서 중죄를 저지른 피의자를 재판하는 것이었는데, 아버지는 그날 당신의 가장 훌륭한 모습을 보여 줄 수 있을 거라고 생각하셨던 거죠. 젊은 사람의 상상력을 자극하기에 적당한 그런 의식을 통해서 나도 아버지가 선택한 법조인의 길로 들어가게 하려는 의도였던 것 같아요. 난 좋다고 대답했어요. 아버지가 좋아하실 것 같기도 했고, 집에서 보여주시는 모습과는 다른 역할을 하시는 걸 보고 듣고 싶었거든요. 그 이상은 아무 생각도 없었어요. 그전까지만 해도 나는 법정에서 일어나는 일에 대해 7월 14일 혁명기념일의 열병식이나 상장 수여식처럼 별 생각이 없었어요. 법정에서 일어나는 일에 대해 극히 비현실적인 관념밖에 없었고, 그게 불편하지도 않았어요.

그런데 그날, 내가 간직하게 된 유일한 이미지는 죄인의 모습뿐이었어요. 사실 나도 그 사람에게 죄가 있다고 생각했지만, 그게 무엇이었는가는 중요하지 않았어요. 빨간 머리에 키가 작고 불쌍해 보이는 그 남자는 모든 걸 인정하기로 결심했는데, 자기가 저지른 일과 자기에게 가해질 일에 얼마나 겁먹은 표정이던지, 몇 분 뒤에는 그 사람 외에는 아무것도 쳐다볼 수가 없었어요. 그는 마치 너무 강한 햇빛 때문에 겁에 질린 올빼미 같았어요. 넥타이의 매듭은 와이셔츠 깃에 맞춰져 있지 않았어요. 그리고 오른손의 손톱을 깨물고 있었어요. 아무튼 더 자세히 설명하지는 않겠지만 그는 살아있지만 죽은 사람이었어요.

그런데 문득 내가 지금까지 그를 '피고인'라는 편리한 개념으로만 생각해 왔다는 걸 깨달았어요. 그 순간 내가 아버지를 잊었다고 말할 수는 없지만, 뭔가가 내 배를 꽉 졸라매고 있는 기분이어서 그 형사 피고인 외에는 아무것도 집중할 수 없었어요. 거의 아무것도 귀에 들리지 않았죠. 나는 사람들이 살아 있는 그 사람을 죽이려 한다는 걸 느꼈고, 엄청난 본능이 파도처럼 몰려와서 거의 맹목적으로 그 남자 편을 들고 있었어요. 나는 아버지가 공소장을 읽기 시작할 때에야 간신히 정신을 다시 차렸어요.

붉은 법복을 입은 아버지는 호인도 아니고 다정한 사람도 아니고 다른 사람으로 변해 있었어요. 아버지의 입에서는 엄청난 말들이 우글거리고 있다가 뱀처럼 쏟아져나왔어요. 나는 아버지가 사회의 이름으로 그 사람의 죽음을 요구하고, 심지어 목을 자르라고 요구하고 있다는 걸 깨달았어요. 사실 아버지는 이렇게 말했을 뿐이었어요. '그의 목은 마땅히 떨어져야 합니다.' 아버지는 아버지의 손으로 그 사람 목을 떨어뜨린 것과 크게 다를 바 없었어요. 아버지는 실제로 그 남자의 머리를 얻으셨으니까 같은 결과에 이른 셈이었죠. 실제로 목을 자른 사람이 아버지가 아니었을 뿐이에요. 처형 장면을 보지는 못했지만 나는 공판을 끝까지

방청했는데, 그 불행한 남자에게 아버지라면 도저히 느끼지 못할 엄청난 친밀감을 느꼈어요. 그래도 아버지는 관례에 따라 사람들이 정중하게 '최후의 순간'이라고 칭하지만, 실상은 '가장 비열한 살인'이라고 불러야 할 그 처형에 참석하셨을 거예요.

그날부터 나는 〈철도 여행 안내〉만 보아도 끔찍해서 구역질이 났어요. 그날부터 나는 법이나 사형선고나 형 집행 같은 것에 관심이 생겼어요. 그리고 아버지가 벌써 몇 차례나 그런 살인 현장에 입회했었고, 아버지가 아침 일찍 일어나시는 날이 바로 그런 날이었다는 걸 알게 되었을 때는 현기증이 느껴졌어요. 그런 날이면 아버지가 자명종을 맞춰 두었어요. 어머니에게는 그런 이야기를 하지는 못했지만, 어머니를 더 주의 깊게 관찰하게 되었어요. 나는 두 분 사이에는 이제 아무것도 없고, 어머니가 체념하고 계신다는 걸 알게 되었어요. 그게 내가 아버지에게 무관심한 어머니를 용서하는 데 도움이 되었어요. 나중에 알게 되었지만 용서할 건 아무것도 없었어요. 왜냐하면 어머니는 결혼 전까지 내내 가난했었고, 그래서 체념을 배웠던 거예요.

어쩌면 리외 선생님은 지금쯤 내가 곧바로 집을 떠났을 거라고 짐작하고 계실지도 모르겠네요. 하지만 그러지는 않았어요. 나는 그대로 몇 달, 아마 거의 1년은 더 집에 머물러 있었어요. 하지만 마음은 병들어 있었어요. 어느 날 저녁, 아버지가 일찍 일어나야 하니 자명종을 가져오라고 하셨어요. 그날 밤 나는 잠을 이루지 못했어요. 그 이튿날 아버지가 돌아오시기 전에 나는 집을 나왔어요. 뒤에 무슨 일이 있었는지 바로 말씀드리자면, 아버지는 사람을 시켜서 나를 찾으셨어요. 그리고 나는 아버지를 만나러 가서 아무 설명도 안 하고 침착하게, 만약 나를 강제로 돌아오게 하면 자살해버리겠다고 말씀드렸어요. 아버지는 결국 받아들이셨어요. 본래 성격이 온순한 편이셨으니까요. 그리고 멋대로 사는 것이 얼마나 어리석은 일인지(아버지는 내 행동을 그렇게 해석하셨는데, 나는 굳이 그 오해를 풀어드리지 않았어요)에 대해 일장 연설을 하고, 수많은 충고를 하고, 진정 어린 눈물을 눌러 참으셨어요. 그 후에, 시간이 아주 많이 지난 후의 일이지만, 나는 어머니를 만나러 정기적으로 집에 들렀고 그때 아버지도 뵈었어요. 아버지는 그런 관계로 만족하셨던 것 같아요. 나는 아버지에게 원한 같은 건 없었어요. 다만 마음속에 약간의 슬픔이 남아 있었어요. 나는 아버지가 돌아가신 후에 어머니와 함께 살았는데, 어머니가 돌아가시지 않았다면 지금도 함께 살고 있었을 거예요.

내가 인생의 첫발을 내디딘 그 시절에 대해 길게 이야기한 건 실제로 모든 것이 거기서 출발했기 때문이에요. 이제 좀 서둘러 이야기할게요. 나는 18살 때 그 안락한 생활에서 벗어나자마자 바로 가난을 경험했어요. 먹고 살기 위해서 안 해본 일이 없었죠. 결과도 나쁘지 않았어요. 하지만 내가 관심을 가진 것은 사형선고였어요. 그 붉은 머리 올빼미 씨하고 결말을 짓고 싶었거든요. 그래서 이른바 정치를 하게 됐어요. 당연히 페스트 환자가 되고 싶지는 않았을 테죠. 그게 다예요. 내가 살고 있는 사회에 사형 제도가 존재하는 이상, 사회에 맞서 투쟁하는 것이 살인 행위에 대해 투쟁하는 거라고 생각했어요. 나는 그렇게 믿었고, 다른 사람들도 그렇게 말했어요. 결론적으로 보면 그건 대체로 사실이었어요. 그래서 나는 내가 좋아하는 사람들, 지금도 변함없이 좋아하는 사람들과 함께 일하기 시작했어요. 오랫동안 그들과 함께했죠. 유럽에 있는 나라 중에서 내가 사형 제도를 없애기 위해 투쟁에 참여하지 않은 곳은 하나도 없을 정도예요. 자, 다음 이야기로 넘어가죠.

물론 경우에 따라서는 우리도 사형선고가 필요하다는 걸 알고 있었어요. 더 이상 사람을 죽이지 않는 세계를 만들기 위해서 그런 몇몇 사람의 죽음이 필요하다고 말하는 사람들도 있었어요. 어떤 의미에서는 그 말도 사실이었지만, 어쨌든 나는 그런 사실을 받아들일 수 없었어요. 확실한 건 내가 피고인을 보고 망설였다는 거예요. 나는 그 외톨이 올빼미 남자를 생각했고, 그렇게 계속 지낼 수 있었어요. 헝가리에서 사형 집행을 본 그날까지는 말이에요. 그날, 어린 나를 사로잡았던 현기증이 여전히 내 눈앞에 있는 모든 걸 흐릿하게 했어요.

선생님은 사람을 총살하는 것을 보신 적 있나요? 물론 못 보셨겠죠. 그건 대개 초청받은 사람들에게만 보여주게 되어 있고, 참석하는 사람들도 미리 정해져 있거든요. 그래서 그것에 대한 이미지는 그림이나 책에서나 볼 수 있어요. 눈가리개, 말뚝, 멀리 떨어져 있는 병사들, 뭐 그런 거죠. 하지만 실상은 천만예요. 전혀 그게 아니에요. 총살 집행반 사격수들이 사형수와 불과 1미터 50센티미터 떨어져 있고, 사형수가 두 걸음만 앞으로 나가면 가슴에 총부리가 닿는다는 걸 아시나요? 그렇게 가까운 거리에서 사격수들이 심장 근처를 집중 사격하면, 주먹이 들어갈 만한 구멍이 뚫린다는 걸 알고 계세요? 선생님은 모르실 거예요. 아무도 이런 자세한 내용은 이야기해주지 않으니까요. 사람들의 숙면은 페스트 환자들의 목숨보다 더 신성해요. 선량한 사람들이 잠을 자는 것을 방해해서는 안 되죠. 잠드는 걸 방해하려면 어느 정도 악취미가 있어야 되는데, 누구나 다 아는 것이지만 취미란 애써 고집을 부리지 않아도 되는 거잖아요. 그런데 나는 그 무렵부터 잠을 잘 수가 없었어요. 나에겐 악취미가 남아 있어서 그걸 계속 입에 올리고 고집을 부렸어요. 다시 말해, 늘 그것만 생각하고 있었던 거예요.

나는 그때 온 힘과 정신을 기울여 페스트와 싸운다고 생각하며 살아온 그 오랜 세월 동안 내가 페스트 환자였다는 사실을 깨달았어요. 내가 간접적으로 수천 명의 죽음에 동의했다는 것, 죽음을 초래할 수밖에 없는 행위나 원칙을 선(善)이라고 생각하고 그런 죽음을 부추기기까지 했다는 걸 깨달았어요. 다른 사람들은 그런 것에 신경 쓰지 않는 것 같았어요. 적어도 그런 이야기를 털어놓는 일은 없었어요. 하지만 나는 목이 멜 정도로 괴로웠어요. 그들과 함께 있으면서도 외로웠어요. 내가 불안한 마음을 드러내면, 그들은 중요한 것이 무엇인지 잘 생각해야 한다면서, 아무리 애를 써도 삼킬 수 없는 것을 삼키게 하려고 여러 가지 이유를 갖다 댔어요. 나는 붉은 법복을 입은 저 거물급 페스트 환자들도 나름대로 이유가 있고, 만약 내가 불가항력이라는 이유로 군소 페스트 환자들이 주장하는 요구를 용인한다면, 거물급들의 요구도 거부할 수 없을 거라고 대답했어요. 그들은 나에게 붉은 법복을 입은 사람들을 정당화할 수 있는 가장 좋은 방법은 사형 선고를 전적으로 일임하는 것이라고 지적했어요. 하지만 나는 양보하기 시작하면 끝없이 양보해야 한다고 생각했어요. 역사는 내가 옳다는 것을 증명해주었어요. 오늘날 그들은 누가 더 많이 죽이는지 경쟁하고 있으니까요. 그들은 모두가 살인의 광기에 빠져 있어요. 달리 어떻게 할 도리가 없기 때문이에요.

어쨌든 내가 할 일은 이치를 따지는 문제가 아니었어요. 나에게는 붉은 머리 올빼미 남자가 문제였고, 그 더러운 사건이 문제였어요. 페스트에 감염된 더러운 입이 쇠사슬에 묶인 어떤 남자에게 죽음을 선고하고, 죽는 데 필요한 것을 전부 다 준비해놓은 그 사건 말이에요. 그 남자는 살해 당할 그 날을 뜬눈으로 기다리며 고뇌의 밤을 보내는 거죠. 나에게는 가슴에 뚫린 그 구멍이 문제였어요. 그래서 나는 이렇게 생각했어요. 최소한 나라도 그 끔찍한 도살 행위에 대해 정당화하는 것은 절대로 거부하겠다고요. 그래요. 나는 좀 더 분명히 사리를 깨달을 수 있을 때까지 고집스럽고 맹목적인 태도를 지켜나갈 겁니다.

그 이후로 나는 변하지 않았어요. 나는 오랫동안 부끄러워했어요. 아무리 간접적이라 해도, 또 아무리 선의에서 나왔다고 해도, 나 역시 살인자였다는 것이 죽을 만큼 수치스러웠어요. 시간이 지나면서 나는 보통 사람들보다 나은 사람들조차도 오늘날에는 죽이거나 죽임을 당하지 않을 수 없다는 걸 깨달았어요. 그들이 바로 그런 잘못된 논리 속에 살고 있기 때문이에요. 사람을 죽이지 않으면 이 세상에서 꼼짝할 수 없기 때문이에요. 그래요. 나는 우리 모두가 페스트 속에 놓여 있다는 걸 알게 되었어요. 그리고 그것 때문에 부끄러워졌어요. 마음의 평화를 잃어버렸어요. 나는 그 평화를 되찾아서 모든 사람을 이해하고 그 누구에게도 치명적인 원수가 되지 않으려고 애쓰고 있어요. 내가 아는 것이 하나 있다면, 그건 페스트 환자가 되지 않으려면 해야 할 일은 해야 한다는 거예요. 그것만이 우리로 하여금 평화를 되찾을 수 있게 해주어요. 평화가 아니라면 적어도 떳떳한 죽음을 기대할 수는 있겠죠. 그것이야말로 인간의 마음을 편하게 해주는 것이고, 비록 인간을 구원해주지는 못한다고 해도 최소한 그들에게 해를 덜 끼치고, 때로는 약간의 선까지 행할 수 있게 해주니까요. 그래서 나는 직접적이건 간접적이건, 좋은 이유에서건 나쁜 이유에서건 사람을 죽게 만드는 모든 것을, 또는 죽이는 것을 정당화하는 모든 걸 거부하기로 결심했어요.

이런 이유로 이번에 유행한 전염병을 통해서 내가 알게 된 건 단지 선생님 편에 서서 이 병과 싸워야 한다는 것뿐이에요. 내가 확실하게 알고 있는 건(그래요, 리외. 아시다시피 나는 인생에 대해 전부 알고 있어요) 사람은 제각기 자신 속에 페스트를 지니고 있다는 거예요. 왜냐하면 세상에서 그 누구도 페스트 앞에서 무사하지 않으니까요. 그리고 자칫 방심하다가 남의 얼굴에 입김을 뿜어서 전염시키지 않도록 조심해야 해요. 병균은 의지가 없는 것인 반면, 그 외의 것들, 즉 건강, 청렴, 순결함 등은 의지의 산물이에요. 좋은 사람, 아무도 감염시키지 않은 사람이란 방심하지 않는 사람을 뜻해요. 그런데 방심하지 않기 위해서는 그만한 의지와 긴장이 필요해요. 그래요, 리외. 페스트 환자가 되는 건 피곤한 일이에요. 하지만 페스트 환자가 되지 않으려고 발버둥치는 건 더욱 피곤한 일이죠. 그래서 모든 사람이 다 피곤해 보이는 거예요. 왜냐하면 오늘날에는 누구나 어느 정도는 페스트 환자니까요. 그리고 바로 그 이유로 몇몇 사람들이 페스트 환자 노릇을 그만하려고 애를 쓰면서 죽음이 아니면 빠져나갈 수 없는 극도의 피로를 체험하고 있는 거예요.

그러다 보니 나는 내가 이 세상을 위해 아무 쓸모가 없다는 사실, 죽이는 것을 단념한 그 순간부터 결정적으로 추방을 선고받았다는 것을 알게 되었어요. 역사를 다른 사람들이 만들어 갈 거예요. 내가 그 사람들을 평가할 수 없다는 것도 알고 있어요. 나에게는 이성적인 살인자가 될 자질이 없으니까요. 그렇다고 그들이 나보다 우월하다고 할 수는 없어요. 이제 나는 본래 있는 모습 그대로의 내가 되기로 했어요. 겸손을 배운 거죠. 내 이야기는 간단해요. 지상에 재앙과 희생자들이 있으니 가능한 한 재앙 편에 서는 것을 거부해야 한다는 거예요. 선생님에겐 좀 단순하게 들릴지도 모르겠어요. 단순한지 어떤지 나는 잘 모르지만, 그게 진실이라는 건 알고 있어요. 나는 다른 추론들도 많이 들어봤어요. 머리가 이상해질 정도로 많이 들어봤어요. 그리고 실제로 그 이론들 때문에 다른 사람들은 살인 행위에 동조할 정도로 머리가 이상해지기도 했어요. 그래서 나는 모든 인간의 불행은 정확한 언어를 쓰지 않는 데서 온다는 걸 깨달았어요. 그리고 올바른 길을 걷기 위해 정확하게 말하고 행동하기로 마음먹었어요. 그러니 나는 재앙과 희생자가 있다고만 말하고, 그 이상은 말하지 않을 거예요. 그렇게 함으로써 나 자신이 재앙 그 자체가 된다고 할지라도, 최소한 그것에 동조하지는 않을 거예요. 나는 차라리 죄 없는 살인자가 되려고 해요. 보시다시피 그게 그리 어려운 일도 아니고요.

물론 제3의 범주, 즉 진정한 의사라는 범주가 필요하겠지만, 그건 그리 흔하게 볼 수 있는 것이 아니고, 아마 쉽지도 않을 거예요. 그래서 나는 어느 경우에든 희생자들 편에 서서 그 피해를 되도록 줄이기로 결심했어요. 희생자들 속에 있으면 적어도 어떻게 하면 제3의 범주, 즉 마음의 평화에 도달할지 탐구할 수 있겠죠."

이야기를 마무리하면서 타루는 한쪽 다리를 흔들다가 테라스 바닥을 가볍게 탁탁 쳤다. 잠시 묵묵히 듣고만 있던 리외는 몸을 약간 일으키더니 타루에게 마음의 평화에 도달하기 위해 어떤 길을 걸어야 할지 생각해 본 적이 있느냐고 물었다.

"네, 그건 바로 공감의 길이에요."

구급차의 사이렌이 멀리서 두 번 울렸다. 조금 전만 해도 희미하게 들리던 고함이 도시 경계선에 있는 돌산 근처로 몰려들고 있었다. 동시에 무슨 폭발 소리 같은 것이 들렸다. 그러다가 다시 조용해졌다. 리외는 등대불이 두 번 깜빡거리는 것을 보았다. 산들바람이 거세지는 것 같더니, 이와 동시에 소금 냄새를 실은 바람이 바닷가에서 불어왔다. 이제 낭떠러지에 파도가 부딪히는 것 같은 둔탁한 소리가 뚜렷이 들려왔다.

"결국 내가 관심 있는 건 어떻게 하면 성자가 되는지를 알아내는 거예요." 타루가 솔직하게 말했다.

"하지만 신은 안 믿잖아요."

"맞아요. 그래서 신이 없어도 사람이 성자가 될 수 있는가, 이게 바로 내가 관심을 갖고 있는 구체적인 문제예요."

갑자기 아까 고함 소리가 들려오던 곳에서 큰 불빛이 솟아오르더니, 어렴풋한 함성이 바람의 흐름을 거슬러 두 사람에게까지 들려왔다. 불빛은 곧 어두워졌고, 멀리 테라스 끝의 불그스름한 빛만 남았다. 바람이 그친 후에도 사람들의 함성이 뚜렷이 들려왔고, 이어서 총성과 군중의 함성이 들려왔다. 타루가 일어서서 귀를 기울였다. 더 이상 아무것도 들리지 않았다.

"또 시의 출입문에서 싸움이 났나 봐요."

"이제 끝난 모양입니다." 리외가 말했다.

타루는 싸움은 절대로 끝나지 않았으며, 세상의 이치가 그렇게 되어 있는 한, 희생자는 더 생길 거라고 중얼거렸다.

"그럴지도 모르죠." 리외가 대답했다. "하지만 나는 성인들보다는 패배자들에게 더 연대 의식이 느껴져요. 아마 내가 영웅주의나 성자 같은 것에는 취미가 없어서 그런 것 같아요. 내가 관심 있는 건 그저 인간이 되는 거예요."

"그래요. 우린 같은 것을 추구하고 있어요. 다만 내가 야심이 적을 뿐이죠."

리외는 타루가 농담을 한다고 생각하고 그의 얼굴을 보았다. 그러나 하늘에서 내려오는 어렴풋한 빛 속에서 그의 얼굴에는 비애와 진지함이 담겨 있었다. 바람이 다시 불었다. 리외는 피부에 그 미지근한 감촉이 느껴졌다. 타루가 몸을 움직이며 물었다.

"우정을 위해 뭘 하면 좋은지 아세요?"

"원하는 대로 합시다." 리외가 말했다.

"해수욕을 하는 거예요. 그건 미래의 성자에게도 어울릴 만한 즐거움이거든요."

리외는 미소를 지었다.

"통행증을 보여주면 방파제까지 갈 수 있어요. 페스트 속에서

만 사는 건 정말이지 너무 어리석은 짓이에요. 물론 인간은 희생자들을 위해 싸워야 하죠. 하지만 사실 아무것도 사랑하지 않게 된다면 투쟁을 해서 뭐하겠어요?"

"그럼요. 자, 갑시다." 리외가 말했다.

잠시 후 자동차는 항구의 철책 근처에서 멈춰 섰다. 달이 떠 있었다. 우윳빛 하늘이 근처에 희미한 그늘을 던지고 있었다. 그들 위쪽으로 도시가 층을 지어 펼쳐져 있었고, 거기서 불어오는 후텁지근하고 병든 바람이 그들을 점점 더 바다 쪽으로 밀어내고 있었다. 신분증을 보초에게 보여주자, 보초는 오랫동안 그것을 들여다보았다. 검문소를 통과한 후 그들은 큰 통들이 놓인 평지를 지나, 와인과 생선 냄새가 풍겨 오는 방파제 쪽으로 향했다. 방파제에 도착하기도 전에 요오드 냄새와 해초 냄새가 풍겨와 바다가 가까이 왔음을 알 수 있었다. 거친 파도 소리도 들려왔다.

커다란 방파제 블록들 밑에서 바다가 부드럽게 철썩거리고 있었다. 그 위를 기어 올라가자 벨벳처럼 두껍고 동물처럼 유연하고 매끄러운 바다가 나타났다. 그들은 바다를 바라보며 바윗돌 위에 걸터앉았다. 바다가 부풀어 올랐다가 천천히 가라앉곤 했다. 그 고요한 호흡에 맞춰, 기름을 바른 것 같은 반사광이 수면에 나타났다가 사라졌다. 그들 앞에 밤이 무한히 펼쳐져 있었다. 손가락으로 바위의 울퉁불퉁한 감촉을 느끼자 리외의 마음속에 이상한 행복감이 차올랐다. 타루에게로 고개를 돌리자, 그의 침착하면서도 심각한 얼굴에서 똑같은 행복감이 엿보였다. 그 어느 것도, 심지어 살인 행위까지도 잊지 않고 있는 행복감이었다.

그들은 옷을 벗었다. 리외가 먼저 뛰어들었다. 처음에는 차갑던

물이 다시 떠올랐을 때에는 미지근하게 느껴졌다. 평영을 몇 번 하고 나니 그날의 저녁 바다가 여러 달 동안 축적해온 열을 대지로부터 옮겨 받아 아직도 가을 바다의 따뜻한 온도를 품고 있다는 것을 느낄 수 있었다. 리외는 규칙적으로 헤엄을 쳤다. 발을 저을 때마다 뒤에 하얀 거품이 났고, 두 팔을 따라 흘러내린 물이 다리로 흘렀다. 풍덩 하는 묵직한 소리에 타루가 뛰어든 것을 알 수 있었다. 리외는 배영 자세로 드러누워서 움직이지 않고 달과 별들이 가득한 하늘을 바라보았다. 그는 길게 숨을 쉬었다. 조용하고 고독한 어둠 속에서 물장구치는 소리가 신기하게도 점점 뚜렷하게 들려왔다. 타루가 가까이 오자 그의 숨소리가 들렸다. 리외는 몸을 뒤집어서 친구와 나란히, 같은 속도로 헤엄을 쳤다. 타루가 그보다 더 힘차게 헤엄치고 있어서 리외는 좀 더 속력을 내야 했다. 그들은 세상에서 멀리 떠나 마침내 도시와 페스트에서 해방이 된 상태로, 몇 분 동안 같은 리듬, 같은 힘으로 전진했다. 중간에 한순간, 그들은 얼음처럼 찬 물결을 만났다. 둘은 바다에서 채찍을 맞은 듯 놀라 아무 말 없이 서둘러 헤엄을 쳤다.

그들은 다시 옷을 주워 입고, 말 한마디 없이 발길을 돌렸다. 그러나 그들은 같은 심정이었다. 그날 밤의 추억은 달콤했다. 멀리 페스트의 보초병이 보이자, 리외는 타루도 자기처럼, 잠시나마 페스트로부터 벗어나서 좋았는데 이제 또다시 시작이군, 하고 생각하고 있다는 것을 알 수 있었다.

★

그렇다. 다시 시작해야만 했다. 페스트는 그 누구도 오랫동안 잊는 법이 없었다. 12월 내내 페스트는 사람들의 기슴속에서 다 올랐고, 화장터의 화덕에 불을 지폈으며, 빈손으로 헤매는 유령 같은 사람들로 수용소를 가득 채웠다. 페스트는 멎을 줄 모르고 끈질기게 전진하고 있었다. 당국은 날씨가 추워지면 병세가 수그 러들 것을 기대했지만, 며칠 동안 계속된 겨울의 첫 추위에도 페 스트는 기승을 부렸다. 더 기다려야만 했다. 그러나 기다림에 지 치면 기다리는 것을 포기하게 되는 법이다. 시민들은 하나같이 미 래에 대한 희망을 잃고 살아가고 있었다.

리외에게는 잠시 누렸던 평화와 우정의 순간을 다시 맛보리라 는 기약이 없었다. 병원이 하나 더 생겨서 이제 리외가 대하는 사 람이라고는 환자밖에 없었다. 그런 중에도 리외는 페스트가 점점 폐렴형으로 변하고 있는 반면, 환자들이 어느 정도 협조하는 모 습을 보인다는 점에 주목했다. 그들은 초기의 허탈감이나 광증에 서 벗어나 무엇이 자신에게 가장 유익한지 좀 더 올바르게 생각 하는 것 같았고, 자기들에게 가장 이로운 것을 스스로 요구했다. 그들은 계속 마실 것을 요구했으며, 모두 따뜻한 것을 원했다. 의 사로서 피곤하기는 마찬가지였지만, 그래도 환자가 협조적인 경 우 고독하다는 느낌은 덜했다.

12월 말경, 리외는 아직도 수용소에 있는 판사 오통 씨로부터 편지를 한 통 받았다. 격리 기간이 끝났는데도 당국이 부당하게 오통 씨의 최초 입소 날짜를 확인할 수가 없다며 자기를 아직도 수용소에 억류해두고 있다고 했다. 착오가 있는 게 분명하다는 내용이었다. 얼마 전 수용소에서 나온 그의 아내가 도청에 항의 했더니, 절대 착오가 있을 수 없다며 오히려 큰소리를 쳤다는 것이었다. 리외는 랑베르에게 중재를 부탁했다. 그랬더니 며칠 후 오통 씨가 퇴소했다. 실제로 착오가 있었던 것이었고, 리외도 못마땅한 생각이 들었다. 오통 씨는 그동안에 여윈 몸으로 힘없이 손을 들고는 한 마디 한 마디에 힘을 주면서 누구나 실수할 수는 있다고 말했다. 리외는 그가 어딘지 달라졌다는 생각이 들었다.

"어떻게 하시겠어요, 판사님? 처리할 서류들이 잔뜩 밀려있을 텐데요." 리외가 말했다.

"어쩔 수 없죠. 휴가를 좀 내려고 합니다." 판사가 대답했다.

"맞아요. 좀 쉬셔야죠."

"그게 아닙니다. 다시 수용소로 돌아갈까 해요."

리외는 깜짝 놀랐다.

"이제 막 나오셨잖아요!"

"제가 잘못 말한 모양이군요. 수용소 행정실에 자원봉사 자리가 있다고 들었습니다."

판사는 둥근 눈을 이리저리 굴리며, 삐져나온 한쪽 머리카락을 손으로 눌러서 바로잡았다.

"그러면 나도 좀 바빠질 거고요. 바보 같은 이야기 같지만, 아들 녀석이랑 헤어져 있다는 고통도 덜 느끼겠지요."

리외가 그를 바라보았다. 그 딱딱하고 밋밋한 두 눈에 갑자기 부드러운 빛이 감도는 것일까? 그렇다. 그의 눈빛은 전보다 더 부드러워졌고, 차가운 금속 같은 빛은 사라져버렸다.

"물론이죠." 리외가 말했다. "원하시면 제가 알아봐 드리겠습니다."

리외는 정말로 그 일을 알아봐 주었다. 페스트에 휩쓸린 도시

익 생활은 크리스마스까지 계속되었다. 타루는 어디서니 침착히고 효과적으로 일을 처리했다. 랑베르는 두 젊은 보초 덕분에 불법이긴 하지만 아내와 편지를 보낸다고 리외에게 털어놓았다. 가끔 아내의 편지도 받았다. 그는 리외에게도 그렇게 해보라고 권했고, 리외는 그 제안을 받아들였다. 여러 달 만에 편지를 썼는데 무척 힘들었다. 잊어버린 말도 있었다. 편지를 부쳤지만, 답장을 받는 데 시간이 오래 걸렸다. 한편 코타르는 장사가 잘 되었고, 몇 가지 자잘한 암거래를 하면서 부자가 되었다. 그랑의 경우, 크리스마스가 별로 좋은 기간은 아닌 것 같았다.

그해 크리스마스는 복음서의 명절이라기보다 차라리 지옥의 명절이었다. 불이 꺼진 텅 빈 가게들, 진열장 속에 있는 모형 초콜릿이나 빈 상자들, 침울한 승객들을 태운 전차들, 어느 것 하나 과거의 크리스마스를 연상시키는 것이라곤 없었다. 예전에는 부자건 가난한 사람이건 모두 함께 했던 그 명절도 이제는 일부 특권층이 때가 잔뜩 낀 상점 뒷방에서 거금을 들여 장만한 고독하고 수치스러운 몇 건의 축하연에 불과했다. 성당은 감사 기도가 아니라 탄식으로 가득 찼다. 음침하고 얼어붙은 시내에서는 아이들이 어떤 위험에 직면해 있는지도 모른 채 뛰어놀았다. 아무도 그 아이들에게, 인류의 고통만큼이나 오래되었지만 젊은 날의 희망만큼 새로운 선물을 가득 실은 산타 이야기를 해주지 않았다. 모든 사람의 마음속에는 이제 극도로 늙고 음울한 희망, 마음대로 죽지도 못하게 그들을 붙잡는 희망, 삶에 대한 단순한 아집에 불과한 그런 희망밖에는 남아 있지 않았다.

그 전날 밤, 그랑은 약속 시간을 어겼다. 리외는 불안한 마음에 새벽 일찍 그의 집에 가보았지만, 그는 집에 없었다. 그는 모두에게 그 사실을 알렸다. 랑베르가 11시경에 병원에 와서 그랑이 초췌한 얼굴로 거리를 헤매고 있는 것을 보았다고 리외에게 알려주었다. 리외와 타루는 차를 타고 그를 찾아 나섰다.

정오인데도 날은 얼어붙은 듯 싸늘했다. 차에서 내린 리외는 그랑이 나무를 거칠게 깎아서 만든 장난감들로 가득 찬 어느 쇼윈도 앞에 바싹 달라붙어 있는 것을 멀리서 지켜보았다. 그랑의 얼굴에는 끊임없이 눈물이 흘러내리고 있었다. 그 눈물은 리외의 마음을 흔들었다. 그랑이 눈물을 흘리는 이유를 알고 있었고, 자기도 목구멍 깊은 곳에서 그것을 느끼고 있었기 때문이었다. 그 불행한 사내가 크리스마스 선물 가게 앞에서 약혼했던 일, 그의 품에 기대면서 기쁘다고 말했던 잔의 모습을 리외 또한 기억하고 있었다. 미칠 듯한 그랑의 가슴속에, 머나먼 세월의 밑바닥으로부터 잔의 목소리가 새롭게 되살아난 것이 분명했다. 그 순간 리외는 그랑이 울면서 무슨 생각을 하고 있는지 알고 있었다. 리외 역시 그와 마찬가지로, 사랑이 없는 이 세계는 죽은 세계와 마찬가지이며, 사람은 언제든 한 인간의 얼굴과 애정 어린 마음을 요구하게 되는 때가 찾아오게 마련이라는 생각을 하고 있었다.

그랑은 유리에 비친 리외를 알아보았다. 여전히 눈물을 흘리면서 그는 돌아서서 쇼윈도에 기댄 채 리외가 다가오는 모습을 바라보았다.

"아, 선생님. 아, 선생님!" 그가 말했다.

리외는 도저히 말이 나오지 않아서 대답 대신 고개를 끄덕였다. 그 슬픔은 리외 자신의 슬픔이었다. 그 순간 그의 마음을 괴롭히는 것은 모든 사람이 공유하는 고통 앞에서 문득 치솟는 견딜 수 없는 분노였다.

"그래요, 그랑." 그가 말했다.

"그녀에게 편지를 쓸 시간이 있으면 좋겠어요. 그녀가 읽을 수 있도록…. 그래서 후회 없이 행복할 수 있도록…."

리외는 거의 강제로 그랑을 앞세우고 걸어갔다. 그랑은 거의 끌려가다시피 하면서도 계속 중얼거렸다.

"너무 오래 계속되고 있어요. 이젠 차라리 될 대로 되라고 하고 싶어요. 어쩔 수가 없어요. 아! 선생님! 저는 겉으로는 침착해 보이겠죠. 하지만 보통 사람처럼 살기 위해서도 얼마나 노력이 많이 필요한지 몰라요. 이제는 너무 힘들어요."

그는 사지를 부들부들 떨면서 눈에는 광기를 비치며 멈춰 섰다. 리외가 그의 손을 잡았다. 손이 불타는 듯 뜨거웠다.

"돌아가야죠."

그러나 그랑은 그에게서 빠져나가 몇 걸음 뛰어가더니, 멈춰서서 두 팔을 벌리고 앞뒤로 휘청거리기 시작했다. 그런 다음 제자리에서 빙그르르 돌더니 차가운 보도 위에 쓰러졌다. 얼굴은 여전히 흐르는 눈물로 범벅이 되어 있었다. 지나가던 사람들이 감히 다가오지 못하고 그 자리에 멈춰선 채 멀리서 바라보고 있었다. 리외는 그랑을 두 팔로 부축해서 데려갔다.

그랑은 침대에 누워서 숨을 가쁘게 쉬고 있었다. 폐가 감염되었던 것이다. 리외는 생각에 잠겼다. 그랑에게는 가족이 없었다. 그를 병원으로 보낸들 무슨 도움이 되겠는가? 타루와 함께 그를 돌보는 게 나을 것이다.

그랑은 안색이 파리하고 눈에서는 광채가 사라진 채, 베개에 머리를 푹 파묻고 누워 있었다. 그는 타루가 궤짝 부스러기로 벽난로에 지펴놓은 불길을 바라보고 있었다. "몸이 안 좋아요." 그가 말했다. 말을 할 때마다 폐 깊은 곳에서 불길이 타오르는 듯 바스락거리는 이상한 소리가 새어 나왔다. 리외는 그에게 말을 하지 말라고 타이른 후, 나중에 다시 오겠다고 말했다. 환자의 얼굴에 묘한 미소가 떠오르더니, 일종의 애정 같은 것이 드러났다. 그는 힘겹게 눈을 깜박거렸다. "선생님, 만약 내가 살아난다면, 모자를 벗고 경의를 표하겠습니다!" 그러나 그는 곧 탈진 상태에 빠졌다.

리외와 타루가 몇 시간 후 다시 와보니, 그랑이 침대에서 몸을 반쯤 일으키고 앉아 있었다. 리외는 그의 얼굴에서 병이 진전되는 상황을 보고 덜컥 겁이 났다. 그러나 그는 정신이 훨씬 또렷해져서 그에게 이상할 만큼 또렷한 목소리로 서랍에 넣어둔 원고를 갖다 달라고 부탁했다. 타루가 그 종이 뭉치를 전해주자, 그는 그것들을 보지도 않고 꼭 껴안았다가 리외에게 내밀면서 읽어달라는 몸짓을 했다. 그것은 50페이지 정도의 두껍지 않은 원고였다. 리외는 그것을 뒤적거려보았는데, 같은 문장을 수없이 다시 베끼고, 고치고, 가필하거나 삭제한 것들뿐이라는 것을 알게 되었다. 5월, 말을 탄 여인, 숲속의 오솔길 같은 말들이 여러 가지 방법으로 끊임없이 비교되고 배열되어 있었다. 여러 가지 설명도 붙어 있었는데, 어떤 때는 엄청나게 긴 것이 있는가 하면, 약간만 변형한 문장도 있었다. 그러나 마지막 페이지 끝에는 아직 선명한 잉크빛으로 '사랑하는 나의 잔, 오늘은 크리스마스요…'라는 말이

저쳐 있었다. 그 위에는 앞의 문장들의 최종 문안이 정성스럽게 적혀 있었다. "읽어주세요." 그랑이 말했다. 그리고 리외는 읽어주었다.

"5월 어느 화창한 아침에, 날씬한 여인 한 명이 굉장한 갈색 암말을 타고, 꽃이 만발한 숲속의 오솔길을 달리고 있었다…"

"그게 맞나요?" 열에 들뜬 목소리로 그랑이 말했다.

리외는 그를 쳐다보지 않았다.

"아! 잘 알겠어요. 화창한, 화창한, 그 단어는 잘 안 어울려요." 그가 흥분해서 말했다.

리외는 이불 위로 그의 손을 잡았다.

"그냥 놔두세요, 선생님. 난 이제 시간이 없을 거예요…"

그랑의 가슴이 힘겹게 부풀어 오르더니 그가 갑자기 소리쳤다.

"태워버리세요!"

리외는 망설였다. 그러나 그랑이 하도 무서운 말투로, 괴로운 목소리로 거듭 요구하는 바람에 리외는 거의 꺼져가는 불 속에 원고를 던졌다. 한순간 방 안이 밝아지며 잠깐 온기가 느껴졌다. 리외가 환자에게로 돌아왔을 때 그는 등을 돌리고 누워 있었는데, 얼굴이 거의 벽에 닿을 지경이었다. 타루는 그런 광경과는 상관없다는 듯이 창밖을 내다보고 있었다. 리외는 혈청 주사를 놓은 후 타루에게 그랑이 밤을 넘기지 못할 것 같다고 말했다. 타루는 자기가 남아 있겠다고 자청했다. 리외는 알았다고 했다.

그랑이 죽어가고 있다는 생각이 밤새도록 리외의 머릿속을 떠나지 않았다. 그러나 다음 날 아침에 와보니 그랑은 침대에 앉아 타루와 이야기를 나누고 있었다. 열은 떨어졌고, 전반적인 쇠약

증세만 보일 뿐이었다.

"아, 선생님!" 그랑이 말했다. "어젯밤엔 내가 잘못 생각했어요. 하지만 다시 시작할 거예요. 다 외우고 있거든요. 두고 보세요."

"기다려봅시다." 리외가 타루에게 말했다.

그러나 정오가 되어도 아무런 변화가 없었다. 저녁이 되자 그랑은 살아났다고 봐도 무방했다. 리외는 그가 회생한 이유를 이해할 수가 없었다.

거의 같은 시기에 리외에게 여자 환자 한 명이 병원에 이송되었는데, 병세가 절망적인 상태라고 판단한 리외는 그녀가 오자마자 격리했다. 그 여자는 완전히 혼수상태였고, 폐장성 페스트의 증상을 하나도 빠짐없이 보이고 있었다. 그러나 다음 날 아침에 열이 내려 있었다. 리외는 그랑의 경우와 마찬가지로 아침나절에 있는 일시적인 병세 완화 증상이라고 생각했다. 경험에 의하면 그것은 나쁜 징조였다. 그런데 낮이 되어도 열이 올라가지 않았다. 저녁에도 열은 겨우 2, 3부 정도 올라갔고, 다음 날 아침에는 말끔히 떨어졌다. 그녀는 쇠약하긴 했지만, 침대에 누워 편하게 호흡하고 있었다. 리외는 타루에게 그녀가 살아난 것은 매우 예외적인 일이라고 말했다. 그러나 일주일 사이에 리외의 관할 구역에서 그와 같은 일이 무려 4건이나 발생했다.

그 주말에 늙은 천식 환자가 무척 흥분한 상태로 리외와 타루를 맞이했다.

"됐어요. 그것들이 다시 나오고 있어요." 그가 말했다.

"누가요?"

"쥐 말이에요. 쥐!"

지난 4월 이후로 죽은 쥐는 단 한 마리도 발견된 적이 없었다.

"다시 시작되는 건가요?" 타루가 리외에게 물었다.

노인은 손을 비비고 있었다.

"그놈들이 뛰어다니는 걸 봐야 한다니까요! 좋은 일이에요!"

노인은 살아있는 쥐 두 마리가 거리로 이어진 구멍을 통해 자기 집으로 들어오는 것을 보았던 것이다. 이웃 사람들의 말로는 집에 쥐들이 다시 나타났다는 것이었다. 여기저기 서까래 위에서 몇 달 동안 잊고 지냈던 바스락거리는 소리가 다시 들려왔다. 리외는 매주 초에 발표되는 통계 수치를 기다렸다. 통계에 따르면 사망률이 감소하고 있었다.

PEST

05

병의 기세가 갑자기 수그러들 것을 예상하지 못한 탓도 있었지만, 사람들은 선뜻 기뻐하지 못했다. 여태껏 몇 달을 지내면서 해방에 대한 욕망이 강해진 만큼 신중함이라는 것도 배우게 되었고, 전염병이 곧 끝날 것이라 기대하지 않는 데 더 익숙해졌던 것이다. 그러나 그 새로운 사실은 모든 사람의 입에 오르내렸고, 내색하지 않아도 그들의 마음속 깊은 곳에는 커다란 희망이 꿈틀거리고 있었다. 나머지 일들은 전부 부차적인 것이 되고 말았다. 새로운 페스트 환자가 생겨도 통계 수치가 내려가고 있다는 엄청난 사실에 비하면 별로 의미가 없었다. 공공연하게 떠들지는 않았지만, 누구나 페스트가 끝나기를 은연중에 기다리고 있다는 징조가 나타났다. 그중 하나로 사람들이 그때부터 무관심한 척하면서도 페스트 이후에 어떤 삶을 살 것인지에 대한 이야기를 즐겨 나눴다는 사실을 들 수 있었다.

사람들은 과거에 누렸던 편의가 단번에 회복될 수는 없으며, 건설하는 것보다 파괴하는 것이 훨씬 쉽다는 생각에 대부분 동의하고 있었다. 다만 식량 보급이 좀 개선되면, 가장 심각한 근심은 덜 수 있으리라 기대했다. 그러나 대수롭지 않게 이야기하면서도 무절제한 희망이 걷잡을 수 없이 꿈틀대고 있었는데, 사람들도 이따금 그 사실을 깨닫고는 부랴부랴 당장 내일 해방되는 것은 아니라고 서둘러 말하곤 했다.

실제로 페스트는 당장 다음 날 끝나지는 않았다. 그러나 사람들이 기대했던 것보다는 분명히 더 빨리 약화되고 있었다. 1월 초순에는 추위가 이례적으로 맹위를 떨쳐서 도시의 하늘이 그대로 얼어붙은 것만 같았다. 그러나 그때만큼 하늘이 새파랗던 적은 없었다. 얼어붙은 듯 움직이지 않던 찬란한 하늘이 끊임없이 쏟아붓는 광선이 도시에 온통 가득했다. 깨끗해진 대기 속에서 페스트는 3주 연속 하강 상태에 들어갔고, 사망자 수가 줄어들면서 힘을 잃어가는 것 같았다. 페스트는 수개월 동안 축적한 힘을 며칠 만에 거의 전부 상실하고 말았다. 그랑이나 리외가 돌보았던 그 젊은 여자 환자처럼 안성맞춤이었던 먹잇감을 놓친다든가, 어떤 동네에서는 고작 2, 3일만 병세가 기승을 부리는가 하면, 또 다른 동네에서는 완전히 사라진다든지, 월요일에는 희생자 수가 부쩍 늘었다가 수요일에는 거의 대부분 환자를 다시 살려주는 식이었다. 그렇게 숨을 몰아쉬거나 서두르는 꼴을 보면 마치 페스트는 신경질과 무기력증으로 붕괴되는 것 같았고, 스스로에 대한 자제력과 그동안 보여왔던 수학적 효율성마저 상실해가고 있는 것 같았다. 지금까지 한 번도 성공하지 못했던 카스텔의 혈청도 갑자기 여러 차례 성공을 거두었다. 의사들이 취하는 조치도 전에는 효과가 없더니 갑자기 확실하게 효과를 보이는 듯했다. 마치 이번에는 페스트가 궁지에 몰리고 갑자기 힘이 약해지면서, 여태껏 페스트에 저항하던 무딘 칼날에 힘이 더해진 것 같았다. 다만, 가끔 병세가 완강해지면서 이유도 없이 갑자기 악화되어 틀림없이 완쾌할 것으로 기대했던 환자 서너 명이 목숨을 잃기도 했다. 그들은 운이 나쁜 사람들, 희망 속에서 살해된 사람들이었다. 격리 수용소에서 나온 오통 판사가 그런 경우였다. 사실 타루는 그에 대해 운이 나빴다고 말했지만, 그 말이 판사의 죽음을 두고 한 말인지 아니면 그의 삶을 두고 한 말인지 알 수 없었다.

그러나 전체적으로 보면 전염병은 모든 전선에서 물러나고 있었다. 도청의 공식 발표도 처음에는 소극적이고 은근한 희망을 줄 뿐이었지만, 이제는 마침내 승리가 확실해졌으며 병이 퇴각하고 있다는 확신을 심어 주었다. 사실 그것이 승리인지 아닌지 단정하기는 어려웠다. 다만, 페스트가 들이닥쳤을 때처럼 뚜렷한 이유 없이 사라져가고 있다는 것을 인정하기에 이르렀다. 병에 대응하는 전략이 바뀐 것도 아니었는데, 어제까지는 효과가 없다가 오늘은 뚜렷한 효과를 보이기도 했다. 병이 제풀에 힘을 다 소진했거나 목적을 달성했으니 물러가는 느낌이 들었다. 말하자면 제 역할을 다한 것이었다.

그럼에도 불구하고 시내에는 아무런 변화가 없었다. 낮에는 거리가 늘 조용했고, 저녁이면 외투에 목도리를 두른 군중으로 넘쳐났다. 영화관과 카페는 여전히 성업 중이었다. 그러나 좀 더 자세히 보면 사람들의 얼굴이 한결 더 느긋해지고 때때로 미소를 짓는 것을 알 수 있었다. 그럴 때면 지금까지 거리에서 웃는 사람이 아무도 없었다는 사실이 새삼 느껴졌다. 몇 달 전부터 도시를 뒤덮고 있던 어두운 장막에 이제 막 작은 구멍이 생겨났고, 사람들은 월요일마다 라디오 보도를 통해 그 구멍이 점점 커지고 있으며, 마침내 숨을 쉴 수 있게 되리라는 것을 확인하게 된 것이었다. 다만 그것은 아직 시민들의 삶에 영향을 미치지 못하는, 극히 소극적인 안도감에 불과했다. 그러나 예전 같으면 기차가 떠났다든지 배가 들어왔다든지, 자동차 운행이 다시 허용될 것 같다는 소식을 들어도 믿지 못했지만, 1월 중순에 이르러서는 그런 발표를 들어도 아무도 놀라지 않았다. 그것은 물론 대단한 변화가 아닐 수 있다. 그러나 그 미묘한 차이를 통해 사람들이 희망을 향해 나아가는 과정에 큰 진전을 이루었음을 알 수 있었다. 이 무리 사소하다고 해도 사람들에게 희망이란 것이 가능해진 그 순간부터 이미 페스트의 실질적 지배는 끝났다고 말해도 과언이 아니었다.

그러나 1월 내내 사람들이 모순된 반응을 보인 것 또한 엄연한 사실이었다. 정확히 말해서, 그들은 흥분과 우울을 번갈아 가며 겪었다. 그런 이유로 통계 수치가 가장 희망적이었던 바로 그 시점에 새로운 탈주 시도가 몇 건 보고되기도 했다. 이 일로 관계 당국은 물론 감시초소들도 크게 놀랐다. 탈주 시도 대부분이 성공했기 때문이었다. 사실 그 시기에 탈주를 감행한 사람들은 본능적인 감정대로 움직인 것이었다. 어떤 사람들은 페스트에서 벗어날 수 없다는 심각한 회의에 빠져 있었다. 그들에게는 희망이라는 것도 소용없었다. 페스트의 시대가 끝났음에도 불구하고, 그들은 여전히 페스트를 기준으로 살고 있었다. 그들은 사건의 흐름에 뒤처져 있었던 것이다. 반대로 어떤 사람들은, 특히 그때까지 사랑하는 사람과 이별한 채 살아온 사람들은 오랜 세월에 걸쳐 유배 생활을 하며 실의에 빠져 있다가 희망의 바람이 불어오자 흥분되고 초조한 마음에 자제력을 상실하고 말았다. 목적지에 거의 다 왔는데 갑자기 죽을지도 모른다는, 혹은 그렇게 오래 고생했는데 그리운 존재를 다시 못 보게 될 수도 있다는 갑작스러운 공포감에 사로잡힌 것이었다. 그들은 여러 달 동안 감금과 유배를 겪으면서도 인내심을 가지고 꾸준히 참아왔는데, 불쑥 희망이 생기자마자 공포나 절망에도 무너지지 않았던 자제력이 순식간에 무너졌다. 그들은 마지막 순간까지 페스트에 보조를 맞출 수 없었기에 그것을 앞서려고 미친 듯이 서둘렀던 것이다.

그런데 바로 그 시기에 수많은 낙관적인 징후들이 자연스럽게 나타났다. 물가가 현저하게 하락한 것이 그중 하나였다. 순수하게 경제적인 관점에서 보면, 그런 현상은 설명할 길이 없었다. 물론 곤란한 상황은 여전했고, 시의 출입문에서 검역 절차가 계속되고 있었으며, 식량 보급도 전혀 개선되지 않았다. 그런 동향은 순전히 심리적인 현상으로, 마치 페스트가 쇠퇴하면서 여기저기에 반향을 일으키기라도 한 것 같았다. 이와 동시에, 전에는 집단생활을 하다가 질병 때문에 어쩔 수 없이 떨어져 살아야만 했던 사람들 사이에 낙관주의가 퍼지기 시작했다. 시내의 수도원 두 곳이 다시 제자리를 잡기 시작했고, 공동생활도 다시 시작할 수 있었다. 군대의 경우도 마찬가지여서, 군인들이 텅 비어 있던 병사(兵舍)에 다시 집결했다. 그들은 정상적인 합숙 생활로 복귀했다. 이런 일들이 사소하지만 의미 있는 징조들이었다.

주민들은 1월 25일까지 그렇게 은근한 흥분 속에서 지냈다. 그 주에 통계 수치가 매우 낮아져서 도청은 의사협회의 자문을 거쳐 질병이 근절된 것으로 간주할 수 있다고 발표했다. 공식 발표문에는, 시민들도 기꺼이 동의하겠지만 신중을 기하는 취지에서 시의 출입문을 향후 2주일간 폐쇄 상태를 유지할 것이며, 예방 조치는 1개월간 더 유지될 것이라고 덧붙였다. 그 기간에 위험이 재발할 징후가 조금이라도 보이면 '현 상태'가 유지될 것이며, 예방 조치를 강화할 것이라고 했다. 그러나 모든 사람은 그 추가 항목을 형식적인 문구로 간주했다. 그래서 1월 25일 저녁에는 즐겁고 흥분된 분위기가 도시를 가득 채웠다. 도지사는 시민들과 기쁨을 나누기 위해 이전처럼 등화관제를 해제하라고 지시했다. 그러자 차고 맑은 하늘 아래, 불이 환하게 켜진 거리로 시민들이 떠들썩하게 웃으며 무리 지어 쏟아져 나왔다.

물론 덧문이 닫힌 집도 많았고, 다른 사람들이 환호하며 보낸 그 밤을 침묵 속에서 보낸 가정도 많았다. 그러나 상중에 있는 많은 사람도 다른 가족의 목숨이 위태롭지 않을까 하는 두려움이 마침내 사라졌기 때문에, 혹은 목숨을 보전하는 데 더 이상 전전긍긍하지 않아도 되기 때문에 깊은 안도감을 느꼈다. 그러나 일반적인 기쁨과 가장 상관없는 사람들은 두말할 필요도 없이, 바로 그 순간에도 병원에서 페스트와 싸우고 있는 사람들을 가족으로 둔 사람들이었다. 그들은 예방격리소나 자기 집에서 다른 사람들에게 재앙이 끝난 것처럼 자기 가족들에게도 재앙이 끝나기를 바랐다. 그 가족들도 희망을 품고 있었지만, 그들은 그 희망을 예비로 간직해두었고, 정말로 그럴 권리가 생기기 전까지는 그것을 꺼내 쓰는 것을 스스로 금지하고 있었다. 모두가 기뻐하고 환호하는 가운데, 임종의 고통과 기쁨의 중간에서 침묵을 지키며 기다리는 것이 그들에게는 더욱 가혹하게 느껴졌다.

이런 예외적인 경우도 있었지만, 다른 사람들이 느끼는 만족감은 전혀 줄어들지 않았다. 물론 페스트가 아직 다 끝나지 않았다는 사실은 엄연한 현실이었다. 그러나 이미 모든 사람이 기차가 기적 소리를 내면서 끝없이 긴 선로를 지나가고 선박들이 햇빛에 반짝이는 바다를 가르며 나아가는 광경을 몇 주일을 앞당겨서 머릿속에서 그리고 있었다. 물론 다음날 아침이면 사람들의 마음이 진정되고 의혹이 되살아날 것이다. 그러나 당장은 도시 전체가 지금까지 돌로 된 뿌리를 내리고 있던 그 어둡고 움직임 없는 유배지를 벗어나 마침내 생존자들을 싣고 움직이기 시작한 것이었다. 그날 저녁, 타루와 리외도, 랑베르와 다른 사람들도, 군중 틈에 섞여 걸어가면서 몸이 둥둥 떠다니는 것 같은 느낌이 들었다. 대로에서 벗어나 인적 없는 골목길로 접어들어 덧문이 닫힌 창문들을 따라 걷고 있을 때 그들을 따라 기쁨의 환호성이 계속 들려왔다. 그런데 피로 때문인지 그들은 그 덧문들 뒤에서 아직도 계속되고 있는 괴로움과 중앙로를 가득 메우고 있는 기쁨을 떼어놓을 수가 없었다. 다가오는 해방에는 웃음과 눈물이 뒤섞여 있었다.

웅성대는 소리가 더 크고 즐겁게 울려 퍼지자, 타루는 멈춰 섰다. 어두컴컴한 도로 위에 어떤 형체 하나가 가볍게 달려가고 있었다. 고양이였다. 지난봄 이후 처음 보는 녀석이었다. 고양이는 길 한복판에 서서 망설이더니 한쪽 발을 핥고 그 발로 재빨리 제 오른쪽 귀에 문질렀다. 그러고는 다시 소리 없이 달려가 어둠 속으로 사라져버렸다. 타루는 미소를 지었다. 키 작은 노인 역시 기뻐했을 것이다.

★

그러나 페스트가 어느 미지의 굴에서 소리 없이 나왔다가 다시 기어들어가기 위해 물러나던 그 순간에, 시내에서 적어도 그 퇴각에 당황해하는 사람이 한 명 있었다. 타루의 수첩에 따르자면 그것은 바로 코타르였다.

사실 타루의 수첩은 통계수치가 줄어들기 시작한 무렵부터 상당히 이상해지고 있었다. 피곤해서 그런지 글씨를 읽기 어려워지고, 이 주제에서 저 주제로 지나치게 자주 넘나들었다. 그의 수첩은 처음으로 객관성을 잃고 개인적인 판단이 끼어들었다. 그 결과 코타르에 대해 상당히 길게 이야기하다가, 고양이에게 가래침을 뱉는 노인에 대한 이야기가 짧게 섞여 있기도 했다. 타루는 페스트가 생기기 전에도 그랬지만 그 이후에도 그 노인에 대해 흥미를 보였다. 노인에 대한 호의가 줄어든 것은 아니었지만, 안타깝게도 그는 더 이상 타루의 관심을 끌지 못하게 되었다.

타루는 노인을 다시 보려고 했었다. 그 1월 25일 저녁이 지나고 며칠 후, 타루는 그 좁은 길의 모퉁이에 서 있었다. 고양이들은 전과 다름없이 양지바른 곳에 모여서 몸을 녹이고 있었다. 그러나 평소와 같은 시간이 되어도 노인의 집 창문은 덧문이 굳게 닫힌 채로 있었고, 그 후 단 한 번도 열리지 않았다. 타루는 노인이 죽었거나 몹시 화가 난 것이라고 결론을 내렸다. 만약 화가 난 것이라면 그것은 노인이 자기는 옳은데 페스트가 자기에게 몹쓸 짓을 했다고 생각했기 때문이고, 만약 죽었다면 늙은 천식 환자와 마찬가지로 그가 과연 성자였는지 생각해볼 필요가 있다는 이상한 결론을 내렸다. 타루는 그 노인을 성자라고 생각하지는 않았지만, 그에게 어떤 '표식'이 있다고 평가하고 있었다.

타루의 수첩에는 이렇게 적혀 있었다. '어쩌면 우리는 성스러움의 근사치까지만 다가갈 수 있는 것일지도 모른다. 그렇다면 절제되고 자비로운 악마주의에 만족해야 할지도 모른다.'

코타르에 대한 관찰과 함께, 그의 수첩 속에는 이제 회복기에 들어서서 아무 일도 없었다는 듯 다시 일을 하고 있는 그랑에 관한 내용과 의사 리외의 어머니에 대한 이런저런 내용이 섞여 있었다. 그가 리외의 어머니와 같은 집에 살고 있었기에 가능했던 몇몇 대화들, 모친의 태도와 미소, 페스트에 대한 그녀의 견해 등이 자세하게 적혀 있었다. 타루는 모친의 겸손한 태도, 모든 것을 간단한 문장으로 표현하던 그녀의 방식, 조용한 거리 방향으로 난 창문을 특히 좋아해서 저녁때가 되면 황혼이 방 안에 가득 들어와 그녀의 자태를 잿빛 광선 속의 검은 그림자로 만들었다가, 그 광선이 차차 짙어지면서 움직이지 않는 그림자를 녹여버릴 때까지 자세를 바로 세우고 두 손을 편안하게 내려놓고 주의 깊은 시선으로 조용히 앉아 있는 모습, 이 방에서 저 방으로 갈 때 보이는 우아함, 타루 앞에서는 한 번도 내보인 적 없지만 그녀의 행동이나 말투에서 감지할 수 있는 선량함을 기록해놓았다. 타루에 의하면 그녀는 논리적으로 생각하지 않고서도 이미 모든 것을 다 알고 있으며, 고요하게 어둠 속에 묻혀 있으면서도 그 어떤 광선에도, 심지어 페스트라는 광선에도, 떳떳하게 대처할 수 있다는 사실을 특히 강조하고 있었다. 그런데 이 대목에서 타루의 글씨체가 이상하게 힘을 잃은 기미를 보였다. 이어지는 몇 줄은 읽기 어려웠고 이런 쇠퇴의 증거를 보여주기라도 하듯, 마지막 말들은 처음으로 개인적인 내용을 담고 있었다. '내 어머니도 그랬다. 나는 어머니의 그런 겸손한 태도를 좋아했고, 늘 어머니에게로 돌아가고 싶었다. 8년이나 지났지만 나는 어머니가 돌아가셨다고 말을 못 한다. 어머니는 그저 평소보다 더 자신을 숨기셨을 뿐이다. 그래서 뒤를 돌아보았을 때 그곳에 더 이상 계시지 않았던 것이다.'

그러나 우리는 코타르 이야기로 다시 돌아갈 필요가 있다. 통계수치가 줄어들기 시작한 후부터 그는 이런저런 핑계를 대며 리외를 여러 차례 방문했다. 그러나 실제로는 매번 리외에게 병의 진행에 대한 예측을 물어보곤 했다. "병이 이렇게 예고도 없이 끝날 거라고 생각하세요?" 코타르는 그 점에 대해 회의적이었거나, 적어도 그렇다고 공언했다. 그러나 자꾸 되풀이해서 묻는 것을 보면 그다지 확신하지는 못하는 것 같았다. 1월 중순에 리외는 상당히 낙관적인 대답을 해주었다. 그런데 코타르는 매번 그 대답을 들을 때마다 기뻐하기는커녕 불쾌감에서부터 낙담에 이르는 다양한 반응을 보였다. 그 후로 리외는 그에게 통계수치가 아무리 희망적이어도 아직은 섣불리 승리를 장담할 수 없다고 말하게 되었다.

"다시 말하면 아무것도 알 수 없다는 건가요? 어느 날 갑자기 다시 시작될 수도 있다는 거죠?" 코타르가 지적했다.

"그렇죠. 치유 속도가 빨라질 수 있는 것과 마찬가지로, 그럴 수도 있죠."

모두가 이런 불확실함 때문에 불안해했지만, 코타르는 눈에 띄게 진정되었다. 타루는 그가 동네 상인들과 이야기를 나누며 리외의 의견을 널리 알리려고 애쓴다는 사실을 알게 되었다. 사실 그리 어려운 일도 아니었다. 그도 그럴 것이 첫 승리의 열광이 사라지자 도청의 발표를 듣고 흥분했던 많은 사람의 머릿속에 의심이 피어났기 때문이다. 코타르는 시민들이 불안해하는 모습에 안심했고, 그러다가도 낙담하기도 했다. 그는 타루에게 이렇게 말했다. "그래요, 결국 시의 출입문이 열릴 거예요. 두고 보세요, 다들 나 같은 건 쳐다보지도 않을 거예요."

1월 셋째 주 즈음에는 모든 사람이 코타르의 정신 상태가 불안정하다는 것을 알게 되었다. 동네 사람들이나 아는 사람들과 함께 어울려 보려고 그렇게 애쓰던 그가 며칠 동안 그들과 심하게 대립하기도 했다. 그는 세상과 연을 끊은 듯 고립된 생활을 하기 시작했다. 식당이나 극장에서, 그가 좋아했던 카페에서도 다시는 그를 볼 수 없었다. 그렇다고 해서 페스트가 유행하기 전의 은밀하면서도 규칙적인 생활을 되찾은 것 같지도 않았다. 그는 방에 틀어박힌 채 식사도 근처 식당에서 배달시켜 먹었다. 저녁에만 슬그머니 밖으로 나와 필요한 물건들을 샀고, 가게에서 나오자마자 한적한 거리로 달려갔다. 타루가 그와 마주친 적도 있었는데, 짧은 말 한두 마디 외에 다른 말은 들을 수 없었다. 그러다가도 난데없이 사교적으로 변해 페스트에 대해 이런저런 말을 잔뜩 늘어놓으며 사람들의 의견을 구하고, 저녁마다 군중과 함께 신나게 휩쓸려 다니기도 했다.

도청의 발표가 있던 날, 코타르는 완전히 행방을 감추었다. 타루는 이틀 뒤에 정처 없이 거리를 헤매고 있는 그와 마주쳤다. 코타르는 그에게 변두리 지역에 함께 가 달라고 부탁했다. 그날 유달리 피곤했던 타루는 망설였지만, 코타르가 마구 졸라댔다. 그는 몹시 흥분한 듯 종잡을 수 없는 몸짓을 해가며 큰 소리로 떠들어댔다. 그는 타루에게 도청이 발표한 대로 정말 페스트가 끝났다고 생각하는지 물었다. 타루는 행정 당국이 발표했다고 해서 재앙이 끝나는 것은 아니지만, 예기치 못한 경우를 제외하고는 질병이 끝난다고 생각할 수 있다고 대답했다.

"그렇죠." 코타르가 말했다. "예기치 않은 일을 제외한다면 그렇겠죠. 하지만 예기치 못한 경우는 늘 생기게 마련이에요."

타루는 시의 출입문을 개방할 때까지 2주일의 유예기간을 둠으로써 예기치 못한 경우에 대비하고 있다고 지적했다.

"잘했네요." 여전히 우울하고 흥분한 어조로 코타르가 말했다. "상황이 돌아가는 걸 보니 도청이 괜한 소리를 한 걸 수도 있으니까요."

타루는 그럴 수도 있지만, 곧 시의 출입문이 열릴 것이고 정상적인 생활로 돌아갈 준비를 하는 것이 훨씬 나을 것이라고 말했다.

"그렇다고 치죠. 그런데 정상적인 생활로 돌아간다는 게 무슨 뜻이에요?" 코타르가 말했다.

"영화관에 새 필름이 들어오는 거죠." 타루가 웃으면서 말했다.

그러나 코타르는 웃지 않았다. 그는 페스트로 인해 아무런 변화도 없는 것처럼, 예전과 똑같이 다시 시작할 수 있다고 생각하는지 알고 싶어 했다. 타루는 페스트가 도시를 변화시킬 수도 있고 그러지 않을 수도 있는데, 시민들은 지금도, 앞으로도 마치 아무 일도 없었던 것처럼 행동하려는 욕망이 강할 것이라고 말했다. 따라서 어떤 의미에서는 아무런 변화도 생기지 않을 수도 있지만, 다른 의미에서는 아무리 그러고 싶어도 모든 것을 잊을 수는 없으며, 적어도 사람들의 마음속에 페스트는 흔적을 남길 것이라고 말했다. 그러자 코타르는 사람들의 마음 같은 것에 관심이 없으며, 그런 것은 전혀 신경을 쓰지 않는다고 딱 잘라 말했다. 자기가 관심이 있는 것은 도시의 조직 자체가 변하지 않을지, 예를 들어 모든 기관이 전과 마찬가지로 기능을 발휘할 것인지 하는 문제라고 했다. 타루는 그것에 대해서는 모르겠다고 시인할 수밖에 없었다. 그런 기관들은 페스트가 도는 동안 엉망이 되었으니, 다시 시작하려면 어려움이 있을 것이라는 게 그의 생각이었다. 또한 상당수의 새로운 문제들이 발생할 것이고, 그로 인해 기존 기관들을 재편성할 필요성도 염두에 둬야 할 것이었다.

코타르는 고개를 끄덕였다. "아! 그럴 수도 있겠네요. 사실 다들 새롭게 시작해야 할 거예요."

그들은 코타르의 집 근처에 다다랐다. 코타르는 이제 좀 더 밝아졌고 미래를 낙관적으로 생각하려고 애썼다. 그는 과거를 청산하고 백지상태에서 새롭게 출발하는 도시를 상상하고 있었다.

"그건 그렇고 어쨌든 당신 일도 잘 해결될 겁니다. 어떤 식으로든 새로운 삶이 시작되는 거니까요." 타루가 말했다.

그들은 코타르의 문 앞에서 악수했다.

"맞아요." 코타르는 점점 더 흥분하며 말했다. "백지상태에서 다시 출발할 수 있다면 정말 좋을 거예요."

그때 어두운 복도에서 남자 두 명이 불쑥 나타났다. 코타르가 저 사람들이 왜 왔는지 모르겠다고 말하는 것을 들을 겨를도 없이, 사복경찰처럼 보이는 그 남자들은 코타르에게 당신 이름이 코타르가 맞느냐고 물었다. 그는 숨이 막힌 듯한 탄성을 지르더니 몸을 홱 돌려 타루가 어떻게 해볼 겨를도 없이 어둠 속으로 사라져버렸다. 놀라움을 가라앉힌 타루는 무슨 일이냐고 물어보았다. 그들은 신중하고 친절한 태도로 조사할 일이 있어서 그런다고 말하고는 코타르가 사라진 방향으로 느긋하게 가버렸다.

집에 돌아와서 타루는 이 장면을 적어놓고는 피로감에 대해 언급했다. 그의 글씨가 그것을 충분히 증명하고 있었다. 그는 또한 자기는 아직도 할 일이 많으며, 피로가 여러 가지 준비를 게을리하는 핑계가 되어서는 안 된다고 적고는, 과연 자신이 마음의 준비가 되어 있는지 자문했다. 끝으로 그는 낮이고 밤이고 누구나 비겁해지는 시간이 있는 법인데, 자기가 두려워하는 것은 오직 그 시간뿐이라고 적어놓았다. 타루의 수첩은 그렇게 끝나 있었다.

★

시 출입문들이 열리기 며칠 전인 그 이튿날, 리외는 기다리던 전보가 와 있지 않을까 기대하며 정오에 집에 돌아왔다. 그 당시에도 그의 일과는 페스트가 맹위를 떨치던 때와 마찬가지로 고단했지만, 곧 해방될 것이라는 기대감에 피로가 말끔히 해소되었다. 이제 그는 희망이 있었고, 희망이 있다는 것이 기뻤다. 항상 굳은 의지로 긴장하고 저항하며 살 수는 없는 노릇이었다. 그래서 마침내 긴장을 풀고 투쟁을 위해 뭉쳐 놓았던 힘을 풀어 버린다는 것은 기쁜 일이었다. 기다리던 전보도 좋은 내용이라면 리외는 즐겁게 새 출발을 할 수 있을 것이었다. 그는 모두가 새 출발을 해야 한다고 생각했다.

리외는 수위실 앞을 지나갔다. 미셸 영감의 후임으로 온 수위는 유리창에 얼굴을 바짝 갖다 대고 그에게 미소를 지었다. 계단을 오르면서 리외는 피로와 영양부족으로 창백하지만 미소를 짓고 있던 수위의 얼굴을 떠올렸다.

그렇다. 비현실이 끝나면 다시 시작하리라. 그리고 운이 좋으면…. 그가 문을 여는데, 그의 어머니가 마중 나와 타루 씨가 몸이 안 좋다고 말했다. 그는 평소와 같은 시간에 일어났는데, 외출할 기력이 없어서 자리에 다시 누웠던 것이다. 리외의 어머니는 걱정하고 있었다.

"별일 아닐 거예요." 아들이 말했다.

타루는 다리를 쭉 뻗고 누워 있었다. 묵직한 머리는 베개에 푹 파묻혀 있었고, 넓은 가슴 위에는 이불이 덮여 있었다. 두통이 있었고 열이 오르고 있었다. 증상이 확실하지는 않았지만, 페스트 같다고 그가 리외에게 말했다.

"아직 확실한 건 없어요." 리외가 그를 진찰하고 나서 말했다.

그러나 타루는 극심한 갈증을 호소했고, 복도로 나온 리외는 어머니에게 페스트 초기일 수 있다고 말했다.

"오! 어쩜 지금 와서 그럴 수가 있니!" 어머니가 말했다. 그러고 나서 곧바로 이렇게 말했다. "리외, 그냥 집에서 치료하자."

리외는 곰곰이 생각하더니 말했다.

"엄밀히 말하자면 제겐 그럴 권리가 없어요. 하지만 곧 시의 출입문이 개방될 거예요. 어머니만 안 계셨으면 저도 그렇게 했을 거예요."

"리외, 우리 둘 다 집에 있게 해 다오. 너도 알다시피 나는 얼마 전에 예방주사를 다시 맞았잖니."

그는 타루도 예방주사를 맞았지만, 아마 너무 피곤해서 마지막 주사를 빠뜨렸거나 몇 가지 주의사항을 잊었을 것이라고 말했다. 리외는 그렇게 말하며 서둘러 진료실로 갔다. 리외가 집으로 돌아왔을 때 타루는 그가 커다란 혈청 앰풀을 들고 있는 것을 보았디.

"아, 역시 페스트군요." 그가 말했다.

"꼭 그런 건 아닙니다. 하지만 방심해서는 안 되니까요."

타루는 대답 대신 말없이 팔을 내밀고 자기가 다른 환자들에게 놓아주었던 그 주사를 오랫동안 맞았다.

"오늘 저녁에 결과를 봅시다." 리외가 타루의 눈을 바라보며 말했다.

"그러면 격리는요, 리외?"

"페스트인지 아닌지도 확실하지 않아요."

타루는 애써 미소를 지었다.

"혈청 주사를 놓으면서 격리 지시를 내리지 않는 건 처음이네요."

리외가 고개를 돌렸다.

"여기 있는 게 나을 거예요. 어머니와 내가 간호할게요."

타루는 아무 말도 하지 않았다. 리외는 앰풀을 정리하면서 타루가 무슨 말을 하면 돌아서려고 기다렸다. 결국 리외가 침대 쪽으로 걸어갔다. 환자가 그를 보고 있었다. 얼굴은 피곤해 보였지만, 회색빛 눈은 평온해 보였다. 리외가 그에게 미소를 지었다.

"가능하면 잠을 푹 자둬요. 곧 돌아올게요."

리외가 문 앞까지 갔을 때 타루가 부르는 소리가 들렸다. 그는 타루를 향해 돌아섰다.

그러나 타루는 말을 할지 말지 망설이는 것 같았다.

"리외," 마침내 그가 말을 꺼냈다. "사실대로 말해주세요. 그렇게 해주셔야 해요."

"약속할게요."

타루가 미소를 지으며 두툼한 얼굴을 찡그렸다.

"고마워요. 난 죽고 싶지 않아요. 그러니 싸울 거예요. 하지만 승산이 없다면 깨끗하게 마치고 싶어요."

리외는 몸을 숙여 그의 어깨를 잡고 말했다.

"아니에요. 성자가 되려면 살아야 해요. 그러니 싸우세요."

낮 동안 매서웠던 추위가 좀 누그러졌다가, 오후가 되자 비와 우박이 세차게 몰아쳤다. 황혼녘에는 하늘이 좀 맑아지더니 추위가 더 심해졌다. 리외는 저녁에 집에 돌아와 외투도 벗지 않은 채 친구의 방으로 들어갔다. 그의 어머니는 뜨개질을 하고 있었다. 타루는 꼼짝도 하지 않은 모양이었다. 그러나 열 때문에 허옇게 된 입술은 그가 얼마나 열심히 버티고 있는지 말해주고 있었다.

"좀 어때요?" 리외가 물었다.

타루는 침대 밖으로 나온 두툼한 어깨를 약간 으쓱해 보였다.

"아무래도 질 것 같아요." 그가 말했다.

리외는 그에게로 몸을 숙였다. 타는 듯 뜨거운 피부 아래로 림프절이 딱딱하게 굳어 있었고, 가슴에서는 보이지 않는 대장간의 풀무 소리가 요란스럽게 울리고 있었다. 타루는 이상하게도 두 가지 증세를 보이고 있었다. 리외는 몸을 일으켜 세우면서 혈청이 효력을 발휘하려면 아직 시간이 필요하다고 말했다. 타루가 몇 마디 말을 하려고 했지만, 목구멍에서 뜨거운 열이 솟아올라서 그것을 덮어버렸다.

저녁 식사 후, 리외와 어머니는 환자 옆에 와서 앉았다. 투쟁 속에서 밤이 찾아왔고, 리외는 페스트와의 고달픈 투쟁이 새벽까지 계속된 것임을 알고 있었다. 타루의 어깨가 아무리 단단하고 가슴이 아무리 넓어도 그것은 타루가 기댈 수 있는 최선의 무기는 아니었다. 오히려 조금 전에 리외가 바늘로 뽑아냈던 그 피, 그리고 그 피에 담긴 영혼보다 더 내밀한 그 어떤 것, 과학으로도 밝힐 수 없는 그 무엇이 차라리 최선의 무기였다. 리외는 친구가 싸우는 모습을 지켜볼 수밖에 없었다. 몇 달 동안 실패를 거듭했기 때문에 그는 자신이 해보려는 일, 예를 들어 화농을 빼낸다든지 강심제를 주사한다든지 하는 것이 어떤 효과가 있는지 잘 알고 있었다. 사실 그가 할 수 있는 일이라고는 자극을 주어야만 겨우 작동하는 우연이 일어날 기회를 주는 것뿐이었다. 그 우연은 반드시 일어나야만 했다. 리외는 페스트의 예기치 않은 모습에 몹시 당황하고 있었다. 페스트는 자신을 퇴치하기 위해 세웠던 전략들을 무력화하기 위해 다시 한번 애쓰고 있었다. 그래서 전혀 예기치 않은 곳에 나타나는가 하면, 이미 자리잡았다고 여긴 곳에서 사라져버리기도 했다. 페스트는 다시 한번 사람들을 놀라게 하려고 마지막 기승을 부리고 있었다.

타루는 꼼짝도 하지 않은 채 페스트와 싸우고 있었다. 고통이 엄습해도 밤새 단 한 번도 몸부림치지 않고, 다만 그 육중한 몸과 철저한 침묵만으로 싸우고 있었다. 그는 그런 식으로 더 이상 여유가 없다는 것을 나름대로 고백한 셈이었다. 리외는 떴다 감았다 하는 친구의 눈을 통해, 바짝 긴장하거나 반대로 축 늘어지는 눈꺼풀을 통해, 뭔가를 바라보다가 자신과 자신의 어머니에게로 돌아온 시선 등을 통해서만 그의 투쟁의 단계를 더듬어볼 수 있었다. 리외와 시선이 마주칠 때면 타루는 몹시 힘겹게 미소를 지었다.

한순간 거리에서 급히 뛰어가는 발소리들이 들려왔다. 멀리서 요란하게 울리던 발소리는 점점 가까이 다가오는 천둥소리에 쫓겨 달아나는 소리 같았다. 마침내 거리는 물이 흐르는 소리로 가득 찼다. 비가 다시 내리기 시작했다. 얼마 지나지 않아 우박이 비에 섞여서 인도를 강타했다. 창문 앞에서 커다란 차양이 물결치듯 휘날렸다. 리외는 그늘진 방 안에서 잠시 비에 정신이 팔려 있다가 다시 침대 머리맡에 놓인 램프 불빛에 비치는 타루의 모습을 살펴보았다. 리외의 어머니는 뜨개질을 하면서 때때로 고개를 들어 유심히 환자를 바라보았다. 이제 의사로서 해야 할 일은 다 해본 셈이었다. 비가 그치자 방 안의 침묵은 더욱 깊어졌고, 보이지 않는 전쟁의 소리 없는 소용돌이만 방 안에 가득했다. 수면 부족으로 신경이 날카로워진 리외는 질병이 기승을 부리는 내내 자신을 따라다니던 부드럽고 규칙적인 휘파람 소리가 침묵의 저 끝에서 들리는 것 같은 착각에 빠졌다. 그가 어머니에게 그만 가서 누우라고 눈짓을 했다. 어머니는 고개를 저으며 싫다고 했다. 어머니의 눈이 빛나더니, 바늘 끝으로 뜨개질감의 코를 조심스럽게 헤아려보았다. 리외는 일어서서 환자에게 물을 먹이고, 다시 자리에 돌아와 앉았다.

비가 잠시 그친 틈을 타서 행인들이 서둘러 보도를 걸어갔다. 발걸음 소리가 줄어들더니 멀어져갔다. 리외는 늦게까지 산책하는 사람들로 가득하고, 구급차들의 사이렌 소리가 들리지 않는 이 밤이 전염병 이전의 밤들과 비슷하다는 것을 처음으로 느꼈다. 그 밤은 페스트로부터 해방된 밤이었다. 그런데 추위와 햇빛과 군중에게 쫓긴 이 병은 도시의 어둡고 싶은 곳으로부터 빠져나와 이 더운 방으로 숨어들어, 타루의 힘없는 몸에 최후의 공격을 가하는 것 같았다. 재앙이 더 이상 도시의 하늘을 휘젓고 있지 않았다. 그 대신 방 안의 무거운 공기 속에서 조용히 획획 소리를 내고 있었다. 몇 시간 전부터 리외의 귀에 들려오던 소리가 바로 그 소리였다. 이제 리외는 방에서 그 소리가 멈추기를, 그리고 페스트가 패배를 선언하기를 기다려야 했다.

새벽이 되기 조금 전에 리외는 어머니 쪽으로 몸을 숙이고 말했다.

"8시에 저하고 교대하려면 어머니는 눈 좀 붙이세요. 주무시기 전에 소독하시고요."

그제야 리외 부인은 자리에서 일어나 뜨개질하던 것을 챙긴 다음 환자의 침대 쪽으로 다가갔다. 타루는 얼마 전부터 이미 눈을 감고 있었다. 그 단단한 이마 위에 머리카락이 엉겨 붙어 있었다. 부인이 한숨을 쉬자 그가 눈을 떴다. 자기를 굽어보는 부드러운 얼굴을 보고는, 끓어오르는 열에 시달리는 중에도 얼굴에 애써 지은 미소가 다시 떠올랐다. 그러나 이내 눈이 다시 감기고 말았다. 혼자 남게 된 리외는 어머니가 조금 전까지 앉아 있던 안락의자에 가서 앉았다. 거리는 잠잠했고, 이제 완전한 침묵만 남아 있었다. 차가운 아침 기운이 방에 감돌기 시작했다.

리외는 깜빡 잠이 들었다가 새벽의 첫 자동차 소리에 깨어났다. 몸이 추위에 부르르 떨렸다. 타루를 보니 상태가 잠시 진정되어 잠들어 있음을 알 수 있었다. 마차 바퀴에서 나는 나무와 쇠 소리가 멀리서 들려왔다. 창문 밖을 보니 아직 어두웠다. 리외가 침대 가까이 다가서자 타루는 무표정한 눈으로 그를 바라보았다. 아직 잠에서 덜 깬 것 같았다.

"잠은 좀 잤어요?" 리외가 물었다.

"네."

"숨쉬기는 좀 편해졌나요?"

"약간요. 그게 어떤 의미가 있는 건가요?"

리외는 입을 다물었다가 잠시 후에 말했다.

"아뇨, 타루. 아무 의미 없어요. 아침이면 일시적으로 진정된다는 거 알잖아요."

타루가 고개를 끄덕였다.

"고마워요. 늘 그렇게 정확히 대답해 주세요."

리외는 침대 발치에 걸터앉았다. 가까이에서 환자의 다리가 느껴졌다. 그것은 마치 죽은 사람의 다리처럼 길고 딱딱했다. 타루의 숨소리가 거칠어졌다.

"또 열이 나는 모양이에요. 그렇죠, 리외?" 그가 숨이 가쁜 목소리로 물었다.

"그래요. 정오가 되면 결론이 나겠죠."

타루는 눈을 감았다. 힘을 끌어모으는 것 같았다. 그의 얼굴에서 지친 기색이 묻어났다. 타루는 몸 깊숙한 곳 어딘가에서 이미 꿈틀거리기 시작한 열이 어서 올라오기를 기다리고 있었다. 눈을 떴을 때는 시선이 흐릿해져 있었다. 자기 곁에 몸을 수그리고 서 있는 리외를 보고서야 겨우 눈빛이 맑아졌다.

"마셔요."

타루는 물을 마시더니 천천히 고개를 다시 베개에 묻었다.

"오래 걸리네요." 그가 말했다.

리외가 그의 팔을 잡았지만 타루는 시선을 돌린 채 더 이상 반응을 보이지 않았다. 갑자기 내면의 둑이 무너지기라도 한 것처럼 그의 볼과 이마까지 열이 뚜렷하게 밀어닥치기 시작했다. 타루가 리외를 쳐다보았다. 리외는 그에게 몸을 숙이며 애정 어린 표정으로 용기를 내라는 시늉을 해 보였다. 타루는 다시 미소를 지어 보이려고 애썼지만, 미소는 악다문 턱과 마른 침으로 굳어버린 입술을 넘지 못했다. 얼굴은 굳어 있었지만, 그의 눈은 아직도 용기로 빛나고 있었다.

7시에 리외의 어머니가 방에 들어왔다. 리외는 진찰실로 가서 병원에 전화를 걸어 자신의 대리 근무자를 배치시켰다. 병원 진료를 나중으로 미루고 진찰실에 있는 긴 의자에 잠시 드러누웠다가, 이내 일어나서 방으로 돌아왔다. 타루가 리외의 어머니 쪽으로 고개를 돌리고 있었다. 그는 의자에 앉아서 두 손을 모아 무릎에 얹고 있는, 마치 그림자 같은 작은 형체를 보고 있었다. 그가 어찌나 강렬하게 바라봤던지 리외 부인은 타루의 입술에 손가락을 갖다 대었다가 일어나서 침대 머리맡의 전등을 껐다. 그러나 커튼 뒤에서 햇살이 빠르게 스며들기 시작했고, 잠시 후 환자의 모습이 어둠 속에서 떠올랐을 때 그녀는 환자가 여전히 자신을 바라보고 있었다는 것을 알 수 있었다. 그녀는 그를 향해 몸을 수그려 베개를 고쳐주고, 몸을 일으키면서 축축하게 젖어 엉켜 있는 그의 머리카락 위에 잠시 손을 얹었다. 그때 고맙다고 하면서, 이제 다 괜찮다고 하는 목소리가 어렴풋이 그녀의 귀에 들려왔다. 부인이 다시 자리에 앉았을 때 타루는 눈을 감고 있었다.

입술을 굳게 다물고 있었지만, 그의 기진맥진한 얼굴은 다시 미소가 떠오르는 것 같았다.

정오가 되자 열이 절정에 달했다. 몸속 깊은 곳에서 나오는 듯한 기침이 환자의 몸을 뒤흔들었고, 그는 피를 토하기 시작했다. 림프절은 더 이상 부어오르지 않았지만 관절 부위마다 나사처럼 단단하게 박혀 있어서 리외는 절개수술이 불가능하다고 판단했다. 타루는 열이 오르고 기침을 하면서도 간간이 친구들을 쳐다보았다. 그러나 곧 눈을 뜨는 횟수가 줄어들었고, 황폐해진 그의 얼굴은 햇빛이 비출 때마다 점점 더 창백해졌다. 그의 온몸이 폭풍에 휩쓸린 듯 발작적으로 경련하더니, 이제는 그의 모습을 비추던 번개도 점점 잦아들었다. 타루는 그 폭풍 속으로 서서히 표류해가고 있었다. 리외 앞에는 이제 미소라고는 찾아볼 수 없는, 움직이지 않는 가면만 남아 있었다. 그에게 그렇게도 친근했던 한 인간이 그의 눈앞에서 이제 창에 찔리고, 초인적인 악에 의해 불태워지고, 하늘에서 불어오는 증오의 바람에 온몸을 뒤틀면서 페스트의 검은 물속으로 침몰하고 있었다. 그러나 난파를 막기 위해 할 수 있는 일이 아무것도 없었다. 그는 재앙에 맞설 무기도, 의지할 것도 없는 빈손으로, 절망적인 심정으로 물가에 남아 있어야 했다. 그리고 마침내 리외는 자신의 무력함을 한탄하는 눈물이 앞을 가렸다. 그래서 타루가 갑자기 벽 쪽으로 돌아누워 마치 몸 어딘가에서 생명줄 하나가 툭 끊어지기나 한 것처럼 힘없이 신음하며 숨을 거두는 모습도 지켜보지 못했다.

그 후에 이어진 밤은 투쟁이 아닌, 침묵의 밤이었다. 세상과 단절된 그 방에서, 이제는 제대로 옷을 차려입은 타루의 시신을 보며 리외는 벌써 여러 날 전, 빌 아래 페스트가 아우성치는 테라스 위에서, 시의 출입문이 습격당한 직후에 느꼈던 그 정적이 떠도는 것을 느꼈다. 그때도 이미 그는 그냥 죽게 내버려 두고 온 사람들의 침대에 감돌고 있던 그 침묵을 생각했었다. 그것은 어디서나 똑같은 휴식이었고, 똑같이 장엄한 공백이었고, 전투 뒤에 찾아오는 똑같은 진정 상태였다. 그것은 패배의 침묵이었다. 그러나 지금 그의 친구를 에워싸고 있는 이 침묵은 페스트에서 해방된 도시와 거리의 침묵과 일치하는 침묵이었기 때문에, 리외는 이것이야말로 결정적인 패배라고 생각했다. 전쟁은 끝났지만 평화 자체를 치유할 길 없는 고통으로 만들어버리는 그런 패배라는 것을 절실히 느꼈다. 리외는 타루가 마침내 평화를 되찾았는지 알 수는 없었다. 그러나 적어도 그 순간만큼은 아들을 빼앗긴 어머니나 친구를 묻은 사람에게 휴전이란 것은 없는 것처럼 자기에게도 평화란 다시는 있을 수 없을 것 같았다.

밖은 여전히 추웠다. 맑고 차가운 하늘에는 수많은 별이 얼어붙어 있었다. 어두침침한 방에서도 유리창을 짓누르는 추위와 북극의 밤으로부터 불어오는 매서운 바람이 느껴졌다. 침대 옆에서 리외 부인이 익숙한 자세로 침대 머리맡 전등의 불빛을 받으며 평소처럼 앉아 있었다. 리외는 불빛에서 멀리 떨어져 방 한가운데에 놓인 안락의자에 앉아 있었다. 그는 아내 생각이 났지만, 그럴 때마다 그 생각을 물리쳤다.

초저녁이 되자 차가운 밤공기 속에서 행인들의 발소리가 또렷하게 들려왔다.

"다 처리했니?" 리외 부인이 말했다.

"네, 전화했어요."

두 사람은 다시 침묵 속에서 밤을 보내기 시작했다. 어머니는 이따금 아들을 바라보았다. 어머니와 시선이 마주치면 그는 미소를 지었다. 밤이면 늘 거리에서 들려오던 소리가 계속 이어졌다. 아직 정식으로 허용되지 않았는데도 거리에 많은 자동차가 돌아다녔다. 차들이 빠른 속도로 포장도로를 따라 나타났다가 사라지기를 반복했다. 사람들의 이야기 소리, 고함치는 소리, 다시 돌아온 침묵, 말굽 소리, 전차 두 대가 커브를 돌며 삐걱대는 소리, 분명하지 않은 웅성대는 소리, 그리고 다시 밤의 숨소리.

"리외."

"네?"

"피곤하지 않니?"

"괜찮아요."

그때 그는 어머니가 무슨 생각을 하고 있는지 알고 있었고, 또 자기를 사랑한다는 것도 알고 있었다. 그러나 한 인간을 사랑한다는 것이 대수로운 일이 아니라는 것을, 하지만 사랑이라는 것이 제대로 표현될 수 있는 것이 아니라는 것 또한 알고 있었다. 그러므로 그의 어머니와 그는 언제나 침묵 속에서 서로를 사랑할 것이다. 그리고 어머니는, 혹은 그는, 평생 애정을 그 이상으로는 드러내지 못한 채 죽을 것이다. 그는 타루의 곁에서 함께 있었는데도, 진정한 우정을 경험할 시간도 미처 갖지 못한 채 그날 저녁 타루가 죽었다. 타루는 자기 말대로 싸움에서 패하고 말았다. 그러나 자신은 무엇을 얻었는가? 페스트를 겪었고 페스트에 대한 기억을 갖게 되었다는 것, 우정을 알게 되었으며 또 그것에 대한 추억을 갖게 되었다는 것, 애정을 알게 되었으며 또 인젠가는 그 것을 추억해야 한다는 것. 그가 얻은 것은 그것뿐이었다. 인간이 페스트나 삶과의 싸움에서 얻을 수 있는 것은 인식과 추억뿐이었다. 타루가 싸움에서 이긴다고 말한 것은 그런 것일지도 모른다.

자동차가 또 한 대 지나갔다. 리외 부인은 의자에서 몸을 약간 움직였다. 리외가 어머니에게 미소를 지었다. 그녀는 아들에게 자기는 피곤하지 않다고 말하고는 이렇게 말했다.

"산에 가서 좀 쉬다 오는 게 좋겠구나. 거기로 말이다."

"그래야겠어요, 어머니."

그렇다. 거기로 가서 쉬어야 할 것이다. 안 될 이유가 뭐란 말인 가? 그것 또한 기억을 위한 구실이 될 것이다. 그러나 싸움에서 이긴다는 것이 결국 이런 것이라면, 희망하는 것은 전부 잃고 오직 경험한 것과 추억만 가지고 살아가는 것이라면, 그 삶은 얼마나 괴로운 것일까. 타루는 분명 그러한 삶을 살아왔던 모양이다. 그래서 그는 환상이 없는 생활이 얼마나 메마른지를 잘 알고 있었다. 희망이 없으면 마음의 평화도 있을 수 없다. 그러나 타루는 누군가를 단죄할 권리는 거부했으면서도, 남을 단죄하지 않을 수 있는 사람은 아무도 없으며, 심지어 희생자가 때로는 사형집행인이 된다는 사실을 알고 있었다. 그래서 그는 분열과 모순 속에서 살았고, 희망이라고는 전혀 알지 못했던 것이다. 그가 성스러움을 추구하고, 인간에 대한 봉사를 통해 마음의 평화를 찾으려고 한 것도 그런 이유 때문이었을까? 사실 리외는 그런 것에 대해서 아무것도 아는 것이 없었고, 그런 것은 아무래도 상관없었다. 앞으로 타루에 대해서는 자동차 핸들을 두 손으로 꽉 잡고 운전하던

한 남자의 이미지, 이제는 움직이지 않고 누워 있는 육중한 육체에 대한 이미지만을 간직할 것이다. 삶의 온기와 죽음의 이미지, 그것이 바로 인식이었다.

다음 날 아침, 리외가 아내의 사망 소식을 담담하게 받아들인 것도 아마 그런 이유에서였을 것이다. 그는 자기 진료실에 있었다. 그의 어머니가 뛰다시피 들어와 전보 한 장을 건네주고 우편배달부에게 수고비를 주기 위해 도로 나갔다. 어머니가 돌아왔을 때 아들은 전보를 펼쳐 들고 있었다. 어머니가 그를 바라보았다. 그러나 그는 창 너머로, 항구 위로 밝아오는 찬란한 아침을 뚫어져라 바라보고 있었다.

"리외." 어머니가 불렀다.

리외는 멍한 표정으로 어머니를 돌아보았다.

"무슨 전보냐?" 어머니가 물었다.

"그렇게 됐대요. 일주일 전에요." 그가 말했다.

리외의 어머니는 창 쪽으로 고개를 돌렸다. 리외는 아무 말 없이 있다가 어머니에게 울지 말라고, 각오는 하고 있었지만 가슴이 아프다고 말했다. 다만 그런 말을 하면서도 그는 자신의 고통이 새삼스러운 것이 아니라는 것을 알고 있었다. 그것은 이미 여러 달 전부터, 그리고 이틀 전부터 계속되어왔던 것과 똑같은 고통이었다.

★

2월의 어느 화창한 날 새벽, 주민들과 신문들, 라디오와 도청 관보들이 환호하는 가운데 마침내 시의 출입문들이 개방되었다.

비록 거기에 안전히 섞여들이 기뻐하지 못한 사람들 중 하나였지만, 서술자에게 남은 과제는 시의 문이 개방되던 그 기쁜 순간을 기록하는 것이었다.

밤낮으로 성대한 행사들이 개최되었다. 그와 동시에 기차가 역에서 연기를 내뿜기 시작했고, 머나먼 바다로부터 항해해 온 선박들도 어느새 우리 항구 쪽으로 뱃머리를 돌렸다. 이별에 고달파했던 모두에게 그날은 역사적인 재회의 날이라는 것이 분명했다.

여기서 그토록 많은 사람들의 가슴속에 어려 있던 이별의 감정이 어떻게 변했을지는 쉽게 상상할 수 있을 것이다. 낮에 우리 시에 들어온 열차는 시에서 나간 열차들 못지않게 많은 승객을 싣고 있었다. 각자 이날을 위해 유예기간으로 주어진 2주일 중에 좌석을 예약하고도 도청의 결정이 마지막 순간에 번복되지 않을까 전전긍긍하고 있었다. 시로 들어오는 승객 중 몇몇은 이런 불안감을 완전히 떨쳐 버리지 못하고 있었다. 왜냐하면 그들은 가까운 사람들의 소식은 대충 알고 있었지만, 다른 사람들이나 시 자체가 어떻게 되었는지는 전혀 몰랐고, 도시가 끔찍하게 변했을 것이라고 상상하고 있었기 때문이었다. 그러나 그것은 헤어져 있는 기간 동안 열정이 고갈되지 않은 사람들에게만 해당하는 일이었다.

열정적인 사람들은 사실 고정관념에 사로잡혀 있었다. 그들에게는 변한 것이 단 한 가지밖에 없었다. 유배 생활을 하는 몇 달 동안에는 될 수 있으면 빨리 가라고 떠밀고 싶고 재촉하고 싶었던 그 시간이, 도시가 눈앞에 보이고 기차가 멈추려고 브레이크를 걸기 시작하자 이제는 반대로 천천히 흘러가기를 바라고 시간이 그대로 멈추기를 바랐다. 사랑하지 못하고 보낸 잃어버린 여러 달 동안의 삶에 대해 마음에 품고 있던 막연하면서도 격렬한 감정 때문에, 그들은 기쁨의 시간이 기다림의 시간보다 두 배는 더 천천히 흘러가야 한다는 일종의 보상을 요구하게 되었다.

랑베르의 아내는 벌써 몇 주 전부터 그 소식을 듣고 필요한 절차를 밟아 오늘 오랑에 도착할 예정이었는데, 방 안에서나 승강장에서 기다리고 있는 사람들도 랑베르와 똑같은 초조함과 혼란에 빠져 있었다. 페스트가 몇 달 동안 계속되면서 비현실이 되어버렸던 사랑이나 애정이 그것을 지탱해주던 실체적 존재와 맞닥뜨리는 순간을 랑베르는 떨리는 마음으로 기다리고 있었다.

랑베르는 페스트가 유행하던 초기의 자신으로, 단숨에 그 도시를 탈출해서 사랑하는 사람을 만나러 가고 싶었던 자신으로 돌아가고 싶었을지도 모른다. 그러나 그는 이제 그렇게 하는 것이 불가능하다는 것을 알고 있었다. 그는 너무 많이 변해버렸다. 페스트는 그의 마음에 무관심이라는 것을 불어넣었다. 온 힘을 다해 그것을 부정하려고 애썼지만, 그것은 막연한 불안처럼 그의 마음속에 계속 남아 있었다. 어떤 의미에서 그는 페스트가 너무 갑작스럽게 끝난 것 같아서 실감이 나지 않았다. 행복이 전속력으로 다가오고 있었고, 일은 기대했던 것보다 빠르게 진행되었다. 랑베르는 모든 것이 단번에 복구될 것이고, 기쁨은 음미할 틈도 없이 불길처럼 다가올 것임을 깨달았다.

사실 정도의 차이는 있었지만 모두 결국 랑베르와 마찬가지였기 때문에, 그 모든 사람에 대해 이야기할 필요가 있다. 제각기 개인적인 삶을 다시 시작하고 있는 그 승강장에서 그들은 여전히 공동체 의식을 느끼면서 서로 눈짓과 미소를 교환하고 있었다. 그러나 기차의 연기를 보자마자, 모호하긴 하지만 정신을 못 차리게 만드는 기쁨의 소나기에 휩싸여 유배의 감정이 갑자기 사라져버렸다. 기차가 멈춰 서고 이제는 그 모습조차 가물가물해진 몸을 서로의 팔이 기쁨에 넘쳐 휘감던 순간, 대부분 바로 그 승강장에서 시작된 기나긴 이별은 순식간에 끝이 났다. 랑베르의 경우, 자기를 향해 달려오는 부인의 모습을 미처 볼 겨를도 없었는데, 그녀가 벌써 그의 품 안에 뛰어 들어와 있었다. 랑베르는 그녀를 품에 가득 껴안은 채, 낯익은 머리카락밖에 안 보이는 머리통을 가슴에 껴안고 눈물을 흘렸다. 그 눈물이 현재의 행복 때문인지, 너무 오랫동안 억눌러왔던 고통 때문인지는 알 수 없었다. 적어도 그 눈물 때문에 지금 자기 어깨에 파묻혀 있는 얼굴이 자신이 꿈에서도 그리워하던 얼굴인지, 아니면 전혀 모르는 타인의 얼굴인지 확인해볼 수 없다는 것에 안심하고 있었다. 자신이 의심한 것이 참인지 거짓인지는 조금 있으면 알게 될 것이다. 당장에는 그도 페스트가 오든 가든 사람의 마음은 조금도 변하지 않는다고 믿는 것처럼 보이는 다른 사람들처럼 행동하고 싶었다.

하나같이 서로를 꼭 껴안고, 타인들의 시선은 상관없다는 듯이, 페스트에 승리한 얼굴로 모든 비참함을 잊은 채 그들은 집으로 돌아갔다. 물론 같은 기차를 타고 왔지만 마중 나온 사람이 없는 것을 보고 그 오랜 기간의 무소식이 그들 마음속에 빚어놓았던 두려움을 현실로 확인해야 하는 그런 사람들은 잊어버렸다. 이제 동반자라고는 생생한 고통밖에 없는 사람들, 그 순간 매달릴 곳은 사람에 대한 추억밖에 없는 사람에게는 사정이 완전히 달라서, 이별의 슬픔이 절정에 달했다. 이름도 없는 구덩이에 허망하게 묻혔거나, 혹은 잿더미 속에서 녹아 없어진 사람과 더불어 모든 기쁨을 잃어버린 어머니들, 배우자들, 연인들에게 페스트는 여전히 계속되고 있었다.

그러나 그런 고독을 누가 생각해 주겠는가? 아침부터 대기 속에서 찬바람과 싸우던 태양은 정오가 되자 마침내 승리를 거두고 강렬한 햇빛의 물결을 도시 전체에 끊임없이 쏟아부었다. 낮은 정지되어 있었다. 언덕 꼭대기에 있는 요새의 대포들이 맑은 하늘을 향해 끊임없이 포성을 울렸다. 도시 전체가 밖으로 쏟아져 나와서 고통스러운 시간의 종말을 축하했지만, 망각의 시간은 아직 시작도 되지 않은 상태였다.

사람들은 광장마다 모여서 춤을 추고 있었다. 하루 사이에 통행량이 현저히 많아졌고 자동차 수가 늘어서, 인파가 넘치는 거리를 통과하기가 쉽지 않았다. 시내에는 종소리가 오후 내내 힘차게 울려 퍼졌다. 교회에서는 감사 기도를 올리고 있었다. 같은 시각, 축제 장소들은 터질 듯이 성황을 이루었고, 카페에서는 앞일은 걱정도 하지 않은 채 마지막 남은 술을 아낌없이 내놓았다. 흥분한 사람들이 계산대 앞으로 밀려들었다. 그들 중에는 남의 시선은 의식하지 않고 껴안고 있는 커플도 많았다. 모두가 소리치거나 웃고 있었다. 마치 그날이 생존 기념일이라도 되는 것처럼 지난 몇 달 동안 영혼의 불빛을 낮추고 살면서 비축해놓은 생명의 양식을 마음껏 소비했다. 다음날이면 본래의 조심스러운 생활이 다시 시작될 것이었다. 그러나 그 순간에는 출신이 서로 다른 사람들이 서로 팔꿈치를 맞대며 친밀감을 나누고 있었다. 죽음 앞에서도 사실상 실현되지 못했던 평등이 해방의 기쁨 속에서 적어도 몇 시간 동안은 실현되고 있었다.

그러나 그 평범하고 요란스러운 기쁨이 모든 것을 다 설명해 주는 것은 아니었다. 저녁 무렵 랑베르와 어깨를 나란히 하고 거리를 돌아다니던 사람들은 겉으로는 무덤덤해 보였지만 내면에 더 미묘한 행복감을 감추고 있었다. 그들은 수많은 연인과 가족들이 보기에는 그저 평화롭게 산책을 하는 사람들로만 보였다. 그러나 대부분은 자신들이 고통을 겪었던 이곳저곳을 찾아 조심스럽게 순례하고 있었다. 그것은 새로 온 사람들에게 페스트의 명백하거나, 혹은 숨겨져 있는 흔적을, 그 역사의 자취를 보여주기 위한 것이었다. 어떤 사람들은 안내자 역할을 맡아서 많은 것을 목격한 사람, 페스트를 경험한 사람의 역할을 하는 데 만족했다. 그들은 아무런 공포심도 일으키지 않고 위험했던 일에 대해 이야기했다. 그런 즐거움은 해로운 것은 아니었다. 그러나 다른 사람들의 경우 그것은 좀 더 민감한 여정이었다. 어떤 연인은 추억을 되살리며 아픈 기억에 빠져들어, 함께 있는 여자에게 이렇게 말했다. "바로 여기였어. 그때 나는 당신을 그렇게나 원했는데, 여기에 없었지." 그 열정의 여행자들은 서로를 쉽게 알아볼 수 있었다. 그들은 자신들이 걷고 있는 그 소용돌이 가운데서 작은 섬을 이룬 채 은밀한 이야기를 속삭이고 있었다. 교차로에 있는 떠들썩한 오케스트라보다도 오히려 그들이 진정한 해방을 알리는 사람들이었다. 말도 없이 서로 꼭 껴안고 황홀한 얼굴로 길을 걸어가는 그 연인들이야말로, 소용돌이의 한가운데서 행복한 사람

특유의 의기양양함과 부당함을 드러내며, 이제 페스트는 끝났고 공포의 시기가 지나갔다고 확인해 주었다. 그들은 우리가 한때 경험했던 그 어처구니없는 세계, 사람이 죽는 것이 파리 한 마리가 죽는 것 정도로 일상화되었던 무지막지한 세계, 뚜렷하게 드러났던 야만성, 주도면밀한 광란, 현재가 아닌 모든 것에 끔찍할 정도로 무관심했던 감금 상태, 죽지 않은 사람들을 아연실색하게 했던 죽음의 냄새를 태연하게 부정하고 있었다. 이런 것들이 모두 자명한 사실임에도 불구하고 말이다. 그럼으로써 우리 일부가 매일같이 화장터의 아궁이에 켜켜이 쌓여 연기가 되어 사라지던 존재이고, 나머지 일부는 무기력과 공포의 쇠사슬에 묶여 자기 차례를 기다리던 그 어리벙벙한 민중이었다는 사실을 부정하고 있었다.

어쨌든 그것이 그날 오후 늦게 종소리와 대포 소리, 음악 소리가 울리고 귀가 먹먹할 정도로 함성을 지르는 사람들 사이를 지나 변두리 지역으로 홀로 걸어가고 있던 리외의 눈에 띈 광경이었다. 그는 계속 왕진을 다녔다. 환자가 없는 날은 없었다. 도시 위로 내리쬐는 화창한 햇빛 속에서 예전과 다름없이 고기 굽는 냄새와 아니스 술 냄새가 피어오르고 있었다. 그의 주위에서는 사람들이 즐거운 표정으로 하늘을 우러러보았다. 남자들과 여자들은 몹시 흥분해서 달아오른 얼굴로 서로를 유혹하는 소리를 지르며 서로를 부둥켜안고 있었다. 그렇다, 공포가 끝나면서 페스트도 끝났다. 서로 얽힌 그 팔들은 페스트가 사실은 유배이자 이별이었다는 것을 말해주고 있었다.

리외는 여러 달 동안 지나가는 행인들의 얼굴에서 읽을 수 있었던 그 비슷비슷한 분위기에 이름을 붙일 수 있었나. 이제 주변을 둘러보는 것만으로도 충분했다. 비참하고 궁핍한 생활을 겪으면서 페스트의 종말에 다다랐을 때, 사람들은 모두 이미 오래전부터 맡아온 역할의 제복을 걸치게 되었다. 처음에는 얼굴이, 그리고 지금은 복장이, 부재와 멀리 두고 온 고향을 말해주고 있는 망명객의 역할을 했다. 그들은 페스트 때문에 시 출입문이 폐쇄된 그 순간부터 이별 상태로 살아왔으며, 모든 것을 잊게 해주는 인간의 온기로부터 차단된 채 지내왔던 것이다. 그 성질은 각기 다르지만 도시 어디에서나 남자들과 여자들은 어떤 결합을 열망하면서 지내왔다. 그것은 모두에게 한결같이 불가능한 것이었다. 그들은 대부분 곁에 없는 사람을 향해 육체의 온기와 애정, 혹은 일상을 돌려달라고 온 힘을 다해 외치고 있었다. 어떤 사람들은 자기도 모르는 사이에 친한 사람들과 헤어져 편지나 기차나 배처럼 평범한 수단을 통해 우정을 이어갈 수 없다는 사실에 괴로워했다. 더 드문 경우지만 그 밖의 사람들, 예를 들어 타루 같은 사람들은 명확히 정의 내릴 수는 없지만, 그 무엇보다도 바람직해 보이는 그 어떤 것과의 결합을 간절히 바라고 있었다. 그것을 달리 부를 말이 없어서 때로는 평화라고 부르기도 했다.

리외는 계속 걸어갔다. 앞으로 나아갈수록 군중의 수가 점점 많아지고 더 소란스러워져서, 그가 가고자 하는 변두리 지역이 그만큼 더 뒤로 물러나는 것 같았다. 그 소란스러운 집단에 조금씩 녹아들면서, 그는 그 고함소리를 점점 더 잘 이해하게 되었다. 적어도 그들이 외치는 소리의 일부는 리외 자신의 고함소리였다. 그렇다. 모든 사람이 육체적으로나 정신적으로나 견디기 힘든 부재, 대책 없는 유배 생활, 결코 채워지지 않는 갈증으로 다 함께 고통을 당했던 것이다. 그 산더미처럼 쌓인 시체들, 구급차의 사이렌 소리, 운명으로 받아들일 수밖에 없었던 경고들, 공포심을 불러일으켰던 끈질긴 제자리걸음, 마음속에 치밀어오르던 무서운 반항심, 이 모든 것들 사이에서도 하나의 거대한 기운이 공포에 사로잡힌 사람들에게 진정한 조국을 되찾아야 한다고 경고하고 있었다. 그들 모두에게 진정한 조국은 그 숨 막히는 도시의 벽 너머에 있었다. 진정한 조국은 언덕 위의 향기로운 덤불 속에, 바닷속에, 자유로운 고장들과 사랑의 무게 속에 있었다. 그리고 그들은 바로 그곳을 향해서, 그 행복을 향해 돌아가고 싶었으며, 그 외의 모든 것들에 대해서는 혐오감을 느끼고 등을 돌리고 싶었던 것이다.

유배와 재결합에 대한 욕구가 어떤 의미인지 리외는 전혀 알지 못했다. 그러나 사방에서 떠밀고 말을 걸어오는 군중들 사이로 걸음을 옮기다가 차츰 덜 붐비는 거리로 들어서면서, 리외는 그런 것들에 의미가 있는가 없는가는 중요하지 않다는 생각이 들었다. 오히려 사람들의 희망에 어떤 답이 주어졌는지를 알아야겠다고 생각했다.

이제 그는 어떤 대답이 주어졌는지 알고 있었다. 그리고 인적이 거의 없는 변두리 지역에 들어서자 그것이 무엇인지 더 명확하게 알 수 있었다. 자신의 보잘것없는 상태에 만족하고 사랑의 보금자리로 돌아가기만을 원한 사람들은 가끔 그 보상을 받았다. 물론 그중 몇몇은 기다리던 사람을 잃고 여전히 고독하게 시내를 걷고 있었다. 두 번 이별을 당하지 않은 사람들은 다행이라고 여겨야 할 것이었다. 페스트 이전에 사랑을 단번에 이루지 못하고 여러 해 동안 맹목적으로 어렵게 교제를 하다가 간신히 서로 결합하게 된 연인들의 경우였다. 그들은 리외와 마찬가지로 시간에 의지하는 경솔한 짓을 했고, 결국 영원히 헤어지게 되었다. 그러나 그날 아침에 리외가 "용기를 내세요. 지금이야말로 정신을 바짝 차려야 할 때입니다."라고 말해준 랑베르 같은 사람들도 있었다. 그들은 영영 잃어버렸다고 생각했던 사람을 되찾았다. 그들은 적어도 당분간은 행복할 것이다. 이제 그들은 인간이 언제나 원하고 얻을 수 있는 것이 바로 사랑이라는 것을 알게 되었다.

반대로, 인간을 초월하여 상상조차 할 수 없는 어떤 것을 지향했던 사람들은 결국 어떤 대답도 얻지 못했다. 타루는 자신이 말하던 평화라는 것에 도달한 듯했지만, 그것을 죽음 속에서, 결국 그에게 도움이 되지 않을 순간에 가서야 겨우 발견했다. 반면 리외의 눈에 띈 다른 사람들, 즉 집 문턱에서 기울어가는 햇빛을 받으며 온 힘을 다해 서로를 껴안고 황홀하게 마주 보는 사람들은 그들이 바라던 것을 손에 넣었다. 그들은 자기 힘으로 얻을 수 있는 것만을 요구했기 때문이다. 그랑과 코타르가 사는 거리로 접어들면서 리외는 적어도 가끔은 인간만으로, 인간의 보잘것없지만 엄청난 사랑만으로 만족하는 사람들이 기쁨의 보상을 받는 것이 옳다고 생각하고 있었다.

★

이 기록물도 끝맺을 때가 되었다. 이제 베르나르 리외가 이 연대기의 서술자라는 것을 고백할 때가 된 것이다. 그러나 이 연대기의 마지막 사건들을 서술하기 전에, 그가 이 일을 맡게 된 이유를 설명하고, 또 이 기록을 객관적인 어조로 기록하려고 노력했다는 사실을 밝히고자 한다. 페스트가 유행하던 기간 내내 그는 직업상 우리 시민들 대부분을 만나봤기 때문에 그들의 감정을 수집할 수 있었다. 다시 말해 자기가 보고 들은 바를 전달하기에 좋은 자리에 있었던 것이다. 그러나 그는 되도록 그 일을 신중하게 수행하고자 했다. 대개의 경우 자신의 눈으로 직접 볼 수 있었던 이상은 기록하지 않도록, 페스트를 겪은 사람들이 품고 있지 않았던 생각들을 억지로 강요하지 않도록, 그리고 우연히 혹은 불행한 인연으로 수중에 넣게 된 기록만 활용하기 위해 노력했다.

어떤 범죄 사건의 증인으로 불려갔을 때도, 그는 선량한 증인이 갖춰야 할 신중한 태도를 갖추었다. 그러면서도 양심에 따라 단호한 태도로 희생자의 편을 들었고, 그들이 공유하고 있는 유일한 확신, 즉 사랑과 고통과 유배의 확신 속에서 시민들과 하나가 되고자 했다. 그는 시민들과 모든 불안을 공유했고, 그 어떤 것도 그들과 함께 겪지 않은 것이 없었다.

충실한 증인이 되기 위해 그는 특히 조서, 문헌, 논문 같은 것을 우선으로 전해야 했다. 반면 개인적으로 말하고 싶었던 것들, 자신의 기대나 시련 등에 대해서는 침묵을 지켰다. 혹시 그가 그런 것에 대해 언급했다면, 그것은 우리 시민들을 이해하고 또 이해시켜보려는 의도에서 그랬던 것이다. 대개의 경우는 그들이 막연하게 느꼈던 것에 어떤 형태를 부여하고자 하는 의도에서 그랬을 뿐이다. 사실 이러한 이성적인 노력이 그에게는 조금도 힘들지 않았다. 수천 명의 페스트 환자의 목소리를 들으면서 자신의 고백도 직접 드러내고 싶었을 때도 그는 그것을 자제했다. 자신의 괴로움 중 어느 것 하나도 다른 사람들의 괴로움이 아닌 것이 없으며, 혼자 고통을 겪는 일이 너무나 잦은 세계 속에서 그런 사실은 오히려 다행이라는 생각 때문이었다. 결국 그는 모든 사람을 대신하여 이야기해야 했다.

그러나 시민 중에 리외가 두둔할 수 없는 사람이 한 명 있었다. 그는 언젠가 타루가 리외에게 이렇게 말한 적 있는 바로 그 사람이었다. "그 사람의 유일하고도 진정한 죄악은 어린아이들과 사람들을 죽이는 것에 마음속으로 동의했다는 거예요. 그 외의 것은 이해할 수 있어요. 하지만 그걸 용서하는 건 힘들어요." 이 기록을 무지하고도 고독한 마음을 가진 그 사람에 대한 이야기로 마무리 짓는 것이 적절할 것이다.

축제로 소란스러운 대로를 빠져나와 그랑과 코타르가 사는 골목으로 접어들었을 때, 리외는 경찰이 쳐놓은 바리케이드로 인해 멈출 수밖에 없었다. 생각지도 못했던 일이었다. 멀리서 들려오는 축제 소리 때문에 그 동네는 더욱 조용하게 느껴졌고, 그만큼 황량하게 느껴졌다. 그는 신분증을 내밀었다.

"안 됩니다, 선생님." 경찰이 말했다. "지나가실 수 없어요. 어떤 미치광이가 군중에게 총을 쏴 대고 있습니다. 하지만 선생님의 도움이 필요할지도 모르겠으니 여기 잠깐만 계십시오."

그때 그랑이 자기 쪽으로 오는 것이 보였다. 그랑 역시 아무것도 모르고 있었다. 경찰이 통행을 막았는데, 알고 보니 자기 집에서 누가 총을 쏘고 있다는 것이었다. 식어버린 햇빛을 받아 노랗

게 빛나는 아파트 정면이 멀리서 보였다. 그 주위로 텅 빈 공간이 맞은편 인도까지 뻗어 있었다. 길 한가운데에 모자 하나와 더러운 헝겊 조각이 떨어져 있는 것이 뚜렷하게 보였다. 저 멀리 반대편에도 그들을 막고 있는 경찰 차단선과 평행한 차단선이 또 하나 쳐 있고, 그 뒤로 동네 사람들이 빠른 걸음으로 오가는 것이 보였다. 잘 살펴보니 아파트 맞은편 건물의 문 앞에서 경찰들이 웅크리고 앉아 총을 겨누고 있었다. 아파트의 덧문은 전부 닫혀 있었다. 그러나 3층의 덧문 하나가 반쯤 떨어져 있었다. 거리에는 온통 침묵이 흘렀다. 시내 중심에서 음악 소리가 이따금 들려올 뿐이었다.

갑자기 아파트 맞은편 건물에서 총성이 두 번 울렸다. 망가진 덧문에서 파편이 튀었다. 그리고 다시 잠잠해졌다. 소란스러운 하루를 보낸 후 멀리서 맞닥뜨린 이 광경이 리외에게는 약간 비현실적으로 느껴졌다.

"코타르의 방 창문이에요." 갑자기 그랑이 몹시 흥분하며 말했다. "이해가 안 돼요. 코타르는 도망갔잖아요."

"왜 총을 쏘는 건가요?" 리외가 경찰에게 물었다.

"시간을 벌려는 겁니다. 우린 필요한 장비를 가져올 차를 기다리고 있어요. 건물로 들어가려고만 하면 총을 쏴 대서 경관 한 명이 총에 맞았습니다."

"저 사람은 왜 총을 쏘는 걸까요?"

"모르겠습니다. 사람들이 거리에서 한창 즐기고 있는데 첫발이 군중들을 향해 발사되었어요. 처음에는 영문을 몰랐는데, 두 번째 총성이 나고는 아우성이 일어났어요. 부상자도 한 명 생겼죠.

모두들 도망쳤어요. 미친놈이죠, 뭐!"

다시 침묵이 찾아왔고, 시간은 느릿느릿 기어가는 것 같았다. 그때 개 한 마리가 저쪽 편에서 튀어나왔다. 리외로서는 정말 오랜만에 보는 개였다. 털이 더러워진 스패니얼 종으로, 그동안 주인이 숨겨두었던 것이 틀림없었다. 그 개는 벽을 따라 걸어오더니 문 앞에 와서 멈칫거리다가 엉덩이를 땅에 대고 앉았다. 그러고는 뒤로 벌렁 뒤집고 몸에서 벼룩을 찾기 시작했다. 경찰들이 호루라기를 불면서 개를 불렀다. 개는 고개를 들더니 천천히 길을 건너가 땅에 떨어진 모자 냄새를 맡기 시작했다. 바로 그때 3층에서 또 총소리가 울렸다. 개는 팬케이크처럼 몸이 뒤집히더니 네 발을 심하게 버둥거리다가 옆으로 쓰러지며 길게 경련을 일으켰다. 맞은편 문에서 대여섯 번 대응 사격하는 소리가 울렸고, 덧문은 산산조각이 났다. 그리고 다시 침묵이 찾아왔다. 태양이 약간 기울면서 그늘이 코타르의 방 창문으로 가까워지기 시작했다. 그때 뒤에서 브레이크 소리가 부드럽게 울렸다.

"왔군." 경찰이 말했다.

경찰들이 밧줄과 사다리, 방수포로 싼 길쭉한 상자 두 개를 가지고 뒤쪽에서 나타났다. 그들은 그랑의 아파트 맞은편 건물들 사이에 있는 골목으로 들어갔다. 잠시 후, 보이지는 않았지만 그 건물들의 문 안에서 어떤 움직임이 느껴졌다. 사람들은 다시 기다렸다. 개는 더 이상 움직이지 않았다. 이제 그 개는 검붉은 액체 속에 잠겨 있었다.

갑자기 경찰들이 들어간 건물 창에서 기관총이 발사되었다. 사격이 계속되면서 목표물이었던 그 덧문은 말 그대로 산산조각이

나고 그 뒤로 검은 표면이 드러났다. 그러나 리외와 그랑이 있는 곳에서는 아무것도 분간할 수 없었다. 총성이 멎자, 또 다른 기관총 소리가 좀 더 떨어진 집으로부터 다른 각도에서 울렸다. 총알이 창틀로 지나갔는지 창문 중 하나에서 벽돌 파편이 튀었다. 바로 그때, 경찰 세 명이 길을 건너 아파트 문으로 뛰어 들어갔다. 거의 동시에 또 다른 세 명이 그곳으로 뛰어 들어간 후 총소리가 멎었다. 사람들은 계속 기다렸다. 건물 안에서 아득한 총성이 두 번 울렸다. 이윽고 웅성거리는 소리가 커지더니 건물에서 셔츠 차림의 키 작은 남자가 소리를 지르며 거의 들리다시피 끌려 나오는 것이 보였다. 그러자 기적처럼 거리의 덧문들이 모두 열리고 창문마다 호기심 어린 사람들로 가득 찼다. 사람들이 집에서 나와 바리케이드 앞으로 몰려들었다. 그 키 작은 남자가 발을 땅에 딛고 도로 한복판에 서 있는 것이 보였다. 경찰이 두 팔을 뒤쪽에서 붙잡고 있었다. 그는 소리를 질러댔다. 경찰 한 명이 그에게 유유히 다가가더니 주먹으로 두 번 힘껏 후려쳤다.

"코타르예요." 그랑이 중얼거렸다. "미쳤나 봐요."

코타르가 쓰러졌다. 경찰은 바닥에 웅크리고 있는 그를 다시 한번 힘껏 걷어찼다. 그때 한 무리의 사람들이 리외와 그랑에게로 다가왔다.

"비키세요!" 경찰이 소리쳤다.

리외는 코타르와 경찰들이 자기 앞을 지나갈 때 눈길을 돌렸다.

그랑과 리외는 해가 저물어가는 가운데 그곳을 떠났다. 마치 그 사건이 마비되었던 이 동네를 깨운 것처럼, 외진 길거리에는 기쁨에 찬 군중의 웅성거리는 소리가 넘쳐났다. 그랑은 집 앞에서 리외에게 작별 인사를 했다. 그는 작업을 하러 갈 예정이었다. 그러나 집으로 올라가려다가 그는 잔에게 편지를 보냈고, 그래서 아주 기쁘다고 리외에게 말했다. 그리고 문장을 새로 쓰기 시작했다고 했다. "형용사를 전부 없앴어요."

그는 짓궂은 미소를 지으며 모자를 벗고 정중하게 고개를 숙였다. 그러나 리외는 코타르 생각을 하고 있었다. 코타르의 얼굴을 후려치던 소리가 늙은 천식 환자의 집에 가는 내내 귓가에 맴돌았다. 어쩌면 죽은 사람에 대해 생각하는 것보다 죄인에 대해 생각하는 것이 더 괴로운 일인지도 몰랐다.

리외가 늙은 환자의 집에 도착했을 때는 이미 하늘이 어둠에 잠겨 있었다. 방에서는 자유를 만끽하는 사람들의 소리가 어렴풋이 들려왔다. 노인은 여전히 콩을 옮겨 담고 있었다.

"기뻐하는 게 당연해요. 세상을 살아가려면 온갖 것이 다 필요한 법이니까요. 그런데 친구 분은 어떻게 됐소?" 그가 말했다.

"죽었어요." 리외는 영감의 그렁거리는 가슴에 청진기를 대면서 말했다.

"아!" 노인이 당황한 듯 말했다.

"페스트로요." 리외가 덧붙였다.

"늘 좋은 사람들이 먼저 가버리는 거죠. 그게 인생이에요. 하지만 그 사람은 자기가 원하는 게 뭔지 알고 있었어요."

"왜 그런 말씀을 하시나요?" 리외가 청진기를 집어넣으며 물었다.

"그냥요. 그 사람은 쓸데없는 말은 하지 않더군요. 어쨌든 나는 그 사람이 좋았어요. 그냥 그랬다고요. 다른 사람들은 '페스트야. 우리가 페스트를 이겨냈어.' 하고 난리를 쳐요. 별것 아닌 일로 훈장이라도 달라고 할 판이죠. 그런데 페스트라는 게 대체 뭔가요? 그건 그냥 인생일 뿐이에요."

"시간 맞춰서 찜질하세요."

"오! 염려 마세요. 난 아직 멀었어요. 다른 사람들이 죽는 걸 다 보고 죽을 거예요. 난 살아남는 법을 알고 있거든요."

그의 말에 응답이라도 하듯 멀리서 기쁨의 외침이 들려왔다. 리외는 방 가운데에 멈춰 섰다.

"테라스에 좀 나가봐도 될까요?"

"되고말고요. 저 사람들을 위에 올라가서 보고 싶은 거죠? 좋을 대로 하세요. 하지만 그들은 늘 똑같아요."

리외는 계단 쪽으로 갔다.

"선생님, 페스트로 죽은 사람들을 위해 기념비를 세운다던데 정말인가요?"

"신문에 그렇게 났더군요. 비석을 세우거나 동판을 붙일 거라고요."

"그럴 줄 알았어요. 그리고 연설도 하겠죠."

노인은 목이 멘 듯한 소리로 웃어댔다.

"여기 앉아 있어도 훤히 들릴 거예요. '우리의 희생자들은…' 그다음에는 식사나 하러 갈 테죠."

리외는 어느새 계단을 올라가고 있었다. 주택가 위로 광대하고 차가운 하늘이 펼쳐진 채 반짝였고, 언덕 기슭에는 별들이 부싯돌처럼 단단해지고 있었다. 타루와 함께 페스트를 잊기 위해 테라스에 올라왔던 그날 밤과 별로 다르지 않았다. 그러나 오늘은 낭떠러지 아래에서 파도 소리가 훨씬 요란하게 들렸다. 미지근한 가을바람에 실려 오던 소금기가 빠져서 공기가 더욱 잔잔하고 가벼웠다. 시내에서 들려오는 웅성거리는 소리가 파도 소리를 내면서 테라스 아래로 밀려와 부딪혔다. 그러나 그날 밤은 반항의 밤이 아니라 해방의 밤이었다. 멀리서 휘황찬란한 대로와 광장이 검붉게 빛나고 있었다. 이제 해방된 밤 속에서 욕망은 아무런 구속도 받지 않았다. 리외의 발밑까지 으르렁대며 밀려오는 것은 바로 그 욕망의 소리였다.

어두컴컴한 항구에서 첫 번째 불꽃이 솟아오르면서 공식 축하연이 시작되었다. 도시는 길고 은은한 함성으로 그 불꽃들을 맞이했다.

코타르도, 타루도, 리외가 사랑했고 잃어버린 남자들과 여자들도, 죽은 자들도, 범죄자들도 모두 잊혀졌다. 노인의 말이 옳았다. 인간들은 늘 똑같았다. 그러나 그것이 바로 인간의 힘이자 순수함이었다. 그런 점에서 리외는 모든 고통을 넘어 그들과 하나가 되었다고 느낄 수 있었다. 더 힘차고 더 긴 함성이 테라스 밑에서 발밑까지 밀려와 오래도록 메아리치는 가운데, 리외는 형형색색의 불꽃 다발들이 점점 그 수를 더해가며 하늘 높이 솟아오르는 것을 바라보았다. 그는 침묵하는 사람들의 무리에 속하지 않기 위해, 페스트에 희생된 사람들에 대한 유리한 증언을 남기기 위해, 적어도 그들에게 가해진 불의와 폭력에 대한 기억만이라도 남겨놓기 위해, 그리고 재앙의 소용돌이 속에서 배운 것, 즉 인간에게는 경멸해야 할 것보다 찬양해야 할 것이 더 많다는 사실만이라도 말하기 위해, 지금 여기서 끝맺으려고 하는 이야기를 글로 쓰기로 결심했다.

그러나 이 기록이 결정적인 승리의 기록일 수는 없다는 것을 그는 알고 있었다. 이 기록은 성자가 될 수도 없고 재앙을 받아들일 수도 없기에 의사가 되려고 노력했던 모든 사람들이 고통과 공포에도 불구하고 계속해서 대항해 나아가야 할 것들에 대한 증언이다.

시내에서 울리는 환희에 찬 함성들을 들으며 리외는 이런 환희가 항상 위협을 받고 있다는 사실을 떠올렸다. 기쁨에 차 있는 군중은 모르고 있지만, 그는 책에서 확인할 수 있는 사실, 즉 페스트균은 결코 죽거나 소멸하지 않으며, 수십 년 동안 가구나 옷가지들 속에서 잠자고 있다는 사실을 알고 있었다. 방이나 지하실이나 트렁크나 손수건, 낡은 서류 속에서 참을성 있게 기다리고 있었다. 언젠가는 사람들에게 불행과 교훈을 주기 위해 쥐들을 또다시 흔들어 깨우고, 또다시 페스트를 어느 행복한 도시로 몰아넣어 모두를 죽음의 공포에 떨게 할 날이 오리라는 사실을 그는 알고 있었다.

**옮긴이 박지현**

출판물 기획 및 번역가. 고려대학교 영어영문학과를 졸업하였고, 동
대학원에서 영어교육학을 전공하였다. 다양한 영어 교재 및 수험서
개발 경험이 있다.

**초판** 2022년 3월 10일 2쇄
**저자** 알베르 카뮈
**옮긴이** 박지현
ISBN  979-11-90157-50-6 (04840)
　　　 979-11-90157-47-6 (세트)

**출판사** 북플라자
**주소** 서울시 강남구 논현동 118-13
**홈페이지** www.bookplaza.co.kr